新潮文庫

エミリーはのぼる

モンゴメリ
村岡花子訳

新潮社版

1751

エミリーはのぼる

第一章　あらいざらい書きつくす

二月のある嵐《あらし》の夜、エミリー・バード・スターは自分の部屋にひとりこもっていた。時は世の中がこんなに混乱する前の昔《むかし》の時代であり（訳注　第一次世界大戦より前の時代のこと）、場所はブレア・ウォーターの古いニュー・ムーン農場である。いまこの瞬間《しゅんかん》、エミリーは人間として最高の申し分ない幸福を味わっていた。エリザベス伯母《おば》さんが今夜は冷えるからとめずらしく部屋の小さな暖炉《だんろ》に火を入れることを許してくれた。火は勢いよく燃え、ちり一つない小さな部屋、昔ながらの家具、しきいのひろい深くくぼんだ窓などに赤みがかった金色の光をふりそそいでいる。凍《こお》った青白い窓ガラスには雪びらが小さな渦巻《うずまき》となってはりついていた。暖炉の火にうかびあがる壁《かべ》の鏡は奥深《おくふか》く神秘的で人を引きこむような力をたたえている。鏡には、暖炉の前の長椅子《ながいす》にまるまっているエミリーが映っていた。二本の長い白いローソクの光をたよりに――ニュー・ムーンではローソクを使うことしか許されていない――エミリーはその日ジミーさんからもらったばかりの、まあたらしいぴかぴかした黒表紙の『ジミー・ブック』にせっせと書きこんでいた。このジミー・ブックはありがたかった。去年の秋にもらったのはもう書くところがなかったので、ありもしない「日記帳」に書くわけにもいかず、この一週間ばかりエミリーはこらえきれない苦痛の中にあった。

日記はエミリーの若々しいはつらつとした生活の原動力となっており、子どものころ、今は亡《な》き父にあてて書いた手紙にかわるものとなっていた。父への手紙には悩《なや》みごとや心配ごとを〝こまごま〟と書きつづったものだった——もう少しで十四歳《さい》という魔法《まほう》の年代においてさえ悩みや心配はあるもので、ことに伯母エリザベス・マレーのようなきびしい、善意からとはいえあまりやさしくはない監督者《かんとくしゃ》の下《もと》におかれればなおさらである。日記がなかったらわたしは煙《けむり》を出しつくして消えていたかもしれないとエミリーは思うことがあった。分厚い黒いジミー・ブックは人間の友のように思えた。しかも、言いたくてたまらないが人間の耳に入れるのは危険だという事柄《ことがら》でも安心して打明けられる腹心の友である。どんな種類であれノート類はニュー・ムーンではなかなか手に入れることができないので、ジミーさんがいなかったらエミリーはどうすることもできなかったにちがいない。エリザベス伯母がくれるはずはないし——ただささえエミリーが「くだらぬことを書きちらし」て時間を無駄《むだ》にすると考えているのだから——ローラ伯母もこのことについてはあえてエリザベス伯母にさからおうとはしなかった——そればかりかローラ自身、エミリーがもっと役に立つことに身を入れればいいのにと思っていた。ローラ伯母は女の鑑《かがみ》ともいうべき婦人であるが、しかしある一面では目がふさがれているところもあった。

さて、ジミーさんは少しもエリザベス伯母を恐《おそ》れていないので、そろそろエミリーが「ノート」をほしがる時分だなと考えると、エリザベスの軽蔑《けいべつ》の目をものともせず、たちまちノートは現実の形となって現われるのである。その日のうちにジミーさんはノートを買うというだけの目的で、もよおしはじめた嵐をおかしてシュルーズベリーの町へ行ってきたのであった。そういうわけでエミリーはゆらゆら揺《ゆ》れる親しみぶかい暖炉の光に心たのしく包まれていた。一方、風は吠《ほ》えたり金切り声をはりあげたりしながらニュー・ムーンの北側の古い大木を駆《か》け抜《ぬ》け、ジミーさんの有名な庭に大きな、幽霊《ゆうれい》のような雪の渦巻を吹《ふ》きおくり、日時計をすっぽり雪で覆《おお》い、三人の王女——庭の隅《すみ》に立っている三本の高いポプラのことをエミリーはこう呼んでいた——のあいだをヒューッと不気味な音をたてて飛んでいった。

エミリーは書いた。

*

外出しなくていいなら今夜のような嵐は大好きだ。晩方ジミーさんと庭つくりの計画をたてたり、カタログから種や苗《なえ》を選んだりして楽しくすごした。あずまやのうしろの一番大きな吹きだまりのできているところにわたしたちはピンクの紫苑《しおん》の花壇《かだん》をつくるつもりである。そしていま雪の下四フィート（訳注　一フィートは約三〇センチ）のところで夢《ゆめ》みている金の女神《めがみ》には花咲《さ》き乱れるアーモンドを背景にしてやることにした。嵐のさいちゅうにこうして夏の計画をたてるのがわたしは大好きだ。なにか自分よりもずっと大きなものに打勝っているような気がする。わたしには知力があり、嵐はただ無鉄砲な白い力——物凄《ものすご》くはあるが無鉄砲な力にすぎない。いま暖炉の火にぬくぬくとあたりながらまわりで猛《たけ》りくるう嵐を聞いていると、またそんな勝利感がわいてきて、わたしは嵐を笑ってやった。そうできるのも百年以上前に祖父のそのまた祖父のマレーがこの家をしっかり作っておいてくれたからである。いまから百年後になって、だれかが、わたしの遺《のこ》すものやまたしたことによって何かに勝つことがあるだろうか。こう考えるだけで奮起せずにはいられない。

うっかり傍点《ぼうてん》をふってしまった。わたしはあんまり傍点を使いすぎるとカーペンター先生から注意されている。傍点の使いすぎはヴィクトリア朝初期の遺物にとりつかれているためだから、やめなくてはいけないといわれた。わたしは事典を調べてみてやはりやめることにした。遺物にとりつかれるのはたしかにいいことではないから。でも悪霊にとりつかれるよりはましだ。そら、またやった。しかしいま使った傍点は正しいと思う。

わたしはまる一時間も事典に読みふけっていた——とうとうエリザベス伯母さんが怪《あや》しみだし、自分の靴下《くつした》を編んだほうがいいと言った。熱心に事典を読むことがなぜ悪いのかエリザベス伯母さんにもはっきりわからないらしいが、とにかく自分はけっしてそんな気にはならないのだから悪いことにちがいないと考えているのだ。わたしは事典を読むのが大好きである。(そうです、ここの強調点は必要なのですよ、カーペンター先生。ふつうの「大好き」だけでは全然わたしの気持を表わしてはいませんもの!)言葉というものはまったく魅惑的なものだ。(こんどは一字だけである!)言葉によっては、たとえば——「出没《しゅつぼつ》する」——「神秘」などはその響《ひび》きだけでわたしにひらめきを与《あた》えてくれる。(おやおや! でもひらめきだけは傍点をふらなくては。ありふれた言葉ではないもの——わたしの全生涯《ぜんしょうがい》におけるもっとも驚《おどろ》くべき、そしてもっとも素晴《すば》らしいものなのである。ひらめきが来ると目の前の壁のとびらがさっとひらき、ちらっと――そうだ、天国を覗《のぞ》き見る思いがする。また傍点だ！ああ、なぜカーペンター先生がお叱《しか》りになるのかわかった！　この癖《くせ》はどうしても直さなくてはならない）

おおげさな言葉はけっしてうつくしくはない――「罪に陥《おとしい》れる」――「喧噪《けんそう》をきわめる」――「国際関係」――「違憲行為《いけんこうい》」。こういう言葉は去年の秋ジミーさんにシャーロットタウンの展示会につれていってもらったときに見た、感じの悪い大きなダリアや菊《きく》を思い出させる。中には見事なものだと賞《ほ》める人たちもいたが、わたしたちにはどう見てもそのダリアや菊はいただけなかった。それよりもジミーさんの小さな黄菊のほうが十倍もうつくしかった。ジミーさんの菊は庭の北西の隅にある雑木林の上でまたたく妖精《ようせい》のような淡《あわ》い星に似ている。だがわたしは本題からはずれてしまった――これもまたカーペンター先生によれば、悪い癖である。集中ということをまなばねばならないと言われた（この傍点は先生がつけたのだ）――集中、これもおおげさな、ひどく醜《みにく》い言葉だ。

しかしあの事典は面白《おもしろ》かった――靴下を編むのよりずっと面白かった。わたしは一足――一足でいいから――絹の靴下がほしい。イルゼは三足も持っている。イルゼのお父さんがイルゼをかわいがるようになってから、ほしいというものはなんでも与えるからだ。しかしエリザベス伯母さんに言わせると絹の靴下など下品だそうだ。なぜかしら――絹のドレスだってをなじだろうに。

絹のドレスといえば、デリー・ポンドのジェニー・ミルバンおばさんは――わたしたちの親戚《しんせき》ではないが、みんなからそう呼ばれている――世界じゅうの異教徒の国がぜんぶキリスト教に改宗するまでは絹の服をいっさい着ないという誓《ちか》いをたてた。ほんとうにえらい。わたしもそんな立派なことができたらいいけれど、でもわたしにはできない――あまりにも絹が好きだから。絹はじつに豪華《ごうか》に光っている。わたしは年《ねん》がら年じゅう絹の服を着ていたい。できることならそうするつもりだ――もっともジェニーおばさんやまだ改宗していない異教徒のことを思い出すたびに気がとがめるだろうが。しかしそうだとしても絹の服を一着なりとも買えるまでにはまだ何年もかかるし、そのあいだわたしの卵の売上金の中から毎月、宣教師団へ献金《けんきん》することにしよう。（いまわたしには雌鶏《めんどり》が五羽いる。みんなわたしの十二歳の誕生日《たんじょうび》にペリーがくれた灰色の若鶏《わかどり》がそだって生んだ卵がかえったものである）もしたった一着、絹の服が買えるとしたらどんなのにするか、いまから決っている。黒、茶、紺《こん》――ニュー・ムーン農場のマレー家の人たちがいつも着ているような合理的で実用的な色――はごめんだ。おお、いやだ！　玉虫色のがいい。光の加減であるときは青く、あるときは氷の張った窓ガラスごしに見える夕暮《ゆうぐれ》の空のような銀色にかわる玉虫色――それにところどころ泡《あわ》のようなレースをあしらう。窓ガラスに張りついているあの羽毛のような雪に似たレースを。テディはこの絹の服を着たわたしの肖像《しょうぞう》を描《えが》き、「氷の乙女《おとめ》」という題にすると言っている。ローラ伯母さんは微笑《びしょう》をうかべながら、（好きなローラ伯母さんだけれどこれだけはわたしの嫌《きら》いな）例のすかすような、人を馬鹿《ばか》にしたような口調で言った。

「そんな服があんたになんの役に立つというの、エミリー」

役には立たないかもしれない。しかしそんな服を着たらまるでそれがわたしのからだの一部分――買った服ではない、わたしのからだから生えたものという気がするにちがいない。一生のうちに一着だけでもそういう服がほしい。その下には絹のペチコートをつける――そして絹の靴下をはく！

イルゼは絹の服をもっている――明るいピンクである。イルゼはまだ子どもだのにドクター・バーンリはあんまりおとなっぽい贅沢《ぜいたく》な服を着せすぎるとエリザベス伯母さんは言っている。しかしドクターはこれまで何年もイルゼをかまわなかったから、その埋合《うめあ》わせをしたがっているのだ。（なにもイルゼが裸《はだか》でいたというのではない。だがドクター・バーンリに関するかぎりイルゼは裸でいたかもしれない。ほかの人たちがイルゼの衣類の面倒《めんどう》をみてやったからこそよかったものの）いまではドクターはイルゼがこうしてほしいということはなんでも叶《かな》えてやるし、イルゼのしたい放題にさせている。イルゼのために大変悪いとエリザベス伯母さんは言っているが、しかしときには少しばかりイルゼがうらやましくなることがある。うらやんではいけないことはわかっているが、どうにも仕方がない。

この秋ドクターはイルゼをシュルーズベリーの高校に入れ、そのあとモントリオールへ雄弁術《エロキューション》の勉強にやると言っている。わたしはそれがうらやましいと言うのだ――絹の服ではない。エリザベス伯母さんもわたしをシュルーズベリーへやってくれたらいいのにと思うが、とてもだめらしい。わたしの母が駆けおちをしたというので伯母さんはわたしを目の届かないところへはやれないと考えているのだ。しかしわたしの場合、駆けおちの心配は無用である。絶対に結婚《けっこん》はしないという決心をしたのだから。わたしの結婚の相手は芸術である。秋にテディはシュルーズベリーへ行きたがっているのだが、テディのお母さんも行かせてくれないらしい。駆けおちの心配からではなく、テディがかわいいあまり離《はな》れられないのだ。彼《かれ》は画家になりたがっている。カーペンター先生もテディには才能があるから機会を与えてやるべきだと言っているが、ミセス・ケントにはだれもこわがってなにも言えない。ミセス・ケントは小柄な人だ――背はわたしぐらいで、ものしずかな内気な人だ――それでいながらみんなこわがっている。わたしはといえば――ぞっとするほど恐れている。もとからわたしを好きでないことは知っていた――ずっと以前、イルゼと二人で初めてよもぎが原へ行ってテディと遊んだとき以来である。しかしいまではテディがわたしを好きだというだけのことでミセス・ケントはわたしを憎《にく》んでいる――これは確かである。ミセス・ケントにとってテディが人であれ物であれ、自分以外のものを好きになるということは耐《た》えがたいことなのだ。テディの描く絵にまでやきもちをやいている。そういうわけでシュルーズベリー行きはテディにとっても望み薄《うす》である。ペリーは行くことになっている。お金は一銭もないが働きながら勉強するという。そのためにクイーン学院ではなくシュルーズベリーへ行くのだ。シュルーズベリーのほうが仕事を見つけやすいし下宿代も安いからだそうである。

「僕《ぼく》の伯母のトムばばあは小金をためてやがるんだが、僕にゃびた一文だってくれやしない――もっとも、くれるにはくれるが――それには――」

ペリーはこう言うと、意味ありげにわたしのほうを見た。

わたしは思わず顔を赤らめた。そのあとで顔を赤らめたりした自分にも、それからペリーにも猛烈《もうれつ》に腹が立った――なぜならペリーは聞きたくもないことに触《ふ》れたからだ――ずいぶん以前のことである。のっぽのジョンの茂《しげ》みでトムおばさんとぱったり逢《あ》ったとき、おばさんはわたしに、大きくなったらペリーと結婚しますと約《やく》束《そく》しろ、そうすればペリーを教育してやるから、と詰《つ》め寄るので死ぬほどこわい思いをしたことがあった。このことはだれにも言ってない――恥《は》ずかしいことだから――ただイルゼにだけは話したら、こう言った。

「トムおばさんがペリーの相手にマレー家の者を望むとは呆《あき》れたもんだ！」

イルゼはペリーにひどくつらく当り、わたしなら笑ってすませることでも、しじゅう喧嘩《けんか》している。ペリーは何事でも人に負けるのが嫌いだ。先週エミー・ムアのパーティーに招かれたとき、エミーの叔父《おじ》さんが脚《あし》が三本しかない珍《めずら》しい斑《まだら》の子牛を見た話をしてくれた。するとペリーが言い出した。

「なに、そんなのは僕が前にノルウェーで見たあひるに較《くら》べりゃなんでもありませんよ」

(ペリーはほんとうにノルウェーにいたことがある。小さいときおとうさんといっしょに方々へ航海したからだ。しかしあひるの話は信用できない。ペリーは嘘をついたわけではない――ただ誇張《こちょう》したにすぎないのだ。カーペンター先生、わたしはどうしても傍点なしにはいられませんわ)

ペリーの話によると、そのあひるは脚が四本もある――二本は普《ふ》通《つう》のあひると同じところにあり、二本は背中に生えている。そして普通の脚であるくのがいやになると、くるっとひっくり返って背中の二本であるくというのである！

　この変な話をペリーがまじめな顔で聞かせるのでみんなは笑いだし、エミーの叔父さんは、

「頭にきたな、ペリー」

　と言った。

　しかしイルゼはかんかんに怒《おこ》ってしまい、帰り道でペリーと口をきこうともしなかった。えらぶろうとしてあんなくだらない話をするなんて物笑いの種になったじゃないの。紳士ならあんな振舞いはしないでしょうにとイルゼは憤慨した。

「僕は紳士《しんし》じゃないからな、いまのところはね。ただの雇人《やといにん》にすぎませんよ。だがね、お嬢《じよう》さん、いまに僕はあんたの知ってるどんな紳士方より立派な紳士になってみせるからね」

「紳士というものは生まれつきのものよ。なってみせるなんてもんじゃないわ」

　とイルゼは意地の悪いことを言った。

　前にはペリーやわたしと喧嘩をするとき、イルゼは口汚《くちぎたな》く罵《ののし》ったものだが、このごろでは罵るのはほとんどやめて、そのかわりにそれよりもっと残酷《ざんこく》な、えぐるようなことを言い出した。このほうが罵るよりも深いきずを負わせる。しかし、実を言えばわたしは——たいして——あるいはあまり長くは——気にしていない——というのはイルゼが本気でそんなことを言っているのではなく、わたしがイルゼを好きなのと同様、イルゼのほうでもほんとうはわたしを好きだということがわかっているからである。しかしペリーは言われたことが頭に

こびりつくと言う。このあと二人は家に着くまで一言も言葉を交《か》わさなかった。けれども次の日になるとイルゼはまたもやペリーが間違《まちが》った文法をつかうとか、婦人が部屋にはいってきても立ち上がらないとか言って攻撃《こうげき》しだした。

「もちろん、このあとのほうのことはわきまえていろと言うのが無理かもしれないけどね」とイルゼはとびきり意地悪な口調で言った。

「でも文法のほうはカーペンター先生が一生懸命《いっしょうけんめい》あなたに教えてくださってるんじゃないかしら」

ペリーはイルゼには一言も答えず、わたしのほうに向いた。

「僕は君に僕の欠点をおしえてもらいたいんだよ。君になら欠点をさされても気にならないもの——僕らがおとなになったとき、僕のことで我慢《がまん》しなくちゃなんないのはイルゼじゃなくて君だからね」

ペリーはイルゼを怒らせようとしてこう言ったのだが、わたしの方がよけい怒ってしまった。禁じられた問題を持ち出したからである。それで二日間もわたしたちはペリーと口をきかなかった。おかげでペリーはイルゼにぴしゃっとやられずにゆっくり休息ができてよかったと言った。

ニュー・ムーンの者で恥《はじ》をさらしたのはペリーだけではない。わたしはゆうべ、思い出しただけでも顔が赤くなるような馬鹿なことを言ってしまった。婦人会の集まりが家でひらかれ、エリザベス伯母《おば》さんは夕食を出した。会員の夫たちも招かれた。居間のテーブルでは長さがたりないので台所にテーブルを用意し、イルゼとわたしが給仕をつとめた。最初のうちは活気があったが、みんなにお料理をくばってしまうと少し退屈《たいくつ》になったので、わたしは庭に面した窓辺にたたずみ、心の中で詩をつくりはじめた。すると突然《とつぜん》、

「エミリー」

とエリザベス伯母さんが語気するどく呼んでいるのが聞こえた。伯母さんはわたしを呼んでから意味ありげに新任の牧師ジョンソンさんの顔を見た。わたしはどぎまぎしてティー・ポットをひっ摑《つか》み、

「カップ（茶碗《ちゃわん》）さん、ジョンソンをお注《つ》ぎしましょうか」

と叫《さけ》んだ。

人びとはみなどっと笑うし、エリザベス伯母さんは呆れ果てた顔をするし、ローラ伯母さんは恥入ってしまうし、わたしは穴があったらはいりたい気持だった。このときのことを思ってその夜は半分も眠《ねむ》れなかった。おかしなことにはなにかほんとうに悪いことをしたとき以上につらい、恥ずかしい気がするのだ。これはもちろん「マレー家の自尊心」にちがいなく、大変悪いことだと思う。結局ルース・ダットン伯母さんに言われたことは正しいのではないかと考えることがある。

いや、そんなはずはない！

しかしいかなる場合にも優雅《ゆうが》な威厳《いげん》ある態度でのぞむべきだというのがニュー・ムーンの伝統である。ところが新任の牧師さんにあんなことを言うとは、優雅や威厳のかけらもない。

わたしを見るたびにジョンソンさんはこのときのことを思い出すだろうし、わたしのほうはジョンソンさんに見られるたびにもじもじするにきまっている。

　でもこうして日記に書いてみると、それほどつらい感じはしない。どんなことでも書いてみると、考えていたときほど大きくも恐《おそ》ろしくも――それから、ああ残念なことには、うつくしくも素晴《すば》らしくも思われない！　言葉にするとたちまち縮んでしまうようだ。あんな馬鹿なことを言い出す前につくった詩の文句でさえ、書いてみると半分もよくない。

「ビロードのような夕闇《ゆうやみ》の足が音なくあゆむところに」

　よくない。なにか香気《こうき》が抜《ぬ》けてしまった気がする。あの喋《しゃべ》ったり食べたりしている人たちのうしろに立ち、影《かげ》の衣裳《いしょう》をつけ星の目をしたうつくしい婦人のように夕闇がしずかに庭や丘《おか》に忍《しの》び寄るのを見たとき、ひらめきが来たのである。わたしはなにもかも忘れ、ただ感じたままのうつくしさをいくらかなりと詩の言葉に表わしたい、それだけしか念頭になかった。この一行が頭にうかんだとき、とても自分がつくったものとは思われなかった――あるほかのものがわたしをとおして語ろうとしているかのように感じた――この一行を素晴らしいものに思わせたのもそのあるほかのものであった――それが去ってしまったいま、文句は気の抜けた馬鹿げたものになり、描こうとした光景は結局あまりたいしたものとは思えなくなった。

ああ、見たとおりを言葉にできればいいのだけれど！　カーペンター先生は、

「努力――努力――つづけなさい――言葉は手段にすぎないのだからね――自分の奴隷《どれい》にするんだ――やがては言葉が君にかわって君の言いたいことを言ってくれるようになる」

といった。

そのとおりだ――わたしも努力はしている――しかし言葉の――どんな言葉も――あらゆる言葉も及《およ》ばないものがあるように思われる――摑もうとすると逃《に》げてしまう――それでも摑もうとしなかったら得られなかったにちがいないものが、少しばかり手の中に残っている。

去年の秋、ディーンと二人で〈歓喜の山〉をこえてその向うの林へ行ったときのことを思い出す――林の木はおもに樅《もみ》だが、一隅《いちぐう》は見事な松《まつ》の古木で占《し》められていた。わたしたちはその下にすわり、ディーンは「山頂のピベリル」をはじめ、スコット（訳注　十八、九世紀スコットランドの小説家、詩人）の詩をいくつか朗読してくれた。それから大きな羽毛のような枝《えだ》を見上げながら、「松の梢《こずえ》で神々が――古い北国の神々が――海賊《かいぞく》の冒険譚《ぼうけんたん》を語っている。スター、君はエマーソン（訳注　十九世紀アメリカの随筆家、詩人）の詩を知っているかい？」

ディーンはその詩を暗誦《あんしょう》した――わたしはそれを覚えてしまい、大好きになった。

「山林の息吹《いぶ》きの中で神々は語る。
揺《ゆ》れる松の木で語らい、
いにしえの岬《みさき》を聖なる対話でみたす。

その漂《ただよ》う言葉を一言なりとも洩《も》れ聞いた詩人は
運命の人となり、
何世紀もの人びとは彼に従わねばならぬ」

ああ、その「漂う一言」――それがわたしから逃げてしまうあるものなのだ。わたしはいつも耳をすましている――わたしにはけっして聞こえないことはわかっている――わたしの耳にはそれだけの力がないから――けれどもときどき、それの遠い小さなかすかなこだまを聞くことがあるのはたしかだ――するとわたしは喜びを感じる。そのうつくしさを自分の知っているどんな言葉にも表わすことができない苦痛と絶望にも似た喜びである。

そうは言ってもあの素晴らしい経験をしたすぐあとであんな馬鹿なまねをするとは、まったく情けない。

もしわたしがビロードの足をした夕闇のようにジョンソンさんのうしろに忍び寄り、〈影の婦人〉がブレア谷の白い茶碗に「夜」をそそぎこむように、曾祖母《そうそぼ》マレーの銀のティー・ポットから優雅にお茶を注いだとしたら、そのほうが世界一素敵な詩を書くよりもエリザベス伯母さんは喜んだであろう。

ジミーさんは違う。今夜カタログを見おわってから、わたしが自作の詩を朗読すると、とてもうつくしいと賞《ほ》めてくれた。（わたしが心で見たものにはどんなに及ばないか、ということなどジミーさんにわかるはずはなかった）ジミーさんは自分でも詩をつくる。ジミーさんにはところどころ大変賢《かしこ》いところがあるが、エリザベス伯母さんにニュー・ムーンの井戸に突《つ》き落とされたときに怪我《けが》した脳の部分はだめである。そこはただの空白となっている。そういうわけで人からは馬鹿だと言われるし、ルース伯母さんときたら、クリームをなめに来た猫《ねこ》を追っ払《ぱら》うだけの分別もない、などとひどいことを言っている。それでいながらもしジミーさんの賢いところを全部寄せ集めたとすれば、ブレア・ウォーターじゅうでその半分なりとも真の機知をそなえている者はだれもいないと言ってよいくらいだ――カーペンター先生でさえも及ばない。問題はジミーさんの賢いところをひとまとめにできない点にある――例の空白があいだにはさまるからだ。しかしわたしはジミーさんが大好きだし、いつもの奇妙《きみょう》な発作《ほっさ》がおこっても少しもこわくはない。ほかの人はみなこわがっている――エリザベス伯母さんでさえそうである。もっとも伯母さんの場合は恐れではなく後悔《こうかい》の心かもしれないが――ペリーはべつである。自分にはなにもこわいものはない――こわいということすら知らない――といつも自慢している。たいしたことだと思う。わたしもそんな恐れを知らぬ人間になりたいものだ。恐れは罪深いものであり、世間のほとんどすべての悪や憎しみの根底にひそんでいるとカーペンター先生は言う。

「追い出すんだ、心の中から恐怖《きょうふ》を追い出すんだ。恐怖は弱さを告白しているようなものだ。君の恐れているものは君よりも、あるいは君が考えている以上に強いのだ。でなければそれを恐れるはずがない。エマーソンの言葉を忘れるな――『つねに恐れていることをなせ』」

しかしディーンも言っているようにこれは理想論にすぎないし、とてもわたしにはできそうもない。正直のところ、わたしが恐れているものはずいぶんたくさんある。けれどこの世でほんとうにこわいと思うのは二人の人である。一人はミセス・ケントであり、もう一人は頭のおかしいモリソンさんである。モリソンさんはこわくてたまらない。ほとんどの人がこわがっているらしい。モリソンさんはデリー・ポンドに住んでいるが、家にいることはめったにない——行方《ゆくえ》不明になった自分の花嫁《はなよめ》を捜《さが》してそこいらをうろつき回っている。何年も前のまだモリソンさんが若いころ、結婚してわずか二、三週間後に新妻《にいづま》が死んでしまったので、それいらい気が変になってしまったのだ。モリソンさんは家内は死んだのではない、行方不明になっただけだから、いつか見つかると言い張っている。花嫁を捜しているうちにモリソンさんは年をとり腰《こし》が曲ってきたが、彼にとって妻は依然《いぜん》として若くうつくしいのであった。

　去年の夏ここへ来たことがあるが、中へはいろうとはしなかった——もの悲しげに台所を覗《のぞ》きこみ、

「アニーはいますかね」

　とたずねた。

　その日のモリソンさんはまったくおとなしかったが、ときにはひどく狂《くる》って暴れることがある。アニーの呼んでいる声がいつも聞こえる——その声はわしの前のほうでする——いつでも前のほうから聞こえる、とモリソンさんは言う。例のわたしの漂う言葉に似ている。顔はしなびてしわだらけで年とった猿《さる》にそっくりだ。しかしなによりいやなのはモリソンさん

の右手である――一面に血のように赤く染まっている――痣《あざ》なのだ。どうしたわけかわたしはその手を見るとこわくてしかたがない。触《さわ》るどころじゃありはしない。それにモリソンさんはときどき一人でからからと不気味に笑っていることがある。彼《かれ》がかわいがっている唯一《ゆいいつ》のものは黒い老犬で、いつもいっしょについて回っている。モリソンさんは自分のためにはけっして食物を乞《こ》いはしないそうである。人が食物を与《あた》えなければ空腹のままで通してしまうが、犬のためには食物を乞うのであった。

ああ、わたしはモリソンさんがこわくてたまらない。あの日、家の中へはいってこなくてよかったと思った。長い白い髪《かみ》を風になびかせ去っていく姿を見送りながら、エリザベス伯母さんは言った。

「フェアファックス・モリソンももとは頭のいい前途《ぜんと》有望の立派な青年だったがね。まあ、神様のなさることはまったく不思議だよ」

「だからこそ面白《おもしろ》いんだわ」

とわたしは言った。

しかしエリザベス伯母さんは、わたしが神様についてなにか言うときはきっとそうだが、顔をしかめ、そんな失礼なことを言うもんじゃないと叱《しか》った。なぜかしら。ペリーは大変神様に興味をもち、神様についてのすべてを知りたいと言っているのだが、エリザベス伯母さんはペリーとわたしが神様の話をすることさえ許してくれない。ある日曜日の午後、わたしの考える神様をペリーに話していたのをエリザベス伯母さんが洩れ聞いて、失礼千万《せんばん》だと言った。

そんなことはない！　問題はエリザベス伯母さんとわたしでは異なった神様をもっているというだけのことである。人はそれぞれ異なった神様をもっていると思う。たとえばルース伯母さんの神様は伯母さんの敵をこらしめる——敵に〝天罰《てんばつ》〟をくだす神様である。ルース伯母さんにとって神様のほんとうの使い道はそれだけのようにわたしには思われる。ジム・コスグレインは誓《ちか》いをたてるのに神様を使う。けれどジェニー・ミルバンおばさんは毎日、神様のみ顔の光のなかをあゆみ、その光で輝《かがや》いている。つまり神様の心にならって生活している。

今夜は言いたいことを書きつくしてしまったから、もう寝《ね》よう。この日記で「言葉の浪《ろう》費《ひ》」をしたことは自分でもわかっている——カーペンター先生によれば、これもわたしの文学上の欠点だ。

「君は言葉を浪費しすぎる——あまり気前よくばらまきすぎるよ。節約と抑制《よくせい》——それが君には必要なのだ」

もちろんそのとおりなので、わたしは随筆《ずいひつ》や物語では先生に言われたことを実行しようと努力している。けれども日記は自分のほかには見る者もないし、わたしが死んだあとにでもならなければ人目に触《ふ》れることもないのだから、好きなように書いていこう。

＊

エミリーはローソクを見た――ローソクのほうも燃えきるところであった。今夜もう一本使うというわけにはいかない――エリザベス伯母さんの規則はメディア人とペルシャ人の規則（訳注 変え難い制度、慣習のことをいう）にそっくりだった。エミリーは日記帳を炉棚《ろだな》の右上の小戸棚にしまい、残り火に灰をかけ、寝間着にきかえてからローソクを吹《ふ》き消した。満月は勢いよく走る嵐雲《あらしぐも》のうしろにかくれ、気味の悪いかすかな雪明りがしだいに部屋にひろがっていった。エミリーがまさに背の高い黒い寝台《しんだい》にすべりこもうとしたとき、突然インスピレーションが湧《わ》いた――素敵な小説の構想である。一瞬《いっしゅん》エミリーは震《ふる》えながらためらった。部屋はどんどん冷えていく。しかし構想は引きさがろうとはしなかった。エミリーは寝台の羽根布団《はねぶとん》ともみがらのマットレスのあいだに手をさし入れて燃えさしのローソクを取出した。こういう急場のために隠《かく》しておいたのである。

もちろん、それは穏当《おんとう》なことではない。しかし私はこれまでも、またこのさきもエミリーが穏当な子どもだと言うつもりはない。穏当な子どものことは本に書かれない。そんな本は退屈でだれも読む気にならないだろうから。

ローソクをともすと、エミリーは靴下《くつした》をはき、厚いオーバーを着こんで、べつの半分書きかけのジミー・ブックを持ち出し、たった一本の揺らぐローソクの光をたよりに書き出した。火は暗い部屋に青白いオアシスを描《えが》いた。そのオアシスの中でエミリーは黒い頭をノートの上に屈《かが》めて書いていった。夜は刻々とふけていき、ニュー・ムーンの住人たちは深い眠りにおちていた。寒さが身にしみ、からだはこわばったが、エミリーは感じなかった。目は燃え——頰《ほお》は紅潮し——言葉はペンの命令におとなしく従う妖魔《ようま》の群れのようにほとばしった。ついにローソクが溶《と》けた脂《あぶら》の小さな池の中でパチパチはね、シューといって消えてしまったとき、ようやくエミリーは現実に立ち返り、吐息《といき》とともに身震いした。時計を見ると二時だった。ひどく疲《つか》れて寒かった。しかし物語は書きおわったし、いままで書いた中で最上の出来である。エミリーは創作欲を満足させたことから生じる完成感と勝利感を味わいながら冷たいねぐらにもぐりこみ、おとろえてきた嵐の子守唄《こもりうた》を聞きながら眠りにおちた。

第二章　生意気ざかり

この本の全部や、あるいはその大部分をエミリーの日記の抜萃《ばっすい》でうずめるつもりはない。しかし一章にまとめるほどのものではないが、エミリーの人となりやその環境《かんきょう》を正しく理解するために必要なことがらを語る手段として、その日記をもう少しのせようと思う。

それに手近に材料があるのにそれを使わない法はないではないか。エミリーの『日記』は未熟なものではあり傍点《ぼうてん》だらけではあるが、どんなに同情と理解を持った伝記作家よりも、この十四回目の春の日記はエミリー自身とその想像力のゆたかな内省的な性格をよくあらわしている。そういうわけで、遠い昔《むかし》、ニュー・ムーンの見はらしの部屋で書かれ、いまは黄色く褪《あ》せた『ジミー・ブック』のページをもう一度のぞいてみよう。

＊

一九——年二月十五日

この日記に毎日、自分のしたよいおこないと悪いおこないを全部書きとめることにした。これはある本から思いついたことで、わたしの気に入ったのである。できるだけわたしは正直にするつもりだ。むろんよいおこないを書くのはぞうさないが、悪いおこないのほうはそう簡単にはいくまい。

きょうわたしは悪いことを一つだけした——つまり悪いと思うことは一つだけというわけである。エリザベス伯母《おば》さんに生意気なことを言ったのだ。伯母さんはわたしの皿洗《さらあら》いがあまり手間どりすぎると考えた。わたしはべつに急ぐ必要はないと思ったので、「水車場の秘密」という物語をつくっていた。エリザベス伯母さんはまずわたしのほうを見、次に時計に目をやってから、じつに不愉快《ふゆかい》な口調で言った。

「かたつむりはあんたの姉さんなの、エミリー」

「とんでもない！　わたくしの親戚《しんせき》にはかたつむりはおりません」わたしはつんとして答えた。

生意気だというのはその文句ではなく、わたしの言い方である。しかもわざとそうしたのである。わたしはひどく怒《おこ》っていた——皮肉を言われるといつも癪《しゃく》にさわってしまうのだ。あとになって癇癪《かんしゃく》をおこしたことを後悔するのだが——しかし後悔するといっても、自分が馬鹿げた、威厳のない態度をとったことをであって、悪いことをしたからというのではない。だからそれではほんとうの後悔にはならないと思う。

よいおこないのほうはきょう二つした。小さな生命を二つ助けたのである。ソーシー・ソールがかわいそうにゆきほおじろを捕《つか》まえてきたので、わたしは取上げてしまった。元気よく飛び去ったところをみると、さぞうれしかったにちがいない。しばらくして地下室の戸棚にいったら、ねずみがわなに脚《あし》をとられていた。かわいそうにもがき疲れてぐったり横たわっていたが、その黒い目にうかんでいる表情といったら、なんとも言いようがなかった。わたしはたまらなくなって放してやった。するとそんな脚をしているにもかかわらず、ねずみはどうにかすばしこく走り去った。このおこないについては確信がもてない。ねずみの見地からいえばよいおこないにちがいないが、エリザベス伯母さんの見地からはどうかしら。

今夜ローラ伯母さんとエリザベス伯母さんが箱《はこ》にいっぱいはいった古手紙を読んでは燃やしていった。二人が手紙を声を出して読んだり批評したりしているあいだ、わたしは隅にすわって靴下を編んでいた。手紙はたいそう面白く、これまで知られていなかったマレー家のことをわたしはたくさん知った。こんな立派な家柄《いえがら》に生まれたことはまったく素晴らしいと思う。ブレア・ウォーターの人びとがわたしたちのことを『選ばれた人たち』と呼ぶのも無理はない——もっとも、人びとはいい意味で言っているのではないが。わたしはこの家の伝統をはずかしめないように心がけなくてはならない。

きょうディーン・プリーストから長い手紙が来た。彼はアルジェ（訳注 アルジェリアの首都）で冬をすごしている。四月には帰り、夏のあいだ姉のミセス・フレッド・エバンズの家に滞在するという。うれしい。ディーンが夏じゅうブレア・ウォーターにいるなんてどんなに素敵だろう。ディーンのように話を持っている人はほかにはだれもいない。わたしの知っているおとなのなかではディーンが一番感じのいい、惹《ひ》きつけられる人である。エリザベス伯母さんはディーンもプリースト家のご多分にもれず気分屋だと言う。伯母さんはプリースト家の人たちを嫌《きら》いなのだ。そしてディーンのことをいつもジャーバック（せむし）と言うのでわたしはいらいらしてしまう。実際ディーンの肩《かた》は一方がもう一方より少しばかり高いが、なにもそれはディーンのせいではない。いつだったかエリザベス伯母さんにわたしの友達のことをそんなふうに呼んでもらいたくないと抗議《こうぎ》したことがあったが、伯母さんはこう返答しただけだった。

「あんたのお友達にあだ名をつけたのはわたしではありませんよ、エミリー。あの人の一族が前からあの人のことをそう呼んでいるんですからね。プリースト家の人たちにゃ細かい思い遣《や》りなどないんだよ！」

テディもディーンから手紙を受取った。それに本ももらった――『大画家伝』という本である――ミケランジェロ、ラファエル、ベラスケス、レンブラント、ティツィアーノ。テディはこの本を読んでいるところを絶対お母さんには見せられない――燃やしてしまうだろうから——と言っている。テディだって機会さえあればそういう人たちに負けない立派な画家になれるとわたしは思う。

＊

一九——年　二月十八日

きょうの夕方、学校の帰りにのっぽのジョンの茂《しげ》みをぬけている小川の道を歩きながら、わたしは楽しくてたまらなかった。太陽は低くクリーム色をしており、雪は白く、影《かげ》はほっそりして青かった。木の影ほどうつくしいものはないと思う。そして庭にはいったとき、わたしの影はいかにもこっけいに見えた——長く庭の向う端《はし》までのびている。わたしはすぐに詩をつくった。その中の二行は次のとおりである。

「わたしたちが自分の影ほど背が高いなら、
　その影はどんな高さになるだろう」

この詩には多分に哲学《てつがく》的なところがあると思う。

今夜わたしは物語を書いた。わたしがなにをしているのかを知ってエリザベス伯母さんはひどく苛立《いらだ》ち、時間を浪費したといって怒った。しかしこれは時間の浪費ではない。それによってわたしは成長したのだ——わたしにはよくわかっている。そして自分でも気にいった文句の中にはちょっといいのがある。「私は灰色の森が恐ろしい」——この文句は大変気にいった。それから——「白く気高く彼女《かのじょ》は月光のごとく暗い森を歩いていった」これは見事だと思う。それだのにことさら見事だと思うときにかぎってカーペンター先生はその部分を削《けず》ってしまわなくてはいけないと言う。でも、ああ、この文句だけは削れない——少なくともいまのところは。不思議なことにカーペンター先生から削れと言われてから三カ月ぐらいたつと、先生の考えがわかり、わたしは恥《は》ずかしくなる。きょう先生はわたしの作文を情け容赦《ようしゃ》なくこきおろした。なに一つ先生の気にいる個所《かしょ》はなかった。

「一つの節にああ、悲しきが三つもあるんじゃね、エミリー。このありがたいご時世に一つだって多すぎるくらいだよ！『よりいっそう抗しがたき』——エミリー、後生だから英語で書いてくれ！　こんな文句は赦《ゆる》しがたい罪悪だ」

たしかにそうだ。自分でもわかってわたしは恥ずかしさが赤い波のように頭のてっぺんから爪先《つまさき》まで押《お》し寄せるのを感じた。カーペンター先生は文章のほとんど全体に青鉛筆《あおえんぴつ》で書き入れ、わたしの素敵《すてき》な文句を全部皮肉り、なにを書くにも君は利口さをひけらかすのがお好きなようだと言うなり、わたしのノートを放《ほう》り出し、髪を掻《か》きむしりながら、

「これでものを書くとはね！　女よ、スプーンをとって料理でも習いたまえ！」

こう言って、『高らかにではなく陰《いん》にこもった声』でぶつぶつ罵《ののし》りながら出ていってしまった。わたしは哀《あわ》れな作品を拾いあげながら、あまり悪い気はしなかった。お料理はもうできるし、カーペンター先生のことではいくらか心得ていることがあるからだ。わたしの作品

の出来がよければよいほど先生はがみがみ怒るのである。この作文の出来ばえも素晴らしいにちがいない。しかし先生はあんまり怒っていらいらしたため――先生に言わせれば不注意や怠惰《たいだ》や無関心などから――もっとよくできるところをそうしなかった点を見のがしてしまった。しかももっと上手にできたはずだのにそうしないような者には先生は我慢《がまん》がならないのである。また、ゆくゆくはわたしが大物になるかもしれないなどとは一言もいってはくださらなかった。

エリザベス伯母さんはジョンソンさんが気にいらない。あの人の神学は健康ではないと言うのである。この前の日曜日のお説教でジョンソンさんが仏教にもいい点があると言ったからだ。

夕食のときエリザベス伯母さんはしきりに憤慨《ふんがい》した。

「この次にはカトリックにもいい点があるなどと言いだすだろうよ」

たしかに仏教にもいい点があるかもしれない。ディーンが帰ってきたらきいてみよう。

＊

一九――年　三月二日

きょう、わたしたちはみんなお葬式《そうしき》――セーラ・ポールおばあさんの――に行ってきた。もともとわたしはお葬式に行くのが好きである。そう話したらエリザベス伯母さんはびっくりして口もきけない有様だし、ローラ伯母さんは、

「まあ、エミリーったら！」

と叫《さけ》んだ。

わたしはエリザベス伯母さんをびっくりさせるのは好きだが、ローラ伯母さんに気を揉《も》ませるのはいい気持がしない——ほんとうにローラ伯母さんはやさしい人だもの——そこでわたしは説明した——というか説明しようとした。エリザベス伯母さんになにか説明するのはときとしてなかなか骨が折れる。

「お葬式は面白《おもしろ》いわ。それにおかしなこともあるし」

こう言ったら、さらに事態を悪化させてしまった。しかしエリザベス伯母さんもわたしとおなじようにわかってはいたのである。ポールおばあさんの親戚の何人かは何年もおばあさんと喧嘩《けんか》をし、おばあさんを憎《にく》んできたのに——死んだ人のことをこんなふうに言っては悪いが、ポールおばあさんは実際、人好きがよくなかった！——顔にハンカチを当てて泣いているふりをしているのはこっけいだった。わたしには親戚の人たち一人々の胸のうちがよくわかっていた。ジェーク・ポールは、あの鬼婆《おにばば》あめ、ひょっとしておれにもなにか遺《のこ》してやると遺言《ゆいごん》してないかな、と考えている——アリス・ポールは自分はなにももらえないとわかっているので、ジェーク・ポールももらえなければいいがと願っている。もらえなければアリスの気はすむだろう。ミセス・チャーリー・ポールは前からあの家をこんなふうに塗《ぬ》り替《か》えればいいのにと思っていたのに、ポールおばあさんはそうしなかったのだが、あまり早く塗り替えても穏当ではないし、と思案している。ミンおばさんは、来るとは思いもしないし、来てもらいたくもないまたまたまた従兄弟《いとこ》たちの大群がこんなに押し寄せたのでは、焼肉が足りなくなりはしないかと心配しているし、リゼット・ポールは人数をかぞえてみて、先週おこなわれたミセス・ヘンリー・リスターのお葬式のときよりも参列者が少ないことに腹を立てている。この話をローラ伯母さんにすると、伯母さんはしかつめらしい顔をして、「エミリー、あなたの言うことは全部そのとおりかもしれません」――（そのとおりなことをローラ伯母さんは承知しているのだ！）――「でも、あなたのような年のいかない子どもがつまり、そのう――そのう――そういうことまで見抜《みぬ》くというのはどうも感心しないわね」

しかしわたしは見抜かないではいられない。気のいいローラ伯母さんはいつもあんまり人に同情してしまうので、その人たちのこっけいな面がわからないのだ。しかしわたしはほかの事柄も見のがしてはいない。ポールおばあさんが養子にしてたいそうかわいがっていたザック・フリッツが嘆《なげ》き悲しんでいるのを見たし、マーサ・ポールが前におばあさんと大喧嘩したことを後悔《こうかい》し、恥入《はじい》っているのも見た――また、生きているときにはあんなに不満気でつむじまがりな表情をしていたポールおばあさんの顔が安らかで威厳《いげん》があり、うつくしくさえあるのを見た――まるでついに『死』が満足を与えてくれたかのように。

たしかにお葬式は面白い。

＊

一九──年　三月五日

今夜は雪がちらついている。わたしは雪が小暗い木々を斜《なな》めにかすめて降るところを見るのが好きだ。

きょうはよいおこないをしたと思う。ジェーソン・メロリーさんがジミーさんの薪挽《まきひ》きを手伝いに来ていた──そしてこっそり豚小屋《ぶたごや》にはいってウイスキーをびんからがぶ飲みしているのを見た。でもわたしはそのことをだれにも言わなかった──これがわたしのよいおこないである。

たぶんエリザベス伯母さんに話すべきかもしれない。けれども話せば伯母さんは二度とジェーソンさんをたのまないだろう。しかもジェーソンさんはかわいそうな妻と子どもたちのために、どんな仕事にでもありつかなければならないのだ。自分のおこないがいいか悪いかはっきり決めるのはかならずしもやさしくないことがわかった。

＊

一九──年　三月二十日

きのうエリザベス伯母さんはひどく怒った。先週死んだピーター・ドギアじいさんのための故人略伝をわたしが書かないからである。ミセス・ドギアがたのみに来たのだが、わたしは書こうとしなかった——わたしは大憤慨した。そんなものを書くなんて、わたしの芸術を冒瀆《ぼうとく》することになる——もっともむろん、ミセス・ドギアにそうは言わなかった。第一そんなことを言えば気を悪くするだろうし、それにこちらの言っていることがさっぱり通じないだろうから。エリザベス伯母さんでさえ、ミセス・ドギアが帰ったあとでわたしが断わった理由を説明しても呑《の》みこめないようすだった。

「あんたはいつもなんの役にも立たない、くだらないことばかり書いているじゃないか。人の役に立つことを書いたらよさそうなものだのに。そうすれば気の毒なメアリー・ドギアもよろこぶし。『わたしの芸術を冒瀆する』が聞いて呆《あき》れるよ。どうせ口をきくなら、なぜ道理にかなった口のきき方をしないのかね、エミリー」

わたしは道理にかなった口のきき方をしだした。

「エリザベス伯母さん」わたしは真剣《しんけん》になって言った。「ミセス・ドギアのためにどうして故人略伝が書けますか。人をよろこばせるためだからといって嘘《うそ》いつわりは書けません。ピーター・ドギアじいさんのことではなに一ついいことも、それから、ほんとうのことも書けないということは伯母さんにだってわかってらっしゃるでしょうに！」

そのとおりなのでエリザベス伯母さんは閉口してしまった。しかしそのためよけい機嫌《きげん》を悪くした。伯母さんのおかげでわたしはむしょうに腹が立ち、自分の部屋へあがっていって、思いのままにピーターじいさんの『故人略伝』を書きだした。自分の好きでない人の真実の略伝を書くのはじつに面白い。なにもわたしはピーターじいさんを嫌っていたわけではない。

ただ他のだれでもとおなじように軽蔑《けいべつ》していただけのことである。だがエリザベス伯母さんはわたしを怒らせた。怒るとわたしは痛烈《つうれつ》な皮肉が書ける。またもや『あるもの』がわたしをとおして書いているのを感じた——しかしいつものとは大違《おおちが》いの『あるもの』であった——哀れな、怠《なま》け者の、甲斐性《かいしょう》なしの、嘘つきの、愚《おろ》かな、偽善者《ぎぜんしゃ》のピーター・ドギアじいさんをなぶりものにして楽しんでいる悪意にみちた、嘲笑《ちょうしょう》的な『あるもの』である。その『あるもの』がくすくす笑っているあいだに発想——言葉——韻《いん》——みなひとりでにはまるべき場所にぴたっぴたっとはまっていくように感じられた。

この詩の出来栄《できば》えがとても巧《たく》みに思えたので、きょう学校へもっていってカーペンター先生に見せたいという誘惑《ゆうわく》に勝てなかった。きっと面白がると思った——そのとおり、先生もある意味では面白かったにちがいない。しかし読みおわると詩を下におき、先生はじっとわたしを見た。

「失敗者を皮肉るというのはたしかに愉快《ゆかい》なことにちがいなかろう。かわいそうにピーターじいさんは人生の失敗者だった——それがいまは死んでしまった——ピーターじいさんをおつくりになった神はじいさんに慈悲《じひ》をたれてくださるだろう。しかしじいさんの同胞《どうほう》は情けをみせようとしない。僕《ぼく》が死んだらエミリー、君は僕のこともこんなふうに書くつもりかね。君には力がある——ああ、そうだよ、ここにはっきり現われている——この詩はまったく巧みにできているね。一人の人間の弱さ、愚かさ、邪悪《じゃあく》さなどの描写《びょうしゃ》がある意味では君のような年ごろの子にしては気味の悪いほどの出来栄えだ。しかし——こういうことは、やり甲斐のあることだろうかね、エミリー」

「ないわ――ないわ」

わたしは恥ずかしさと後悔で逃《に》げだして泣きたかった。いままでこれほどつくしてくださったカーペンター先生のことを、わたしがそんなふうに書くなどと考えられるのかと思うとたまらなくなった。

「やり甲斐のないことだよ。諷刺《ふうし》が必要な場合もある――焼きつくさなくてはならない腐敗《ふはい》堕落《だらく》の源はある――だが焼く仕事は大天才にまかせておけばいい。傷つけるよりも、傷をいやすほうがいいのだ。われわれ失敗者にはそれがよくわかるのだよ」

「まあ、カーペンター先生！」

とわたしは言いはじめた。先生は失敗者なんかじゃありませんと言いたかった――言いたいことが山ほどあった――しかし先生は言わせてくれなかった。

「さあ――さあ、この話はやめにしよう、エミリー。僕が死んだらこう言ってくれ、『あの人は失敗者でした。それをだれよりもよく知っており、だれよりもつらく感じていたのはあの人自身でした』とね。エミリー、失敗者には情け深くするんだよ。どうしてもというなら、邪悪を皮肉るがいい――だが弱さには憐《あわれ》みをもつことだよ」

そう言うと、先生は大股《おおまた》に部屋から出ていき、クラスを呼び入れた。それ以来ずっとわたしはみじめな思いでやりきれず、今夜は眠《ねむ》れそうもない。しかしいまこの場でかたい誓《ちか》いをわたしは日記にしるす。わたしのペンは傷を与えるためではなく、傷をいやすためのものとする。ヴィクトリア朝初期ふうだのなんだのと言われてもかまわない、わたしは傍点《ぼうてん》を打った。非常に真剣だからである。

でも、あの詩は破かなかった。破けないのだ——実際、捨ててしまうのはもったいない。わたしの文学作品用の戸棚《とだな》にしまい、ときたま読んで楽しむことにした。しかし人にはけっして見せないつもりである。

ああ、カーペンター先生の気持を傷つけたくはなかったのに！

＊

一九——年　四月一日

きょうブレア・ウォーターを訪《おとず》れた人が言ったことで大憤慨した。わたしが郵便局にいると、シャーロットタウンのアレック・ソーヤー夫妻が来合わせた。ミセス・ソーヤーはとても美人で当世風で人を馬鹿《ばか》にしたところのある人である。夫に向かって、

「こんな眠くなるような土地の土着民は、よくもくる年もくる年もここで暮らしていけるものね。あたしなら気が変になってしまうわ。こんなところにはなに一つ事件など起こらないんですものね」

と言っているのが聞こえた。

わたしはミセス・ソーヤーにブレア・ウォーターのことを言ってやりたくてむずむずした。言おうと思えば猛烈《もうれつ》な皮肉を言ってやれたのである。しかしもちろんニュー・ムーンの者た

ちは人中で騒ぎ立てることはしない。だからミセス・ソーヤーがわたしに話しかけてきたとき、ひどく冷やかに会釈《えしゃく》をして、さっさと行ってしまうだけで満足した。ソーヤーさんが、

「あの娘《むすめ》はだれだい」

ときいているのが聞こえた。するとミセス・ソーヤーが、

「あれはあのスターの猫娘《ねこむすめ》（訳注 小娘の意）にちがいないわ――つんと頭をそびやかすところなんかマレー家独特のくせですもの」

と答えていた。

「こんなところにはなに一つ事件なんか起こらない」などとよくも言えたものだ！　事件ならしじゅう起こっている――わくわくするような事件が。ここの生活はこの上なく素晴らしいと思う。わたしたちには笑ったり、泣いたり、噂《うわさ》をしたりする種がいつもたくさんある。

このわずか三週間にブレア・ウォーターで起こったことを全部見てみればいい――喜劇も悲劇もみないりまじっている。ジェイムズ・バクスターが突然、妻と口をきかなくなった。その理由はだれにもわからない。かわいそうな妻にもわからない。そのため胸も張り裂《さ》けんばかりの思いをしている。体裁ということをいっさいきらったアダム・ギリアン老人が二週間前に死んだが、最後の言葉は、

「わしの葬式には泣いたり喚《わめ》いたりはしないでくれ」

というのだった。それで泣いたり喚いたりする者は一人もいなかった。だれもその気がないところへ老人がそう言ったので泣くふりをせずにすんだのである。あれほど朗《ほが》らかなお葬

式はブレア・ウォーターでも初めてであった。それよりもっと陰気《いんき》な結婚式《けっこんしき》をわたしは見てきた――たとえばエラ・ブライスの場合である。原因はエラが支度《したく》をするとき白い上靴《うわぐつ》にはきかえるのを忘れたことにあった。そのため爪先に穴のあいた色のさめた寝室《しんしつ》用の古靴をはいたまま客間におりてきた。たとえエラが身に一糸もまとわぬ姿で階下へおりてきたとしても、あれほどの評判にならなかっただろう。かわいそうにエラは婚礼の晩餐《ばんさん》のあいだじゅう泣いていた。

ロバート・スコビー老人と腹違いの妹が三十年間一度も騒《さわ》ぎを起こさずに暮らしてきたのに、いまは喧嘩をしている。もっともその腹違いの妹というのはごく人の気に障《さわ》る人だそうだ。いままでその妹がなにを言っても、なにをしても、ロバートは一度も怒《おこ》ったことがなかった。ところがこの間のある晩、夕食のときにドーナッツが一個だけ残った。ロバートはドーナッツが大好物なので、寝《ね》る前の楽しみにと思ってそれを食料品室にしまっておいた。さて、とりにいってみると、マチルダが食べてしまっていた。ロバートはものすごく怒ってマチルダの鼻をひっぱり、「女悪魔《おんなあくま》め」と罵《ののし》り、出ていけと怒鳴《どな》った。マチルダはデリー・ポンドの姉妹の家へいって暮らしており、ロバートもそれがいいと言っている。スコビー家の者らしく、どちらも相手を赦《ゆる》そうとせず、どちらも二度と幸福にはなれず満足することもないだろう。

二週間前のある月夜にジョージ・レイクはデリー・ポンドから歩いて家へ帰る途中《とちゅう》、突然《とつぜん》、月明りに照らされた雪の上の自分の影《かげ》のそばにもう一つ真っ黒な影がならんでいるのに気がついた。

しかも影をおとすようなものはなに一つないのである。ジョージはおそろしくて死にそうになり、もよりの家へ駆《か》けこんだ。人の話では二度と正気に返らないだろうということである。

こんな劇的な事件は初めてである。書くだけでも身震《みぶる》いがおこる。もちろんジョージはなにか勘違《かんちが》いをしたにちがいない。しかし正直な人だし、酔《よ》ってもいなかったのだから、どう解釈していいのかわたしにはわからない。

アーミニアス・スコビーはひどいケチで、妻の帽子《ぼうし》をいつも自分が買ってやる。妻に高価なものを買われては困るからだ。シュルーズベリーの店でもみなこのことを知っていて、アーミニアスのことを笑っている。先週のある日、彼はジョーンズ・マコラム商店へ行き、妻の帽子を買おうとした。するとジョーンズさんが、もしその帽子をこの店から駅までかぶっていくなら、ただで上げると言った。アーミニアスはそのとおりにしたのである。駅まで四分の一マイル（訳注　一マイルは約一・六キロメートル）ほどあり、シュルーズベリーじゅうの小さな男の子たちがわいわいはやしたてながらうしろを追いかけていった。しかしアーミニアスは気にしなかった。三ドル四十九セント節約できたのだから。

ところで、ある晩このニュー・ムーンでわたしはエリザベス伯母《おば》さんの二番目に上等のカシミヤのドレスの上に半熟卵を落としてしまった。大事件である。ヨーロッパの王国がひっくり返ったとしても、ニュー・ムーンでの騒ぎには及《およ》ばなかったであろう。

こういうわけですからソーヤーの奥様《おくさま》、あなたは大変な思い違いをしているのですよ。それにこういう事件はべつとしても、この土地の人たち自体が興味深い。全部が全部好きとはいえないが、わたしはどの人もみな面白いと思う——四十にもなって途方もない色のものを着るマティ・スモール嬢《じょう》は去年の夏じゅう、くすんだばら色のドレスに緋色《ひいろ》の帽子といういでたちで教会へやってきた——リューベン・バスコムおじさんは大変なものぐさで、ある雨降りの晩に屋根から雨が漏《も》りはじめたが、起きて寝台を移動させるよりはと、一晩じゅう傘《かさ》をさして寝ていたという人である——マクロスキー長老は祈禱会《きとうかい》である宣教師の話をするのに、『ズボン』などという言葉をつかうのはよくないと考え、話のあいだずっと礼儀《れいぎ》正しく『彼の下半身の衣類』という表現をした——アマサ・デリーは去年の秋、ロニー・バスコムの畑から盗《ぬす》んできた野菜を出して展示会で四つも賞をとった。一方、ロニーのほうは一つも賞をもらえなかった——きのうデリー・ポンドから材木を買いにきたジミー・ジョー・ベルは、「わしの小っさい豚《ぶた》に鶏小屋《にわとりごや》をおったってやるだ」と言った——ルーク・エリオットじいさんはたいした計画狂《けいかくきょう》で、元旦《がんたん》に一年の計をたて、酔っぱらうつもりの日も全部決めてしまう——そしてそのとおり実行するのである——この人たちはみな面白く、愉快である。

さて、これでミセス・アレック・ソーヤーが完全に間違っていることを証明してしまったので、たとえ猫娘と呼ばれたにしろ、わたしは彼女《かのじょ》に対して気持がなごんだ。猫はあんなにかわいい動物だのに、どうしてわたしは猫娘と呼ばれるのがいやなのかしら。

猫ちゃんと呼ばれるのは好きだけれど。

＊

一九——年　四月二十八日

二週間前、ニューヨークの雑誌社にわたしの一番よくできた詩「風の歌」を送ったのが、きょう、

「残念ながらこの原稿《げんこう》は使えません」

という小さな紙きれをそえただけで戻《もど》ってきた。

なんともみじめでたまらない。ほんとうにわたしにはいいものがなにも書けないのではないかという気がする。

いや、書ける。いつかあの雑誌社がわたしの作品を掲載《けいさい》できてありがたいと言うようにしてみせよう！

この詩を送ったことをカーペンター先生には話さなかった。同情してもらえないに決っているから。先生は、編集者たちを悩《なや》ませはじめるには、いまから五年ぐらいたったらちょうどよかろうと言っている。しかしあの雑誌で読んだ詩のなかには「風の歌」よりちっともましでないのがあった。

他のどの季節よりも春になるとわたしは詩を書きたくなる。カーペンター先生はそういう衝動《しょうどう》と戦わなくてはいけない、神の宇宙における他のなによりも、春は数多くの駄作《ださく》に対し

て責任があると言う。

カーペンター先生の話し方にはピリッとした味がある。

＊

一九――年　五月一日

ディーンが帰ってきた。きのうお姉さんの家に着き、きょうの夕方ここへ来て、わたしたちは庭の日時計の小径《こみち》をいきつ戻りつしながら語り合った。ディーンが帰ってきてうれしい。神秘的な緑色の目、形のいい口もとをしたディーン。

わたしたちは長いあいだ話していた。アルジェのこと、魂《たましい》の輪廻《りんね》のこと、火葬《かそう》のこと、横顔《プロフィル》のこと――わたしがいい横顔《プロフィル》をしている、「純粋のギリシア型」だとディーンは言った。

いつもわたしはディーンの賞《ほ》め言葉が好きである。

「明《あけ》の明星《みようじよう》よ、なんと成長したことだろう！　去年の秋、僕がここを出発したときは子どもだった――それがいまは女性になっている！」

（あと三週間でわたしは十四歳《さい》になるし、年のわりにわたしは背が高い。そのことをディーンはよろこんでいるらしい――ローラ伯母さんとは大違いである。伯母さんはわたしの服の裾《すそ》を長くするたびに溜息《ためいき》をつき、子どもはなんて早く大きくなるんだろうと言う）

「かくて時は過ぎゆく」

とわたしは日時計に刻まれた銘《めい》を引用し、すっかりおとなびた気分になった。

「君はほとんど僕ぐらいの背になった」こう言ってからディーンはにがにがしげに付け加えた。「たしかにジャーバック・プリーストはあまり堂々たる身長とはいえないからな」

わたしは前から少しでもディーンの背中のことに触《ふ》れるのをさけてきた。しかしいまは言った。

「ディーン、どうかそんなふうに自分を皮肉らないでちょうだい——少なくともわたしには。わたしは一度もせむしだなんて考えたことがないんですもの」

ディーンはわたしの手を取り、まるで心の底まで読み取ろうとするかのようにじっとわたしの目を覗《のぞ》きこんだ。

「それはほんとうかい、エミリー。僕の足が悪くなければ——そして背が曲っていなければいいのにと思うことがよくあるんじゃないのかな」

「あなたのためにはそう思うわ。でもわたしにとってはそんなことはどうでもいいことなの——いつまでもそうよ」

「いつまでも！」ディーンは力をこめてその言葉をくり返した。「それが信じられたら、エミリー——それさえ信じられたらなあ」

「信じられますとも」

わたしは熱心に言いきった。ディーンが疑っているようすなので腹が立った——けれどもなにか彼《かれ》の表情にはわたしを少しばかり不安にさせるものがあった。その表情を見てふいにあのマルヴァーン湾《わん》の崖《がけ》からディーンに助けられ、僕が救ったのだから君の生命は僕のものだと言われたときのことを思い出した。わたしは自分の生命が自分以外のだれかのものだなどとは考えるのもいやだ――どんな人でもいやだ。いくら好きでもディーンでさえいやである。しかもある意味ではこの世のだれよりもディーンを好きなのだが。

暗くなって星が出てくると、ディーンのあたらしい素敵《すてき》な双眼鏡《そうがんきょう》で二人は星をながめた。まったくうっとりするほどだった。ディーンは星のことをなんでも知っている――彼はどんなことでもみな知っているらしい。けれどもわたしがそう話すと、ディーンはこんなことを言った。

「一つだけ僕にはわからない秘密がある――それがわかるものなら僕の他の知識を全部ひきかえにしてもいい――ただ一つの秘密――たぶん僕には永久にわからないかもしれない。方法――獲得《かくとく》する方法――」

「なにを獲得するの」

わたしは好奇心《こうきしん》をかきたてられた。

「僕が心から望んでいるものだよ」ディーンは〈三人の王女〉の梢《こずえ》にかかっている星をながめながら夢《ゆめ》みるように言った。「いまではあの宝石のような星と同様、ほしくはあるが手の届きそうもない望みなのだよ、エミリー。しかし――はたしてそうかな」

ディーンがそれほど望むものとはなにかしら。

＊

一九——年　五月四日

ディーンがパリから素敵な紙挟《かみばさ》みをもってきてくれたので、表紙の内側に『みやまりんどう』からわたしの大好きな詩を写した。毎日この詩を読んで「アルプスの小径をよじのぼる」決意をあらたにしようと思う。大いに苦労してよじのぼらなければならないことがわかりかけてきた。以前は輝《かがや》く翼《つばさ》にのって「はるかかなたの目的地」へとまっすぐ舞《ま》い上がるものと思っていた。そのせっかくの夢をカーペンター先生が追っ払《ぱら》ってしまったのである。
「爪先《つまさき》で掘《ほ》り、歯でかじりつく——それよりほかに道はない」

と先生は言っている。

ゆうべ寝床《ねどこ》の中で、将来わたしが書こうと思う本の素晴らしい題を考えついた——「高貴の婦人」「忠実な誓い」「おお、青ざめたうるわしいマーガレットよ」（これはテニスン（訳注　十九世紀イギリスの詩人）の中にあった）「ビレ・ドービレの城」（これもテニスンから）「海辺の王国」

さて、この題にふさわしい着想がうかびさえすればいいのだけれど！

いまわたしは「みやまなかまどに囲まれた家」という物語を書いている——これもたいそうよい題だと思う。けれどもやっぱり愛の会話には困ってしまう。書いてみても、書いたとたんにぎこちないばかげたものに見えてきて腹が立ってしまう。ディーンに書き方をおしえてほしいとたのんだ。ずっと前にディーンはおしえてあげると約束《やくそく》してあったから。しかし君はまだ年がいかないからと断わられた——そういうときのディーンはいつものようにいかにも神秘的な、言葉以上の意味がふくまれているような言い方をした。わたしもあんな意味ありげなものの言い方ができたらいいのに。そうすれば、すごく興味ある人間に見えるから。

　きょうの夕方、学校がおわってからディーンと二人で庭の石のベンチにすわり、また『アルハンブラ』を読みはじめた。この本を読むたびにわたしは小さな扉《とびら》を開いてお伽《とぎ》の国へはいっていくような気がする。

「ああ、アルハンブラ（訳注　スペインのグラナダにあるイスラム王国の宮殿）を見たいわ！」

「いつか見にいこうよ――二人で」

　とディーンが言った。

「まあ、素敵！　そうできるかしら、ディーン」

　ディーンがまだ答えないうちに、のっぽのジョンの茂《しげ》みからテディの口笛《くちぶえ》が聞こえた――高い短い音が二つに低い長いのが一つ、それがわたしたちの合図なのである。

「ごめんなさい――いかなくちゃならないわ――テディが呼んでいるの」

「君はテディに呼ばれるたびにいかなくてはならないのかい」

　とディーンがたずねた。

　わたしはうなずいて説明した。

「あんなふうに呼ぶのはわたしに特別の用事があるときだけなの。ですからいかれるときは必ずいくと約束してあるのよ」

「僕だって君に特別の用事があるんだよ！　きょう君と『アルハンブラ』を読むために来た

んだからね」

急にわたしはひどく悲しくなった。ディーンといっしょにいたいのは山々だが、どうしてもテディのところへいかなくてはならないという気がした。ディーンは刺《さ》すような目でわたしを見た。それから『アルハンブラ』を閉じた。

「いきたまえ」

わたしは立った——しかし、なんとなく気分をこわされてしまった。

＊

一九——年　五月十日

今週、ディーンが貸してくれた本を三冊読んだ。一冊はばらの花園《はなぞの》さながらだった——たいそう楽しいが、少しあますぎる。もう一冊は山の松林《まつばやし》を思わせた——ピリッとした香気《こうき》にみちている——この本は大好きだ。しかし絶望におそわれた。あまりにもうつくしく書いてあるからだ——わたしにはとても、あんなふうには書けない。はっきりわかっている。あとの一冊は——まるで豚小屋だ。その本はディーンが間《ま》違《ちが》ってよこしてしまったのだ。これがわかったときディーンは非常に怒った——怒り、心を痛めた。

「スター（星）——スター——あんな本は絶対、君には見せたくなかったのに——なんていまいましいそそっかし屋だろう、僕《ぼく》は——赦《ゆる》してくれたまえ。あの本は一つの世界の忠実な描写《びょうしゃ》にはちがいない——だがありがたいことには君の世界ではない——またこの先、君がそこの住人となるような世界でもない。スター、あの本のことは忘れると約束してくれないか」

「できることなら忘れるわ」

と言ったものの、忘れられるかどうかわからない。じつに醜《みにく》い本だった。あれを読んでいらい、あまり楽しくない。なんだか手が汚《よご》れてしまい、いくら洗ってもきれいにならないような気持である。それにもう一つ妙《みょう》な感じがする。まるで背後で扉が閉まってしまい、あたらしい世界にとじこめられたようなのだ。わたしにはその世界を理解できないし好きでもないが、どうしてもそこを旅していかねばならない、そんな気がするのである。

今夜、性格描写のジミー・ブックにディーンの描写を書こうとした。しかしうまくいかない。出来あがりはまるで写真である――肖像画《しょうぞうが》ではない。ディーンには測り知れないところがある。

このあいだ、あたらしいカメラでわたしを写してくれたが、気にいらないようすだった。

「これでは君らしくない。だがむろん、だれにも星の光は写せないからね」

そう言ったかと思うと、鋭《するど》い口調でつけくわえた。

「あのテディ・ケントの小僧《こぞう》めに言ってくれ、君の顔を描《か》くなとね。どの絵にもみな君を描く権利などはないんだからな」

「そんなことないわ！」とわたしは叫《さけ》んだ。

「テディはたった一枚しかわたしの絵を描いてないわ――あのナンシー大伯母《おおおば》さんが盗んだ、、、絵だけよ」

　わたしはまったく意地悪く、恥《は》ずかしげもなく言いきった。あの絵を自分のものにしているナンシー大伯母さんは絶対に赦せない。

「あの小僧の絵にはみな、なにかしら君が現われている」とディーンは頑張《がんば》った――「君の目――首の曲線――頭のかしげかた――君の個性が現われている。それがなによりいやだ――君の目や曲線はまあいいとしても、あの子狐《こぎつね》めが描くものすべてに君の魂をすこしずつ入れることは許さないぞ。おそらく自分でも知らずにしているにちがいない――だからなおさらたまらない」

「あなたのお気持がわかりませんわ」わたしは高飛車に出た。「でもテディは素晴らしい人です――カーペンター先生がそうおっしゃっていますわ」

「そしてニュー・ムーンのエミリーもいっしょになって賞《ほ》めそやすというわけだね！　そうとも、あの小僧には才能がありますよ――将来、たいしたことをするようになるだろう、あの病的な母親に一生を台無しにされなければね。だが、僕の所有物の絵は描かせないよ」

　ディーンは笑いながらこう言った。しかしわたしはつんと頭をそびやかした。冗談《じょうだん》にしろ、わたしはだれの『所有物』でもありはしない。この先も絶対そんなものにはならないつもりだ。

＊

一九――年　五月十二日

きょうの午後、ルース伯母さん、ウォレス伯父《おじ》さん、オリヴァー伯父さんが揃《そろ》ってここへ来た。オリヴァー伯父さんは好きだが、ルース伯母さんとウォレス伯父さんは以前と同様、あまり好きになれない。三人はエリザベス伯母さんとローラ伯母さんといっしょに客間で家族会議をひらいた。ジミーさんは中に入れてもらったがわたしは除《の》けられた。しかしなにかわたしに関係のあることは確かである。ルース伯母さんも思うようにはいかなかったらしい。夕食のあいだじゅうわたしに剣突《けんつ》くをくわせ、雑草のように背ばかりひょろひょろのびているなどと言った！　いつもルース伯母さんはわたしに剣突くをくわせるし、ウォレス伯父さんは恩きせがましいことを言う。ルース伯母さんの剣突くのほうがまだしもましだ。ありがたそうな顔をしなくてすむから。わたしもある程度まではこらえていたが、ついに爆発《ばくはつ》した。ルース伯母さんがこう言ったからだ。

「エムリー、口答えをするんじゃありません」

ルース伯母さんはまるでわたしがまったくの子どもであるかのようなきめつけかたをした。わたしはまっすぐ伯母さんの目を見ながら冷やかに言った。

「ルース伯母さん、そんな口のきき方をされるには、わたしはもう大きくなりすぎていますわ」

「大きくなりすぎたからといって不作法な生意気な態度をしていいというわけじゃありませんからね」ルース伯母さんはフンと鼻をならした。「わたしがエリザベスならあんたの耳にしたたか平手打ちをくわせてやりたいところだよ、嬢《じょう》さん」

わたしはエムリーだの嬢さんだのと呼ばれたり、フンと鼻をならされたりするのは大嫌《だいきら》いだ！　ルース伯母さんにはマレー家の欠点が全部そなわり、美点は一つもないように思われる。

オリヴァー伯父さんの息子《むすこ》のアンドルーがいっしょに来て、一週間泊《とま》っていくことになっている。アンドルーはわたしより四つ年上である。

*

一九――年　五月十九日

きょうはわたしの誕生日《たんじょうび》である。きょうで十四歳になった。わたしは「十四歳のわたしから二十四歳のわたしへ」という手紙を書いて封《ふう》をし、二十四歳の誕生日に開けるように戸棚《とだな》へしまった。この中にいくつか予言をしておいた。ひらいてみたとき、それが当っているかどうか。

エリザベス伯母さんがきょう父の本を全部返してくれた。うれしかった。本には父の一部がこもっているように感じられる。一冊々々に父の自筆の署名がしてあり、余白には書きこみがしてある。それを読むと父からの手紙のような気がする。今夜はずっとそれに目をとおしてすごしたが、父がふたたび身近にいるように思われ、うれしくもあり悲しくもある。

きょうはある事件のために台無しになった。わたしが黒板のところへいって問題を解こうとすると、急にみんながくすくす笑いはじめた。どうしてなのかわからなかった。ふとわたしの背中に大判洋紙がピンでとめてあるのに気がついた。それには大きく黒々と『四つ脚《あし》のあひるの作者、エミリー・バード・スター』と書いてあった。わたしが紙をひったくり、石炭入れに投げこむのを見てみんなはよけい笑った。自分の希望をこんなふうにからかわれて、わたしはかんかんに怒《おこ》った。憤慨《ふんがい》し傷つけられた思いで家に帰った。しかしあずまやの段々にすわり、ジミーさんが育てた大輪の紫色《むらさきいろ》の三色すみれをじっと見つめて五分もしたら、腹立たしさがすっかり消えてしまった。だれでもほんのしばらく三色すみれをながめていれば怒ってはいられなくなる。

それに、やがては人がわたしのことを笑わない時が来るであろうから！

きのうアンドルーは帰っていった。エリザベス伯母さんはわたしにアンドルーをどう思うかとたずねた。これまで人のことをどう思うかなどと伯母さんにきかれたことは一度もない――わたしの意見など問題ではなかったのだ。わたしがもはや子どもではないということが伯母さんにもそろそろわかってきたらしい。

わたしはアンドルーのことを善良で、親切で、間抜《まぬ》けで、退屈《たいくつ》な人だと思うと言った。エリザベス伯母さんは怒ってしまい、その晩はずっと口をきいてくれなかった。なぜかしら。ほんとうのことを言わないわけにはいかないし、実際アンドルーはそのとおりなのだもの。

＊

一九――年　五月二十一日

きょう、春になって初めてケリーじいさんがぴかぴか光るあたらしいブリキ缶《かん》を山のように積んでやってきた。わたしにはいつものようにキャンデーを一袋《ひとふくろ》もってきてくれた――そしてお嫁《よめ》にいかないのかとからかった。これもいつものことだった。しかしなにか心にかかることがあるらしく、わたしに牛乳を一杯《ぱい》ふるまってくれと言うので搾乳所《さくにゅうじょ》へいくと、あとからついてきた。

「ねえちゃんや、小径《こみち》んとこでわしはジャーバック・プリーストに逢《あ》っただよ。ここへはちょくちょくやってくるだかね？」

とケリーじいさんは謎《なぞ》めいた言い方をした。

わたしはマレー家独特の角度に頭を反らせた。

「ディーン・プリーストさんのことなら、あの方はよくいらっしゃいますよ。わたしの大事な知合いですからね」

ケリーじいさんは頭を振《ふ》った。

「ねえちゃんや――わしが注意したじゃねえかね――そんなこたあねえ、なんどと言ってくんなさんなや。いつかあんたをプリースト・ポンドへつれてったとき、けっしてプリースト家の者と結婚《けっこん》するじゃねえと言ったはずだ。そうじゃなかったかね」

「おじいさん、馬鹿《ばか》なことを言うもんじゃないわ」わたしは怒りながらも、こんなジョック・ケリーじいさんなんかに腹を立てるのはくだらないという気がした。「わたしはだれとも結婚しないのよ。プリーストさんはわたしにはお父さんといっていいぐらいの年の方ですもの、わたしは勉強を手伝っていただく子どもにすぎないわ」

ケリーじいさんはまたもや頭を振った。

「わしはプリースト家の衆をようく知ってるだよ、ねえちゃんや――あそこの衆にこうと思いこまれたら、こちらは風をくらって逃《に》げ出すがええだ。このジャーバックもそうだ――人の話じゃ、なんでもマルヴァーン岩からあんたを釣《つ》り上げていらい、あの男はあんたに目をつけてるそうだ――あんたが言い寄るだけの年になるのを待ってるわけさね。それに不信心者だそうな。洗礼を受けるとき手をのばして牧師さんのめがねをひったくった話は有名だよ。これだものな。いまさらあの男が足が悪くて背が曲ってるなんどと言う必要はねえ――見りゃわかるさね。このケリーのおいぼれの言うことをきいて、まだまにあううちに逃げ出すがええだ。それ、そんなマレー風にわしを見るではねえだよ、ねえちゃんや。あんたのためを思って言ってるだから」

わたしはケリーをおいてきぼりにして来てしまった。こんなことでケリーじいさんなんかと言い合っても始まらない。こんなことはだれであれ、わたしに吹《ふ》きこまなければいいのに。頭にひっかかる。ケリーじいさんの言ったことなど、どれもとるに足りないことだと承知はしていても、このあと何週間かディーンに対してぎこちない思いをさせられるにちがいない。

ケリーじいさんが去ってしまってからわたしは自分の部屋へあがり、ジミー・ブックにケリーじいさんの描写をこまかく書きつけた。

イルゼはあたらしい帽子《ぼうし》を買った。青い雲のような紗《しゃ》と赤いさくらんぼの飾《かざ》りがついており、顎《あご》の下に大きな青い紗の蝶結《ちょうむす》びがついている。わたしはあまりいいと思わなかったのでイルゼにそう言った。イルゼはひどく怒って、あんたはやきもちをやいているのだと言い、二日もわたしと口をきいていない。もう納まったころだと思う。やきもちをやいたわけでないのは自分でもわかっているが、やはりわたしは間違っていたかもしれない。二度と人にあんなことは言うまい。ほんとうではあっても気のきかないことだ。

あしたまでにイルゼが赦してくれればいいが。怒っているときにはたまらなく寂《さび》しくなってしまう。怒っていないときのイルゼはまったく陽気で素晴《すば》らしくいい人なのだもの。

テディもいまのところ少しわたしによそよそしい。きっと先週の水曜日に祈禱会《きとうかい》からわたしがジョフ・ノースといっしょに帰ったせいだと思う。それが原因ならいいけれど。テディに対してわたしにそのくらいの力はあると思いたい。

これは書きとめていいものかどうかわからない。しかしほんとうのことなのだ。

もしテディが実際を知ればわかるだろうが、わたしはあのことでとてもみじめな思いを味わい、恥じているのだ。最初ジョフが娘《むすめ》たちみんなの中からわたしを選び出したとき、わたしは大変得意になった。家まで送ってくれるエスコートをもったのは初めてではあるし、ジョフはすごくハンサムで洗練された都会育ちの少年である。わたしより年上のブレア・ウォーターの娘たちはみな彼《かれ》にのぼせ上がっている。そういうわけだからわたしはいっぺんにおとなになったような気がして、ジョフといっしょにさっそうと教会の玄関《げんかん》から出ていった。しかしさほどいかないうちにもうわたしは彼が嫌いになりだした。いかにも人を見くびっているのである。わたしのことを連れだって歩いてもらう光栄に感謝している愚《おろ》かな田舎《いなか》娘と考えているらしかった。

　初めのうちはそのとおりだった！　だからこそ、癪《しゃく》にさわるのである。自分がそんな馬鹿だったかと思うとたまらない！

　わたしがなにか言うたびにジョフは、

「まったく君はびっくりするようなことを言うね」

とこればかり、気取った鼻にかかった声でくり返している。それに彼はわたしを退屈させた。なに一つ実《み》のある話ができないのである。でなければわたしにはそういう話し方をしなかったのかもしれない。ニュー・ムーンへ着くころにはわたしはぷりぷり怒っていた。ところがあのいやらしい奴はわたしにキスしろと言うのだ。

　わたしはぐっと身を反らした――ああ、そのときのわたしは心の髄《ずい》までマレー家の者だった。エリザベス伯母さんにそっくりだろうという気がした。

「わたしは若い男の人にはキスしません」

　わたしは傲然《ごうぜん》とはねつけた。

ジョフは笑いながらわたしの手を摑《つか》んだ。

「おや、お馬鹿さんだね、君は。なんのために送ってきたと思うのだい」

わたしは手を引っこませ、家の中にはいってしまった。しかしその前にあることをした。彼の顔をひっぱたいたのである！

そのあと自分の部屋へあがり、侮辱《ぶじよく》された恥ずかしさと、腹立ちまぎれにあんなはしたない振舞《ふるま》いをした自分が情けなくて泣き出した。威厳《いげん》ある態度はニュー・ムーンの伝統であるのに、わたしはそれを破った気がした。

しかしジョフ・ノースが正真正銘《しようしんしようめい》「びっくりした」ことは間違いない。

＊

一九――年　五月二十四日

きょうジェニー・ストラングから聞いたが、ジョフ・ノースはわたしのことを〝おっそろしい癇癪《かんしやく》持ち〟だ、あんな娘はもうこりごりだとジェニーの兄さんに話したそうである。ジョフがわたしといっしょに帰ったことがエリザベス伯母さんに知れて、きょう、二度と一人では祈禱会にやれないと言いわたされた。

＊

一九――年　五月二十五日

たそがれどき、わたしはこの自分の部屋にすわっている。窓はひらいており、蛙《かえる》は大昔《おおむかし》の出来事を歌っている。庭の真ん中の小径にそってゲイ・フォーク（訳注 にぎやかな三本の大木のこと）がルビーと金と真珠《しんじゅ》の大杯《たいはい》をささげてならんでいる。いまはやんでいるが一日じゅう雨が降っていた――ライラックの匂《にお》いのする雨だった。わたしはどんな天気もみな好きである。雨の日も好きだ――風のおばさんがえぞ松《まつ》の梢《こずえ》だけをそっとそよがすおだやかな煙《けむ》るような雨の日が好きだ。また、荒《あ》れて嵐《あらし》がかった、雨が滝《たき》のように降る日も好きである。雨でとじこめられるのもいい――雨がざあざあ屋根にぶつかり窓ガラスを叩《たた》き、軒《のき》からほとばしり落ちる一方、風のおばさんが森や庭で気の狂《くる》った魔法使《まほうつかい》のおばあさんのような金切り声をはりあげるのを聞いているのは楽しい。

　そのくせ、どこかへ出かけるときにはわたしも人並《ひとな》みに不平を言う！

　こういう夜にはかならず、三年前の父が亡《な》くなった春のことや、メイウッドのあの懐《なつ》かしい小さな古い家のことを思い出す。あれいらい一度も行ったことがない。いま、あそこにだれか住んでいるのかしら。〈アダムとイブ〉の木や〈おんどりの松の木〉や〈お祈《いの》りの木〉も前のままかしら。わたしの部屋ではだれが眠《ねむ》っているだろう。あの小さな白樺《しらかば》の林が大好きになり、風のおばさんと〈えぞ松のやせ地〉で遊んでいる人がいるかしら。いま〈えぞ松のやせ地〉と書いたとたんに古い記憶《きおく》がよみがえってきた。わたしが八つのときの春の夕方、やせ地で風のおばさんとかくれんぼをしていた。わたしは二本のえぞ松のあいだに小さなくぼ地を見つけた。そのくぼ地にはほかがまだ色あせた褐色《かっしょく》をしているのに、そこだけちいさな目のさめるような緑の葉がじゅうたんをしきつめたように生えていた。それはそれはうつくしく、じっと見つめているうちに〈ひらめき〉が訪《おとず》れた。――〈ひらめき〉の訪れはそのときが初めてであった。そのためにあのちいちゃな緑の葉をこんなにはっきり憶《おぼ》えているのだろう。わたしのほかにはあの葉のことを憶えている者はない――たぶんだれもあれを見なかったのだろう。わたしはほかの葉のことは忘れてしまったが、これだけは毎年、春になると思い出す。そして思い出すたびに、この葉のおかげで味わったあの不思議なひとときをふたたびあらたにするのである。

第三章　嵐　の　夜

私たちの中には人生街道《かいどう》の一里塚《いちりづか》に達したときのことを、はっきりと思い出せる人がある――子ども時代から娘時代にはいったときの素晴らしい一瞬《いっしゅん》を――娘時代から突然《とつぜん》、一人前の婦人となったときの恍惚《こうこつ》としたうつくしい――あるいは、ものみな粉々に打砕《うちくだ》くような恐《おそ》ろしい瞬間を――青春が背後に遠ざかってしまったという決定的な事実に直面したときの身も凍《こお》るような瞬間を――老いを自覚したときの安らかながら、もの悲しい瞬間を。エミリー・スターはその最初の一里塚を通りすぎ、子ども時代を永久に後にした夜のことをいつまでも忘れられなかった。

経験はすべて人生を豊かにするが、経験の度が深ければ深いほど大きな富をもたらす。その夜の恐怖《きょうふ》と神秘と不思議な歓喜は何年分もエミリーの心を成熟させた。

七月初めの夜のことだった。日中は猛烈《もうれつ》な暑さであった。エリザベス伯母《おば》はすっかり弱ってしまい、祈禱会には行かないことにした。ローラ伯母とジミーさんとエミリーは出席した。出かける前にエミリーは、祈禱会がおわったらイルゼ・バーンリといっしょにイルゼの家へ行き、一晩泊ってもいいかとたずねたところ、よろしいという許可がおりた。これはめったにないうれしいことだった。だいたいエリザベス伯母は一晩じゅう家をはなれることには反対だからである。

しかしドクター・バーンリは家を留守にしなければならず、家政婦は足をくじいたために床《とこ》についていた。イルゼが泊りにきてくれとたのんだので、エミリーはその許しをもらったのである。このことをイルゼは知らなかった——じつのところ許しがおりようとは思っていなかった——イルゼには祈禱会がすんでから話すつもりだった。もしイルゼが遅刻《ちこく》しなかったらエミリーは祈禱会「開始」の前に話したであろうし、そうすればおそらくその夜の災難《ばんじ》は避《さ》けられたにちがいない。しかしイルゼはいつものように遅れて来たので、あとは万事いもづる式につづいて起こった。

エミリーは教会の最高部に近い窓ぎわにあるマレー家の席にすわっていた。窓からこの小さな白い教会をとりまいている樅《もみ》と楓《かえで》の林が見晴らせた。きょうの祈禱会は週に一度おこなわれ、信心深い信者がまばらに出席するだけの普通《ふつう》の祈禱会ではなく、迫《せま》ってきた聖餐式《せいさんしき》の日曜日にそなえるための「特別の祈禱会」であって、説教者も若い熱心なジョンソン牧師ではなかった。婦人会の夕食で大失敗をしたにもかかわらず、エミリーはジョンソン牧師の話をいつもよろこんで聞いていた。きょうのはシュルーズベリーから一晩だけ貸してもらった巡回福音《じゅんかいふくいん》伝道者であった。この伝道者の評判はひろくいきわたっていたので教会は満員になった。しかし祈禱会のあとで大部分の者はやはり自分たちのジョンソン師の話のほうがずっといいと言っていた。エミリーは冷静に批判《ひはん》的に観察した結果、この伝道者は口先のうまい俗物にすぎないと判断した。その祈るのを聞いて思った。

「神様に忠告をあたえ、悪魔《あくま》を罵倒《ばとう》するのがお祈りじゃないわ」

説教も二、三分間じっと聞いていたが、騒々《そうぞう》しい、不合理な、煽情《せんじょう》的なことをいう人間だと見定め、伝道者には心も耳もふさいでしまい、ゆうゆうと空想の国へと立ち去った——不《ふ》愉《ゆ》快《かい》な現実から逃げ出したいときエミリーはいつも自由にそうできるのである。

外では樅や楓ごしに月光が銀の雨のようにふりそそいでいた。しかし北西のほうには気味のわるい雲の峰《みね》があらわれだし、暑い夏の夜のしじまを破って雷鳴《らいめい》が聞こえた。——ほとんど無風状態でありながら、ときおりそよ風というよりはむしろ溜息《ためいき》に近いような風がふいに樹木をわたり、その影《かげ》に怪奇《かいき》な踊《おど》りを踊らせていた。今夜はおだやかな、いつも見なれた美しさと、迫りくる嵐の前ぶれとがまざりあって異様な雰囲気《ふんいき》をかもしだしているのに魅力《みりょく》を感じ、エミリーはこの描写《びょうしゃ》をジミー・ブックに書きとめようと、福音伝道者の説教が半ばにくるまで心の中で文を組み立てた。あとの半分は目のとどく範囲《はんい》内の聴衆《ちょうしゅう》を観察することにあてた。

人の集まる場所ではエミリーはこれに飽《あ》くことを知らず、しかも年をかさねるにつれてますます好きになっていった。いろいろな顔を観察し、その上に書かれた象形文字の身の上を憶測するのはたまらなく面白《おもしろ》かった。この男や女たちはだれも心に秘密の生活をもっており、それを知っているのは自分と神だけである。他の者はそれを推測するほかない。この推測の遊びがエミリーは大好きだった。ときには推測の域をこえ、実際のことのように思われた――つまり気持を集中しているうちにエミリーはその人びとの魂《たましい》の中にはいりこみ、おそらく当人にもわからないにちがいない隠《かく》れた動機や情熱を読みとることができた。この力がおとずれるとその誘惑《ゆうわく》に打勝つのは容易でなかった。そして結局それに負けてしまうのだが、しかし罪をおかしているという不安な感じを払《はら》いのけることはできなかった。これは空想の翼《つばさ》にのって理想的な創造の世界に舞《ま》い上がるのとはまったく異なっていた――あのたえなるこの世のものならぬ美しい〈ひらめき〉とも異なっていた。このどちらの場合にもエミリーは一瞬のためらいも疑いも感じなかった。しかしいわばわずかのあいだ、掛金《かけがね》のはずされた扉《とびら》から忍《しの》び足ではいりこみ、仮面の下によこたわる他人の言語に絶した心を覗《のぞ》き見ることは、力を意識すると同時に禁じられた行為《こうい》をしているという意識――冒瀆《ぼうとく》行為だという意識さえいだかせた。しかしエミリーにはこの誘惑に打勝つ自信はなかった。覗いていることに気づく前に戸口から中を見てしまっているのである。目にうつるものはほとんど恐ろしいものばかりだった。だいたい秘密というものは恐ろしいものである。美しいものが隠されていることはめったにない――醜《みにく》さと欠点のみが隠されている。エミリーは思った。

「フォーサイス長老は昔なら迫害者《はくがいしゃ》というところだわ。そんな顔をしているもの。いまこの瞬間、あの伝道者にたいへんな好意をいだいている。地獄《じごく》の有様を話しているからだ。フォーサイス長老は自分の敵はみな地獄におちると考えている。そうだ、だからあんなにうれしそうな表情をうかべているのだ。ミセス・ボーエスは夜になるとほうきの柄《え》にのって空をとぶのだ。いかにもそんな顔をしている。四百年前ならさしずめあの人は魔女でフォーサイス長老に火刑《ひあぶ》りにされていたところだ。ミセス・ボーエスは人をみな憎《にく》む――どんな人もみな憎らしいなんて――心が憎しみでいっぱいになるなんて――さぞ恐ろしいことにちがいない。こんな人物もジミー・ブックに書いてみなくちゃ。憎しみはあの人の心から愛情を残らず追い出してしまったのかしら。それとも人か物への愛情がすこしでも残っているのだろうか。もし残っていればあの人は救われるかもしれない。これは物語にいい思いつきだ。寝《ね》る前に書きとめておかなくちゃ――イルゼから紙を借りよう。そうだ――讃美歌《さんびか》の本に一枚はさんであった。いまのうちに書いておこう。

ここにいるすべての人がいきなり、なにを一番願っているかときかれ、ほんとうのことを答えなければならないとなったら、なんて言うかしら。夫や妻を替えたいと望んでいる者は何人いるだろう。クリス・ファーラーとミセス・クリスはその中にはいる――それはみんなが知っていることだ。どうしてそんな気がするのかわからないけれど、ジェイムズ・ビーティと彼の妻もたしかにそうだわ。いかにもお互《たが》いに満足しきっているようには見える――けれどいつか彼の妻がだれも見ていないと思ってじっと夫を見つめていたのをわたしは見た――ああ、まるであの人の目から心の中まで見通したような気がしたっけ。あの人は夫を憎んでいた――恐れてもいた。いまあそこに夫とならんですわっている。小柄《こがら》で瘠《や》せてだらしのない身なりをしているわ。顔は青ざめているし髪は色あせている――しかしあの人自身は反抗心《はんこうしん》の火の玉となっているのだ。あの人が一番願っていることはジェイムズから解放されることなのだ――でなければ一度だけでも殴り返してやることだわ。そうすれば気がすむだろうから。

あそこにディーンがいる――どうして祈禱会へなんか来たのかしら。いかにもまじめくさった顔をしているけれど、目はサンプソン師を嘲《あざけ》っている――サンプソン師はなにを言っているのだろう――ああ、かしこい処女たちの話をしているのだわ。わたしはかしこい処女なんか大嫌《だいきら》いだ――ひどく利己的だもの。あの処女たちはあの哀《あわ》れな愚かな人たちに少しばかり油をやってもよさそうなものだのに。イエスはあの不正な執事《しつじ》をほめるつもりはないと同様、あの処女たちもほめるつもりはなかったにちがいない――イエスはただ、愚かな人たちに不注意だったり愚かであったりしてはいけない、そうすると用心深い利己的な人びとは救い出してくれないだろうから、と注意しようとしたにすぎないと思うわ。わたしなら家の中でかしこい処女たちとご馳走《ちそう》をたべるよりも、外の愚かな娘たちの仲間にはいりその娘たちに手をかしたり慰《なぐさ》めたりしたいと思うけれど、そんな考えをおこしてはいけないのかな。それにそのほうがずっと面白いだろうし。

あそこにミセス・ケントとテディがいる。ああ、ミセス・ケントはひどくなにかをほしがっている——それがなんであるかわたしにはわからないけれど、どうしてもあの人の手にははいらないものなのだ。それに渇《かつ》えているために夜も昼も苦しんでいるのだ。だからこそテディをあんなにしっかり摑《つか》まえているのだわ——それはわかっている。でもミセス・ケントがなぜ、あれほど他の女と異なっているのかわからない。あの人の心の中はどうしても覗き見ができないもの——人をみな閉め出してしまっている——扉の掛金をけっしてはずさないのだ。

わたしが一番願っていることはなにかしら。アルプスの小径《こみち》を頂までのぼり、

「その輝《かがや》く巻物に
このはした女《め》の名をしるす」

ことなのだ。わたしたちはみな飢《う》えている。わたしたちはみな人生のパンをほしがっている——しかしサンプソン師はそれをわたしたちに与《あた》えることはできない。サンプソン師はなにを一番願っているのかしら。彼の魂はもやもやしているので覗きこめない。浅ましい願いをたくさんいだいているのだ——心を揺《ゆ》り動かすにたる願いなどなにももっていないのだ。ジョンソン牧師は人びとを救い、真理を説くことを願っている——実際そのとおりに行なっている。ジェニーおばさんはなによりも全世界の異教徒がキリスト教徒になることを願って

いる。その魂には後ろ暗い願いなど一つもない。カーペンター先生の願いはわかっている――失われた唯一《ゆいいつ》のチャンスをふたたび取戻《とりもど》すことだ。キャサリン・モリスは若さを取戻したがっている――わたしたち若い娘を嫌うのは、わたしたちが若いからだ。マルコム・ストラング老人の願いはただ生きていること――せめてあと一年――いつもあと一年だけ生きていることである――ただ生きているために――ただ死なないために。死ぬのをのがれるため、というほかなんの生き甲斐《がい》もないのはさぞたまらないだろう。それでいながら彼は天国を信じている――自分は天国へいくものと考えている。もし一度だけでもわたしのひらめきを見たなら、死ぬのをあれほどいやがらないだろうに、かわいそうな年寄りだ。メアリー・ストラングのほうは死にたがっている――ある恐ろしいもののために悶《もだ》え死にする前に。それはガンだという話だ。特別席に頭のおかしいモリソンがいる――あの人の願いはみんなが知っている――妻のアニーを見つけることだ。トム・シプレーは月をほしがっているのだと思う――そしてどうしても月を手にいれることはできないことがわかっているのだ――だから正気ではないと人から言われるのだ。エミー・クラブはマックス・テリーが自分のところへ戻ってくれることを願っている――エミーにとってほかのことはどうでもいいのだ。

こういうことを全部、明日ジミー・ブックに書いておかねばならない。とても魅力がある――けれどやはりわたしはうつくしいもののことを書くほうが好きだ。ただ――こういう事柄にはどういうものかうつくしい事柄には欠けているぴりっとした風味がある。あそこに見えるあの森――銀色と影につつまれてなんて素晴《すば》らしいのだろう。月光は墓石にも不思議な働きをしている――そのため不格好な墓石までうつくしく変わっている。でも、ものすごく暑い――息がつまりそうだわ――雷《かみなり》の音はだんだん近づいてくるし。嵐《あらし》がやってこないうちにイルゼと帰りたいわ。おお、サンプソンさん、サンプソンさん、神様は怒《おこ》りんぼではありませんよ――そんなことを言うところをみると、あなたは神様についてなにも知らないのね――わたしたちが馬鹿《ばか》なことをしたり、悪いことをしたりすると神様は悲しまれるけれど、癇癪《かんしゃく》をおこしたりはなさらないと思うわ。あなたの神様はエレン・グリーンの神様とそっくりよ。立ち上がってあなたにそう言ってやりたいけれど、教会でがみがみ騒《さわ》ぎたてるのはマレー家の伝統にそむきますからね。あなたは神様を醜くしてしまった――神様はうつくしいのに。神様を醜くしてしまうなんて、あなたなんか大嫌いよ、このデブのチビめ。

一方、エミリーの熱心な探《さぐ》るような目差《まなざ》しに何度か気づいていたサンプソン師は自分の説教がエミリーにその救いのない状態を意識させ、深い感銘《かんめい》を与えたものと思い、最後に熱烈《ねつれつ》な訴《うった》えを叫《さけ》んで腰《こし》をおろした。ランプに照らされた暑苦しい教会にすし詰《づ》めになっていた聴衆は、はっきり聞きとれるほど大きくほっと安堵《あんど》の吐《と》息《いき》をつき、讃美歌や祝福を待たずに押《お》し合いながら外のさわやかな空気の中へと出ていった。この人の流れに巻きこまれてエミリーはローラ伯母とわかれわかれになり、聖歌隊席の入口から説教壇《せっきょうだん》の左手へと押し出されていった。しばらくかかってようやく人の群れから身をふりほどき、正面玄関《げんかん》へといそいで回ってきた。イルゼと会えると思ったからである。ここでも人がごった返していたが、みるみるうちにまばらになり散っていった。しかしイルゼの姿はなかった。ふとエミリーは讃美歌の本をもっていないことに気がついた。いそいで聖歌隊席の入口へとんでいった。座席に置いてきたにちがいない——あんなところに置きっぱなしには絶対できない。最後の讃美歌をうたっているあいだにエミリーは断片的《だんぺん》な覚え書きをこそこそ紙に書きつけ、それを大事に讃美歌の本にはさんでおいたのである——聖歌隊にいる骨張ったミス・ポターの辛辣《しんらつ》な描写——サンプソン師自身についての皮肉な文を二行ばかり——それに二、三書きつけておいた気まぐれな空想は他のなににもまして隠しておきたかった。これには人に読まれただけで汚《けが》されてしまう夢《ゆめ》や幻想《げんそう》のようなものが含《ふく》まれているのだ。

エミリーが中にはいっていったとき、少しばかり目が悪く、少なからず耳の悪い寺男ジェイコブ・バンクス老人がランプを消しているさいちゅうで、説教壇のうしろの壁《かべ》にともっている二つのところまで来ていた。エミリーは本架《ほんか》から自分の讃美歌をひっつかんだ——例の紙片はなかった。ジェイコブ・バンクス老人が最後のランプを消そうとしたとき、そのかすかな光で紙片が前の座席の下の床《ゆか》に落ちているのが見えた。エミリーがひざまずいて紙片に手をのばしているあいだにジェイコブ老人は外へ出て、聖歌隊席の戸口に錠《じょう》をおろしてしまった。老人が行ってしまったことにエミリーは気づかなかった——どんどん拡《ひろ》がる雷雲にもまだ追いつかれない月のおかげで、教会の中はまだ薄明《うすあか》るかったからである。やっぱりあの紙ではなかった——どこにいったのかしら——ああ、やっとここにあった。エミリーは紙片をつかみ、戸口へ走っていったが、扉は開かなかった。このときエミリーはジェイコブ老人が立ち去ったこと——自分が教会の中にたった一人いることを知った。エミリーは扉を開けようとした――それからジェイコブ老人を呼びたてたが無駄《むだ》であった。ついに正面玄関へと通路を走っていった。玄関へついたとき、最後の二輪馬車がきしりながら門を曲り遠ざかっていくのが聞こえた。同時に黒雲が突然、月を呑《の》みこみ、教会は暗闇《くらやみ》につつまれた――蒸《む》し暑くて息苦しい、触《ふ》れようと思えば触れられるほど濃《こ》い暗闇である。ふいにエミリーはこわくなり悲鳴をあげた――扉をどんどん叩《たた》いた――気が狂《くる》ったように把手《とって》をよじった――ふたたび悲鳴をあげた。おお、一人のこらず帰ってしまったはずはない――だれかに聞こえるだろう！

「ローラ伯母《おば》さん――ジミーさん――イルゼ」

ついに絶望のわめきを張りあげた。

「おお、テディ――テディ！」

青白い稲妻《いなずま》が玄関をよぎり、つづいて凄《すさ》まじい雷鳴がひびきわたった。ブレア・ウォーターの年代史はじまっていらいの大雷雨がおとずれたのである――そしてエミリー・スターは楓林《かえでばやし》の中の真っ暗な教会に一人とじこめられていたのである――もとからエミリーは雷雨にたいして理由もなく本能的な恐怖をいだいており、どうしてもその恐怖を消し去ることができず、わずかにこらえるのが関の山だった。

エミリーは震《ふる》えながら回廊《かいろう》へつづく階段にくずれるようにすわりこみ、うずくまってしまった。わたしがいないことに気がついたら、きっとだれかが引返してくるにちがいない。でも、気がつくかしら。わたしがいないことをだれが不思議に思うだろう。ローラ伯母さんとジミーさんは予定どおりわたしがイルゼといっしょだと思うだろうし、わたしが泊《とま》りに来ないものと思って帰ったらしいイルゼのほうは、わたしがニュー・ムーンに帰ったものと考えているにちがいない。わたしがどこにいるのかだれも知らないのだ——だれも引返してきてくれないのだ。わたしはこの恐《おそ》ろしくて寂《さび》しい、黒い、がんがん響《ひび》きわたる場所にいなければならない——日曜学校や、歌や、なつかしい友達の見なれた顔などの古くからの連想で、よく知りつくし、大好きなこの教会がいまは恐ろしい物がいっぱいただよっている気味の悪い、見知らぬ場所になっていた。逃《に》げ道はない。窓は開かない。この教会は一番高い屋根の近くにある欄干《らんかん》のようなガラス窓で換気《かんき》するようになっており、針金を引っぱって開閉するようになっていた。エミリーにはそこまでのぼっていくことはできないし、たとえのぼっていったにしても欄干窓は通りぬけられなかった。

エミリーは頭の先から爪先《つまさき》まで震えながら段々にしゃがみこんだ。いまや雷も稲妻もひっきりなしに鳴ったり光ったりしている。雨はパラパラとではなくザーッザーッと窓に吹《ふ》きつけ、ときどき雹《ひょう》が窓に一斉射撃《いっせいしゃげき》をおこなった。嵐とともに急にまきおこった風は金切り声をはりあげながら教会のまわりを吹きめぐった。それはエミリーの子ども時代からの親友であるこうもりの翼をした霧《きり》のような〈風のおばさん〉ではなく、喚《わめ》きたてる魔女の一隊であった。

「空の軍勢の王子が風をひきいている」

と頭のおかしいモリソンさんが言ったことがあった。なぜ、いまごろモリソンさんのことを思い出したのだろう。なんて窓がガタガタいうことか。まるで嵐の悪魔の騎手《きしゅ》たちが揺すぶっているようだ！　数年前のある夜、人気《ひとけ》のない教会でオルガンが鳴っているのをだれかが聞いたという途方《とほう》もない話をエミリーは聞いたことがあった。もしもいま、鳴りだしたら！　どんな奇怪などんな恐ろしい想像も事実となりそうな気がした。階段がきしんだのではないかしら。稲光と稲光のあいだの暗闇があまりに濃いので、どろっとした物に見えた。それに触《さわ》られたらと思うとエミリーはぞっとして膝《ひざ》に顔をうずめた。

　しかしまもなく気を持ち直し、こんな有様ではマレー家の家風にそむいていると反省した。マレー家の者はこのようにくずおれたりしないのだ。マレー家の者は雷雨のときにこわがって馬鹿なまねなどしないのだ。池の向うの私有墓地にねむっているマレー家の先祖たちはわたしのことをだらしのない子孫だと軽蔑《けいべつ》するだろう。エリザベス伯母さんなら、スター家の血筋があらわれたと言うところだ。わたしは勇敢《ゆうかん》にならなくてはいけない。結局いまよりもっと恐ろしい時をきりぬけてきたではないか――のっぽのジョンの毒入りリンゴを食べた夜（訳注『可愛いエミリー』参照）――マルヴァーン湾《わん》の岩から落ちたあの午後。こんどのことはあまり突然《とつぜん》だったのでわたしはあわててしまったのだ。元気を出さなくてはならない。なにも恐ろしいことなど起こりはしないのだ――せいぜい教会で一夜を明かすぐらいのことである。朝になればだれか通りがかった者の注意をひき起こせるから。ここにもう一時間以上もいるのになにも起こらなかったではないか――髪《かみ》が白髪《しらが》にかわっていれば話はべつだが。髪が白髪になることはときどきあるらしいから。ときどき髪の根元が妙《みょう》に縮れたような薄気味の悪い感じがしたっけ。エミリーは次の稲光で見ようと、三つ編みにした長い髪をさし出した。ぴかっとやってきたとき、自分の髪がまだ黒いままなのが見えた。エミリーはほっと安心し、元気が出はじめた。嵐は通りすぎようとしている。雷鳴も前より小さくなり、間が遠のいてきた。しかし雨はあいかわらず降りつづけているし、風は教会の周囲を猛《たけ》りくるい金切り声をあげ、大きな鍵穴《かぎあな》から不気味にすすり泣きながらはいってきた。

エミリーは肩《かた》をしゃんと起こし、一段下の段へ用心深く足をおろした。教会の中に戻ったほうがいいと判断したのである。またべつの雷雲がきたら尖塔《せんとう》に落雷するかもしれない――尖塔にはかならず落ちることをエミリーは思い出した。尖塔はがらがらと玄関にいるエミリーの真上にくずれてくるだろう。中にはいってマレー家の席にすわっていよう。わたしは冷静に、考え深く、落着いていなければならない。あんなにこわがったりして恥《は》ずかしいことだ――でもほんとうにこわかったわ。

いまは柔《やわ》らかな重い暗闇がエミリーをとりまき、七月の夜のむし暑さのせいか、妖気《ようき》のようなものがあいかわらずあたりにたちこめていた。玄関はひどく小さくて狭《せま》い――教会の中ならこんなに息苦しく暑くはあるまい。

エミリーは階段の手摺《てす》りに手をのばし、しびれた足で立ち上がろうとした。手に触れたものは――手摺りではなかった――いったい、なんだろう――なにか毛むくじゃらのものである――エミリーは恐怖《きょうふ》のあまり悲鳴をあげかけたが、それは唇《くちびる》に凍《こお》りついてしまった――パタパタという足音がそばを通り階段をおりていった。稲光が階段の下にいる大きな黒犬を照らしだした。犬はぐるっと向いてエミリーを見上げたかと思うと、ふたたび闇に呑まれてしまった。わずか一瞬《いっしゅん》の間にすぎなかったが、犬が悪魔《あくま》のような赤いらんらんと燃える目をじっとこちらに向けているのをエミリーは見た。

彼女《かのじょ》の髪はまたもや根元がむずむずしはじめた——ひどく大きな、ひどく冷たい毛虫がゆっくり背筋を這《は》いだした。たとえ命があぶなくても、筋肉一つ動かすこともできなかった。悲鳴さえあげられなかった。最初あたまにうかんだのは『山頂のピベリル』に出てくるマンクス城のあの恐ろしい悪魔の犬のことだった。しばらくは恐怖のあまり胸がむかついてきた。やがて子どもには似つかわしくない決断力でもって——この瞬間からエミリーはまったく子どもではなくなったのだと思うが——自制心をとりもどした。恐怖心なんかに負けるものか、——エミリーは歯をくいしばり、わななく手をにぎりしめた。勇敢でなくては——賢明《けんめい》でなくてはならない。あれはありふれたブレア・ウォーターの犬で、飼《か》い主について——いずれならず者の少年だろうが——回廊へはいりこみ、置いてきぼりにされたにちがいない。前にもそういうことがあったっけ。稲光がひらめき、玄関にはなにもいないことがわかった。犬は教会の中へはいっていったにちがいなかった。エミリーはいまいるところにじっとしていることにした。恐怖は去ったが、それでも暗闇の中でいきなり冷たい鼻や毛むくじゃらの横腹に触《さわ》るのはいやだった。犬に触った瞬間のあの恐ろしさはとても忘れられるものではない。

もう十二時にはなっているはずである——祈禱会《きとうかい》がおわったのは十時だったから。嵐はあらかたしずまった。ときおり風の金切り声は聞こえるが、その合間は物音一つせず、しずけさをやぶるのは小降りになってきた雨の音だけである。雷もまだかすかにごろごろ鳴っており、稲妻はかなりひんぱんに光っていたが、色が薄れ、さっきよりもおだやかになっていた——耐《た》えられないほどの青い輝きとなって教会をつつみ、目を焦《こ》がすかと思われたあの裂《さ》くような閃光《せんこう》ではない。しだいにエミリーの胸の動悸《どうき》は平常にかえりはじめた。理性的な思考力もかえってきた。こんな窮場《きゅうば》はけっして好もしくはないが、しかし劇的な要素を含んでいることにエミリーは気がつきはじめた。ああ、日記に——あるいはジミー・ブックに書くのに素晴らしいわ——それより将来いつか書くつもりの小説にちょうどいい！　これはヒロインにお誂《あつら》えむきの事態だわ——むろんヒロインはヒーローに救われなくてはならない。エミリーは場面を組み立てたり——つけたしたり——強調したり——適切な表現をさがしたりしだした。結局——これは——面白《おもしろ》いことになってきたわ。ただ犬がどこにいるのか、それを知りたかった。玄関の窓から見える墓石に青白い稲妻がなんて気味悪く光っているのだろう！　その向うの見なれた谷間もパッパッとひらめくたびになんて異様に見えることか！　風は呻《うめ》き、吐息をつき、不平をこぼしている——しかしふたたびエミリーの風のおばさんになっていた。風のおばさんはエミリーが幼いころの空想の一つで、そのまま成熟させたものであった。それがいま彼女を慰《なぐさ》め、昔《むかし》なじみの仲間という気持にならせた。あらあらしい嵐の騎手たちも去ってしまい——お伽《とぎ》の国の友達が帰ってきた。エミリーは満足にちかい思いで吐息をついた。最悪の事態はすぎた——実際のところ、わたしの態度はかなりりっぱではなかったかしら。エミリーはふたたび自尊心をとりもどした。

突然、エミリーは自分が一人きりではないことを知った！

どうして知ったのかエミリー自身にもわからなかった。なにか聞いたわけでも――見たわけでも――触ったわけでもない。それでいながら階段のもっと上のほうの暗がりになにかがいるということを疑いの余地なく知った。

エミリーは振向《ふりむ》いて見上げた。見るのはこわかったが、しかしその――なにかが――うしろにいるという感じよりも、前にいるほうがいくらかましだった。彼女は狂ったように目をみひらき闇をじっと見つめたが、なにも見えなかった。そのとき頭の上で低い笑い声がした――エミリーの鼓動《こどう》は止りそうになった――それは人間ばなれした物凄《ものすご》い狂人《きょうじん》の笑いであった。そのときひらめいた稲光の助けをかりるまでもなく、エミリーには頭のおかしいモリソンさんが階段のどこか上のほうにいることがわかった。しかし稲光は照らしだした――エミリーは彼《かれ》を見た――まるで氷のように冷たい深淵《しんえん》に沈《しず》んでいくような気がして悲鳴さえあげることができなかった。

稲光で頭に焼きつけられたモリソンさんの姿はいつまでも消えなかった。彼はエミリーより五段上のところに白髪頭を突《つ》き出してすわっていた。その目には狂暴な光がやどり――牙《きば》のような黄色い歯をむきだして恐ろしい微笑《びしょう》をたたえ――その長い、細い、血のように赤い手をさしのべてもう少しでエミリーの肩に触れそうになっていた。

あまりの恐ろしさにエミリーの催眠《さいみん》状態は破られた。彼女はつんざくような悲鳴とともに跳《と》び上がった。

「テディ！　テディ！　助けてちょうだいっ！」

どうしてテディの名を呼んだのかエミリーにはわからなかった——呼んだことすら気づいていなかった——うなされて叫び声をあげ目をさました者がそのことを思い出すように、あとになって思い出したにすぎなかった——とにかく助けを求めなければならないということ——あのぞっとする手に触《さわ》られたら死んでしまうということしかわからなかった。なんとしてもあの手に触られてはならない。

エミリーは気が違ったように階段を飛びおり、教会の中へ駆《か》けこみ、通路を走っていった。次の稲光がひらめく前にかくれなくてはいけない——しかしマレー家の席はだめだ。そこへ捜《さが》しにくるだろうから。エミリーは真ん中の座席の一つに飛びこみ、隅《すみ》の床に蹲《うずくま》った。からだを氷のような冷汗《ひやあせ》が流れた。どうしようもない恐怖のとりことなっていた。頭にあることはただ一つ、あの手で——あの狂った老人の血のように赤い手で触られてはならないということだけだった。

一瞬一瞬が一年にも思われる。まもなく足音が聞こえてきた——行ったり来たりしながら足音はしだいに近づいてきた。ふいにエミリーは彼がなにをしているのかわかった。稲妻の光を待たず座席の一つ一つを手探りで調べているのだ。やっぱりわたしを捜しているのだわ——モリソンがアニーと思いこみ若い娘《むすめ》たちを追いかけることがあるという話をエミリーは聞いていた。娘をつかまえると彼は片方の手で娘を抱《だ》き、もう一方の手で髪《かみ》や顔をいとおしそうに撫《な》でながらたわいのない年寄りじみた愛撫《あいぶ》の言葉をもぐもぐと呟《つぶや》くのであった。けっして危害はくわえないが、だれか他の者が助けにくるまではぜったい娘を放さなかった。デリー・ポンドのメアリー・パクストンは完全には正気に返っていないという噂《うわさ》であった。そのときのショックからどうしても神経が回復しないためである。

エミリーはいま蹲《うずくま》っている座席のところにモリソンさんが――あの手で手探《てさぐ》りながら――やってくるのは、もう時間の問題であることを知った！　氷のようなからだの中でわずかに彼女の意識を支えていたのは、もしいま気を失ったらあの手が触り――抱き――撫でまわすということだった。次の稲光で彼が隣《となり》の座席へはいってくるのが見えた。エミリーは跳び上がり教会の反対側へと走っていってふたたび隠《かく》れた。モリソンさんに見つかってしまうだろうが、そうしたらまた逃げればいい。これが一晩じゅうつづくかもしれない。狂人のほうが体力があるから、しまいにわたしは精根つきて倒《たお》れ、モリソンさんは跳びかかってくるだろう。

この狂気じみたかくれんぼは何時間もつづいたようにエミリーには思われた。実際は三十分ほどだったのである。エミリーもこの気の狂った追跡者《ついせきしゃ》におとらぬ狂乱状態であった。蹲り、跳び上がり、悲鳴をあげる恐怖の塊《かたま》りにすぎなかった。モリソンさんは狡猾《こうかつ》に執念《しゅうねん》深く忍耐《にんたい》づよく何度もエミリーを捜し求めた。最後に玄関の扉《とびら》の近くにきた彼女は必死になって戸口を駆けぬけ、扉をぴしゃっと閉めた。モリソンさんがつかんでいる把手をエミリーはありったけの力で回らせまいとした。そのとき聞こえてきたのは――夢ではないかしら――外の戸口の段々から彼女を呼んでいるテディの声であった。

「エミリー――エミリー――そこにいるのかい」

どうしてテディが来たのかわからなかった——怪《あや》しみもしなかった——ただ彼がそこにいるということしかわからなかった！

エミリーは金切り声で叫《さけ》んだ。

「テディ、わたし教会の中に閉じこめられてるの！　あのモリソンさんもいるのよ！　ああ——早く——早く——助けて——助けて！」

「扉の鍵《かぎ》は右側の釘《くぎ》にかかってるんだ！」とテディは叫んだ。「その鍵をとって扉を開けるわけにいかないのかい。そうできないようなら僕《ぼく》は玄関の窓を破ってはいるよ」

その瞬間、雲が切れて玄関に月光がいっぱいにさしこんだ。その光でエミリーは正面の戸口の壁《かべ》の高いところに大きな鍵が吊《つる》してあるのをはっきり見た。エミリーが駆け出し鍵を摑《つか》んだとき、モリソンさんは扉をこじ開け黒犬をしたがえて玄関に跳び出してきた。例の血のように赤い手が彼女のほうへとのびた瞬間、エミリーは外側の扉の錠《じょう》をはずしテディの腕《うで》の中へころげこんだ。逃げられたと知ってモリソンさんが物凄い絶望の叫びをあげているのが聞こえた。

すすり泣き、震えながらエミリーはテディにしがみついた。

「ああ、テディ、あっちへつれていってちょうだい——早く——ああ、あの人にさわらせないでよ、テディ——あの人にさわらせないで！」

テディはさっとエミリーをうしろにかばうと石段の上でモリソンさんと向きあい、

「よくもこの人をこわがらせたな！」

と憤然《ふんぜん》として責めた。

月光をあびながらモリソンさんはうらめしそうに微笑した。たちまち彼は狂暴ではなくなった——ただ愛する者を捜している悲嘆《ひたん》にくれた老人にすぎなかった。

「わしはアニーを捜しているのですわい」と彼はもぐもぐ言った。「アニーはどこかね。あそこにいたように思ったが。わしはただ、わしのきれいなアニーを見つけたいだけだて」

「アニーさんはここにはいませんよ」

テディはエミリーの冷たい小さな手をいっそうかたく握《にぎ》りながら答えた。

「アニーの居場所をおしえてもらえませんかね」モリソンさんは物悲しげにたのんだ。「黒い髪をしたわしのアニーがどこにいるかおしえてもらえませんかね」

テディはモリソンさんがエミリーをこわがらせたので猛烈《もうれつ》に腹を立てていたが、しかし老人の哀《あわ》れな訴《うった》えには心を打たれた——そして月明りの白い教会を背景にしたこの光景のもつ価値を画家としてテディは感じとった。彼はねずみ色のダスターコートを着、白い髪もひげも長くのばした頭のおかしいモリソンさんがそのくぼんだ目に永遠に若い願いをこめて、背の高いやせた姿でそこに立っているところを描《えが》きたいと思った。

「いや——僕は知りません」とテディはやさしく言った。「でも、そのうちにきっと見つかりますよ」

モリソンさんは溜息《ためいき》をついた。

「ああ、そうとも。そのうちに追いつけるだろうよ。おいで、ワン公、二人で捜しにいこう」

年老いた黒犬をともない、モリソンさんは石段をおりて草原をよこぎり、樹木の影深《かげふか》い濡《ぬ》れた長い街道《かいどう》をあるいていった。こうして彼はエミリーの生涯《しょうがい》から消え去り、二度と逢《あ》うことはなかった。エミリーはその後ろ姿を見送りながら理解し、赦《ゆる》した。モリソンさん自身はエミリーの目にうつったようないやらしい年寄りではなく、いなくなったうつくしい花嫁《はなよめ》を捜し求めている若い雄々《おお》しい恋人《こいびと》のつもりでいるのだった。あんな恐《おそ》ろしい思いをした反動で震《ふる》えてはいたけれども、哀れにもうつくしい彼の願いはエミリーの心をひきつけた。

「かわいそうなモリソンさん」

すすり泣くエミリーをテディはかかえるようにして教会の横手にある古い平らな墓石のところへつれてきた。

そこにすわっているうちにエミリーは落着きをとりもどし、出来事を――というかそのあらましを――どうにか話せるようになった。拷問《ごうもん》にかけられたようなあの恐怖はどうしても話せない――ジミー・ブックにさえ書けない気がした。言語に絶するとはあのことだ。

「しかもそのあいだじゅう鍵はあそこにあったのに」エミリーはむせび泣いた。「ちっとも知らなかったわ」

「ジェイコブ・バンクスじいさんはいつも正面の扉を内側から大鍵で錠をかけて、それからあの釘に吊しておくんだよ。聖歌隊席の戸口は小さい鍵で錠をかけ、その鍵を家へ持ってかえるんだ。三年前に大鍵をなくしてしまって何週間も見つからないことがあって以来、じいさんはそうしているんだよ」

　ふいにエミリーはテディがここに現われた異様さに気がついた。

「どうして来たの、テディ」

「だって君が呼んでいるのが聞こえたからさ。僕を呼んだだろう」

「ええ」とエミリーはゆっくり答えた。

「最初モリソンさんを見たとき呼んだわ。でもね、わたしの声が聞こえるはずはないわ――そんなはずがないわ。ここともぎが原は一マイルもはなれているんですもの」

「ほんとうに聞こえたんだよ」テディは頑張《がんば》った。「僕は眠《ねむ》っていたがその声で目がさめたんだ。君は『テディ、テディ、助けてちょうだい』と叫んだだろう――はっきり君の声だったよ。僕はすぐに起き、あわてて服をきて大急ぎでここへ来たんだよ」

「わたしがここにいることがどうしてわかったの」

「どうしてって――どうしてかな」テディはまごついた。「考えてみようともしなかったんだよ――ただ、君の呼んでる声が聞こえたとき、君が教会にいて、僕が大急ぎで行かなくちゃならないということがわかったらしいんだ。なんだか――まったく――へんだな」

　エミリーは身震いした。

「なんだか――なんだか――少しこわくなったわ。エリザベス伯母《おば》さんにわたしは透視力《とうしりょく》があるって言われたけれど――イルゼのお母さんのことを憶《おぼ》えているでしょう。カーペンター先生はわたしのことを霊媒《れいばい》だと言ってらっしゃるわ――どんなものか知らないけれど、そんなものいやだわ」

エミリーはふたたび身震いした。テディは寒いのかと思い、ほかに着せるものがなにもないので自分の腕を——おっかなびっくり——巻きつけた。マレー家の誇《ほこ》りとマレー家の威厳《いげん》を傷つけるかと心配したのである。エミリーはからだのほうは寒くなかったが心に寒気をおぼえたのであった。あの不思議な叫びをあげたとき、ある超自然《ちょうしぜん》の力が——エミリーには理解できないある神秘なものが——自分のすぐそばを掠《かす》めて通ったのだ。思わずエミリーはテディにすり寄った。少年らしいはにかみからくるよそよそしさの背後に少年らしいいたわりがひそんでいるのを痛いほど感じたからである。突然《とつぜん》、エミリーは他のだれよりも——ローラ伯母さんよりも、イルゼよりも、ディーンよりもテディが好きなことを悟《さと》った。

テディの腕に力がくわわった。

「とにかく、まにあってよかったよ。そうでなかったら、あの狂った年寄りのおかげで君は恐ろしさのあまり死んでしまったかもしれないよ」

しばらく二人は黙《だま》ってすわっていた。あらゆるものがたいそう素晴《すば》らしく、うつくしく——そして少しばかり浮世《うきよ》ばなれして見えた。エミリーは夢《ゆめ》の中か、または自分が作ったお伽話《とぎばなし》の中にいるにちがいないと思った。嵐《あらし》は通りすぎ、ふたたび月が明るく輝《かがや》いている。涼《すず》しいさわやかな空気にさまざまな声がつたわってきた——うしろの楓林《かえでばやし》の枝《えだ》から落ちる雨滴《あまだれ》の音——白い教会のまわりで聞こえる風のおばさんの気まぐれな声——人を誘《さそ》いこむようなかなたの海の声——さらにうつくしく、まれにしか聞こえない、かすかな孤立《こりつ》した夜の囁《ささや》き。

こういう声をすべてエミリーはいままでになく、耳というよりはむしろ心で聞いているような気がした。前のほうには牧場や木立や街道が、月光の中で小妖精《しょうようせい》たちの秘密を考えているかのように、たのしそうな捉《とら》えどころのない不思議めかしたようすでたたずんでいた。人の記憶《きおく》にのこる墓の上にも忘れられた墓の上にも、墓地一面に銀白色のひな菊《ぎく》がうなずいたりそよいだりしていた。古い松《まつ》の木では梟《ふくろう》がひとりで愉快《ゆかい》そうに笑っている。この魔法《まほう》の声とともにかの神秘的なひらめきがエミリーをおそい、強風のように彼女《かのじょ》を揺《ゆ》すぶった。エミリーはまるで二人のために若さと神秘と喜びだけからつくられた新しい世界にテディと二人きりでいるような気がした。自分たちも、涼しいかぐわしい夜、梟の笑い声、小暗い闇《やみ》にそよぐひな菊などの一部のように思われた。

テディのほうは青白い月の光をあびたエミリーをたいそううつくしいと思っていた。まつ毛の濃《こ》い神秘的な目、象牙《ぞうげ》のような頸《くび》には小さな黒いうぶ毛がまつわりついている。彼はさらに腕に力をくわえた――それでもなおマレー家の誇りもマレー家の威厳もいささかも異議を申立てなかった。テディは囁いた。

「エミリー、君は世界じゅうで一番うつくしい人だよ」

この言葉はこれまで何百万もの若者から何百万もの娘たちに語られてきたので、使い古されてボロボロになってしまったはずである。しかし十代の、魔法にかけられたような時に初めて聞けば、あたかも楽園の籬《まがき》から漂《ただよ》ってきたかのように新しく、新鮮《しんせん》で、素晴らしいものに聞こえるのである。奥様《おくさま》、あなたがどんな方であれ、また何歳《さい》でおありになろうとも、正直におっしゃってください、初めてこの言葉を内気な恋人の口から聞いたときこそ、あなたの生涯における重大な瞬間《しゅんかん》だったでしょう。

エミリーはいままで味わったことのない恐ろしいほど甘《あま》い感動で頭の先から足の先までぞくぞくと震えが走った——感覚的なこの感動は精神的にはあの〈ひらめき〉にもあたるものだった。次に起こることがキスであろうということは当然考えられることであり、けっして咎《とが》めるべきことではない。エミリーはテディがキスするものと思った。テディもそのつもりでいた。そして彼ならジョフ・ノースのように平手打ちをくわされはしなかったにちがいない。

ところがそうはならなかった。門から音もなくはいってきた人影が濡れた葉の上をわたり、二人のそばで立ち止るとテディの肩に触《さわ》った。テディはちょうどつややかな黒い頭を屈《かが》めたところだった。彼はぎくっとして顔を上げた。エミリーも顔を起こした。そこに立っていたのはミセス・ケントであった。帽子《ぼうし》もかぶらず、月明りに顔の傷痕《きずあと》をくっきり浮《うか》ばせ、二人を悲劇的な表情で見おろしていた。

エミリーもテディもいきなり立ち上がったので、まるでぐいっと引っ張り上げられたかのように見えた。エミリーのお伽の世界は泡《あわ》のように消えてしまった。いまはまったく異なった世界に——愚《おろ》かしいこっけいな世界に——いた。そうだ、こっけいな世界にである。あらゆるものが急にこっけいなものとなった。なによりも夜半の二時にこんなところでテディと二人でいるところをテディの母親に見つけられるほどこっけいなことがまたとあろうか——

最近、聞いたばかりのあの嫌《いや》な言葉はなんだったかしら――ああ、そうだ、いちゃ、つくだ――そうだったわ――ジョージ・ホートンの八十年もたった墓石の上でいちゃついている。こうほかの人たちは見るだろう。一瞬前にはあのように素晴らしかったのに、次の瞬間にはこんなにも具合の悪いことになるものだろうか。エミリーは恥《は》ずかしさに全身が焼け焦《こ》げるような気がした。テディは――テディも馬鹿《ばか》みたいな気持でいることはわかっていた。

ミセス・ケントにとってはこっけいどころではない――恐ろしいことであった。その異常な嫉妬心《しっとしん》にとってこの出来事はこの上ない不吉《ふきつ》な意味をふくんでいた。ミセス・ケントはうつろな飢《う》えた目でじっとエミリーを見た。

「やっぱり、あなたはわたしから息子《むすこ》を盗《ぬす》もうとしているのですね。わたしにはこの子だけしかいないのに、それをあなたは盗もうとしているのですね」

「ああ、お母さん、お願いだから落着いてください！」

とテディがたしなめた。

「落着け――落着けですとさ」ミセス・ケントは月に向かって悲劇的な口調でくり返した。

「落着けですと！」

テディは怒《おこ》った。

「そうですよ、落着いてください。なにもそんなに騒《さわ》ぎたてることはないんです。エミリーが偶然《ぐうぜん》、教会に閉じこめられたところ、モリソンさんも中にいて、この人を死ぬほどこわがらせたんです。僕はこの人を外に出してやりに来て、気持がしずまり家へ帰れるようになるまでここにすわっていただけなんですから」

「この人がここにいることがどうしてわかったの？」

とミセス・ケントは詰《つ》め寄った。

どうして！　これは困った質問であった。事実を言えば間抜《まぬ》けの馬鹿げた作り事を言っているると思われるにちがいなかった。しかしテディはぶっきらぼうに事実を言った。

「この人が呼んだからです」

「それがあなたに聞こえたと言うのね――一マイルもはなれているのに。そんなことをわたしが信用するとでも思っているの」

ミセス・ケントは狂《くる》ったように笑った。

このころにはエミリーも平静をとりもどしていた。いかなるときにもエミリー・バード・スターはいつまでもうろたえたりはしない。彼女は傲然《ごうぜん》と身を反らせた。薄明《うすあか》りで見ると、顔立ちはスター家の血筋をひいているにもかかわらず、三十年余り前のエリザベス・マレーをほうふつとさせるものがあった。

「あなたが信じようと信じまいと、それはほんとうのことですわ」エミリーは横柄《おうへい》な言いかたをした。「わたしはあなたの息子を盗んだりしません――ほしくなんかありませんから――帰ったらよろしいわ」

「その前に君を家まで送っていくよ、エミリー」

テディは腕をくんで頭を反らせ、エミリーに負けないくらい威厳ある態度をとろうとした。

みじめにもそれは失敗したことを自分でも感じたが、しかしミセス・ケントには感銘《かんめい》をあたえた。彼女は泣きだした。

「行っておしまい——行っておしまい。その女のところへ行っておしまい——わたしを捨てて行ったらいいだろう」

いまやエミリーはすっかり怒ってしまった。このわからず屋の女がどうしても騒ぎ立てたいのなら、そうさせてやろう。彼女は冷やかに言った。

「わたしを家へ送ることは許しません。テディ、お母さんといっしょにお帰りなさい」

「おや、あんたはこの子に命令するの。この子はあんたの言いなりにならなければならないのね」

ミセス・ケントはもう完全に自制心を失ってしまったようすだった。小さなからだは激《はげ》しいすすり泣きに震え、両手を揉《も》みしぼった。

「この子に自分で選ばせます。あんたといっしょに行くか——それともわたしといっしょに来るか。テディ、自分で選びなさい。この女の言いなりになどさせないから。選びなさい！」

またもやミセス・ケントは恐ろしいほど芝居《しばい》がかり、手をあげて哀れなテディを指さした。

テディはどんな男であれ、自分の面前で二人の女が自分のことで争っているときに感じるあのみじめな、無力を痛感させられた怒《いか》りを嚙《か》みしめていた。ここから一千マイルもはなれたところにいたいと願った。なんて厄介《やっかい》なことになったんだろう——しかもエミリーの前でこんな醜態《しゅうたい》をさせられるとは！　どうしてうちのお母さんはほかの子のお母さんのように振《ふる》舞《ま》ってくれないんだろう。どうしてこんなに厳《きび》しくて横暴なんだろう。ブレア・ウォーターではミセス・ケントのことを「少し気がふれている」と噂《うわさ》していることをテディは知っていた。そんなことは信じていない。しかし——しかし——とにかく厄介なことだ。いつもこんなことになる。いったい僕はどうすればいいのだ。エミリーを送っていけば、母は幾日《いくにち》も幾日も泣いたり懇願《こんがん》したりするだろうし、一方、教会であんな恐ろしい目にあったばかりのエミリーを見捨ててあの寂《さび》しい道を一人で歩いて帰らせるなどとても考えられないことだ。しかしいまはエミリーがこの場の主導権をにぎった。彼女はひどく怒っていた。むやみに喚《わめ》きたてて発散してしまう怒りではなく、ヒュー・マレー老人のようにぐさっと要点をつく氷のような怒りであった。

「あなたは馬鹿な、自分勝手な人間ですわ。だから息子に嫌《きら》われるようになるわよ」

「自分勝手ですって！　わたしのことを自分勝手ですって」ミセス・ケントはすすり泣いた。

「わたしはテディのためにのみ生きているのに——テディだけを生き甲斐《がい》としているのに」

「あなたは自分勝手よ」

エミリーは身を反らして立っていた。目は黒く光り、声は突《つ》き刺《さ》すようだった。顔には〝マレー家の顔つき〟があらわれており、青白い月光の中で見ると物凄《ものすご》いものだった。エミリーは口に出しながら、どうしてわたしはこういうことを知っているのかしらと不思議に思った。しかしほんとうに知っていた。

「あなたはテディを愛していると思っている——でもあなたが愛しているのは自分なのよ。あなたはテディの一生を台無しにするつもりでいる。シュルーズベリーにやらないのも、離《はな》れるのがいやだからよ。あなたはテディの好きなものはなんにでもやきもちをやいて苦しみ、やきもちのとりこになっているんだわ。テディのためにちょっとした苦痛でさえしのぶ気がないのよ。これでは全然母親でなんかないわ。テディにはたいした才能があります——だれもみなそう言っていますわ。あなたはテディを誇りに思うのが当然です——テディに機会を与《あた》えてやるのが当然ではありませんか。それだのにあなたはそうしない——いつかそのことでテディはあなたを憎《にく》むようになりますよ——きっとなりますわ」

「そんな、そんなことはありませんとも」

ミセス・ケントは呻《うめ》き、打たれるのを避《さ》けようとするかのように両手を上げ、しりごみしてテディにもたれかかった。

「ああ、なんて残酷《ざんこく》な——残酷なことを言うんだろう。あんたにはわたしの苦しみがわからない——わたしの心が絶えずどんなに痛んでいるかわかっていないのです。わたしのものといえばこの子だけ——この子だけしかないのです。ほかにはなにも——思い出さえないんだから。あんたにはわからないのよ。わたしは——わたしにはこの子を諦《あきら》めることはできません」

「もしあなたが嫉妬からテディの一生をめちゃめちゃにするなら、テディを全部失ってしまうことになるのよ」

エミリーは容赦《ようしゃ》しなかった。いままでミセス・ケントを恐《おそ》れてきたが、いま急にこわくなった——この先二度と恐れないことがわかっていた。

「あなたはテディの好きなものをみな憎んでいるわ——テディの友達も、犬も、絵も。自分でもわかっているはずよ。でも、そうしてテディを引きとめておこうとしてもだめですわ。それがわかったときはもう手遅《ており》れよ。お休みなさい、テディ。助けに来てくださってほんとうにありがとう。お休みなさい、ミセス・ケント」

きっぱりした口調でエミリーはこう言った。そして頭をそびやかし振返りもせずに牧場をさっさと歩きだした。濡《ぬ》れている街道をエミリーは進んでいった——最初は怒りに燃えていた——やがて怒りが退《ひ》いてくるとひどく疲《つか》れてきた——たまらなく疲れてしまった。疲れでからだが震《ふる》えているのに気がついた。今夜のショックで精根つきてしまったのである。さて——どうしたらいいだろう。ニュー・ムーンへは帰りたくなかった。万一、今夜のあのさまざまなみっともない出来事が露見《ろけん》したばあい、烈火《れっか》のごとく怒るエリザベス伯母の前にはとても出られない。エミリーはドクター・バーンリの門をはいっていった。ドクターの家ではけっして鍵《かぎ》をかけたことがない。空が明るくなりかけたころ、エミリーは玄関《げんかん》からそっとすべりこみ、階段のうしろの長椅子《ながいす》にからだを縮めて横になった。イルゼを起こす必要はない。朝になったらすっかり話して秘密を守ってもらおう——すっかりといってもテディが言ったことと、ミセス・ケントの件はべつだ。一方はあんまりうつくしくて話せないし、もう一方はあんまり不愉快で話すのもいやだ。もちろんミセス・ケントは他の人とは変わっているから、それほど気にすることはない。そうはいってもミセス・ケントのおかげで、ある脆《もろ》い、うつくしいものは壊《こわ》されてしまい――永遠にうつくしかるべき一瞬はその馬鹿げた言葉により汚《けが》されてしまった。それにミセス・ケントはかわいそうなテディに馬鹿みたいな思いをさせて恥《はじ》をかかせた。結局、ほんとうに赦《ゆる》せないのはその点であった。

眠《ねむ》りへと漂っていきながらエミリーはその晩の途方《とほう》もない出来事を思い返した――人気《ひとけ》ない教会に閉じこめられたこと――犬に触ったときの恐ろしさ――それよりもっと恐ろしかったのは頭の狂ったモリソンさんに追いかけられたこと――テディの声を聞いたときのうれしさ――月光に濡れた墓地での牧歌的なひととき――場所もあろうに墓地で牧歌的とは――病的に嫉妬ぶかい哀《あわ》れなミセス・ケントの悲喜劇的な出現。

エミリーは眠りに落ちながら考えた。「わたしあんまりきついことを言いすぎたかしら。もしそうなら悪かったわ。悪い行いとして日記に書かなくちゃ。なんだか今夜いっぺんにおとなになってしまったような気がするわ。――きのうが何年も昔《むかし》のように思われる。でも日記に書くには素晴らしい材料だ。全部書きとめておこう――もっとも、わたしのことを世界じゅうで一番うつくしいと言ったテディの言葉はべつだけど。あれは、あんまり――大切すぎて――書けないわ。――ただ憶えておくことにしよう」

第四章　他人の目

　エミリーはニュー・ムーンの台所の床《ゆか》を拭《ふ》きおえ、うつくしい、いりくんだ杉綾《すぎあや》型に砂を撒《ま》くのに一生懸命《いっしょうけんめい》になっていた。この杉綾型はニュー・ムーンの伝統の一つであり、「わたしはここを動かない」という逸話《いつわ》のあるひいおばあさんが発明したといわれている。エミリーはローラ伯母《おば》からやり方をおしえてもらい、自分の腕前《うでまえ》を自慢《じまん》にしていた。エリザベス伯母でさえ、この有名な砂型をとても上手にすると言ってエミリーを賞《ほ》めてくれた。エリザベス伯母に賞められれば、あとは言うところがなかった。ブレア・ウォーターで床に砂を撒くという古い習慣がまもられているのはニュー・ムーンだけである。ほかの主婦たちはとうの昔に新式のやり方にあらため、新案特許のクリーナーなどを使って床を白くしていた。しかしエリザベス・マレーはそんなことはしない。彼女がニュー・ムーンを支配しているかぎりローソクをともし、床には砂を撒いて白く光らせねばならぬ。

　エリザベス伯母はエミリーが床みがきをするとき、ローラ伯母のお古の〝マザー・ハバード〟を着なくてはいけないと言うのでエミリーは怒ったことがあった。マザー・ハバードというのは、いまの時代の人たちには説明する必要があるかもしれない。それはだぶだぶした不格好な丈《たけ》の長い服で、おもに昼間用としてつかわれ、涼《すず》しくて着やすいので流行した当時は評判がよかった。言うまでもなくエリザベス伯母はマザー・ハバードには大反対であった。これほどだらしのないものはないと考え、ローラ伯母には二度とつくらせなかった。しかし古いほうのは、もとのきれいなライラック色がさめて、うす汚れて白っぽくなったとはいえ、ボロ入れ袋《ぶくろ》に追放してしまうには〝勿体《もったい》〟ないので、これを着るようにとエミリーは言われたのである。

エリザベス伯母におとらずエミリーもマザー・ハバードが大嫌いだった。ニュー・ムーンに来て初めて夏にかけさせられたあの嫌《いや》な〝幼児用エプロン〟以上に嫌いだった。これを着ると自分がこっけいに見えるのをエミリーは知っていた。その若々しいうすい肩《かた》からマザー・ハバードはだらりと足首までぶざまに垂れさがった。〝こっけい〟に見えるということにエミリーは恐怖《きょうふ》すらいだいていたのである。エミリーは床をみがき砂を撒きながら片目を戸口から離さなかった。このいまいましい上っ張りを着ているところへだれか客が来たら、すぐ逃《に》げだすためである。

〝逃げだす〟などということはニュー・ムーンの伝統にないことをエミリーもよく承知していた。ニュー・ムーンではたとえなにを着ていようとその場を動いてはいけないのである――いつもこざっぱりとした、そのときの仕事に適したみなりをしているものと仮定してのことである。エミリーもそれが正しいと認めたものの、若くて愚かなため、このローラ伯母のマザー・ハバードを着ているところを人に見られたらば恥ずかしくて死んでしまおうと思った。こざっぱりはしている――清潔でもある――しかし〝こっけい〟だ。それが問題なのだ！

砂を撒きおえ、砂のはいった缶《かん》を大昔から置き場所に決められている台所の炉棚《ろだな》の下のくぼみに持っていこうとしたとき、裏庭のほうで人声がした。あわてて窓から見るとその声の主《ぬし》たちがわかった――ミス・ビューラ・ポターとミセス・アン・シリラ・ポターで、婦人会の懇親会のことで来たにちがいなかった。内輪の訪問や用事があって近所の家にひとっぱしりするときのブレア・ウォーターの習慣で、客は勝手口にまわっていた。搾乳所《さくにゅうじょ》へつづく石の小径《こみち》の両側にジミーさんは華《はな》やかな蜀葵《たちあおい》を植えておいたが、二人はその花の群れをすでに通りすぎていた。ブレア・ウォーターじゅうでエミリーがこのこっけいな姿を一番見られたくないのはこの二人であった。考え直すひまもなく彼女《かのじょ》は靴《くつ》用戸棚に駆《か》けこみ戸を閉めた。ミセス・アン・シリラは台所のドアを二度叩《たた》いたがエミリーは動かなかった。ローラ伯母が屋根裏部屋で機《はた》を織っているのをエミリーは知っていた――踏子《ふみこ》をふむにぶい音が頭の上から聞こえてくる――しかしエリザベス伯母は料理室でパイをこしらえているから、客の姿が見えるか声を聞きつけるはずだと思った。エリザベス伯母さんはあの二人を居間に通すだろうから、そのすきに逃げだせる。とにかくエミリーは一つだけ決心していた――絶対あの二人にはこのマザー・ハバードを着た姿を見せまい。ミス・ポターは瘠《や》せた意地悪な気むずかしいゴシップ屋で、だれかれを問わず嫌い、ことにエミリーを嫌っていた。ミセス・アン・シリラのほうはぽっちゃり太った、きれいな、口先のうまい、人当りの柔《やわ》らかなゴシップ屋で、その口先のうまさと人当りのよさのために、ミス・ポターが一年かかってするよりももっと多くの害毒を一週間で流していた。エミリーはミセス・アン・シリラに好意をもたずにはいられなかったが、それでも信用できない気がしていた。エミリーは彼女がにこやかな顔で人を物笑いの種にしているのをたびたび見てきた。そのくせそういう人たちに面と向かうとじつにやさしく感じよく振舞うのである。それにデリー・ポンドの〝衣裳《いしょう》好みのウォレス家〟から来ているミセス・アン・シリラは人のおかしな服装《ふくそう》をひやかすのがことさら好きだった。

ふたたびドアを叩く音がした――こんどはミス・ポターである。そのせっついた叩き方でわかった。二人はいらいらしてきたのだ。いいわ、牛が帰ってくるころまで叩いていればいい。マザー・ハバード姿で戸口になんか絶対に出ていくもんか、とエミリーは思った。そのとき外のほうでペリーの声が聞こえた。ミス・エリザベスは納屋《なや》のうしろの切株のところできいちごを摘《つ》んでいるが、いま迎《むか》えにいってくるから、どうか中へ入っておらくにしていてください、こうペリーは言っていた。がっかりしたことには二人は言われたとおりはいってきた。ミス・ポターが椅子をキーキー軋《きし》らせてすわり、ミセス・アン・シリラはハアハアあえぎながら腰《こし》をおろし、ペリーの足音が裏庭から遠ざかっていくのが聞こえた。エミリーは困った羽目に落ちこんだことを悟《さと》った。靴用戸棚はちっちゃいのでひどく暑くて息苦しかった――この戸棚には靴ばかりでなくジミーさんの仕事着もしまってあった。ペリーが早くエリザベス伯母を捜《さが》してきてくれればいいがとエミリーは一心に願った。

「なんてまあ、おっそろしく暑いこと」

とミセス・アン・シリラが大きな声で呻いた。

哀れなエミリーは——いやいや、哀れなエミリーなどとは言いますまい。同情するにはあたらない——馬鹿《ばか》なことを考えたのだから当然の報《むく》いである。このときすでに狭《せま》っくるしい場所で大汗《おおあせ》をかいていたエミリーは心からミセス・アン・シリラに同意した。

ミス・ポターが言った。

「わたしゃ肥った人ほどには暑さは感じませんね。エリザベスがあまりながく待たせなけりゃいいけれど。ローラは機《はた》を織ってるのね——屋根裏部屋から織機の音が聞こえるわ。でもローラに会ったって無駄《むだ》ですよね——ローラが約束《やくそく》したことはなんでもエリザベスが無効にしちゃうんだもの、約束したのが自分じゃないというだけのことでね。だれかがたったいま床に砂を撒きおえたところらしいわ。この擦《す》りへった床板をごらんなさいよ。エリザベス・マレーともあろう者が床板ぐらい新しくとり替《か》えたらよさそうなもんじゃないの。でも、もちろんひどいケチだからね。あの炉棚の上にずらっとならんだローソクを見なさいよ——少しばかり石油代がかかるからといって、あんな手数をかけ暗い光で我慢しているんですからね。なにも死んで金を持っていかれるわけじゃなし——たとえマレー家の者であろうと財産は全部、天国の門のところで置いてかなくちゃならないんですからね」

エミリーはぎょっとした。靴用戸棚で窒息《ちっそく》しかけているだけでなく、自分は盗《ぬす》み聞きまでしているのだ——こんなことはメイウッドのあの晩いらい初めてである。あのときは伯父や伯母たちがエミリーの身の振り方について話し合うのをテーブルの下に隠《かく》れて聞いていた。

たしかにあのときは自発的行為《こうい》であったが、こんどは強制的である——少なくともマザー・ハバードが強制的にこうさせたのだ。しかしそれだからといってミス・ポターの言ったことがいくらかなりと耳ざわりがよくなるわけではなかった。いったいなんの権利があってエリザベス伯母さんのことをケチだと言うのか。エリザベス伯母さんはケチでなんかないわ。エミリーは急にミス・ポターに対しひどく腹が立った。自分では内心エリザベス伯母を非難することがしょっちゅうあるが、外部の者からそんなふうに言われるのは我慢ならなかった。おまけにマレー家のことを嘲笑《あざわら》うとは！　そう言うときのミス・ポターの目がキラッと意地悪げに光るのがエミリーには想像できた。ローソクのことでは——

「マレー家の者は、あなたがたが日光で物を見る以上にローソクの光のほうがよく見えるのですよ、ミス・ポター」

傲然《ごうぜん》とエミリーは考えた——傲然といっても、背中を滝《たき》のように汗が流れ、いやでも古革《ふるがわ》の匂《にお》いをかがなくてはならない状態でのことである。

「今年かぎりでエミリーを学校にやらないのも費用のせいだと思うわ」とミセス・アン・シリラが言った。「とにかく一年はシュルーズベリーへ行かせるものと、たいていの人は考えますよね——なにはともあれ、世間体《せけんてい》からいってもね。ところがエリザベスはやらないことにしたという話よ」

エミリーはがっかりした。エリザベス伯母がシュルーズベリーにやってくれないとは、いまのいままではっきり確信していたわけではなかったのである。目に涙《なみだ》がこみあげてきた

――熱い、じわじわしみる失望の涙であった。
「エミリーは自活するためになにか仕込《しこ》まれなくちゃなりませんよ。父親がなんにも遺《のこ》して
くれなかったんですからね」
とミス・ポターが言った。
「わたしを遺してくれたわ」
エミリーは拳《こぶし》をにぎりしめ、小声で呟《つぶや》いた。怒《いか》りで涙はかわいてしまった。
ミセス・アン・シリラの嘲《あざ》けるような笑い声が聞こえてきた。
「なんでも、エミリーは小説を書いて暮《く》らしをたてるつもりだそうじゃありませんか――暮
らしをたてるばかりか、それで一財産つくるつもりじゃないかしらね」
ミセス・アン・シリラはまたもや笑った。たまらなくこっけいだった。こんなおかしな話
はひさしぶりである。
ミス・ポターも同意した。
「しじゅうくだらないことを書きちらして時間を無駄にしているそうだからね。わたしがあ
の子の伯母のエリザベスだったら、たちまちそんな馬鹿なまねはやめさせてみせますよ」
「そう簡単にはいきませんよ。なかなか手におえない子らしいから――マレー家の者らしく、
ひどく馬鹿強情《ごうじょう》でね。あの一族の連中はみなろばみたいに片意地がつよいですものね」
（エミリーは憤慨した。「わたしたちのことをなんて失礼な！ ああ、このマザー・ハバー
ドさえ着ていなかったら、ドアをぱっと開けて二人に面と向かって言ってやるのに」）

「わたしは人間性というものを多少なりとも知ってるけれど、あの子はぎゅうぎゅう締《し》めつける必要がありますよ」とミス・ポター。

「あの子は浮気者《うわきもの》になるからね――わかりきってますとも。あの子もジュリエットの二の舞《まい》ですよ。見てなさい。だれにでも色目をつかってさ。しかもまだ十四だというのに！」

（エミリーは皮肉たっぷりに、「色目なんかはつかいませんよ！　また、お母さんは浮気者なんかじゃありませんからね。浮気しようと思えばできたでしょうが、そうはしなかったんですよ。あんたなんか、たとえ浮気をしたいと思っても、できないじゃないの――ご立派な婆《ばば》あめ！」）

「あの子はかわいそうなジュリエットほどきれいじゃありませんよね。それにとてもずるいし――ずるくて腹黒ですよ。あんなずるい子どもは見たことがないとミセス・ダットンが言ってたけどね。でもかわいそうなエミリーにはどこかわたし好きなところがあるわ」

ミセス・アン・シリラの言い方にはひどく人を見くだしたところがあった。かわいそうなエミリーは靴にかこまれた中で身もだえした。

「わたしがあの子の気にいらない点は、あの子がいつも利口ぶることです」とミス・ポターはきっぱり言った。「本で読んだ気のきいたことを自分で考えたこととして話すんだからね――」

（エミリーは烈火のごとく怒った。「そんなことをだれがするもんですか！」）

「それにおそろしく皮肉だし、怒りっぽいし、魔王《まおう》のように高慢ちきだしね」

ミセス・アン・シリラはふたたび朗《ほが》らかに、まあ、いいじゃないのというような笑い方をした。

「そりゃあ、マレー家の者ですもの、当り前ですよ。あの人たちの欠点で一番いやなのは、自分たちのすることだけが正しくて、ほかの者のすることはみな間違っているという考え方だわ。エミリーはそれがひどいのよ。だって、ジョンソンさんより自分のほうがお説教が上手だとまで思っているんですからね」

(「それはいつかのお説教のときジョンソンさんが矛盾《むじゅん》したことを言ったから、そう言ったまでだわ――事実、そうだったんですもの。あなたなんか何度お説教の悪口を言ったかしれないじゃないの、ミセス・アン・シリラ」)

「それにあの子はやきもちやきですしね」とミセス・アン・シリラはつづけた。「人に負けるということに耐《た》えられないんですよ――なにごとにも自分が一番になりたいんです。あのコンサートの夜なんか、イルゼ・バーンリが対話劇で賞をさらったからといって、口惜《くや》し涙《なみだ》にかきくれたそうですからね。エミリーの出来栄《できば》えはひどいものでしたよ――まったくのでくのぼうでしたわ。それにしょっちゅう目上の人に口答えをしますしね。あれで育ちが悪くないというなら、おかしな話ですわ」

「あれをエリザベスが直さないとはへんですよね。自分たちの育ちは一般大衆より少しばかり上等だとマレー家の人たちは考えているんですからね」

(エミリーは靴に向かって憤慨《ふんがい》した。「そのとおりですとも」)

「もちろんエミリーの欠点は大部分、イルゼ・バーンリと親しくしていることが原因だと思いますわ。あんなふうにイルゼと飛び回らせておくべきではありませんよ。だってイルゼも父親に負けない不信心者だそうじゃありませんか。前からわたしはあの子がまったく神を――それから悪魔も信じていないなと思ってましたわ」

（エミリー、「あんたから見ればそのほうがずっと悪く思えるでしょうよ」）

「いまではドクターの躾《しつけ》はいくらかよくなってますよ、大事な女房《にょうぼう》がレオ・ミッチェルと駆落ちしたんじゃないことがわかってからはね」ミス・ポターはフンと鼻をならした。「イルゼを日曜学校に行かせるようになったし。でも、エミリーの友達としちゃ適当じゃないわね。ひどいたんかを切るそうだし。いつかミセス・マーク・バーンズがドクターの診察室《しんさつしつ》にいたら、たぶん犬に向かって言ったんでしょう、イルゼが客間で、『出ていけ、スポットの畜生《ちくしょう》め！』と怒鳴《どな》っているのがはっきり聞こえたそうよ」

「なんてまあ」

とミセス・アン・シリラが呻《うめ》いた。

「先週のいつだったか、あの子がなにをしているところを見たと――わたしがこの目でなにを見たと思いますか！」

ミス・ポターは語気をつよめた。彼女が他の者の目をつかって見たとアン・シリラが思うわけはないのに。

「なにを聞いてもおどろきはしませんわ」ミセス・アン・シリラは喉《のど》をゴロゴロ鳴らした。

「だって、この前の火曜日の晩、あの子はジョンソンさんのところのどんちゃん騒《さわ》ぎに男装して出席したという話よ」

「やりそうなことですよ。だけど、これはわたしの家の庭で起こったんですからね。あの子はジェン・ストラングといっしょに来ていたのよね。ジェンは母親にたのまれてわたしのペルシアばらの根をもらいに来たんです。わたしはイルゼに裁縫《さいほう》やパン焼きができるかどうか、そのほか注意しておいたほうがいいと思うことを二つ三つ、きいてみたらばね、どれもこれもみな『できないわ』としゃあしゃあとしてるじゃないの。それから言うことにゃ——あの子がなんと言ったと思いますかね」

「なんて言ったんですの」

ミセス・アン・シリラは息をはずませた。

「『片方の足で立って、もう片方の足を目の高さまで上げることができて、ポターさん？わたしはできるわよ』こう言ったかと思うと」——ミス・ポターはさもゾッとしたように声を低めた。——「そのとおりやってのけたんですよ！」

戸棚で聞き耳をすましていたエミリーは、こみ上げる笑いをジミーさんのねずみ色のジャンパーに顔を押《お》し当ててこらえた。あの無鉄砲《むてっぽう》なイルゼはミス・ポターをぎょっとさせたくてたまらなかったんだわ！

「あらまあ、近くに男の人たちはいなかったでしょうね」

とミセス・アン・シリラが祈《いの》るように言った。

「ええ——いい按配《あんばい》にね。だけどわたしの考えじゃ、あの子はたとえだれがいようとやってのけたと思いますね。わたしたちは道路のすぐそばにいたんですよ——だれが通りあわせるかしれないじゃありませんか。わたしは恥《は》ずかしくて恥ずかしくて。わたしの娘《むすめ》時代にゃ、若い娘はそんなことをするくらいなら死んでしまったでしょうよ」

「それだってイルゼとエミリーが砂浜《すなはま》で一糸もまとわず月の光をたよりに泳いだのとくらべれば、たいしたことではありませんわ。あんな恥《はじ》知らずなことはまたとありませんよね。あのことを聞きなすって」

「聞きましたとも。あの話はブレア・ウォータ—じゅうにひろまってますからね。聞いてないのはエリザベスとローラくらいのものですよ。どこからそんな噂《うわさ》がおこったのかねえ。人に見られたのかしら」

「いいえ、そこまではいかなかったんですわ。イルゼが自分で話したんですよ。あの子にとっては当り前のことと考えているらしいですわ。だれかローラとエリザベスに話すべきだとわたしは思いますね」

「あんたが話してみなさいよ」

とミス・ポターがすすめた。

「あら、とんでもない、近所と不仲になるなんて、わたしはいやですわ。なにもわたしがエミリー・スターの教育責任者じゃありませんもの、ありがたいことに。わたしが責任者なら、ジャーバック・プリーストともあまり付合いをさせないようにしますわ。あの変わり者ぞろいのプリースト家の中でもジャーバックは一番の変わり者ですものね。きっとあの人のおかげでエミリーは悪い影響《えいきょう》をうけているにちがいないですよ。ジャーバック・プリーストのあの緑色の目を見るとわたしぞっとするわ。あの人がいったいなにを信心しているのかどうしてもわかりませんわ」

（ふたたびエミリーは皮肉った。「悪魔さえも信じていないんですからね！」）

「ジャーバックとエミリーのことでおかしな話がひろまってるんだけれどね。わたしにゃさっぱりわかりませんよ。先週の水曜日の夕方、二人があの大山で奇妙《きみょう》な振舞《ふるま》いをしているところを見た人があるんですよ。二人は目を空に向けて歩き——きゅうに立ち止り——お互《たが》いの腕《うで》をつかんで上のほうを指さす。これを何度もくり返すんですと。ミセス・プライスが窓から見ていたけれど、なにをやってるのか見当がつかなかったそうですよ。星を見るにしては時刻が早すぎて、ミセス・プライスが空を見ても一つも出てなかったそうだしね。それが不思議で一晩じゅう眠《ねむ》れなかったと言ってなすったですよ」

「結局こういうことですわ——エミリー・スターには監督《かんとく》が必要だということです。ミュリエルとグラディスにエミリーとあまり歩きまわるのはやめさせたほうが賢明《けんめい》ではないかと思うことがありますのよ」

（エミリーは心から、「どうかやめさせてちょうだい。あの二人はそりゃ間抜《まぬ》けで馬鹿《ばか》で、いつもイルゼとわたしにくっついて歩くんですもの」）

「とどのつまり、わたしはあの子をかわいそうだと思いますよ。あの子はおそろしく馬鹿で高慢《こうまん》ちきだから、だれからも嫌《きら》われてしまうし、ちゃんとした分別のある男ならあの子にかかわりあおうとはしないでしょうからね。ジョフ・ノースは一度エミリーと帰ったことがあるが、自分はもう真っ平だと言ってるそうですよ」

（エミリーは力をこめて、「そうでしょうとも！　そう言うところをみると、ジョフにもいくらか人間らしい頭の働きがあるのね」）

「だけど、おそらくあの子は十代だけしか生きられないかしれませんよ。見るから肺病やみのようだものね。まったくアン・シリラ、わたしゃあの哀《あわ》れな子がかわいそうでたまりませんよ」

これこそエミリーにとって文字どおり我慢の限度であった。まるまるスター家の者であり、半分マレー家の者であるこのわたしがビューラ・ポターなどに憐《あわ》れまれるとは！　マザー・ハバードだろうがなかろうが、我慢できない！　いきなり戸棚《とだな》の戸がさっと開くと、マザー・ハバードを着こんだエミリーが靴《くつ》やジャンパーを背にしてすっくと現われた。その頬《ほお》は燃え、目は黒かった。ミセス・アン・シリラとミス・ビューラ・ポターの口はあんぐり開き、開いたままになっていた。顔はしだいに赤くなり、口がきけなかった。

エミリーは軽蔑《けいべつ》しきった、相手がいたたまれない思いをするような目つきで一瞬《いっしゅん》、だまってじっと二人を見つめた。それから女王のような態度でさっさと台所を通り居間へと姿を消した。ちょうどそのときエリザベス伯母《おば》がしかつめらしく待たせた詫《わ》びを言いながら砂岩の段々を上ってきた。ミス・ポターとミセス・アン・シリラはあまりのことに口もきけず、婦人会の話もろくにできないほどで、ぎこちなく二、三質問したり答えたりしただけでどぎまぎしながら帰っていった。この二人の態度をエリザベス伯母はなんと解釈していいのかわからず、待たせたので途方《とほう》もなく怒ったのだろうと考え、それきりこのことを忘れてしまった。ポター家の者たちがどう考えようとなにをしようとマレー家の者にはどうでもいいことなのである。開けっぱなしの戸棚の戸はなにも語らないので、上の見晴らしのいい部屋でエミリーが寝台《しんだい》にうつぶせになり、恥ずかしさと怒りと屈辱《くつじょく》ではげしく泣いているのをエリザベス伯母は知らなかった。エミリーは品位を落とした気がし、気持を傷つけられた。なにもかも最初に自分が愚《おろ》かな虚栄心《きょえいしん》を起こした結果である――エミリーもそれは認めた――しかしあまりにもきびしすぎる罰《ばつ》である。

ミス・ポターの言ったことはたいして気にならなかったが、ミセス・アン・シリラの悪意にみちた小さな毒舌《どくぜつ》は突き刺さった。これまでエミリーはきれいで愛想《あいそ》のいいミセス・アン・シリラが好きだった。いつも親切で親しみぶかく、エミリーをずいぶん賞《ほ》めてくれた。エミリーは彼女《かのじょ》がほんとうに自分に好意をもっているものとばかり思っていた。それだのにあたしのことをあんなふうに言うとは！

「せめて一つだけでもあたしのことを賞められなかったものかしら」エミリーはすすり泣いた。「ああ、なんだか汚れてしまった気がするわ――自分の愚かさとあの人たちの悪意や――不潔な混乱した気持のおかげだわ。もう一度、清潔な気分になれるかしら」

エミリーは日記に全部書いてしまうと、ようやく『清潔』な気分になれた。そうなると前よりは物事をまっすぐに見ることができ、諦《あきら》めもついてきた。エミリーはこう書いた。

＊

わたしたちはどんな経験からも何かしら学ぶべきだとカーペンター先生は言う。愉快《ゆかい》な経験であろうと不愉快な経験であろうと、わたしたちが冷静な目でながめることさえできるならば、なにかしら得るところがあるものだ。こう言ってから先生はにがにがしげに付け加えた。

「これは私が座右《ざゆう》の銘《めい》としながら自分では一度も利用できなかったよい忠告の一つだ」

よろしい、わたしはこの件を冷静にながめてみよう！　やりかたはあの人たちがわたしについて言ったことを全部考えてみて、ほんとうのこと、嘘《うそ》のこと、単に歪《ゆが》められたにすぎないことの区別をすることだ――事実を歪められるのは嘘より辛《つら》いと思う。

まず第一に、虚栄心から戸棚に隠《かく》れたということはわたしの悪い行いの項目《こうもく》にはいる。そして長いあいだあそこにひそんでいてからあんなふうに姿を現わし、二人をあわてさせたことも悪い行いである。しかし悪くはあっても、まだ〝冷静〟な気持にはなれない。なぜなら罪深いことには、わたしはああしてよかったとよろこんでいるからだ――そうだ、たとえあの人たちにマザー・ハバードを着ているところを見られてもである！　あの二人の顔はいつまでも忘れられない！　ことにミセス・アン・シリラのほうを。ミス・ポターはそう長くは気に病《や》むまい――わたしのことをいい気味だと言うだろう――しかしミセス・アン・シリラのほうはあんなふうにバレてしまったことを死ぬ日まで忘れられないにちがいない。

さてエミリー・バード・スターに対する彼女たちの批評を検討し、当のエミリー・バード・スターがその批評に全面的に、あるいは部分的に該当《がいとう》するかいなかを判断してみよう。さあ、正直にエミリー、汝《なんじ》の心を覗《のぞ》きミス・ポターの見たあなたではなく、またあなたの目にうつるあなたでもなく、真の自分を見つめなさい。

（これは面白《おもしろ》くなりそうだ！）

まず第一、ミセス・アン・シリラはわたしのことを馬鹿強情《ごうじょう》だと言った。

わたしは馬鹿強情だろうか。

意志が固いということは自分でも知っている。エリザベス伯母さんはわたしを頑固《がんこ》だと言う。しかし馬鹿強情のほうはそのどちらよりも悪い。意志が固いのはよい要素だし、頑固ということも少し常識さえそなわっていればまんざら捨てたものではない。けれども馬鹿強情の人というのはあまりにも馬鹿なので、あの行為《こうい》の愚かさが目にはいりもしなければ理解もできず、なんとしてもその行為をすると言い張る人のことをいうのだ——つまりまっしぐらに走っていって石の塀《へい》に突《つ》きあたることになるのだ。

いや、わたしは馬鹿強情ではない。わたしは石の塀の存在を承知しているから。

しかしそれが厚紙製の模造品ではなく、たしかに石の塀であることをわたしが納得《なっとく》するまでにはかなり時間がかかる。それゆえわたしは少しばかり頑固である。

ミス・ポターはわたしを浮気者だと言った。これはまったくの嘘であるから取上げないでおこう。しかしミス・ポターはわたしが〝色目をつかう〟とも言った。そうだろうか。わたしはそんなつもりではない――それはわかっている。けれども気がつかずに〝色目をつかう〟ことはあるようだ。だから防ぎようはないではないか。まさかこれから一生、目を伏《ふ》せて歩くわけにもいくまい。このあいだディーンがこう言った。

「君にそんなふうに見られると、君に言われたとおりにせずにはいられないよ」

先週エリザベス伯母さんはすっかり怒《おこ》った。わたしがペリーに日曜学校のピクニックに行くようにと（ペリーは日曜学校のピクニックが大嫌いなのである）なだめたりすかしたりしているとき、わたしがペリーに〝はしたない〟目をつかったと言うのである。

さて、このどちらの場合もわたしはただ〝嘆願《たんがん》〟するような目つきをしていたにすぎないと思っていた。

ミセス・アン・シリラはわたしを美人ではないと言った。そうかしら。

*

エミリーはペンをおき、鏡のところへいって〝冷静〟に自分の姿をながめてみた。黒い髪《かみ》――煙《けむ》るような紫色《むらさきいろ》の目――真紅《しんく》の唇《くちびる》。ここまではあまり悪くもない。額はひろすぎるが、髪をあたらしい形に結《ゆ》えばこの欠点をかくせる。皮膚《ひふ》は真っ白であり、子どものころにはあれほど青ざめていた頬は淡紅色《うすべにいろ》の真珠《しんじゅ》のようにうつくしく色づいている。口は大きすぎるが歯ならびはよい。やや尖《とが》った耳には仔鹿《こじか》のような魅力《みりょく》がある。首の曲線はエミリー自身も好まずにはいられなかった。ほっそりした未熟なからだは優雅《ゆうが》であるし、ナンシー大伯母さんに言われて知ったのだが、踝《くるぶし》と足の甲はシプレー家風（訳注『可愛いエミリ』一一四ページ参照）であった。エミリーは鏡の中のエミリーをいろいろの角度から真剣《しんけん》にながめ、さて日記にもどった。

＊

わたしは自分がうつくしくはないという結論に達した。髪の結い方によってはたいそううつくしく見えると思うが、しかしほんとうにうつくしい娘ならどんなふうに髪を結ってもうつくしいはずだから、ミセス・アン・シリラの言ったことは正しいことになる。でもあの人が言うほどわたしは不器量ではないと思う。

それからわたしのことをずるい――そして腹黒だと言った。ミセス・アン・シリラはまるで欠点であるかのような口振《くちぶ》りだったが〝腹黒い〟というのは欠点ではないと思う。浅薄《せんぱく》な人間であるよりむしろわたしは腹黒なほうがいい。しかしわたしはずるいかしら。いいえ、ずるくはない。では、わたしのどういうところが人にずるいと思わせるのだろう。ルース伯母さんはいつもわたしのことをずるいと言い張る。そのわけはわたしが人といて退屈したりその人に愛想がつきたりすると、いきなり自分の世界へはいっていきドアを閉めてしまう癖《くせ》があるからにちがいない。人はこれを嫌《いや》がる――面前でドアをぴしゃっと閉められればだれでも嫌がるのは当り前だ。自衛にすぎないのに人はずるいと言う。だからこのことは気にしないでおこう。

ミス・ポターはひどいことを言った――わたしが――利口ぶろうとして――本で読んだ気のきいた文句を自分で考えついたこととして喋《しゃべ》るという。これは真っ赤な嘘である。ほんとうにわたしはけっして〝利口〟ぶったりはしない。しかし――自分の考えたことを言葉に表わしたときどうひびくか試してみることはたびたびある。これも見せびらかしの一種かもしれない。気をつけよう。

やきもちやき。いや、わたしはやきもちやきではない。たしかに一番になることは好きだ。しかしあのコンサートの晩に泣いたのはイルゼにやきもちをやいたからではない。自分の役の出来ばえがさんざんだったから泣いたのである。ミセス・アン・シリラの言うとおり、でくのぼうだった。どうしてかわたしには演技ということができない。ときどきわたしに適《かな》っているらしい役にあたると、その人物になることはできるが、そうでないと対話劇ではわたしはまったく駄目《だめ》だ。あの役を引受けたのはミセス・ジョンソンの願いをいれてよろこばせたいと思ったからにほかならず、ミセス・ジョンソンががっかりしたのを知って残念でたまらなかったのである。わたしの誇《ほこ》りも少しばかり傷ついたと思うが、イルゼをねたむなどとは夢《ゆめ》にも考えなかった。わたしはイルゼが誇らしかった――じつに劇がうまい。

そうだ、わたしは口答えをする。たしかにそれもわたしの欠点である。しかし人があまりひどいことを言うのだもの！　それなら人がわたしに口答えするのも悪いわけではないか。人はたえず口答えばかりしている――わたしの言うことだってそういう人たちに劣《おと》らず正しいのだ。

皮肉を言う。そのとおり、それもわたしの欠点のうちにはいるのではないかと思う。怒りっぽい――いや、わたしは怒りっぽくはない。ただ神経質なだけだ。高慢。そう、少しばかり高慢である。――しかし人が思うほどではない。わたしは頭をある角度にもたげずにはいられないし、またりっぱな伝統と優秀《ゆうしゅう》な頭脳をもった一世紀におよぶすぐれた高潔な人びとを自分の背後にひかえていることは素晴《すば》らしいと思わずにいられない。ポター家などとはまるきり違《ちが》う――成り上がり者のポター家などとは！

ああ、あの女たちはかわいそうなイルゼのことでなんて事実とちがうことを言うのだろう、マクベス夫人の夢遊病《むゆうびょう》の場面をポター家の者やポター家の嫁《よめ》に理解しろといっても無理な話だ。この練習をするときはドアを全部閉めておかなくてはいけないとわたしはイルゼに何度も注意してきた。この役をイルゼはじつに見事に演じる。あのどんちゃん騒《さわ》ぎにはイルゼはぜんぜん行かなかった――ただ行きたいと言っただけである。それから月夜に泳いだことはいくらか身にまとっていたことをべつにすれば、そのとおりである。なにも驚《おどろ》くことなどありはしない。この上なくうつくしかった――もっとも、いまでは人びとの噂《うわさ》に引きずり回されたため台無しになり、品のないものになってしまったが。イルゼが人に話さなければよかったのに。

わたしたちは砂浜に散歩にでかけた。月夜の砂浜は素敵だった。風のおばさんが砂丘《さきゅう》の草をさらさらいわせ、小さな波がきらめきながらおだやかに打寄せて、さあーっと長く浜を洗った。わたしたちは泳ぎたかったが、最初、水着をもってきていないので駄目だと諦めた。

それで砂の上にすわり、さまざまなことを話し合った。ただの話ではない――ほんとうの対話をした。二人の前には大きな湾《わん》が銀色に光りながら誘《さそ》うように遠く遠くかなたにかすむ北の空へとひろがっている。まるで〝お伽《とぎ》の国〟の海のようだ。

わたしは言った。

「わたしは船にのって航海していきたいわ。あそこをまっすぐ向うへ――向うへと――どこに行き着くかしら」

「アンティコスティ（訳注　カナダ東部、ケベック州の島）よね」

とイルゼは――現実的な――返事をした。

「いいえ――いいえ――北の果ての岸辺だと思うわ」わたしは夢みるように言った。「どこか見も知らぬうつくしい岸辺で、そこは〝雨も降らず、風も吹《ふ》かない〟ところなのよ。たぶん〈ダイヤモンド〉が行った北風のうしろの国かもしれないわ。こんな夜にあの銀色の海を航海していけば行き着けるのよ」

「そうだったら素敵ね」

それからわたしたちは不滅《ふめつ》について話し合った。イルゼは不滅ということがこわい――いつまでもいつまでも生きていくことがこわいと言った。きっと自分に倦《あ》き倦きしてしまうにちがいないからというのだった。わたしはディーンの輪廻《りんね》の考え方が好きだ――ディーンがほんとうに信じているかどうかはわからないけれども――と言うと、イルゼはもう一度ちゃんとした人間に生まれ変わることがわかっているならそれも結構だが、もしそうでなかったらどうすると言った。

「さあ、どんな種類のものにしろ不滅には危険はつきものよ」

「とにかくこの次は自分に生まれ変わるか、だれかほかの人になって生まれてくるか、それはわからないけれど、こんな癇癪《かんしやく》持ちにはなりたくないわ。もしいまのわたしのままだったら、天国へ着いて三十分もしたら、わたしの竪琴《たてごと》や後光をこっぱみじんに叩《たた》きつけ、ほかの天使たちの翼《つばさ》から羽根をみんなむしり取ってしまうに決ってるわ。それはあんたにだってわかるでしょう、エミリー。どうしようもないのよ。きのうペリーとまた物凄《ものすご》い喧嘩《けんか》をやったの。わたしが悪かったのよ——でもむろんペリーはいつものように法螺《ほら》を吹いてわたしを怒らせたのよね。癇癪をぐっとこらえることができたらと思うわ」

いまではイルゼが猛烈《もうれつ》に怒ってもわたしは平気である——そんなときに吐《は》く言葉はけっしてイルゼの本心ではないとわかっているからだ。わたしは一言も言葉を返さない。ただにこにこ笑っているだけで、手もとに紙片《しへん》を持ち合わせていれば、それにイルゼの言ったことを書きとめる。そうするとイルゼは憤慨《ふんがい》のあまり言葉につまり、それ以上なにも言えなくなってしまう。そのほかのときはイルゼはまったくいい人でじつに愉快である。

「あなたには癇癪をこらえるなんてできないわ。だって癇癪をおこすのが好きなんですもの」

イルゼはまじまじとわたしを見つめた。

「まさか——そんなことないわ」

「そうよ。あなたは癇癪を楽しんでいるのよ」

とわたしは言い張った。

イルゼはやっと笑った。

「そうね、もちろん癇癪をおこしている間はたしかに楽しいわ。ひどく失礼なことを言ったり、ひどく罵《ののし》ったりすると、すごくいい気持よ。あんたの言うとおりらしいわ、エミリー。たしかにわたしは癇癪を楽しんでいるのだわ。いままで気がつかなかったなんて変ね。ほんとうにみじめな気持がするのなら癇癪なんかおこさないでしょうからね。でもそのあとでは——ひどく後悔《こうかい》しちゃうのよ。きのうもペリーと喧嘩したあとで一時間も泣いたわ」

「それもあなたは楽しんでいるのよ——そうじゃない？」

イルゼは考えてみた。

「そうらしいわ、エミリー。あんたって気味の悪い人ね。もうこの話はやめましょうよ。泳いでみない。水着がないですって。構やしないわよ。見渡《みわた》すかぎり人っ子一人いないじゃないの。わたしあの波の誘惑《ゆうわく》には打勝てないわ。波はわたしを呼んでるもの」

わたしも同感だったし、月夜に泳ぐなんてじつに素晴らしいロマンチックなことに思われた——俗っぽいポターたちは知らないが、実際それは素晴らしかった。彼女らが知れば汚《よご》してしまうのだ。わたしたちは砂丘のあいだのくぼみで——月光を浴びて銀の鉢《はち》のように見えた——服をぬいだが、ペチコートだけはつけていた。二人は人魚か海の妖精《ようせい》のように銀青色の水やクリーム色の小波《さざなみ》の中を水しぶきをあげたり泳ぎまわったりした。まるで詩かお伽話の中にいるようだった。岸に上がるとわたしはイルゼに手をさし出して言った。

「黄色いここの砂浜においで、
お辞儀《じぎ》をしあってキスをして、
はげしい風がしずまれば、
あちらへこちらへ
軽《かろ》やかに踊《おど》れ、
やさしい妖精たちよ
歌の折り句をうたっておくれ」

イルゼはわたしの手を取り、二人は月夜の砂浜で輪をえがいて踊った。それから銀の鉢のところへ戻《もど》って服を着、この上なく楽しい気分で家へ帰った。ただもちろん濡《ぬ》れたペチコートはくるくる丸めて小脇《こわき》にかかえていかねばならなかったので、二人ともいくらかしなびて見えた。けれどもだれも見ている者はいなかった。

これがブレア・ウォーターのひんしゅくをかった事件である。

それでもやはりエリザベス伯母さんの耳には入れたくない。

ミセス・プライスがディーンとわたしのために眠《ねむ》れなかったのは気の毒である。わたしたちはなにも怪《あや》しげな妖術を行なっていたわけではない――〈歓喜の山〉を歩きながら雲の絵をたどっていたにすぎないのだ。子どもじみているかもしれない——しかし非常に面白かった。これもわたしがディーンを好きな理由の一つである——彼《かれ》は害のない愉快なことをするのに単にそれが子どもっぽいからといって渋《しぶ》ったりしない。ディーンが指さした雲は赤ん坊《ぼう》を抱《だ》いて青白い輝《かがや》く空を飛んでいる天使にそっくりだった。その頭のところには霞《かすみ》のようなヴェールがかかり、淡《あわ》い一番星がヴェールをすかして輝いている。翼の尖端《せんたん》は金色に染まり、白い衣《ころも》には真紅の斑点《はんてん》がとんでいた。

「宵《よい》の明星《みようじよう》の天使が明日を腕《うで》に抱《かか》えて飛んでいるよ」

とディーンが言った。

あまりのうつくしさに例の奇跡《きせき》の一瞬《いつしゆん》がわたしを訪《おとず》れた。しかし十秒後にはそれは仰々《ぎようぎよう》しい瘤《こぶ》をもったらくだに変わってしまった！

空になにも見なかったミセス・プライスがわたしたちのことを気が違《ちが》ったと思ったにせよ、二人は素晴らしい三十分をすごしたのであった。

とにかく他人の評価を基準にして生きようとしても無駄だということである。自分は自分の見解にしたがって生きていくほかない。結局わたしは自分を信じている。人が考えるほどわたしは悪くもないし馬鹿《ばか》でもない。肺病でもない。それにわたしにはものを書くことができる。こうしてすっかり書いてしまったら、さっきとは感じ方が違ってきた。ただ、いままでも癪にさわるのは、ミス・ポターがわたしを憐れんだことである——ポター家の者なんかに憐《あわ》れまれるとは！

たったいま、窓を開けてジミーさんの金蓮花《きんれんか》の花壇《かだん》をながめたとき——ふいにひらめきが起こった——するとミス・ポターも、ミス・ポターに憐れまれたことも、意地の悪い文句も全然気にならなくなった。金蓮花よ、うつくしい輝く金蓮花よ、だれがお前たちに彩色《さいしき》したのか。お前たちは夏の夕日からつくり出されたにちがいない。

この夏はジミーさんを手伝って庭仕事をずいぶんしている。こういう仕事はジミーさんに負けないくらい好きだ。毎日二人であたらしいつぼみや花を発見している。

それではエリザベス伯母さんはわたしをシュルーズベリーに行かせてくれないのか！　ほんとうにそう願ってでもいたかのようにわたしはがっかりした。八方塞《ふさ》がりの気がする。

そうは言ってもやはり感謝しなければならないことがたくさんある。エリザベス伯母さんはここでもう一年学校に行かせてくれるだろうから、カーペンター先生に山ほど教えてもらうことができる。悪い気分ではない。月の光はあいかわらずうつくしい。わたしはいつかペンでひとかどの者になるつもりである——それにわたしには月のような顔をしたかわいい灰色の猫《ねこ》がいる。いまテーブルに飛び上がり、わたしのペンを鼻でぐいと押《お》した。書くのはもうこれでたくさんという合図なのだ。

ほんとうの猫は灰色の猫だけである！

第五章　エリザベス伯母の条件

八月末のある夕方、〈明日の道〉からテディの合図の口笛《くちぶえ》が聞こえたので、エミリーはそっとぬけ出していった。テディにはニュースがあった――それは彼の輝く目を見ても明らかである。

「エミリー」テディは興奮していた。「僕《ぼく》はやっぱりシュルーズベリーへ行くことになったんだよ！　さっき母さんが僕を行かせる決心がついたと言ってくれたんだ！」

エミリーはよろこんだ――その気持の下に奇妙《きみよう》な悲しさがひそんでいるのを彼女は責めた。幼な友達が三人とも行ってしまったらニュー・ムーンはどんなに寂《さび》しくなるだろう！　いま初めてエミリーは自分がテディの存在をどのくらい頼《たよ》りにしていたかを悟《さと》った。来年を考えるときその背後にはかならずテディがいた。エミリーはいつもテディを当然いっしょにいるものと思っていた。それがいまやだれもいなくなるのである――ディーンさえも。ディーンはいつものように冬をすごしに出発するのである――エジプトか日本か、それはいよいよとなって決るのだが。わたしはどうしたらいいのだろう。世界じゅうのジミー・ブックをもってしても生身の親友にはとってかわれない。

「君も行かれさえしたらいいのになあ！」

二人は〈明日の道〉を歩いていた——葉の茂《しげ》った楓《かえで》の若木があまり早く高く生長したので、〈明日の道〉はきょうの道といってもいいほどだった。

「望んでも無駄よ——その話はしないでちょうだい——悲しくなるから」

とエミリーはひきつれたような声を出した。

「そう、とにかく週末はいっしょに過ごせるよね。それに僕が行けるようになったのは君のおかげなんだ。あの晩、墓地で君が言ったことで、母さんは僕を行かせることになったんだよ。あれ以来母さんがこのことを考えていたのは知ってるんだ。ときたま口に出す言葉からね。先週のある日、母さんがこんなことを呟《つぶや》いてるのが聞こえたんだ、『母親とは辛《つら》いものだ——母親であり、こんな苦しい思いをしなければならないのはまったく辛い。それだのにあの娘《むすめ》はわたしを利己主義だと言った！』とね。またべつのときには『この世でたった一つだけわたしに残されたものを手もとにおいておきたいと思うのが利己主義だろうか』とも言っていたよ。だが今夜、僕を行かせてくれると言ったときの母さんは、そりゃあやさしかった。人が母さんのことを頭がおかしいと言ってるのを僕は知っている——ときには実際すこしばかり変なことはあるんだ。だがそれはまわりに人がいるときだけなんだよ。僕たち二人きりのときの母さんがどんなにやさしくていい人か、エミリー、君には想像もつくまい。僕は母さんをおいて行くのはいやなんだ。しかしどうしても教育は受けなくちゃならない」

「わたしが言ったことのためにお母さんの考えが変わったのならうれしいわ。でもお母さんはそのことで絶対わたしを赦《ゆる》してはくださらないわよ。あれ以来わたしを憎《にく》んでらっしゃるわ——あなただって知っているでしょう。わたしがよもぎが原へ行くたびに、どんな目つきでわたしをごらんになるか、あなただって知っているわ——そりゃあとても丁寧《ていねい》にはしてくだすってよ。でも、あの目よ、テディ」

「わかってるよ」テディはもじもじした。「だが、母さんのことを悪く思わないでもらいたいんだよ、エミリー。母さんだってもとからあんなふうではなかったと思うんだ——もっとも僕が物心ついて以来、ずっとああだがね。ああなる前の母さんのことは僕なんにも知らないんだよ。僕になに一つ話してくれないんだ。——父さんのことだって僕は一つも知らないんだからね。母さんは話そうとしないんだ。母さんの顔のあの傷痕《きずあと》もどうしてできたのか知らないし」

「お母さんの頭はほんとうのところ、なんともないと思うわ」エミリーはゆっくり言った。「でも、なにか頭を悩《なや》ますことが——いつも悩ましていて——忘れることも捨て去ることもできないことがあるんじゃないかしら。テディ、きっとお母さんは憑かれてらっしゃるのよ。もちろんお化けとかそういったくだらないものに憑《つ》かれているというんじゃないわ。そうではなく、なにか恐《おそ》ろしい想いに憑かれてらっしゃるのよ」

「母さんが幸福じゃないことはわかってるんだ。——それにむろん僕の家は貧乏《びんぼう》だし。今夜、母さんは三年間しか僕をシュルーズベリーにやっておけない——それだけしか余裕《よゆう》がないと言うんだ。だが、三年やってもらえば僕は世の中に出られるよ——その後はなんとかやっていかれると思うんだ。きっとやっていかれるよ。母さんに埋合《うめあ》わせをつけられるよ」

「いつかあなたは大画家になるわよ」

エミリーは夢《ゆめ》みるように言った。

二人は〈明日の道〉のはずれに来ていた。前の方には波打つひな菊《ぎく》で真っ白な池の牧場がひろがっている。農夫はひな菊を有害な雑草として嫌《きら》うが、夏のたそがれどき、ひな菊で白一色となった牧場は〈失われた喜びの国〉の光景を思わせる。二人の下の方にはブレア・ウォーターが大輪の金色のゆりのように輝いていた。東の小山の山ひだにはかの小さな〈失望の家〉がうずくまっている。たぶん一度も姿をあらわさなかった不実な花嫁のことでも夢みているのであろう。よもぎが原には灯《あか》りが見えなかった。ミセス・ケントは暗闇《くらやみ》の中で、胸に秘めた苦しい心の餓《かつ》えだけをただ一人の友としてさびしく泣いているのであろうか。

エミリーは夕焼け空を見つめていた——目は恍惚《こうこつ》とし、青白い顔はなにものかを求めていた。いまはもうゆううつではなく、気も滅《め》入《い》っていなかった——どういうものかテディといっしょにいると長くはふさぎこんでいられないのである。この世で彼の声ほど快い音楽はまたとなかった。テディのそばにいるとあらゆるよいことが急に実現しそうに思われた。わたしはシュルーズベリーには行けない——けれどもニュー・ムーンで勉強できる——ああ、一《いっ》生懸命《しょうけんめい》勉強しよう。もう一年カーペンター先生に教えてもらえばずいぶんためになるだろう——おそらくシュルーズベリーでの勉強に劣《おと》るまい。わたしにも登るべきアルプスの山道があるのだ——途中《とちゅう》にどんな障害があろうと——手をかしてくれる者があろうとなかろうと、わたしは登っていくつもりだ。

「そうなったら、僕はいまの君の姿を描《か》くよ。題はジャンヌ・ダルク（訳注 百年戦争末期のフランスを救ったオルレアンの英雄的な少女）とするんだ――気高さそのものの顔で――自分の声に耳をかたむけているところだ」

自分の声にもかかわらず、その夜エミリーはやや沈《しず》んだ気分で床《とこ》にはいった――あくる朝、目をさましたとき、なんとなくきょうはいいことが起こるという気がした――その確信はニュー・ムーンの土曜日が平凡《へいぼん》にすぎていくにつれ、いっこうに薄《うす》れなかった――土曜日は忙《いそが》しい日である。日曜日にそなえ、家じゅうちり一つないように掃除《そうじ》し、食料品室は補充《ほじゅう》しておく。涼《すず》しいしめっぽい日であった。海から東風ではこばれた霧《きり》がニュー・ムーンやその古い庭をすっぽりとつつんだ。

夕暮《ゆうぐれ》にほそい灰色の雨が降りだしたが、それでもまだよいことは起こらなかった。エミリーが真鍮《しんちゅう》の燭台《しょくだい》をみがく仕事と、「雨の唄《うた》」という詩をつくるのと同時にしおえたとき、エリザベス伯母が客間で用があるからとローラ伯母が呼びにきた。

エミリーの記憶《きおく》では客間におけるエリザベス伯母との会見はあまり愉快《ゆかい》なものではなかった。最近やったことで、あるいはやらずにおいたことで、こうして呼ばれる覚えはなかった。それにもかかわらずエミリーは震《ふる》えながら客間へはいっていった。エリザベス伯母がなにを言おうとしているかわからないが、とくべつ重要なことにちがいなかった。そうでなかったら客間で話すはずはないのである。これもエリザベス伯母のしきたりの一つであった。大猫のダフィも灰色の影《かげ》のように音もなくエミリーといっしょにすべりこんだ。エリザベス伯母さんが追っ払《ぱら》わなければいいがとエミリーは思った。ダフィがいてくれると心強かった。猫というものはこちらの味方のときにはたのもしい後援者《こうえんしゃ》であるから！　エリザベス伯母は編物をしていた。きびしい顔ではあったが、気を悪くしたり怒《おこ》ったりしているようすはなかった。ダフィには知らん顔をしていたが、心の中ではこの古い、いかめしい夕暮の部屋で、エミリーがずいぶん背が高く見えると思っていた。子どもはなんて早く成長するのだろう！　ついこのあいだあのきれいな色白のジュリエットが——エリザベス・マレーは編針をかちっと鳴らして思い出を断《た》ち切った。

「エミリー、おすわりなさい。話があるから」

エミリーはすわった。ダフィもすわり、しっぽを気楽にくるっと前足に巻きつけた。急にエミリーは手がじっとり湿《しめ》り、口が渇《かわ》いてしまったのに気がついた。自分も編物をもってくればよかったと思った。なにごとかと怪しみながらこうして手持ち無沙汰《ぶさた》にすわっているのはいやなものだ。そのなにごとというのはエミリーにとって思いもかけないことであった。エリザベス伯母は靴下《くつした》をゆっくり一周り編んでから単刀直入に切り出した。

「エミリー、来週シュルーズベリーへ行きたいと思いますか」

シュルーズベリーへ。聞き違《ちが》えかしら。

「まあ、伯母さん！」

「この件についてあんたの伯父《おじ》さんや伯母さんたちと相談したんですがね、あんたにもっと教育を受けさせるべきだというわたしの意見にみんな賛成なんですよ。むろん、費用はかなりかかりますがね——いいえ、口を出さないでおくれ。わたしは口出しを好まないからね

――けれどルースがあんたの養育費のうち、自分の割当てとしてあんたの下宿料の半分を負担することになりました――エミリー、口出しはなりません！　オリヴァー伯父さんが残りの半分を引受け、ウォレス伯父さんが本代を、わたしが服装《ふくそう》の面倒《めんどう》をみるということになりました。むろん、あんたはルース伯母さんの親切にいくらかなりと報《むく》いるためにせいいっぱい、家の用事を手伝わなくてはなりません。シュルーズベリーには三年間やってあげますが、それには条件があります」

　条件とはなんだろう。エミリーは古い客間の中を踊ったり、歌ったり、笑ったりしたかった。そんなことはマレー家の者はだれ一人として、彼女《かのじょ》の母でさえやりえなかったことである。しかしエミリーは我慢《がまん》し、どんな条件かと思案しながら長椅子《ながいす》にかたくなってすわっていた。思案しながらも、いまのこの瞬間はまったく劇的であると感じていた。

「シュルーズベリーで三年すごせば」とエリザベス伯母は言葉をつづけた。「クイーンで三年勉強したのとおなじことになるでしょう――むろん、教師の免状《めんじょう》はもらえませんがね。そんなことはあんたの場合どうでもいいことです。あんたは生活のために働く必要はないんですからね。ですが、さっきも言ったとおり、条件があります」

　なぜエリザベス伯母さんは条件を言い出さないのかしら。疑心暗鬼《ぎしんあんき》の状態にエミリーは耐《た》えられなくなった。言い出すのをエリザベス伯母さんが少しばかり恐れている、ということがありうるかしら。時をかせぐなど伯母さんらしくなかった。そんなにひどい条件なのだろうか。

「あんたはシュルーズベリーで三年くらすあいだ」エリザベス伯母はおごそかに言い出した。「くだらないものを書きちらすことはいっさいやめなくてはなりません——学校で書けといわれた作文はべつとして、いっさいやめるんです」

エミリーは身じろぎもせずにすわっていた——からだが冷たくなった。一方をとればシュルーズベリー行きは駄目《だめ》になるし——もう一方をとれば詩も、小説も、観察も、楽しいごたまぜのジミー・ブックもこれぎりとなる。決心するのに手間はかからなかった。

「それは約束《やくそく》できません」

エミリーはきっぱり言った。

エリザベス伯母はびっくりした拍子《ひょうし》に編物をとり落とした。思いもよらないことだった。エミリーがあんなにシュルーズベリーへ行きたがっているのだから、行くためにはどんなことでもするものと思っていた——ことにこんなとるに足りないことなど——ただ意地っ張りを捨てるだけのことととエリザベス伯母は考えていたのである。

「では、あんたが前からあんなに望んでいるような振《ふ》りをしていた教育のためでさえ、例のくだらない書きちらしをやめないと言うの」

「やめないんじゃありません——やめられないんです」エミリーは途方にくれた。エリザベス伯母に理解してもらえないことはわかっていた——このことはいままでも伯母にはどうしても納得《なっとく》がいかなかったのだから。「わたしは書かずにはいられないんです、伯母さん。そういう血がわたしには流れているんです。約束しろと言っても無駄ですわ。教育はほんとうに受けたいんです——そういう振りをしていたわけじゃありません——でも、そのためにものを書くのをやめるわけにはいきません。そんな約束はとても守れませんわ——ですから約束してもなんにもならないではありませんか」

エリザベス伯母は怒ってしまった。

「それなら家にいたらいいだろう」

エミリーは伯母が起《た》ち上がって部屋から出て行くものと思っていた。ところがエリザベス伯母は靴下を拾い上げると、憤慨《ふんがい》にたえないようすで編みはじめた。じつのところ、エリザベス伯母は非常にうろたえたのである。ほんとうはエミリーをシュルーズベリーへやりたいのだった。伝統は多くのことを彼女に要求した。そして一族の者もみなエミリーをシュルーズベリーにやるべきだという意見であった。この条件はエリザベス自身の思いつきだった。彼女はこれこそエミリーにマレー家の者らしくもない、時間と紙を浪費《ろうひ》する馬鹿げた習慣をやめさせるのに絶好の機会であると考え、この計画が成功するものと疑わなかった。エミリーがどんなにシュルーズベリーへ行きたがっているか知っていたからである。それだのにこの愚《おろ》かな、聞きわけのない、恩知らずな強情《ごうじょう》さ加減——「スター家の血が現われてきた」とエリザベス伯母は恨《うら》み、シプレー家の遺伝のことも忘れてしまった！　どうしたらいいだろう。過去の経験から、エミリーがいったんこうと言い出したら頑《がん》として動じないことは、いやというほどわかっているし、ウォレスもオリヴァーもルースもエミリーの書きたがる癖《くせ》を自分とおなじく伝統に反するくだらないものと思いはしても、自分——エリザベス——の主張を支持してくれないにちがいなかった。エリザベス・マレーは前途に完全な敗北を予見した。それは彼女の好むところではない。エリザベスは前の長椅子にすわっている青ざめた顔をしているほっそりした子どもを思うさま揺《ゆ》すぶってやりたかった。見るからきゃしゃで――幼く――強情そうである。三年余りエリザベス・マレーはエミリーの、ものを書きたがるこの馬鹿げた癖を直そうと努めてきたが、これまでなにごともやり損《そこ》ねたことのない彼女が、三年余りかかってもこればかりはうまくいかなかった。まさか兵糧攻《ひょうろうぜ》めにして従わせることもできないが――そうでもしなければ方法はなさそうだった。

エリザベスは腹立ちまぎれに猛烈《もうれつ》な勢いで編んでいった。エミリーは苦い失望とひどい仕打ちへの憤《いきどお》りと戦いながらじっとすわっていた。エリザベス伯母の前では絶対に泣くまいと決心していたが、涙《なみだ》をこらえるのは骨が折れた。ダフィがさも満足気に大きな声でゴロゴロ言わなければいいのにと思った。まるで灰色猫《はいいろねこ》の見地から言えば、万事《ばんじ》まことにおめでたいと言わんばかりである。エミリーはエリザベス伯母があちらへ行くようにと言ってくれればいいと願った。しかし伯母はあらあらしく編みつづけるばかりでなにも言わない。すべてが悪夢《あくむ》のように思われた。風が出てきて雨は窓ガラスを叩《たた》きはじめ、死んだマレー家の者たちは黒っぽい額縁《がくぶち》から非難するかのように見おろしている。あの人たちは〈ひらめき〉にもジミー・ブックにも――手の届かないところにいる、人の心を魅《み》する神性を追跡《ついせき》していく――アルプスの小径《こみち》にもなんの同情ももっていないのだ。しかしがっかりはしてもエミリーは、これは小説の悲劇的な場面の素晴《すば》らしい背景になると考えずにいられなかった。

ドアが開いてジミーさんがはいってきた。ようすがおかしいと感じ、ドアの外で恥《は》ずかしげもなく立ち聞きしていたのである。エミリーがけっしてそんな約束はしないことをジミーさんは知っていた——十日前の家族会議でエリザベスにそう言ったのであった。彼は薄馬鹿のジミー・マレーにすぎないが、分別のあるエリザベス・マレーには理解できないことを理解していた。

彼《かれ》は二人を見くらべながらたずねた。

「どうかしたのかね?」

「どうもしやしませんよ」エリザベス伯母は高飛車に答えた。「エミリーに教育を受けさせてやると言うのに、断わっただけですよ。むろんそれはエミリーの自由ですからね」

「千人もの先祖をかかえている者が自由になどできっこないよ」

ジミーさんはそういうことを言うときはいつもそうだが、気味の悪い声を出した。するとエリザベスは身震いせずにはいられなかった——そんな気味悪くしたのも自分のせいだということを忘れられないからである。

「あんたが要求しているようなことを、エミリーが約束できるはずはないよ。そうだろう、エミリー」

「ええ」

思わず大粒《おおつぶ》の涙が二つエミリーの頬《ほお》をころがり落ちた。

「もしできるとすれば、わたしのためなら約束してくれるよね」

　エミリーはうなずいた。

「あんたの要求は大きすぎたよ、エリザベス」ジミーさんは、怒ってせっせと編針を動かしているエリザベス伯母に向かって言った。「あんたはエミリーに書き物を全部やめろと言ったーーさて、それを一部やめるということにすればーーエミリー、一部やめろと言われたらどうだね。それならできるだろう、え？」

「どんな一部？」

　エミリーは用心深くたずねた。

「そうさね、たとえばほんとうでないことはいっさい」ジミーさんはエミリーのそばににじり寄り、頼《たの》むように手を肩《かた》にかけた。エリザベスは編物をやめなかったが、針の動きが前よりもゆっくりとなった。「たとえば小説だよ、エミリー。伯母さんはとくにあんたが小説を書くのがいやなんだ。あんなものは嘘《うそ》っぱちだと思ってるんだね。ほかのものはたいして気にしていないんだよ。エミリー、三年間だけ小説を書くのはやめられないかね。教育は大事だ。あんたのおばあさんのアーチバルドなんか教育を受けるためには鯡《にしん》のしっぽを噛《かじ》ってでも暮《く》らしただろうよーーそう言ってるのをわたしは何度聞いたかしれないが。どうだね、エミリー」

　エミリーは素早く考えた。わたしは小説を書くのは大好きだ。それを諦《あきら》めるのはさぞ辛《つら》いだろう。けれど空想を詩に書いたりーージミー・ブックに性格描写《びょうしゃ》をしたりーーそのときの気分にしたがってこっけいなーー皮肉なーー悲劇的なーー日常の出来事を書いていけるなら

――どうにかやっていかれるかもしれない。

ジミーさんが囁《ささや》いた。

「やってみろ――やってみろ。伯母さんを少しばかりなだめるんだ。伯母さんにゃずいぶん厄介《やっかい》になってるんだからね、エミリー。妥協《だきょう》するんだよ」

「エリザベス伯母さん」エミリーは震える声で言った。「わたしをシュルーズベリーにやってくださるなら、三年間、ほんとうでないことはいっさい書かないと約束します。それでよろしいでしょうか。それがわたしにできるせいいっぱいの約束です」

エリザベスは返事をする前に二周り編んだ。返事をしないつもりなのかとジミーさんもエミリーも思った。突然《とつぜん》エリザベスは編物をくるくると巻いて立ち上がった。

「よろしい。それでいいことにして上げましょう。もちろん、わたしが一番反対するのはあんたの小説だからね。ほかのものはルースがせいぜい気をつけて、そんな暇《ひま》のないようにしてくれるでしょうから」

エリザベス伯母はまったくの敗北におわらず、困った羽目から多少の面目をたもって退《たい》却《きゃく》できたことを内心よろこびながら、さっさと部屋を出ていった。ジミーさんはエミリーの黒い頭をなでた。

「よかったね、エミリー。いいかい、あんまり頑固になってはいけないよ。それになにも一生じゃない、三年間だからね、猫ちゃん」

たしかにそうだ。しかし十四歳《さい》のときの三年は一生に思えた。エミリーは泣きながら眠《ねむ》りについた――目がさめてみると時計は三時をさしていた。風のつよい、古い北海岸の灰色の夜であった――エミリーは起き上がり――ローソクをともし――テーブルに向かい、ジミー・ブックにあの情景を全部描写した。一生懸命注意して一言一句ありのままに書きつけた！

第六章　シュルーズベリーの生活

エミリーがシュルーズベリーへ行くことになったと話すと、テディもイルゼもペリーも歓声をあげてよろこんだ。考え直してみてエミリーはかなりうれしくなった。なにより高等学校に行けるのである。ルース伯母のところに下宿するのはありがたくなかった。これは思いがけないことである。ルース伯母が自分をそばにおくのは承知しないだろうし、もしエリザベス伯母がシュルーズベリーへやってくれるとすれば、どこかほかのところに――たぶんイルゼといっしょに下宿することになろうと考えていた。たしかにそのほうがずっと好ましかった。ルース伯母の屋根の下で暮らすのは容易でないことはエミリーにはよくわかっていた。それに物語は書けないし。

身内に創造意欲が湧《わ》き起こるのを感じながら、それを表現することを禁じられている――こっけいな、あるいは劇的な人物を考え出し疼《うず》くようなうれしさをおぼえながら、それを生み出すことを禁じられる――ふいに素晴らしい構想を思いついたのに次の瞬間《しゅんかん》、それを展開できないことを悟《さと》る。こういうことがすべてどんなに苦しいことか、生まれながらにものを書きたいという致命《ちめい》的な欲望をもっている者でなければ、とてもわかるものではない。世の中のエリザベス伯母たちにはけっして理解できないことである。エリザベス伯母たちにとってそんなことは馬鹿げたことにすぎないのだ。

八月の最後の二週間はニュー・ムーンでは忙《いそが》しくすぎていった。エミリーの服装のことでエリザベスとローラは協議をかさねた。マレー家の不面目となるような支度《したく》ではいけないが、常識と、流行を追わないということを建前としなければならない。エミリー自身は口出しを許されなかった。ある日のこと、〝昼から露《つゆ》のおりる夕べ〟までかかってエミリーに絹の夕フタのブラウスを一枚持たせるかどうかについて――イルゼは三枚持っている――意見をたたかわせた結果、持たせないことに決めたので、エミリーはがっかりした。しかしローラは〝イブニング〟という名前こそ使わなかったが、この服だけは自分の意見を通した。〝イブニング〟などと言えばエリザベスに反対されて駄目《だめ》になるにきまっていた。それはたいそうきれいなピンクがかった灰色のクレープ地であり――当時たしか〝ばらの灰〟と呼ばれた色合いである――襟《えり》なしで――エリザベスとしてはたいした譲歩《じょうほ》であった――袖《そで》が大きくふくらんでいた。こんな袖は今日ではおかしいが、流行のごたぶんにもれず、はやったころには若いうつくしい娘が着るときれいでしゃれていた。これほど素晴らしい衣裳《いしょう》をエミリーは持ったことがなかった――これほど長いのも初めてであった。長いということはそのころ重要な意味を含《ふく》んでいた。つまり〝長い〟服を着て初めておとなということになるのである。裾《すそ》はエミリーの格好のよい踝《くるぶし》にまでとどいた。

ある晩ローラとエリザベスが出かけているとき、エミリーはディーンに見せたいと思ってこの服を着た。彼は夕方から訪ねてきており——エジプトへ行くことに決め、次の日発《た》つ予定であった——二人は庭を散歩した。エミリーは縞萱《しまがや》にさわらないよう、光沢《こうたく》のあるスカートを持ち上げるときなど、すっかりおとなびた気分になった。頭には灰色がかったピンク色のスカーフを巻いているので、ふだんよりもいっそう星のように見えるとディーンは思った。猫どももついてきた——つやつやした縞模様のダフィに、いまなおニュー・ムーンの納屋《なや》で権力を振るっているソーシー・ソール。猫の去来ははげしかったが、ソーシー・ソールはいつまでも元気だった。二ひきは草地を跳《は》ねまわったり、花のジャングルからお互《たが》いに飛びかかったり、エミリーの足もとに媚《こ》びるように転がりまわったりした。ディーンはエジプトへ行くことにしていたが、異国の魅力ある風物にかこまれても、自分にとってはこの整然とした、いかめしい、よい香《か》の漂《ただよ》う古い庭園でエミリーと猫たちの織りなすきれいな絵にまさるものはないということを知っていた。

彼らはいつもほど話をしなかった。沈黙《ちんもく》は二人に奇妙《きみよう》な作用をした。ディーンはエジプト行きをとりやめにして故郷で冬をすごし——シュルーズベリーへ行ってみようかという馬鹿げた衝動《しようどう》に一、二度かりたてられた。彼は肩をすくめ、自分を冷笑した。この子はなにも世話を必要としていないのだ——ニュー・ムーンのご婦人たちが正当な保護者としてひかえているのだから。エミリーはまだほんの子どもにすぎない――背はすらっと高く、測り知れない目をしてはいるが。しかし白い喉《のど》はなんと完全な線を描《えが》いているのだろう――赤い唇《くちびる》のうつくしいカーブはいかにもキスしやすそうだ。エミリーはもうじき一人前の女性となるだろう――だが、彼のためのものでは――父親の年代の足の悪いジャーバック・プリーストのためのものではない。馬鹿なまねはすまいとディーンはこれで百回も自分に言いきかせた。運命が彼に与《あた》えてくれたもの――この繊細《せんさい》な星のような少女の友情と愛情で満足しなければいけない。将来、彼女《かのじょ》の愛は素晴らしいものとなるだろう――だれか他の男にとってである。きっと、その愛に半分も値しない若いやさ男にでも無駄に注ぐことだろう、とディーンは皮肉に考えた。

エミリーのほうはディーンがいなくなったらどんなに寂《さび》しいだろうと考えていた――これまで以上に寂しさをおぼえた。この夏、二人はじつに気の合った仲よしとして過ごした。たとえ二、三分間でもディーンと話をすると、かならず人生がひときわ豊かになった気がした。彼の聡明《そうめい》な、機知にとんだ、ユーモラスな、皮肉な言葉は教化的であった。それはエミリーを刺激《しげき》し――突《つ》き刺《さ》し――発奮させた。またときおりの称讃《しょうさん》は彼女に自信をあたえた。ディーンに対しエミリーは他のどんな者にもおぼえない不思議な魅力を感じていた。感じてはいたが、その性質を分析《ぶんせき》することはできなかった。テディなら――どうしてテディが好きなのか、それははっきりわかっていた。テディのテディらしいところが好きなのである。ペリーは――陽気な、日に焼けた、無遠慮《ぶえんりょ》な、ほら吹《ふ》きの腕白小僧《わんぱくこぞう》であるペリーは好きにならずにはいられない。しかしディーンは違う。彼には未知のもの——経験——すぐれた知識——苦渋《くじゅう》の上につちかわれた聡明な心——彼がエミリーにはけっして知ることができないと言った事柄《ことがら》——などのもつ魅力にひきつけられるのであろうか。エミリーにはわからなかった。ただディーンと話したあとではだれもかれも少しばかり味気なく感じた——一番好きなテディでさえそうである。もちろんテディが一番好きだということは疑う余地がなかった。しかしディーンはエミリーの微妙《びみょう》で複雑な性質のある部分を満たしているように思えた。その部分は彼なしではたえず飢《う》えているのであった。

「いろいろ教えてくださってどうもありがとう、ディーン」

日時計のところでエミリーは礼をのべた。

「君のほうでは僕《ぼく》になにも教えてくれなかったと思っているの」

「そんなことがどうしてできて。こんなに年がいかなくて——こんなになにも知らないのに——」

「君は苦痛をまじえずに笑うことを教えてくれた。それがどんなにありがたいことか、君にはいつまでも知らずにいてもらいたいよ。シュルーズベリーでは台無しにされないようにしたまえ。君が行くのをいかにもよろこんでいるのに、けちをつけたくはない。しかし、このニュー・ムーンにいても結構やっていかれるのだ——むしろもっとためになるぐらいだよ」

「ディーン！　あたしだって少しは教育を受けたいわ——」

「教育だって！　教育というものは代数や二流のラテン語を小出しに教えてもらうことでは

ないんだ。シュルーズベリーの高校で、男であれ女であれ、大学出の若僧なんかに教わるより、カーペンターのじいさんのほうがもっとたくさんいいことを教えてくれるよ」

「ここじゃもう学校へ行かれないわ。わたし一人ぼっちになってしまうんですもの。わたしと同い年の生徒はみなクイーンかシュルーズベリーに行くか、でなければ家にいるかするんですもの。あなたの気持がわからないわ、ディーン。わたしがシュルーズベリーにやってもらえるのをよろこんでくださるものと思っていたのに」

「よろこんではいるんだよ——君にとってうれしいことなのだから。ただ——君に学んでほしいと思う学問は高校では学べないし、学期末試験などで評価されるものではないのだ。どんな学校であれ、多少とも価値あるものを得るには自分で努力しなければいけない。けっして教師どもに君自身を変えさせてはだめだよ。それだけだ。そうはできないとは思うが」

「できませんとも」エミリーは断言した。「わたしはキプリング（訳注 十九、二十世紀のイギリスの作家）の猫にそっくりよ——一人で気ままに歩き、好きなところでしっぽを振《ふ》るわ。それだからマレー家の人たちはわたしを気にいらないのよ。わたしも群れにまじって走らなくてはいけないと考えているの。ねえ、ディーン、たびたびお手紙をちょうだいね。あなたのようにわかってくださる人はないんですもの。それになんだか習慣みたいになって、あなたがいないと困ってしまうのよ」

エミリーは——軽い気持から——こう言った。しかしディーンのやせた顔にはさっと赤黒く血がのぼった。二人はさよならを交《か》わさなかった——それはもとからの約束《やくそく》であった。

ディーンは手を振った。

「君がしあわせな日々をすごせるように」

エミリーは例の神秘的な微笑をゆっくり彼に向けただけだった。――ディーンは行ってしまった。庭は急に寂しくなった。薄《うす》い水色の薄暮《はくぼ》の中に白い草夾竹桃《くさきょうちくとう》の花がそちらこちらに幽霊《ゆうれい》のように咲《さ》いている。のっぽのジョンの茂《しげ》みからテディの口笛《くちぶえ》が聞こえたときにはエミリーはほっとした。

家での最後の日の夕方、エミリーはカーペンター先生をおとずれ、先週、批評をたのんでおいた原稿《げんこう》のことで意見をきいた。その中にはエリザベス伯母《おば》の最後通牒《つうちょう》がおりる前に書いた一番あたらしい物語もはいっていた。批評となると、カーペンター先生は思う存分、言いたい放題のことを言った。しかしその言うところは正しいので、たとえ一時、心に火ぶくれができるようなことを言われても、エミリーはその判断に信頼《しんらい》をおいていた。

「この恋愛《れんあい》小説は、だめだ」

と先生はぶっきら棒に言った。

「思うようにいかなかったのは自分でもわかっているんです」

エミリーは溜息《ためいき》をついた。

「どの小説もそうだ。人を満足させても、自分を満足させられるものなどとても書けるもんじゃない。恋愛小説のほうは、君が実感していないのだから書けやしないよ。実感の伴《ともな》わないものはいっさい書いてはいけない――失敗するに決っている――〝なんら価値なき物真《ものま》似《ね》"というわけだ。この話のほうは――このばあさんの話のほうはだな、これは悪くないよ。せりふは気がきいているし――クライマックスは単純で効果的だ。それにありがたいことに君にはユーモアのセンスがある。君に恋愛小説がだめなのは、おもにそのせいじゃないかと思うよ。真のユーモアを解する者で恋愛小説を書ける者は一人もない」

エミリーにはどうしてそうなのかわからなかった。彼女は恋愛小説を書くのが好きである――それもものすごく感傷的で悲劇的なものだった。

「シェークスピアは書けましたよ」

とエミリーは挑戦《ちょうせん》するように言った。

「君はとうていシェークスピアの部類じゃないからな」

カーペンター先生は素気《そっけ》なく言った。

エミリーは真っ赤になった。

「それはわかっています。でも先生が一人もいないとおっしゃったもんで」

「いまでもそう言うよ。シェークスピアが例外であるということが、その法則の正しさを示しているのだ。もっとも、『ロミオとジュリエット』を書いたときにはシェークスピアのユーモアのセンスが停止状態にあったことは確かだがね。だが、ニュー・ムーンのエミリーに話を戻《もど》そう。この小説は――そう、若い女の子なら読んでも悪影響をうけることもあるまい」

カーペンター先生の言い方から、この小説を讃《ほ》めているわけではないのがわかった。エミリーが黙《だま》っていると、カーペンター先生は彼女の大切な原稿をぞんざいにわきへはねのけながら批評をつづけた。

「これはキプリングの下手な物真似のように思えるが、最近キプリングのものを読んだかね」

「はい」

「そうだと思った。キプリングを模倣《もほう》してはいけない。どうしても、、、というなら、ローラ・ジーン・リビー（訳注　十九、二十世紀のアメリカの小説家）を模倣するがいい。これは題がいいだけで、あとはなんの取柄《とりえ》もない。固苦しい話さね。それから『隠《かく》された財宝』は小説じゃない――機械だ。キーキー軋《きし》っているよ。読んでいるあいだ、一瞬たりともこれが小説だということを忘れさせてくれなかった。だから、これは小説ではないのだ」

「わたし現実に忠実なものを書こうとしたんです」

とエミリーは抗議《こうぎ》した。

「ああ、それだからだ。われわれはみな人生を幻影《げんえい》を通して見ている――われわれの中のもっとも幻影に破れた者でさえもそうだ。そういうわけであまり現実に忠実すぎると、読む者には納得《なっとく》がいかないのだ。えーと――『狂《くる》った家族』――これも写実主義のいき方だな。しかしこれはただの写真だ――肖像画《しょうぞうが》ではないよ」

「先生はなんて嫌《いや》なことばかりおっしゃるんでしょう」

エミリーは溜息をついた。

「だれも嫌なことを言わなかったら、この世はさぞ住みよかろうよ。だがそんな世の中は危険さね。君はおべっかではなく、批評をしてもらいたいと言ったじゃないか。しかし少しばかりおべっかも使ってあげるよ。これは一番最後にとっておいたんだ。『変わった物』はかなりよくできているし、君を堕落《だらく》させる心配さえなければ、まったく素晴《すば》らしい出来だと言いたいくらいだ。いまから十年後に書き直せば物になるよ。そうだ、十年だよ——そんなしかめ面《つら》をしなさんな。君には才能がある——それにすぐれた語感をもっている——その都度、それでなければいけない言葉を使っている——これは非常に貴重なことだ。しかし君には悪い点もいくつかある。例のいまいましい傍点《ぼうてん》だ——きっぱりやめるんだ——ぜひともやめるんだ。それと、現実から逃《のが》れたときの君には想像力を抑制《よくせい》する必要がある」

「そうしなければならなくなったんです」

エミリーはゆううつな声でエリザベス伯母との契約《けいやく》を話した。カーペンター先生はうなずいた。

「素敵だ」

「素敵ですって！」

エミリーは呆然《ぼうぜん》とした。

「そうだ。それこそ君に必要なことなのだ。これで君は抑制と節約をまなぶだろう。三年間、事実一筋にしていき、その結果を見なさい。想像の王国とは厳しく手を切って、平凡《へいぼん》な生活だけに範囲《はんい》をかぎるのだ」

「平凡な生活なんてものはないわ」

とエミリーが言った。

カーペンター先生は一瞬じっとエミリーを見つめたが、やがてゆっくり言った。

「君の言うとおりだ――そんなものはない。しかし、どうしてそれが君にわかったのかな。とにかく、進むんだ――進むんだ――選んだ道を歩いていくのだ――そしてそこを歩ける身の自由を〝どんな神にしろ、感謝せよ〟だ」

「ジミーさんは、千人もの先祖をかかえた者は自由になどできっこないと言っていますわ」

「それだのに人はあの男を馬鹿だと言うのだからな」とカーペンター先生は呟《つぶや》いた。「しかし君の先祖たちはべつに特別の呪《のろ》いを君にかけたようすもないじゃないか。ご先祖たちはただ、君に高いところを目ざすように命じているだけだ。だからそのとおりにしないと、おちおちさせてもらえないのだよ。それを野心と言おうと――抱負《ほうふ》と言おうと――小説狂いと言おうと――好きな呼び方をすればいい。それに駆《か》り立てられると――あるいは誘惑《ゆうわく》されると――人は登りつづけなければならない――そしてついに失敗するか――あるいは――」

「成功する」

エミリーは黒い髪《かみ》をうしろに振りやった。

「アーメン」

とカーペンター先生は唱えた。

その夜エミリーは詩――「ニュー・ムーンよ、さらば」――を書いた。書きながら泣いた。その一行々々に実感がこもっていた。学校に行かれるのはまったくありがたい――しかしなつかしいニュー・ムーンを離《はな》れなければならないとは！　ニュー・ムーンのすべてがエミリーの生活や思想に結びついていた――彼女の一部となっていた。

「わたしが自分の部屋や、樹木や、丘《おか》を好きなだけではない――部屋や、樹木や、丘のほうでもわたしを好きなのだ」

とエミリーは考えた。

小さな黒いトランクの荷造りはできた。エリザベス伯母は必要な物が全部そろっているよう気を配り、ローラ伯母とジミーさんは一つ二つ必要でない物もはいっているよう気を配った。ローラ伯母はひもの付いた上靴《うわぐつ》の中に黒いレースの靴下がはいっているからね、とエミリーに言った――ローラでさえ絹の靴下にする勇気はなかったのである――それからジミーさんはジミー・ブックを三冊と五ドル紙幣《しへい》のはいった封筒《ふうとう》をくれた。

「これでなんでも好きな物を買うんだよ、猫《ねこ》ちゃん。十ドルにしたかったんだが、来月の給料の前渡《まえわた》し分としてエリザベスは五ドルしかくれないんでね。どうも怪《あや》しいとにらんでいるらしいんだ」

「もし手に入れられたら、このうちの一ドルでアメリカの切手を買ってもいい？」

とエミリーは心配そうに囁《ささや》いた。

「なんでも好きな物を買っていいんだよ」

ジミーさんはいやな顔もせずにくり返した――もっとも、ジミーさんにさえ、アメリカの切手がほしいなどと言い出す者の気持が知れなかった。しかしかわいいエミリーがほしいというなら、アメリカの切手でもなんでも買わせてやりたい。

次の日はエミリーにとって夢《ゆめ》のようだった――夜明けに目がさめたとき聞こえてきた、のっぽのジョンの茂みで有頂天《うちょうてん》になってさえずっている小鳥の声――さわやかな九月の朝早くシュルーズベリーへと馬車で行ったこと――ルース伯母の冷やかな歓迎《かんげい》――見知らぬ学校での数時間――〝予科〟生のクラス編成――家へ帰って夕食――たしかに一日では荷がかちすぎた。

ルース伯母の家は本通りからはいった住宅街のはずれ――ほとんど郊外――にあった。さまざまな安っぽい装飾《そうしょく》をごたごたつけたこの家はなんて醜《みにく》いのだろうとエミリーは思った。しかし屋根や張出し窓の上に白い木製のレース飾《かざ》りをつけた家はシュルーズベリーでは優雅《ゆうが》の最たるものであった。庭はなかった――なにも植えていない、固苦しいせまい芝生《しばふ》だけだった。しかし一つだけエミリーの目をよろこばせるものがあった。家の裏手にある丈《たけ》の高い、ほっそりした樅《もみ》の大きな植林である――こんなに背が高く、まっすぐで、すらっとした樅をエミリーは見たことがなかった。それが長い緑の紗《しゃ》のような風景をつくって奥深《おくふか》くひろがっていた。

エリザベス伯母はその日一日シュルーズベリーですごし、夕食をすませてから帰った。玄《げん》関《かん》の段々のところでエリザベス伯母はエミリーと握手《あくしゅ》をし、おとなしくして、ルース伯母さんの言いつけどおりにするのですよと言い聞かせた。エミリーにキスはしなかったが、エリザベス伯母にしては非常にやさしい口調であった。エミリーは胸がいっぱいになり、涙《なみだ》にかすむ目でエリザベス伯母が――なつかしいニュー・ムーンに帰っていくエリザベス伯母が見えなくなるまで段々に立ちつくしていた。

「おはいり。お願いだから、ドアは叩《たた》きつけないでおくれ」

とルース伯母が言った。

ところでエミリーはいままで一度もドアを叩きつけたりしたことがなかった。

「夕食の皿洗《さらあら》いにかかりましょう。これからはいつもあんたにしてもらうからね。物の置き場所をおしえておこう。エリザベスから聞いているだろうが、あんたには下宿料として二つ三つ雑用をしてもらうからね」

「はい」

とエミリーは手短かな返事をした。

雑用をするのは、いくらたくさんでもかまわなかった――しかしルース伯母のその言い方である。

「もちろん、あんたをここへおけば、わたしとしても余分の出費がずいぶんかかりますからね。だが、あんたの養育費としてわたしたちみんながそれぞれ出し合うという建前あってのことだからね。わたしの考えじゃクイーンへ行って教師の免状《めんじょう》をもらったほうがよさそうなもんだがね」

「わたしもそうしたかったんです」

とエミリーは言った。

「ふーむ」ルース伯母は口をすぼめた。「あんたはそう言うんだね。そうしてみるとどうしてエリザベスはあんたをクイーンにやらなかったんだろうね。ほかのことじゃあんたをずいぶん甘《あま》やかしていたにちがいないのに——もしあんたがほんとうにクイーンのほうに行きたがっていると思えば、このことだってエリザベスは折れたはずだが。寝《ね》るのはこの勝手部屋だよ。冬はほかのどの部屋よりも暖かいんだからね。ガスはないけれど、まさかあんたの勉強のためにガスをあてがうわけにはいかないからね。ローソクを使わなくちゃならないよ——一時に二本つかってよろしい。部屋はきちんときれいにしておくんだよ。それから食事のときにはわたしの定《き》めた時間にちゃんとここへ来るんです。わたしは食事の時間にはやかましいからね。それからもう一つ、いまのうちに承知しておいたほうがいいことがある。友達をここへつれてきてはいけませんよ。おもてなしはしてさしあげませんからね」

「イルゼも——ペリーも——テディもだめですの」

「そう、イルゼはバーンリ家の者で縁《えん》つづきになってるからね。たまには来てもよろしい——年がら年じゅうやってこられちゃ困るがね。聞くところじゃ、あの子はあんたにふさわしい友達じゃなさそうだ。男の子のほうは——絶対いけません。テディ・ケントのことはなにも知らないが——あんたも多少でも自尊心をもちあわせていれば、ペリー・ミラーなんかと付合いはすまいに」

「自尊心があればこそ、ペリーと付合うんですわ」

とエミリーは言い返した。

「わたしに向かって生意気な口をきくんじゃありません、エムリー。いまのうちに言っておくけどね、ニュー・ムーンでやってきたように、ここでも我儘《わがまま》を通そうたって、そうはいきませんよ。まったくひどく甘やかされている。だがわたしは自分の姪《めい》のところに雇人《やといにん》を訪問させたりはしませんからね。いったい、どこでそんな下品な趣味《しゅみ》を身につけたんだろう。あんたの父親でさえ、紳士《しんし》そっくりに見えたのに。二階へ行って荷物をときなさい。それから勉強をして、寝るのは九時だよ！」

エミリーはひどく腹が立った。エリザベス伯母でさえテディがニュー・ムーンに来るのを禁じるなど夢にも考えなかった。エミリーは部屋のドアをしめ、味気なくトランクの中身を出しはじめた。部屋はまったく醜かった。一目見ただけで大嫌《だいきら》いになった。ドアはきちんと閉まらないし、傾斜《けいしゃ》した天井《てんじょう》には雨漏《あまも》りのしみができており、寝台《しんだい》のすぐそばまで下りてきているので、手で触《さわ》れるくらいだった。むき出しの床《ゆか》には目が痛くなるような〝鉤針《かぎばり》で編んだマット〟がしいてあった。それはマレー家の趣味に合うものではなかった――また公平に言えば、ルース・ダットンの趣味でもなかった。故ダットン氏のいなかの親戚《しんせき》から贈《おく》られたものである。ぎらぎら赤い中央をカーキ色と、どぎつい緑の渦巻《うずまき》模様がとりまいていた。四隅《よすみ》には紫色《むらさきいろ》の羊歯《しだ》と青いばらの花束《はなたば》を描《えが》き出してある。

木造部はぞっとするようなチョコレートがかった褐色《かっしょく》に塗《ぬ》ってあり、壁《かべ》にはもっとぞっとする模様の壁紙がはってあった。絵もそれに調和していた。ことに豪華《ごうか》な宝石で飾りたてたアレクサンドラ女王の着色石版画にいたっては、畏《おそ》れ多くも女王陛下がつんのめりそうな角度にかかっていた。着色石版画でさえアレクサンドラ女王を醜く下品にはできなかったが、お気の毒にもそれに近いところまでいっていた。せまいチョコレート色の棚《たな》には造花をいっぱいさした花瓶《かびん》がのっていたが、その造花は二十年も前から造花として存在していたものである。世の中にこれほど醜悪《しゅうあく》な、感じの悪いものがあろうとは信じられないほどだった。

「この部屋はよそよそしい――わたしにいてもらいたくないのだ――ここではけっしてわたしはくつろげないわ」

　エミリーはたまらなく家が恋《こい》しくなった。樺《かば》の木を照らすニュー・ムーンのローソクの光――露《つゆ》にぬれたホップの蔓《つる》の匂《にお》い――ゴロゴロ喉《のど》をならしている猫たち――夢にみちたなつかしい自分の部屋――静けさのたちこめた、影《かげ》の多い古い庭――風と、湾《わん》に寄せる大波のかなでる壮大《そうだい》な聖歌――海からはなれた町にいると、昔《むかし》ながらのあの朗々たる音楽を聴《き》けないのは辛《つら》かった。ニュー・ムーンの死者の眠《ねむ》るあの小さな墓地までが懐《なつ》かしかった。

「わたしは絶対泣かないから」エミリーは拳《こぶし》をにぎりしめた。「ルース伯母さんに笑われるから。この部屋の中には好きになれそうなものはなんにもないわ。部屋の外はどうかしら」

　エミリーは窓を押《お》し上げた。窓は南側の樅の林に面しており、樅の香《か》がエミリーを慰《なぐさ》めるように吹《ふ》き入ってきた。左手の樹木の茂《しげ》みに、ぽっかり緑色のアーチ型の窓のように口をあいているところがあり、そこから月に照らされたかわいい小さな景色が覗《のぞ》かれた。そこからは輝《かがや》く夕日も見えるにちがいない。右手は小山となっており、それにそって西シュルーズベリーがだらだらとつづいていた。夕闇《ゆうやみ》の中に小山の灯《あか》りが点々とまたたき、妖精《ようせい》のようにうつくしかった。どこか近くで小鳥がねむそうにさえずっている。小暗い枝《えだ》でぶらぶら揺《ゆ》れながら鳴いているのであろう。

「ああ、これは素敵《すてき》だわ」エミリーは身をのりだして樅の香の漂《ただよ》う空気を吸いこんだ。

「どんなところにも、なにかしらうつくしいものがあるとお父さんがいつか言ったことがあるけれど。わたしこれは好きだわ」

ルース伯母が前ぶれもなく戸口から頭を突《つ》っこんだ。

「エムリー、どうしてあんたは食堂のソファーの覆《おお》いを曲げたままにしといたの」

「わたし——知りませんわ」

エミリーはまごついた。自分が覆いを乱したことさえ知らなかった。なぜルース伯母さんはそんなことをきくのかしら。まるでわたしがなにかうしろ暗い、腹黒の、悪意ある意図でももっているかのような口振《くちぶ》りだ。

「階下《した》に行って直してきなさい」

おとなしくエミリーが出ていこうとすると、ルース伯母は叫《さけ》び声をあげた。

「エムリー・スター、あの窓をすぐに下ろしなさい！　気でも違《ちが》ったの」

「部屋の風通しがあんまり悪いんですもの」

「昼間、風を入れるのはいいが、日が沈《しず》んでからあの窓を開けることは絶対なりません。いまはわたしがあんたの健康の責任者だからね。肺病患者《かんじゃ》にゃ夜風と隙間風《すきまかぜ》が禁物だということぐらい心得ておきなさい」

「わたしは肺病患者じゃないわ」

エミリーはむっとして叫んだ。

「口答えだね、もちろん」

「かりにそうだったら、いつでも新鮮《しんせん》な空気にしておくのがわたしのために一番いいんです。ドクター・バーンリがそうおっしゃってるわ。息がつまりそうになるのはわたし嫌ですもの」

「『若い者は年寄りを馬鹿《ばか》と思うし、年寄りは若い者が馬鹿なことを知っている』」ルース伯母はこの諺《ことわざ》でこと足れりと考えた。「あの覆いをちゃんと直してきなさい、エムリー」

〃エムリー〃は喉まで出かかった言葉を呑《の》みくだし、階下へおりていった。癪《しゃく》にさわる覆いは一分一厘《りん》のくるいもなく直された。

エミリーは一瞬《いっしゅん》たたずみ、あたりを見回した。ルース伯母の食堂のほうが、〃客〃が食事をするニュー・ムーンの居間よりもずっと立派で近代的であった。堅木《かたき》の床——ウイルトンの敷物《しきもの》——英国初期の家具。しかしニュー・ムーンの部屋の半分も親しみがないとエミリーは思った。彼女《かのじょ》はいっそう家が恋しくなった。シュルーズベリーではなに一つ好きになれそうもない——ルース伯母といっしょに暮《く》らすことも、また学校へ行くことも。あの辛辣《しんらつ》なカーペンター先生からみると、どの教師もみな味気なく、無気力に思えたし、二年生には一目見た時から大嫌いになった少女がいた。しかもなにもかも——きれいなシュルーズベリーに住むことや、高等学校へ入学することや——楽しいずくめの予想をしていたのに。そうだ、何事も期待どおりにいくものではないのだ、エミリーは悲観しながら自分の部屋へ引返した。

いつかディーンが自分の一生の夢は、月夜のヴェニスの運河をゴンドラで漂っていくことだったと話したことがある。そしてそれが実現したとき、彼《かれ》は蚊《か》に咬《か》み殺されそうになったではないか。

エミリーは寝台にもぐりこみながら歯をくいしばった。

「わたしは月夜のロマンスだけを考え、蚊のことは無視することにしよう。ただ——ルース伯母さんはあんまりひどく刺《さ》すんだもの」

第七章　ごった煮《に》

一九——年　九月二十日

最近わたしは日記を怠《なま》けている。ルース伯母さんのところにいると、暇《ひま》な時間などろくにありはしない。けれども今夜は金曜日であり、週末に家へ帰れないので、日記を書いて気をまぎらせている。ニュー・ムーンには一週間おきの週末にしか帰れない。ルース伯母さんが一週間おきの土曜日に〝大掃除《おおそうじ》〟を手伝わせるからだ。月に一回顔を洗う浮浪者《ふろうしゃ》が言ったように、必要があってもなくても家じゅう上から下まですっかり掃除をし、それがすむと日曜日にそなえてからだを休めるのである。

今夜は霜《しも》がおりそうだ。ニュー・ムーンの庭が被害《ひがい》をうけないか心配である。エリザベス伯母さんは屋外炊事場《すいじば》をしばらくやめて主戦場を台所に戻《もど》そうと考えだしているだろう。ジミーさんは古い果樹園で豚《ぶた》にやるじゃがいもを煮ながら自作の詩を朗吟《ろうぎん》するであろう。きっとテディやイルゼやペリーは——みんな家へ帰っている。しあわせな人たちだ——そこに集まり、ダフィもそばをうろつくことだろう。しかしそんなことは考えまい。ホームシックの危険がひそんでいるから。

わたしはシュルーズベリーも、シュルーズベリーの学校も、シュルーズベリーの先生たちも好きになってきた——もっともディーンが言ったとおり、カーペンター先生のような先生はここには一人も見あたらない。三年生と二年生は予科生を見くだし、小馬鹿にする。中にはわたしを小馬鹿にする者たちもあったが、その連中は二度とそんな真似《まね》はすまい——イブリン・ブレークはべつである。イブリンは会うたびにわたしを小馬鹿にする。彼女の親友のメアリー・カースウェルがミセス・アダムソンの下宿でイルゼといっしょの部屋なので、しじゅう顔をあわせることになる。

わたしはイブリン・ブレークを憎《にく》んでいる。それについては疑う余地がない。またイブリン・ブレークもわたしを憎んでいることは確かである。二人は本能的に敵なのだ——初めて会ったとき、お互《たが》いに見慣れない猫同士のような目でながめあったが、それで十分だった。人をほんとうに憎むということはこれまで一度もなかった。憎んだつもりでいたが、いま考えてみるとそれは嫌悪《けんお》にすぎなかったのだ。憎むということも変化があって面白《おもしろ》い。イブリンは二年生である——背が高くて、あたまがよく、なかなか美人である。明るい切れ長の茶色の目には誠実さがなく、鼻にかかった声でものを言う。文学的野心をもっているらしい。そして自分のことを高校一のベストドレッサーだと思っている。たぶんそうかもしれない。しかしなんだかイブリンよりもその服のほうが際立《きわだ》って見える。人はイルゼのことを贅沢《ぜいたく》な、ませた格好をするといって非難するが、それにもかかわらずイルゼのほうが服装よりも光って見える。イブリンはそうではない。人はかならずイブリンよりもその服装のことを先に考えてしまう。違いはイブリンのほうは他人のために装《よそお》い、イルゼは自分のために装うところにあるようだ。イブリンをもう少し研究してから彼女の性格描写《びょうしゃ》をぜひやってみよう。さぞ、いい気持だろう！

　初めてイブリンに会ったのはイルゼの部屋で、メアリー・カースウェルが紹介《しょうかい》してくれた。イブリンはわたしを見下ろし――わたしよりもちょっと背が高い、一つ年上なのだもの――こう言った。

「あら、そう、ミス・スターとおっしゃるの。叔母《おば》のミセス・ヘンリー・ブレークからあなたのお噂《うわさ》は伺《うかが》っていましたわ」

　ミセス・ヘンリー・ブレークはかつてのミス・ブラウネルである。わたしはイブリンの目をまっすぐに見て言った。

「さぞかしミセス・ヘンリー・ブレークはわたしのことを賞《ほ》めてくださったことでしょう」

　イブリンは笑った――感じの悪い笑い方だった。それを聞くと、こちらの言ったことをではなく、こちらを笑っているような気がする。

「あなたは叔母とはあまりうまくいかなかったらしいわね。とても文学がお好きだそうだけど、どの新聞に寄稿《きこう》してらっしゃるの」

その言い方はやさしかったが、しかし彼女はわたしがどの新聞にも——まだ——寄稿していないことを知っていたのだ。

「シャーロットタウン・エンタプライズと週刊シュルーズベリー・タイムズよ」わたしは意地悪くにやっと笑ってみせた。「契約《けいやく》したばかりですの。エンタプライズはニュースの記事一つにつき二セント、タイムズのほうは社会便りを書いて週に二十五セントもらうことになっているんです」

わたしがにやっとしたのでイブリンはいらいらした。予科生は二年生にむかってこんなふうににやっと笑ったりしないものなのだ。そんなことをしてはならないのである。

「そうそう、あなたは下宿代がわりに働いているんですってね。わずかなお金でも助かるわよね。でもわたしの言うのはほんとうの文芸雑誌よ」

「『鵞《が》ペン』ですの？」

わたしはまたもやにやっと笑った。

『鵞ペン』というのは月に一回発行される高校新聞で、二年生と三年生だけしかはいれない文学クラブ『頭蓋骨《ずがいこつ》と梟《ふくろう》』のメンバーで編集されている。『鵞ペン』の記事は生徒たちが書き、原則としてはどの生徒も寄稿できることになっているが、実際は予科生のものが取りあげられたことはほとんどない。イブリンもこの文学クラブのメンバーであり、彼女のいとこが『鵞ペン』の編集長をしている。イブリンはわたしが彼女をだしにして皮肉を言っていると考えたらしく、あとはずっとわたしを無視する態度に出た。もっとも服装《ふくそう》のことが話題に上ったときわたしに一突きくれた。

「わたしあたらしいネクタイがほしいのよ。ジョーンズ・マコラム商店にいいのが何本かあるけれど、すごく素敵なの。ミス・スター、あなたが首のまわりにしているその黒いビロードのリボンはわりに似合うわね。わたしもそれが流行《はや》ったころには、やったものよ」

わたしは言い返してやるのにいい文句が浮《うか》んでこなかった。相手がいないときだと、ぞうさなくうまい言葉が出てくるのだが。それでわたしはなにも言わず、ただひどくゆっくりと馬鹿にしたような微笑《びしょう》をうかべた。これが言葉以上にイブリンを怒《おこ》らせたらしく、あとで「あのエミリー・スターっていやに気取った笑い方をするのね」と言ったそうである。

注──適切な微笑は大きな働きをする。この問題を注意深く研究しなければならない。親しみのこもった微笑──嘲《あざけ》るような微笑──超然《ちょうぜん》とした微笑──懇願《こんがん》するときの微笑──ありふれた微笑。

ミス・ブラウネル──いや、ミセス・ブレークといえば、二、三日前わたしは通りで出会った。通りすぎてからミセス・ブレークは連れになにか言って二人とも笑った。ひどく無作法だとわたしは思う。

わたしはシュルーズベリーも好きだし学校も好きだが、ルース伯母さんの家だけはどうしても好きになれない。この家には不愉快《ふゆかい》な個性がある。家も人とおなじだ──好きな家もあるし、好きになれない家もある――ごくまれに愛情をもつ家がある。この家の外側はあくどい装飾《そうしょく》でおおわれている。箒《ほうき》を持ち出して掃《は》き捨てたいくらいだ。家の内側は、部屋はみな四角くて固苦しく魂《たましい》がない。なにを置いてもそぐわない感じがした。ニュー・ムーンのようなロマンチックな片隅など一つもない。わたしの部屋にもいっこう親しみが湧《わ》かない。天井はわたしを圧迫《あっぱく》する――傾斜《けいしゃ》が寝台のすぐ上まできている――寝台を移動させることはルース伯母さんが許さない。わたしが移動させたいと言ったら伯母さんはびっくりした顔をした。

「あの寝台はもとからあの隅にあったんだからね」

まるで「太陽はもとから東から上るんだからね」とでも言うような口調だった。

しかしこの部屋で一番嫌《いや》なのは絵だ――なんとも腹の立つような着色石版画である。いつか全部壁の方へ裏返してしまったことがあった。するともちろんルース伯母さんははいってきて――伯母さんはけっしてドアをノックしない――すぐに気がついた。

「エムリー、なぜ絵をいじくったの」

ルース伯母さんはいつでも〝なぜ〟これをしたのか、とかあれをしたのかときく。それに説明できることもあるし、できないこともある。このときも説明できなかった。しかしむろんルース伯母さんの質問には答えなければならない。馬鹿にした微笑などここではだめだ。

「アレクサンドラ女王の立襟《たちえり》カラーを見るといらいらするし、ミソロンギ（訳注　ギリシア西部の町）で死にかかっているバイロン（訳注　十八、九世紀イギリスのロマン派の代表詩人）の表情は勉強の邪魔《じゃま》になりますから」
とわたしは言った。

「エムリー、少しは恩を知ったらどう」

わたしは言いたかった。

「だれにですか――アレクサンドラ女王にですか、それともロード・バイロンに」

しかしもちろん、そんなことは言わず、おとなしく絵を全部もとどおりに直した。

「あんたはなぜ絵を裏返しにしたのか、そのほんとうの理由をまだ話してないじゃないか」

ルース伯母さんはきびしく追及《ついきゅう》した。「わたしに言わないつもりなんだろう。腹黒でずるい――腹黒でずるい――前からあんたのことをわたしはそう言ってきたんだよ。メイウッドで初めてあんたを見たとき、こんなずるい子どもは見たことがないと言ったんだよ」

「ルース伯母さん、わたしになぜそんなことをおっしゃるの」わたしは腹が立った。「わたしをかわいいと思い、よくしようと思うからですか――それともわたしが憎らしくて、いやな思いをさせたいからですか――それともそう言わずにはいられないからですか」

「生意気屋さん、どうかここはわたしの家だということを忘れないでもらいたいね。今後わたしの絵にはいっさいさわっては困ります。こんどは赦《ゆる》してあげるが、二度とこんなことはしないでほしいね。あんたが絵を裏返しにした動機をかならず探《さぐ》り出してやるから。ご自分じゃお利口のつもりだろうがね」

ルース伯母さんはどんどん部屋から出ていったが、しかしわたしがひとり言を言いはじめはしないかと、階段の踊《おど》り場《ば》のところでしばらく聞き耳をすましているのをわたしは知っていた。いつもわたしは監視《かんし》されている――伯母さんはなにも言わないときでも――なにもしていないときでも——わたしを監視している。まるでわたしは顕微鏡《けんびきょう》の下の小さな蠅《はえ》になったような気がする。なに一言いっても、なに一つしても、伯母さんの非難を免《まぬか》れない。伯母さんにもわたしの考えまで読みとることはできないが、思いもよらないことをわたしの考えだときめつける。それがなによりいやだ。

ルース伯母さんについて、いいことは一つも言えないのだろうか。もちろん言える。伯母さんは正直だし、行いは正しいし、誠実であるし、働き者だし、恥《は》じる必要なき食料品室をもっている。しかし愛すべき美徳は一つもない——そしてわたしがなぜ絵を裏返しにしたのか、その理由を探り出すことを断念していない。わたしがありのままを言ったとはけっして信じないだろう。

もちろん、事態は〝もっとひどかった〟かもしれないのだ。テディが言うように、あの絵がアレクサンドラ女王のかわりにヴィクトリア女王だったかもしれないから。

わたしは自分の絵を何枚かピンでとめて救いとしている——テディが描《か》いてくれたニュー・ムーンと古い果樹園のスケッチ数枚と、ディーンからもらった版画である。版画はやわらかな、くすんだ色の棕梠《しゅろ》の木が砂漠《さばく》の井戸をとりまいており、星のきらめく黒い夜空を背景にらくだが列をなして砂漠を横切っていく絵である。この絵は魅惑《みわく》と神秘にみちていて、これをながめているとアレクサンドラ女王の宝石のこともロード・バイロンの悲しげな顔のことも忘れ、わたしの心はここから脱《ぬ》け出し——小門を通りぬけて——大きなひろい自由と夢《ゆめ》の世界へと行ってしまう。

ルース伯母《おば》さんはこの絵をどこでもらったのかとたずねた。わたしが話すと、伯母さんはフンと言った。

「なんであんたがジャーバック・プリーストなんかをそんなに好きなのか、わたしにゃわからないね。あんな男はわたしにゃ用はないよ」

伯母さんには用はないでしょうとも。

しかし家は醜《みにく》く、わたしの部屋はよそよそしいけれども、〈まっすぐの国〉がうつくしいのでわたしの心は生きていられる。〈まっすぐの国〉というのは家の裏手にある樅《もみ》の林のことである。この名前をつけたのはそこの樅がみな非常に高く、すらっとして、まっすぐだからだ。林の中には羊歯《しだ》でおおわれた小さな池があり、そのほとりに灰色の丸石がある。ここに行くには気ままに曲りくねった小径《こみち》をつたっていく。小径は幅《はば》がせまいので一人ずつしか歩けない。わたしは疲《つか》れたり、寂《さび》しかったり、腹が立ったり、あるいはあまりに野心が燃え上がったりしたときにはそこへ行き、しばらくすわっている。あのほっそりした梢《こずえ》が空で枝《えだ》をさしかわしているところを見れば、だれだって乱れた気持ではいられない。晴れた夕方にはわたしはここへ勉強しに行く。しかしルース伯母さんは怪《あや》しいとにらみ、これもわたしの狡猾《こうかつ》さのあらわれと考えている。そこではあっという間に暗くなってしまい勉強ができなくなるので残念である。そこだとなんとなくわたしの本は他のどんな場所でも持たない意味を持つ。〈まっすぐの国〉にはかわいい緑の片隅《かたすみ》がたくさんあり、太陽の染《し》みこんだ羊歯の香《か》や、薄紫《うすむらさき》の紫苑《しおん》が風のおばさんが駆《か》けぬけるたびにやさしくそよぐ草地の香が漂《ただよ》っている。

またわたしの窓の左手には一群の高い樅の古木が立っていて、月夜やたそがれどきには妖術《ようじゅつ》をつかっている魔女の群れのように見える。ある風のつよい晩、樅の木たちが赤い夕焼け空を背にし、わたしのローソクの光が気味の悪いのろしのように枝の間に宙づりになって映っているのを見たとき、〈ひらめき〉がおとずれた——シュルーズベリーでは初めてである——わたしはうれしさのあまり他のことはみなどうでもよくなってしまった。わたしは樅の詩を書いた。

しかし、ああ、小説を書きたくてたまらない。エリザベス伯母さんとの約束《やくそく》を守るのはさぞ辛《つら》いこととわかってはいたが、これほどとは思わなかった。日ごとに辛さはましていく——素晴《すば》らしい筋がどんどん湧いてくる。こういうときは知っている人たちの性格描写でもしているよりほかない。もう何人分か書いた。いつもちょっとばかり修整したくてたまらなくなる——影《かげ》を濃《こ》くしたり——特徴《とくちょう》をもう少しはっきりと際立たせたり。けれど事実でないことは一つも書かないというエリザベス伯母さんとの約束を思い出し、我慢《がまん》してありのままに正確に描くようにしている。

ルース伯母さんのも書いた。面白いがしかし危険である。わたしはジミー・ブックも日記もけっして部屋には置いておかない。わたしの留守にルース伯母さんが部屋をくまなく捜《さが》すのを知っているからだ。それでいつも鞄《かばん》に入れて持ってあるく。

今夜イルゼがたずねてきたので二人で勉強した。ルース伯母さんは苦い顔をする——公正な立場からいえば、伯母さんが悪いとは言えないと思う。イルゼはとても陽気でおどけているので、わたしたちは勉強よりも笑っているほうが多いようだ。次の日は二人とも授業の出来がよくない――それにこの家は笑い声が嫌《きら》いなのだ。

ペリーもテディも高校をたいそう気にいっている。ペリーは暖炉《だんろ》と庭の仕事をして下宿費を、給仕をして食費をかせいでいる。そのほか雑用をして一時間に二十五セントもらっている。週末に家へ帰ったときのほかはあまりペリーにもテディにも会わない。学校の往《ゆ》き帰りに男子生徒と女生徒がいっしょに歩くのは校則に反するからである。でも大勢がそうしている。わたしにも何度かそういう機会があったが、規則を破るのはニュー・ムーンの伝統にそむくことになると考えてそうしなかった。それに毎晩かかさずルース伯母さんはわたしが学校から帰ってくると、だれかといっしょに帰ってきたのかときく。わたしが「いいえ」と答えると、ときには少しばかりがっかりするのではないかと思う。

それに、わたしといっしょに帰りたがった男の子の中で一人としていいと思う人はいなかった。

*

一九――年　十月二十日

今夜わたしの部屋にはキャベツの煮付《につ》けの匂《にお》いがいっぱいこもっているが、窓を開けるわけにいかない。外の夜風がつよすぎるから。それでもルース伯母さんが一日じゅう大変な不《ふ》機嫌《きげん》でなかったら、わずかのあいだ、危険を賭《と》して窓を開けたかもしれない。きのうはわたしがシュルーズベリーですごす日曜日にあたったので、教会へいき、わたしは座席の隅にすわった。その隅の席にはルース伯母さんがかならずすわることになっているのを知らなかったのだが、伯母さんはわたしがわざとそうしたと思った。午後じゅう伯母さんは聖書を読んでいた。わたしに当てつけに読んでいるなとは感じたが、その理由は想像もつかなかった。けさ伯母さんは、なぜあんなことをしたのかとたずねた。

「あんなことって、なんのことですか」

わたしは当惑した。

「エムリー、なんのことかちゃんと承知してるくせに。そういうずるさにゃわたしゃ我慢がなりません。なんのためにあんなことをしたのですか」

「ルース伯母さん、伯母さんがなにをおっしゃっているのか、わたしにはさっぱりわけがわかりません」

とわたしは——高飛車な——言い方をした。こんな扱《あつか》いを受けるのは不当だと思ったからである。

「エムリー、あんたはきのう、わたしをあそこにすわらせまいとしてあの隅の席にすわったじゃないか。どんな理由であんなことをしたんですか」

わたしはルース伯母さんを見下ろした——いまではわたしのほうが背が高いので、そうできるのである。伯母さんはそれを好まない。わたしは怒っていたので例のマレーの表情が少しばかり顔に出ていたのではないかと思う。あんまり馬鹿《ばか》げているので騒《さわ》ぎ立てる気にもなれない。

「もしわたしが伯母さんをすわらせまいとしてああしたのなら、それが理由じゃありませんか」

わたしは軽蔑《けいべつ》をむき出しにしてそう言うと、鞄をとり上げ、さっさと戸口のほうへ行った。戸口のところでわたしは立ち止った。マレー家の者がなにをしようとしまいとかまわないが、わたしはスター家の者らしくない振舞《ふるま》いをしている、と気づいたからだ。わたしの態度をお父さんは感心なさるまい。そこでわたしはぐるっと向きをかえて、ごく丁寧《ていねい》に詫《わ》びた。

「あんな口のきき方をするんじゃありませんでした、ルース伯母さん。お詫びいたします。わたしはわざとあの隅の席にすわったんじゃありません。偶然《ぐうぜん》わたしが一番先に座席へはいっていく羽目になったからです。伯母さんがあの隅の席が気にいってらっしゃるとは知りませんでした」

たぶんわたしは度をこして丁寧だったのかもしれない。とにかくわたしがあやまったらルース伯母さんはいっそう腹が立ったらしく、フンと鼻をならした。

「こんどは赦してあげるがね、二度とこんなことをしては困ります。むろん、あんたのことだから理由は言いっこないがね。とにかくずるいんだから」

ルース伯母さん、ルース伯母さん！　わたしだってあんまりずるい、ずるいと言われれば、いやおうなしにずるくなってしまいますよ。そうなったら用心なさい。わたしがずるくしようと思えば、あなたなんか小指の先でひとひねりなんですよ！　あなたがどうにかわたしを抑《おさ》えていかれるのも、わたしが正直にしていればこそです。

毎晩わたしは九時には寝《ね》なければならない――「肺病のおそれのある者は睡眠《すいみん》時間をたっぷり必要とする」からだ。学校から帰ると雑用が待っているので、勉強は晩にしなければならない。そういうわけでなにか書く時間は一分もないことになる。この問題でエリザベス伯母さんとルース伯母さんとのあいだに打合わせがしてあったにちがいないのだ。しかし、わたしは書かなくてはならない。そこで朝、夜が明けるが早いか起き出し、着替《きが》え、外套《がいとう》をきこみ――このごろでは朝が寒くなってきたから――貴重な一時間を書くことにあてている。ルース伯母さんに見つけられてずるいと言われるのがいやなので、自分から話した。伯母さんはわたしのことを精神的に不健全だから、どこかの養老院でみじめな最期《さいご》を遂《と》げるだろうと言った。しかし書くのを禁じはしなかった――たぶん、そうしても無駄《むだ》だと考えたからだろう。そのとおりである。なんとしてもわたしは書かずにはいられない。灰色の夜明けのその一時間はわたしにとって一日のうちで一番うれしい時である。

小説を書くことを禁じられているので、最近わたしは頭の中で小説をつくっていた。ところがある日、文字に書かなくても心で書いていればエリザベス伯母さんとの契約《けいやく》を破ることになると思いついた。それでやめてしまった。

きょうイルゼの性格描写《びょうしゃ》をした。とても面白《おもしろ》い。イルゼを分析《ぶんせき》するのは困難である。ひじょうに変わっていて、不意打ち屋である（この言葉はわたしが作った）。怒《おこ》り方までほかの者とちがう。イルゼが癇癪《かんしゃく》をおこすとわたしは愉快《ゆかい》になる。癇癪をおこしても以前ほど物凄《ものすご》い文句は吐《は》かなくなったが、奇抜なことを言う。（奇抜《きばつ》というのはわたしにはあたらしい言葉である。わたしはあたらしい言葉を使うのが好きだ。話すか書くかするまではその言葉がほんとうに自分のものになった気がしない）

いま、わたしの部屋の窓ぎわで書いている。向うの細長い小山で夕闇《ゆうやみ》の中をシュルーズベリーの灯《ひ》がまたたくのをながめるのが大好きである。

きょうディーンから手紙が来た。ディーンはエジプトにいる――古代の神々の廃墟《はいきょ》と化した神殿《しんでん》や、往時の王の墓などにとりまかれている。わたしはこの見知らぬ国をディーンの目を通して見た――彼《かれ》といっしょに昔《むかし》にさかのぼっていくような気がした――エジプトの空の魔力もわかった。わたしは――シュルーズベリーのエミリーではなく――カルナックのエミリー、またはテーベのエミリーとなった。それがディーンの特技である。

ルース伯母さんはどうしても彼の手紙を見ると言い張り、読んでしまうと、罰当《ばちあた》りだと言った！

罰当りとは思いもよらなかった。

＊

一九――年　十月二十一日

今夜〈まっすぐの国〉にある木の生《お》いしげった急な小山にのぼり、頂に着いたときつよい喜びを味わった。小山の頂上に達するといつもなにか満足した気持になる。空気中にはぴりっとした霜《しも》の気配が漂い、シュルーズベリー港を見晴らすながめは素敵だった。周囲の林はまもなく起こる何事かを待ちうけている——少なくともそうとしかわたしの感じを表現することはできない。わたしはなにもかも忘れてしまった——ルース伯母さんの棘《とげ》も、イブリン・ブレークの人を馬鹿にした態度も、アレクサンドラ女王の立襟《たちえり》も——人生におけるいやなことはみな忘れてしまった。うつくしい考えが小鳥のように飛んでわたしを迎《むか》えに来た。それらはわたしの考えではない。その半分もうつくしいことをわたしには一つとして考えつくことはできない。どこからか来るのである。

気持のよい囁《ささや》くような物音があたりにみちている暗い小径を戻《もど》ってくると、すぐうしろの雑木林でクックッ笑う声がした。わたしはびくっとした——少しばかりこわくなった。人間の笑い声でないことはすぐわかった——ちょっぴり悪意を含《ふく》んだいたずら好きの小妖精の笑い声を思わせた。わたしはもう森の妖精を信じてはいない——ああ、人は疑いをもちだすといかに多くのものを失うことか——だからこの笑い声にはまごついた——そして実のところ、薄気味わるい、むずむずした感じが背筋をつたわりはじめた。そのときふいにわたしは梟《ふくろう》のことを思いつき、やっとわかった——まったく愉快そうな声である。まるで黄金時代の生き残りの者がそこの闇の中で一人でクックッ笑っているかのようだった。二羽いるらしく、なにか梟同士で冗談《じょうだん》を言って楽しんでいるようすだった。これは一つ詩に書かなくてはならない——もっとも、この魅力といたずらっぽさは、その半分も言葉に表わすことはできないが。

イルゼはガイ・リンゼイといっしょに学校から帰ったため、きのう校長先生の部屋で叱《しか》られた。ハーディ先生の言ったことでイルゼは猛烈《もうれつ》に腹を立て、先生の机の上においてあった菊《きく》の花瓶《かびん》をひっ摑《つか》むと、壁《かべ》に投げつけた。花瓶はむろんこなごなに破《わ》れた。

「この花瓶を壁にぶつけなかったら、先生にぶつけるところだったんですよ」

とイルゼはハーディ先生に言った。

これが他の少女だったら、ことは面倒《めんどう》になったであろうが、ハーディ先生はドクター・バーンリの友人である。それにイルゼの黄色い目には不思議な力がある。イルゼが花瓶を砕《くだ》いてしまってからどんな目つきでハーディ先生を見たか、わたしにはよくわかっている。怒《いか》りはすっかり消えて、その目は大胆《だいたん》に笑っている――ルース伯母さんなら図々《ずうずう》しいと言うところだ。ハーディ先生はただ、君は赤ん坊《ぼう》のような振舞いをしているね。花瓶は弁償《べんしょう》してもらわなくてはならない、学校の財産だから、と言っただけだった。これにはイルゼもまごついた。自分のあの勇敢《ゆうかん》な行為《こうい》の結末としてはいかにもつまらないと思った。

わたしはこっぴどくイルゼを叱った。実際だれかイルゼを躾《しつ》けなくてはならないのに、わたしのほかはだれもこの件で責任を感じている人はいないようだ。イルゼから話を聞けばドクター・バーンリは大声で笑うだけだろう。しかしわたしは風のおばさんを叱るようなものである。イルゼは笑ってわたしを抱《だ》きしめただけだった。

「ねえ、愉快な音だったわよ。それを聞いたとたん、怒りがスーッと消えちゃったわ」

先週わたしたちの学校のコンサートでイルゼが暗誦《あんしょう》をしたが、みんなが素晴らしいと言っていた。

ルース伯母さんはきょうわたしにスターになってもらいたいものだと言った。伯母さんはわたしの名前をもじったわけではない――とんでもない、ルース伯母さんには言葉をもじるなど、どんなことか見当もつかないのだ。クリスマスの試験に平均点が九十点で、どの課目も八十点以下のがない生徒はみな〝スター〟の生徒と呼ばれて金のピンをもらい、その学期じゅうつけている。それは憧《あこが》れの的の名誉《めいよ》であり、もちろんそれをかちえる者は多くない。もしわたしが失敗すればルース伯母さんは徹底《てってい》的にわたしをやっつけるだろう。なんとしても失敗するわけにいかない。

＊

一九――年　十月三十日

『鵞《が》ペン』の十一月号がきょう出た。一週間前にわたしは梟の詩を送ったが、編集長は載《の》せなかった。彼はイブリン・ブレークの詩は載せた――〝紅葉〟についての馬鹿げた、気取った、小さな詩である――わたしが三年前に書いたような類《たぐ》いのものだ。

そのイブリンが部屋に大勢いる女生徒たちの前でわたしの詩が採用されなかったからといってわたしにお悔みを言った。トム・ブレークが話したにちがいない。

「あまり気を落としてはだめよ、ミス・スター。あの詩はそれほど悪くはないけれど、むろん『鵞ペン』の水準には達していないとトムも言ってたわ。きっと、あと一、二年たてば入選できることよ。つづけていらっしゃいね」

わたしは言った。

「ありがとう。わたし気を落としてなんかいませんわ。落とすことはありませんもの。わたしの詩には〝クリーム〟の韻《いん》を〝グリーン〟と合わせてなどありませんから。もしそんなことをしたなら、さぞ気を落としたにちがいありませんわ」

イブリンは目まで真っ赤になった。

「そんなにあからさまに失望を表わすもんじゃありませんよ、いい子だからね」

しかしイブリンはそれきりこの話題に触《ふ》れなくなった。

学校から帰るとすぐにわたしは自分の気がすむようにジミー・ブックにイブリンの詩の批評を書いた。形式は哀《あわ》れなロバート・モンゴメリ（訳注　十九世紀イギリスの詩人）について書いたマコーレー（訳注　二十世紀はじめのイギリスの女流詩人、小説家）の随想《ずいそう》を真似《まね》した。書いているうちにとても愉快になり、腹立ちも屈辱も消えてしまった。家へ帰ったらカーペンター先生に見せなければならない。先生はきっとくすくす笑うだろう。

*

一九――年　十一月六日

今夜ざっと日記に目を通してみたら、よい行いと悪い行いを記録するのを早くもやめてしまっているのに気がついた。そのわけはどっちつかずの行いが多いせいだと思う。それが善悪どちらの部類にはいるのかどうしても判断できなかったのだ。

月曜日の朝は出席をとられるとき、引用句を言うことになっている。けさわたしは自作の詩「海に面した窓」の一節を暗誦した。講堂から予科の教室へ下りてこようとしていると、副校長のミス・アイルマーがわたしを呼びとめた。

「エミリー、出席をとったときあなたの暗誦したあの一節は素晴らしかったですよ。なにから引用したのですか。あの詩を全部知っていますか」

わたしは胸が高鳴り、ろくに返事もできないほどだったが、

「はい、アイルマー先生」

と、おとなしやかに答えた。

「わたしは写しがほしいんだけど、あなた書いてくださる。作者はだれですか」

わたしは笑いながら、

「作者はエミリー・バード・スターです。実を言えば、出席のときの引用句を用意するのを忘れてしまい、すぐにはなにも考えつかなかったので、しかたなく自分ので間に合わせたんです」

ミス・アイルマーはちょっとのあいだなにも言わずにわたしをじっと見つめていた。彼女《かのじょ》はでっぷりした中年の婦人で、顔は角ばり、あいだのはなれた目は感じのよい灰色であった。

「それでもあの詩がお要《い》りになりますか、アイルマー先生」

わたしは微笑《びしょう》しながらたずねた。

「ええ」と先生はいままで一度もわたしを見たことがないかのような、おかしな目つきであ

いかわらずわたしをながめていた。「ええ――それから、あなたの署名もしてくださいね」わたしはそうすると約束《やくそく》し、階段をおりていった。おりきったところで振返《ふりかえ》ってみると、アイルマー先生はまだわたしの方を見ていた。その表情を見てわたしはうれしく、誇《ほこ》らしく、幸福な、謙遜《けんそん》な――そして――そして――敬虔《けいけん》な気持になった。そうだ、そういう気持になったのである。

ああ、きょうは素晴《すば》らしい日だった。『鵞ペン』やイブリン・ブレークなどどうだって構いはしない。

今晩、ルース伯母さんはオリヴァー伯父さんのアンドルーのところへ出かけていった。アンドルーはいまこの町の銀行に勤めている。伯母さんはわたしも行かせた。アンドルーに行いや食事や下着などについて山ほど注意を与《あた》えたすえ、いつでも来たいと思うとき、夜分にでも遊びにこないかと誘《さそ》った。アンドルーはマレー家の者だから、テディやペリーがあえてはいれないところにもはいることができるのだ。彼はまったくハンサムで、手入れのゆきとどいたまっすぐな赤い髪《かみ》をしている。しかしいつもまるで糊《のり》をつけてアイロンをかけたばかりのように見える。

この晩はまるきり無駄におわったとは思えない。アンドルーの宿の女将《おかみ》さんのミセス・ガードンが飼《か》っている面白い猫《ねこ》がわたしと近付きになろうとした。けれどもアンドルーが猫を撫《な》でて、「かわいそうな猫ちゃんや」と言ったら、この利口な動物は怒ってアンドルーに「フアーッ」と言った。

「あまり猫になれなれしくしてはだめよ」とわたしは注意した。「それから猫に話しかけたり、猫のことを話すときには尊敬の念をこめなくてはいけないわ」

「くだらない！」

とルース伯母さんは言った。

しかし、猫は厳として猫である。

＊

一九――年　十一月八日

夜が寒くなってきた。月曜日に戻るとき、ニュー・ムーンから湯たんぽを持ってきた。寝《ね》床《どこ》の中で湯たんぽをかかえ、それと対照的に外の〈まっすぐの国〉で吠《ほ》え猛《たけ》る嵐《あらし》がかった風や、屋根でしぶきを上げる雨の音に耳をかたむけるのは楽しい。ルース伯母さんは栓《せん》が抜《ぬ》けて寝床がびしょびしょに濡《ぬ》れないかと心配している。それに劣らず厄介《やっかい》なことが一昨夜おこった。夜半ごろわたしはまたとなく素敵な小説の構想を思いついて目を覚ました。すぐに起きて、忘れないうちにジミー・ブックに書きとめておかなくてはならないと思った。そうすれば三年間の年限がきて自由に書けるときまで、とっておくことができる。

わたしは寝床から跳《と》び出し、テーブルのあたりを手《て》探《さぐ》りでローソクを捜《さが》しているうちにインク壺《つぼ》をひっくり返してしまった。そうなるともちろん逆上してしまい、なに一つ見つけることはできなかった！　マッチ――ローソク――なにもかも消え失《う》せてしまった。インク壺は起こしたが、テーブルにインクの池ができているのはわかりきっていた。手はインクだらけになったので、暗闇の中では何にも触《さわ》るわけにいかず、拭《ぬぐ》う物を見つけることもできない。その間じゅう、インクがポタポタと床に落ちる音が聞こえていた。

わたしは必死になってドアを開け――インクだらけの手で触るわけにはいかないから足を使った――階下へ下りていき、ストーブの敷物《しきもの》で手を拭《ふ》き、マッチを見つけた。むろん、この時分にはルース伯母さんが起きてきて、理由と目的を話すようにと言った。伯母さんはわたしの手からマッチを取り、ローソクをともし、わたしを二階へ追い上げた。ああ、ぞっとするような晩だった！　小さな石の壺によくも一リットル以上ものインクがはいっていたものだ！　こんなにひどい汚《よご》しようを見ると、そのくらいはいっていたにちがいない。

ある晩、年とったスコットランド人の移民が家へ帰ってみたら、家は焼き払《はら》われ、家族はみなインディアンに頭の皮を剝《は》がれているのを見て、

「こいつはまったく馬鹿《ばか》げたこった」

と言ったという、まるでわたしはその移民のような気持だった。テーブル掛《かけ》は台無しになり――敷物はぐっしょり濡れ――壁紙にまではねが飛んでいた。しかしアレクサンドラ女王はやさしく微笑《ほほえ》みながらこの光景を見おろし、ロード・バイロンはあいかわらず死にかけていた。

ルース伯母さんとわたしは一時間かかって塩と酢《す》で後始末をした。わたしが小説の筋を書きとめようと思って起きたと言っても伯母さんは信用せず、ほかに目的があることはちゃん

とわかっている、どうせ腹黒くてずるいあんたのことだからと言った。伯母さんはほかにも二、三言ったが、それは書くまい。もちろん、インク壺の蓋《ふた》を開けっぱなしにしておいたことは叱られても当然だが、伯母さんの言ったこと全部が当てはまりはしない。しかしなにを言われてもわたしはおとなしく受けていた。一つには、たしかにわたしは不注意だったし、もう一つには、わたしは寝室《しんしつ》用の靴《くつ》をはいていたからである。この靴をはいているときは、だれにどんなに高圧的なことを言われても平気である。やがてルース伯母さんは、こんどは赦《ゆる》してあげるが二度とこんなことをしてはいけないと言ってしめくくりをつけた。

ペリーが学校の一マイル競走でレコード破りの優勝をとげた。そのことをあんまり自慢《じまん》するので、イルゼはひどく怒った。

*

一九――年　十一月十一日

ゆうべ『デヴィッド・コパーフィールド』（訳注　ディケンズの小説）を読んでいくうちに、マードストーン氏に対する怒りが煮《に》えたぎり、母とはなれればなれになったデヴィッドがかわいそうでわたしが泣いているのをルース伯母さんが見て、泣いている理由を説明しなさいと言い、わたしが話しても信用しなかった。

「実際にいもしない者のことで泣くなんてね！」

とルース伯母さんは疑い深く言い張った。

「あら、この人たちはほんとうに存在しているのよ。伯母さんと同じように実在しているんですよ。ではミス・ベツィ・トロットウッドも空想にすぎないとおっしゃるんですか」
シュルーズベリーへ来たらわたしはほんとうのお茶がのめるだろうと思っていたのに、ルース伯母さんはからだによくないと言う。それでわたしは水をのんでいる。キャンブリック茶（訳注 湯に牛乳・砂糖を入れ、時には少量の紅茶を加えた子ども用の飲物）などのむのはもういやだから。まさか子どもじゃあるまいし！

*

一九――年　十一月三十日
今晩アンドルーが来た。わたしがニュー・ムーンに帰らない週の金曜日の晩にいつも来る。ルース伯母さんは客間にわたしたちを二人きりにして自分は婦人会の集まりに出かけていった。アンドルーはマレー家の者だから信頼《しんらい》できるというわけである。
わたしはアンドルーを憎《にく》みはしない。こんな罪のない人間を憎むことは不可能である。彼はいじめてやらずにはいられなくなるような、善良で、お喋《しゃべ》りで、気のきかない愛すべき人びとの一人である。
今夜はルース伯母さんがいないので、わたしは自分の考えを追いながらアンドルーにはどのくらい口をきかずにすむか試《ため》してみた。その結果ごくわずかの言葉ですむことがわかった――「ええ」――「いいえ」――これにいろいろの調子をつけ、笑いを添《そ》えたり添えなかったりする――「わからないわ」――「ほんとう?」――「そうよ、そうよ」――「なんて素晴らしいこと!」――ことにこの最後の文句を使った。アンドルーはどんどん話していく。息をつぐために言葉を途切《とぎ》らすと、わたしが「なんて素晴らしいこと!」と口を挟《はさ》む。この文句はちょうど十一回言った。アンドルーはこの言葉をよろこんだ。こう言われると、自分は素晴らしい人間なのだ、自分の話すことは素晴らしいのだという得意な気持になったのだ。そのあいだわたしのほうはトトメス一世時代の〝エジプトの河〟のほとりで夢《ゆめ》のような生活を送っていた。

こういうわけで、わたしたちはどちらもしごく楽しかった。またやってみようと思う。アンドルーは間抜けだから見破れないに決っている。

ルース伯母さんは帰ってくると、

「アンドルーと二人でどんなふうだった」

ときいた

伯母さんはアンドルーが来るたびにこうきく。なぜだかわたしにはわかっている。マレー家の人たちのあいだに、だれ一人として言葉には出さないことと思うが、暗黙《あんもく》のうちにちょっとした企《たくら》みがあるのをわたしは知っているのだ。

「楽しかったわ。アンドルーも大分よくなってきましたもの。今夜は一つだけ面白《おもしろ》いことを言ったし、いつもほどボロを出さなかったわ」

なぜわたしはときどきルース伯母さんにこんなことを言うのか自分でもわからない。言わないほうがいいのに。しかし、なにかが——それがマレー家かスター家かシプレー家かバリー家か、それともただ純粋《じゅんすい》の片意地なのかわからないが——思い返すひまもなくわたしにそう言わせてしまうのだ。

「たしかにあんたにゃストーブパイプ町のお仲間のほうが気が合うだろうよ」

とルース伯母さんが言った。

第八章　真犯人はだれか？

エミリーは書籍《しょせき》や新刊雑誌の匂《にお》いがこころよい香料《こうりょう》のように鼻を打つ〝本屋〟をしぶしぶ立ち去り、風の吹《ふ》きすさむ寒いプリンス通りを急いだ。できるときにはいつでもエミリーは自分には買えない雑誌にどんな種類のものが載っているのか——ことにどんな詩が載っているのか知りたくて貪《むさぼ》るように目を通した。掲載《けいさい》されているものの多くは自分の作品よりもすぐれているとは思えなかったが、それにもかかわらず編集者はエミリーの作品をきちんきちんと返してきた。すでにジミーさんからの一ドルで買ったアメリカの切手の大部分は、一片《ぺん》の冷やかな断わり文句とともに戻《もど》ってくる彼女の雛鳥《ひなどり》たちの返送費に使われてしまった。「梟《ふくろう》の笑い」はもう六回も返されてきたが、エミリーはまだ自信を失《な》くしていなかった。けさもまた本屋のところのポストに投函《とうかん》したばかりだった。

「七度目は幸運をもたらすというから」

とエミリーは考えながらイルゼの下宿のある通りへと曲った。十一時に国語の試験があるのでその前にイルゼのノートをざっと見ておきたかった。予科生の期末試験はもうじき終わろうとしていた。教室は二年生と三年生が使っていないときに使わしてもらうのである――このことを予科生たちは猛烈《もうれつ》に憤慨《ふんがい》していた。エミリーはスター・ピンをもらえるという確信があった。一番苦手の試験はもうすんでしまったし、そのどれ一つとして八十点以下ではないと信じていた。きょうの国語の試験では九十点をはるかに上回る成績をとらねばならない。残っているのはあと歴史だけで、これもエミリーの大好きな課目である。だれもみなエミリーがスター・ピンを取るものと期待していた。ジミーさんはひどく熱狂的《ねっきょう》になっているし、ディーンはピラミッドのてっぺんから早々とお祝いの言葉を送ってきた。それほど彼《かれ》はエミリーの成功を信じているのである。きのうディーンからクリスマスの贈物《おくりもの》の小包といっしょに手紙が届いた。

「第十九王朝の王女のミイラから取った金のネックレスを送ります。王女の名前はメナとい い、『心やさしき人』だったと碑銘《ひめい》に書いてあります。だから〝裁きの間〟でもうまいぐあいにいき、畏《おそ》れ多くも昔《むかし》の神々は彼女に寛大《かんだい》な微笑を向けたことと思います。この小さな護《ご》符《ふ》は数千年のあいだ、この死せる王女の胸におかれてありました。何世紀もの愛のこもったこの護符をあなたにお送りします。これは愛の贈物だったにちがいないと僕《ぼく》は思うのです。そうでなかったらいままで王女の胸におかれてあるはずはないではありませんか。王女自身の希望だったにちがいありません。ほかの者なら王の娘の首にはもっとりっぱな物を飾ったでしょうから」

この小さなアクセサリーのもつ魅力《みりょく》と神秘にエミリーは魅《ひ》きつけられたが、こわいような気もした。ぞっと寒気をおぼえながらネックレスをほっそりした白い喉《のど》に巻きつけ、遠い死せる帝国時代にこれを身につけていた王の娘のことを考えた。このネックレスにはどんな歴史と秘密がまつわっているのかしら。

当然ルース伯母は非難した。いったい、なんだってジャーバック・プリーストなどからクリスマスの贈物をもらったりするのか。

「どうしても贈物をするというなら、せめてなにかあたらしい物をよこすならまだしも」

「ドイツ製のカイロ土産《みやげ》でもね」

とエミリーはまじめな顔をして言った。

「そう、そういう物ならね」ルース伯母は気づかずに賛成した。「ミセス・エイアズがもってるスフィンクスの絵がはめこんである立派な金の飾りのついたガラスの文鎮《ぶんちん》は、兄弟がエジプトからあの人へ持ってきてくれたそうだよ。それはいかにも使い古した安っぽい物だね」

「安っぽいですって！　ルース伯母さん、このネックレスは手製なんですよ。そしてモーゼの時代よりもっと前にエジプトの王女が身につけたものなのよ」

「そうかい、そうかい――ジャーバック・プリーストの作り話を信用したいなら、それはそれでいいよ」ルース伯母さんはおかしくてたまらないようすだった。「わたしならそれを人中では身につけないね、エムリー。マレー家の者はけっしてみすぼらしい宝石類は使わないんだから。それを今夜、家においていく気はないんだろうね」

「もちろんですとも。これが最後に使われたのはおそらくあの圧制時代のファラオ（訳注　古代エジプトの王）の宮廷《きゅうてい》だったにちがいないわ。いま、このネックレスはキット・バレットの雪靴のダンス・パーティーへ行くところよ。なんという違いでしょう！　今夜メナ王女の幽霊《ゆうれい》が出なければいいけれど。わたしが神聖冒瀆《ぼうとく》の行為《こうい》をしたといって怒《おこ》るかもしれないから――そんなことがないとは言えないわ。でもメナ王女のお墓から盗《ぬす》んできたのはわたしじゃないし、それにもしわたしのものにならなかったら、だれかほかの人の手に渡《わた》っていたでしょうよ――その人はこの小さな王女のことなど少しも考えないかもしれないわ。このネックレスがしかつめらしい博物館で何千人という見物人の冷やかな好奇《こうき》の目にさらされるよりも、わたしの首に暖かく輝《かがや》いているほうを王女は望むんじゃないかしら。この王女は『心やさしき人』とディーンの手紙にもあるし――自分のきれいなネックレスをわたしにくれるのを渋《しぶ》ったりしないでしょうよ。砂《さ》漠《ばく》の砂の上にブドー酒をそそいだような王国エジプトの姫よ、時の海峡《かいきょう》をへだててご挨拶《あいさつ》をいたします」

エミリーは深くお辞儀《じぎ》をし、過去の世紀を前に手をさっと振った。

「そんな仰々《ぎょうぎょう》しい文句をならべたりして、なんてくだらない」

ルース伯母はフンと鼻をならした。

「あら、いま言った最後のところはほとんどディーンの手紙に書いてあったことなのよ」

エミリーは正直に言った。

「いかにもあの男の言いそうなことだ」ルース伯母は軽蔑《けいべつ》をこめて言った。「そう、わたしにゃそんな異教徒みたいな物より、あんたのヴェニス真珠《しんじゅ》のほうがよさそうに思うがね。いいかい、あまり遅《おそ》くまでいてはいけませんよ、エムリー。せいぜい十二時までにはアンドルーに連れて帰ってもらうんだよ」

エミリーはキット・バレットのダンス・パーティーにアンドルーといっしょに行くことになっていた――アンドルーが選ばれた人びとの一人だというのでいい機嫌《きげん》で許可がおりたのである。エミリーが家へ帰ったときは一時になっていたが、それでもルース伯母は気にかけなかった。しかしそのためきょうは眠《ねむ》くてたまらなかった。ことに二日つづけて夜おそくまで勉強したあとであるから。試験のときにはルース伯母もきびしい規則をゆるめ、ローソクも余分にあてがってくれた。その余分のローソクのうちの何分かをエミリーが「影」の詩を書くのに使ったことを知ったらルース伯母がなんと言うか、私にはわからないからここに記すことはできない。しかしこれもまたずるがしこいことの証拠《しょうこ》とみなしたにちがいない。たしかにずるいかもしれない。私がエミリーの弁解者ではなく、彼女《かのじょ》の伝記作者であることをお忘れなく。

エミリーがイルゼの部屋へ行ってみると、イブリン・ブレークが来ていた。イブリンは雪靴のダンス・パーティーに自分は招待されず、エミリー・スターが招待されたというので内心ひどく怒っていた。それだから彼女はイルゼのテーブルに腰《こし》かけ、絹の靴下に包まれた高い足の甲《こう》をこれ見よがしに絹の靴下をもたない少女たちの前でぶらぶら振りながら、初めから気を悪くさせようとかかっていた。

「あんたが来てくれてよかったわ、頼《たよ》りになる愛する友よ」イルゼは囁《ささや》いた。「朝からずっとイブリンにこきおろされていたのよ。こんどはあんたに鋒先《ほこさき》を向けるでしょうから、わたしは一休みできるわ」

「わたしはイルゼに癇癪《かんしゃく》を起こさないようにしなければいけないと言っていただけなのよ」とイブリンは殊勝気《しゅしょうげ》に説明した。「あなたもそれには賛成でしょう、ミス・スター」

「こんどはなにをしたの、イルゼ」

とエミリーはたずねた。

「けさミセス・アダムソンと大喧嘩《おおげんか》をしたの。遅かれ早かれ起こることだったのよ。わたしはあんまり長いあいだおとなしくしていたもんで、胸の中に邪悪《じゃあく》な思いがものすごく溜《た》まってしまったの。それはメアリーにもわかっていたのよ、そうよね、メアリー。爆発《ばくはつ》は必然的に起こると言ったわ。ことの始まりはミセス・アダムソンが不愉快《ふゆかい》な質問をしだしたことにあるのよ。あの人はいつもそうなのよ――そうよね、メアリー。それからこんどは叱言《こごと》を言いはじめたの――そしてしまいに泣きだしたのよ。それでわたしはあの人の顔をひっぱたいたというわけ」

「わかったでしょう」

とイブリンが意味ありげに言った。

「そうせずにはいられなかったのよ」イルゼはにやっと笑った。「失礼な態度や叱言だけならわたしだって我慢できたけれど――でも泣きだしたじゃない――あの人は泣くとそりゃ醜いのよ――ですもの、ひっぱたいてやったのよ」

「そのあといい気持になったでしょう」

エミリーはイブリンの前では非難の色を見せまいと決心した。

イルゼは大笑いに笑った。

「そうなのよ。最初はね。とにかくそのおかげでミセス・アダムソンは泣き喚《わめ》くのをやめたわ。でもあとから後悔《こうかい》しちゃったのよ。もちろん、わたし謝《あやま》りに行ってくるわ。ほんとうに、悪かったと思うの――でもきっとまたやるわ。もしメアリーがこれほどいい人じゃなかったら、わたしだってこれほど悪いことはしないでしょうよ。ちょっと平らにならしたわけよ。メアリーがおとなしくて謙遜《けんそん》なんでミセス・アダムソンはいい気になって威張《いば》りちらすんですもの。メアリーが週に一回以上夜出歩くと叱《しか》るんですからね」

「そりゃ叱るのがほんとうだわ。あなただって出歩く回数を少なくしたほうがいいのよ。評判になっていますからね、イルゼ」

とイブリンが言った。

「とにかくあなたは昨夜は出かけなかったわね、そうでしょう」

イルゼはまたもやにやっとした。

イブリンは真っ赤になり、傲然《ごうぜん》とかまえて黙《だま》ってしまった。エミリーはノートを一心に読み、メアリーとイルゼは出ていった。イブリンも行ってしまえばいいがとエミリーは願った。しかしイブリンにはそんなつもりはさらになかった。

「どうしてあんたはイルゼに注意しないの」

イブリンはいやに打解けた言い方をした。

「わたしにはそんな権限はありませんから」エミリーは冷やかに答えた。「それにわたしはべつにイルゼの態度が悪いとは思いませんもの」

「まあ、あんたってば――だって、ミセス・アダムソンをひっぱたいたって、イルゼが自分であんたに話したじゃないの」

「ミセス・アダムソンにはそうされる必要があったのよ。いやな人ですもの――いつも全然泣く必要のないときに泣くんですからね。これほど癪《しゃく》にさわることはないわ」

「あのね、イルゼはきのうの午後またフランス語をさぼって、ロニー・ギブソンといっしょに上流のほうへ散歩に行ったわよ。あまりしょっちゅうそんなことをしていると見つかってしまうわ」

「イルゼは男の子たちのあいだに人気があるのよ」

イブリンが自分がそうなりたいと願っているのをエミリーは知っていた。

「イルゼは不良仲間に人気があるのよね」イブリンは人を見くだす態度に出た。「見くだされるのをエミリー・スターが大嫌《だいきら》いなことを直感的に知っていたのである。「あの人はいつも、ならず者のような連中を従えているわ――ちゃんとした人たちはイルゼなんかにかかわりませんからね、あなたもご存じでしょうけど」

「ロニー・ギブソンはちゃんとした人ではありませんの」

「それじゃマーシャル・オードはどうだとおっしゃるの」

「イルゼはマーシャル・オードなんかとなんの関係もないわ」

「おや、そうなの！　このあいだの火曜日に夜の十二時までイルゼはマーシャルとドライブしてたんですよ——しかも貸馬車屋から馬を借りるときマーシャルは酔《よ》っぱらっていたんですからね」

「そんなことは嘘《うそ》よ！　イルゼは一度だってマーシャル・オードなんかとドライブに行ったりしませんよ」

　怒《いか》りでエミリーの唇《くちびる》は血の気を失った。

「わたしは二人を見た人から聞いたんですからね。イルゼは至る所で噂《うわさ》になっているわ。あなたにはイルゼに対してなんの権限もないかもしれないけれど、影響力はあるでしょう。もっとも、あなただってときどき馬鹿《ばか》気《げ》たことをするんじゃない。悪気があってのことじゃないでしょうけどね。たとえばブレア・ウォーターの砂浜《すなはま》に行ってなにも着ないで泳いだときのことなんかはいかが。あのことは学校じゅうに広まっているわよ。それでマーシュの兄さんが笑っていたわ。どう、馬鹿なことをしたもんじゃないの、あんた」

　エミリーは怒りと屈辱《くつじょく》で真っ赤になった——なにはともあれ、イブリン・ブレークごときにあんた呼ばわりされるとは我慢《がまん》ならなかった。あのうつくしい月夜の水浴《みずあ》み——それが世

間のおかげでなんと汚《けが》されてしまったことだろう！　イブリンなどに、あれこれ言うまい
——ペチコートをつけていたことだって話すまい。好きなように思わせておけばいい。

「あなたにはおわかりにならないようなことがありますのよ、ミス・ブレーク」

エミリーは落着きはらって皮肉たっぷりな口調と態度でこう言ったので、ありふれた言葉に言い知れぬ意味が含《ふく》まれているように響《ひび》いた。

「ああ、あなたは神の選民だったわね」

イブリンは意地の悪い笑いかたをした。

「そうよ」

エミリーはノートから目を離《はな》さずに平然と答えた。

「まあ、そう怒るもんじゃなくてよ、いい子だからね。わたしはただかわいそうにイルゼがどこへ行っても嫌われるのを見て気の毒だと思ったからこそああ言ったまでなのよ。わたしはどちらかといえばイルゼが好きよ、かわいそうに。それからあの人、色の好みをもう少し落着いたものにすればいいのにと思うわ。予科生のコンサートのときに着たあの緋色《ひいろ》のイブニングときたら——まったく奇妙《きみよう》だったじゃないの」

「まるで緋色の葉につつまれた丈高《たけたか》い金のゆりのようだと、わたしは思いましたわ」

「あなたはなんて忠実な友なんでしょうねえ。そのあなたのためにイルゼもそんなふうにかばってくれるかどうか。さあ、あなたに勉強させてあげなくちゃ。十時に国語があるんでしょう。スコヴィル先生が監督《かんとく》するはずよ——トラヴァース先生は病気だから。スコヴィル先

生の髪《かみ》って素敵《すてき》じゃない。髪といえば、ねえあんた、なぜ両横の髪を垂らして耳が——耳の先だけでも隠《かく》れるようにしないの。そのほうがずっと似合うと思うわ」

もしイブリンがもう一度「ねえ、あんた」などと言ったらインク壺《つぼ》をぶつけてやろうとエミリーは考えた。なぜ出ていって、わたしに勉強させようとしないのかしら。

イブリンはもう一発懐中《かいちゅう》にしのばせてあった。

「あのあんたのお友達でストーブパイプ町から来ている小僧《こぞう》さんが『鵞《が》ペン』に作品をよこしたのよ。愛国詩だったわ。トムが見せてくれたの。滑稽《こっけい》たらなかったわ。ことにその中に素晴らしい一行があるのよ——『カナダは処女のごとく彼女の息子《むすこ》たちをよろこび迎《むか》える』ですって。トムが笑うこと笑うこと、あんたに見せたかったわ」

エミリーもおかしくてたまらなかった。しかしそんな物笑いの種になるようなことをしたペリーにひどく腹が立った。なぜペリーは自分の限度をわきまえ、文学の道は自分には向いていないことがわからないのだろうか。

「『鵞ペン』の編集長が返却《へんきゃく》する原稿《げんこう》を外部の者に見せたりするのはいけないことだと思いますわ」

エミリーは冷やかに非難した。

「あら、トムはわたしのことを外部の者とは思っていないのよ。それにこんなことを黙っているのはもったいないじゃないの。さあ、一っ走り本屋へ行ってくるわ」

イブリンが出ていったのでエミリーはほっと安堵《あんど》の吐息《といき》をついた。まもなくイルゼが戻《もど》った。

「イブリンは帰ったの？　けさのおやさしかったことといったら。メアリーはあんな人のどこがいいと思ってるのかわたしにゃわかんないわ。メアリーは面白味《おもしろみ》はないけれど、いい人だのに」

「イルゼ」エミリーはまじめになってきいた。

「先週の晩いつかマーシュ・オードといっしょにドライブに行った？」

イルゼは目を丸くした。

「いいえ、あんた馬鹿ね、行くもんですか。あんたがどこからそんな話を聞いたかわたしにはわかってるわ。その女の子がだれなのかわたしは知らないのよ」

「でもあんたはフランス語をさぼってロニー・ギブソンと上流のほうへ行ったでしょう」

「我あやまてり」

「イルゼ――まったく――あんたときたら――」

「さあ、わたしを怒らせないでよ、エミリー！」とイルゼはそっけなく遮《さえぎ》った。「あんたはいやに気取り屋になってきたわね――それが慢性にならないうちになんとか直してやらなくちゃならないわ。気取り屋なんか大嫌いよ。わたし出かけるわ――学校へ行く前に本屋に寄っていきたいから」

イルゼは不機嫌な顔で本を掻《か》き集めると、さっさと出ていった。エミリーはあくびをし、ノートを見るのはもういいことにした。学校へ行くまでにはまだ三十分あった。ちょっとだけイルゼの寝台《しんだい》で横になっていこうと思った。

ほんの一分ぐらいしか寝《ね》なかったつもりで起きてメアリー・カースウェルの時計を見たとき、エミリーはびっくりして目をみはった。十一時五分前である——五分で四分の一マイル歩き、試験の席についていなければならない。エミリーはあわてて外套《がいとう》を着、帽子《ぼうし》をかぶり、ノートをひっ掴《つか》んで駆《か》け出した。通りを物凄《ものすご》い勢いで走っていく自分を人びとがなんだか妙な目つきで見ているような、いやな感じを味わいながら息せき切って高校にたどりついたエミリーは、鏡も見ずに外套をぬぎ、急いで教室へはいっていった。

生徒たちはあっけにとられてまじまじとエミリーを見つめていたが、やがて笑い声が漣《さざなみ》のように教室じゅうに拡がっていった。背の高い、ほっそりした、上品なスコヴィル先生は試験の紙をくばっていた。エミリーの前にも一枚おくと、彼《かれ》はまじめくさってたずねた。

「ミス・スター、あなたは教室へはいるまえに鏡を見ましたか」

「いいえ」

しぶしぶ答えたエミリーは、なにかとんでもないことが持ち上がったのを感じた。

「僕《ぼく》が——そのう——あなたなら——ええ——いま——見てきますね」

スコヴィル先生はこれだけ言うのもやっとのようすだった。

エミリーは立ち上がると女子の化粧室へ引返した。

ホールでハーディ校長に出会った。すると校長はびっくりしてまじまじとエミリーを見つめた。なぜハーディ校長はびっくりしたのか——なぜ予科生たちが笑ったのか——化粧室の鏡のまえに立ったときエミリーは知った。

彼女の上唇から頬《ほお》にかけて黒々と巧《たく》みに髭《ひげ》が描《か》いてあったのである——派手な真っ黒な髭で、先が幻想《げんそう》的に捲《ま》き上がっていた。一瞬間《しゅんかん》あまりのことにエミリーはぽかんとして見つめていた——なぜ——なにが——だれがこんなことをしたのか。

エミリーは憤然《ふんぜん》として向き直った。イブリン・ブレークがはいってきたのである。

「あんたが——あんたがこんなことをしたのね！」

エミリーは喘《あえ》ぎながら言った。

ちょっとのあいだイブリンは目をみはっていた——それから笑い出した。

「エミリー・スター！　まあ、物凄い顔じゃないの。まさかその顔で教室へはいっていったんじゃないでしょうね」

エミリーは拳《こぶし》を握《にぎ》りしめ、

「あんたがしたんじゃないの」

とふたたび言った。

イブリンはぐっと身をそらせて傲然とかまえた。

「ミス・スター、わたしがそんな悪戯《いたずら》をするような人間だなんて思わないでいただきたいわ。あなたのご親友のイルゼがあなたをからかおうとしてしたんだと思うわ——ほんの二、三分前なにかくすくす笑いながら教室にはいっていったわよ」

「イルゼがこんなことをするもんですか」

とエミリーは叫《さけ》んだ。

イブリンは肩《かた》をすくめ、

「わたしならまず顔を洗うわ。そしてだれがしたかを捜《さが》し出すのは後回しにするわ」

こういうと笑いで顔をひきつらせながら出ていった。

エミリーは怒りと恥《は》ずかしさと生まれて初めてといってよいひどい屈辱に頭の先から爪先《つまさき》までぶるぶる震《ふる》えながら、顔の髭を洗いおとした。最初、家へ帰りたい衝動《しょうどう》に駆られた――あの教室にいっぱいいる予科生たちの前に姿を現わすことはとてもできない。そうは思ったものの歯を食いしばり、黒い頭を高くそびやかしながら通路をつたって自分の机のまえにすわった。顔は燃え、心は炎《ほのお》となっていた。隅《すみ》のほうに答案を書いているイルゼの黄色い頭が見えた。ほかの者はみな微笑《びしょう》をうかべたりくすくす笑ったりしていた。スコヴィル先生がまじめくさった顔をしているのが侮辱《ぶじょく》しているように感じられた。エミリーはペンを持ったが、試験用紙の上で手が震えた。

もしその場で思いきり泣けたら恥ずかしさも怒りも吐《は》き出されて救われたであろう。しかしそれはできないことだった。泣いてはならない。この人たちにわたしの屈辱がどんなものか知らせてはならないとエミリーは思った。この悪意ある冗談《じょうだん》も笑いとばすことができたら、かえってエミリーのためによかったのである。エミリーであるがゆえに――そして誇《ほこ》りたかきマレー家の者であるがゆえに――そうはできなかった。この醜態《しゅうたい》を彼女はその熱情的な心の底から憤《いきどお》った。

国語の試験に関するかぎりでは家へ帰ったほうがましなくらいだった。すでに二十分損していたし、さらに手が書けるようになるまでに十分かかった。考えは全然まとまらない。トラヴァース先生の試験はいつもむずかしかったが、この試験もむずかしかった。身を責めさいなむ恥ずかしさを中心にそのまわりを入り乱れた思いが駆けめぐった。答案を渡《わた》して教室を出たときエミリーはスター・ピンを失ったことを知った。答案はせいぜい合格点に達した程度にすぎなかった。しかし逆巻く感情の渦《うず》のなかではそんなことは気にかからなかった。いそいで自分の親しみのない部屋へ帰ってみると、ありがたいことにルース伯母《おば》は留守であった。エミリーは寝台に身を投げだして泣いた。腹が立ち、叩《たた》きのめされ傷ついた気持だった――その苦痛の下に恐《おそ》ろしいかすかな疑いがしつこくからみついていた。

イルゼがしたのかしら――いや、そんなことはない――そんなはずはない。では、だれだろう。メアリーかしら。そんな考えはばかげている。イブリンにちがいない――イブリンは引返してきて、意趣返《いしゅがえ》しにあんな残酷《ざんこく》ないたずらをしたのだ。しかし彼女はいかにも憤慨にたえないというようすをし、ちょっと度をこして無邪気《むじゃき》そうな目で否定したではないか。イルゼはなんと言ったか――「あんたはいやに気取り屋になってきたわね――それが慢性にならないうちになんとか直してやらなくちゃならないわ」

イルゼはこんなひどいやり方で直そうとしたのだろうか。

「ちがう――ちがう――ちがう！」

エミリーは枕《まくら》に顔を押《お》しつけてはげしく泣いた。しかし疑いは依然《いぜん》として残った。

ルース伯母には疑う余地がなかった。ルース伯母は友達のミセス・ボールを訪問していた。ミセス・ボールには予科生の娘《むすめ》があった。アニタ・ボールは予科生のクラスでも、二年生、三年生のクラスでも大笑いに笑われた話を持って帰り、イブリン・ブレークの言うところではイルゼ・バーンリの仕業《しわざ》だそうだと言った。

ルース伯母は家へ戻ると、さっさとエミリーの部屋へはいっていき、

「イルゼ・バーンリはきょう、あんたにきれいなお化粧《けしょう》をしてくれたそうだね。これであんたにもあの娘の本性《ほんしょう》がわかっただろう」

「イルゼじゃないわ」

「きいてみたのかい」

「いいえ、そんな侮辱するようなことはきかれないわ」

「わたしはあの娘の仕業とにらんでいるよ。ここへは二度と来させないから。わかったね」

「ルース伯母さん――」

「いま言ったとおりだよ、エムリー。イルゼ・バーンリはあんたにふさわしい友達じゃありません。近ごろあの娘の噂はいやというほど耳にはいっているが、こんどばかりは許せない」

「ルース伯母さん、イルゼにきいてみて、もしイルゼが自分ではないと言ったらイルゼをお信じになる?」

「いいえ、イルゼ・バーンリのような育ち方をした娘の言うことなど信じるものかね。あの

娘のことだからどんなことでもやるだろうし、どんなことでも言うだろうよ。わたしの家には二度と来させないからね」

エミリーは立ち上がり、泣いてくしゃくしゃになった顔にかのマレーの表情をうかべようとし、冷たい声で言った。

「もちろん、歓迎《かんげい》されないのにイルゼをここへつれてきたりいたしません。でもわたしのほうからイルゼに会いに行きます。それも禁じられるなら――わたしは――わたしはニュー・ムーンへ帰ります。もうどこでもいいからどこかへ行ってしまいたいわ。ただ――イブリン・ブレークのために追い出されたりは絶対しないから」

ニュー・ムーンの者たちがエミリーとイルゼを絶交させることには賛成しないだろうということがルース伯母にはよくわかっていた。それほどドクター・バーンリとは親しい間柄《あいだがら》だった。ミセス・ダットンは前からドクターが嫌《きら》いだった。イルゼを家に寄せつけない口実ができたことで満足しなければならなかった。これは以前から彼女が望んでいたことである。この件に対する腹立ちもエミリーへの同情からではなく、マレー家の者が馬鹿にされたという怒りだけであった。

「これであんたもイルゼに会いに行くのは懲《こ》りたかと思ったがね。イブリン・ブレークのほうは、あれは利口ないい娘だからそんなくだらないいたずらなんぞしやしないよ。わたしはブレーク家の人たちを知っているからね。みんないい人たちだし、イブリンの父親というのは立派な働きのある人だよ。さあ、泣くのはおよし。ひどい顔になったじゃないか。泣いてなんになる」

「なんにもならないわ」エミリーは侘《わび》しげに同意した。「ただ泣かずにはいられないだけ。わたしは馬鹿にされることには耐えられないの。ほかのことならどんなことでも我慢できるけれど。ああ、ルース伯母さん、お願いですからわたしを一人にしておいてくださいな。夕食は食べられないわ」

「すっかり興奮しちまったんだよ――スター家の者らしいよね。わたしたちマレー家の者は感情を隠すからね」

「隠すような感情なんか持ち合せていないくせに――あなたがたの何人かは」エミリーは無念さを胸の中でかみしめながら思った。

「これからはもうイルゼ・バーンリに近づいちゃいけないよ。そうすれば人中で恥《はじ》をかかされることもあるまいから」

とルース伯母は部屋を出ていきながら忠告した。

眠《ねむ》られぬ一夜を明かしてから――夜のあいだ、天井《てんじょう》をもっと顔から遠く押しやることができなければ窒息《ちっそく》してしまいそうな気がした――次の日エミリーはイルゼに会いに行き、いやいやながらルース伯母に言われたことを伝えた。イルゼは猛烈《もうれつ》に憤慨した――しかしかのクレヨンのいたずらは自分がしたのではないとは一言も言わないのにエミリーは気がつき、胸を刺《さ》される思いがした。

「イルゼ、ほんとうに――ほんとうにあなたがしたんじゃないわね」

エミリーはどもりながらたずねた。イルゼがしたのでないことはわかっていた——確信していた——しかしイルゼの口からそれを聞きたかった。驚《おどろ》いたことには突然《とつぜん》イルゼの顔はさっと赤くなった。

「汝《なんじ》のしもべは犬なるか」

とイルゼはうろたえたようすで答えた。そんな態度は率直《そっちょく》な、はっきりものを言うイルゼに似つかわしくなかった。イルゼは顔をそむけ、あてもなく鞄《かばん》をひねくりはじめた。

「まさかわたしがあんたにそんなことをするとは思わないでしょうね、エミリー」

「ええ、もちろんよ」

とエミリーはゆっくり答え、この話はそれきりになった。しかしエミリーの心の底にわだかまっていたかすかな疑いと不信の念はその隠れ場所からおおっぴらに姿を現わしてきた。それでもエミリーにはイルゼがそんなことをしたとは——そして後になって嘘《うそ》をつくなど——信じられなかった。だが、それならなぜイルゼはあんなにうろたえ、恥ずかしそうな顔をしたのだろうか。自分がしたのでなければイルゼのことだからいつものとおり荒《あ》れ狂《くる》い、疑ったというだけでエミリーをひどく罵《ののし》り、すっかり恨《うら》みが吹《ふ》きとぶまでこの問題に風を入れるはずではないか。

この件は二度と持ち出されなかった。しかし影《かげ》が落ち、ニュー・ムーンでのクリスマス休《きゅう》暇《か》もいくらか損《そこ》なわれた。表面は二人とも前と変わらぬ友達だったが、お互《たが》いの間に突然口を開いた裂《さ》け目をエミリーは痛いほど感じていた。努力はしてもそれを埋《う》めることはできなかった。見たところイルゼのほうではその裂け目を意識していないようすなので、いっそう裂け目は深くなった。イルゼはわたしのことも二人の友情のこともそれほど気にかけていなかったのでこの冷たい空気を感じないのであろうか。これに気がつかないほどイルゼは浅薄《せんぱく》な冷淡《れいたん》な人間なのかしら。エミリーはくよくよと病的なまでに思い悩《なや》んだ。このようなことは——陰《かげ》にひそみ、公然と表面には出てこない漠然《ばくぜん》とした、不愉快《ふゆかい》なことは——神経質で情熱的な性格のエミリーにひどい害を与《あた》えた。イルゼとあからさまに喧嘩《けんか》をしたのならこれほど痛手をうけることはなかった——これまでイルゼと何十回喧嘩したかしれないが、次の瞬間にはなんの恨みもしこりも残さずに仲直りしてきた。こんどは違《ちが》う。思い悩めば悩むほどますます二人のあいだはまずくなっていった。エミリーはみじめで、心もうつろになり、落着かなかった。ローラ伯母とジミーさんはそれに気がついたが、スター・ピンをとれないのでがっかりしたせいだろうと考えていた。エミリーがスター・ピンはだめにきまっていると二人に話したのである。しかしエミリーにはスター・ピンのことなどどうでもよかった。

　そうはいっても高校に戻《もど》り試験の結果が発表されたときには辛《つら》い思いをした。スター・ピンをこれ見よがしに誇る、羨望《せんぼう》の的の四人の中にエミリーははいっておらず、そのことで何週間もルース伯母から文句を言われた。ルース伯母はエミリーが失敗したおかげで一家の威《い》信《しん》は落ちたと感じ、ひどく無念がった。まったくわたしにとっては不運な新年だとエミリーは思った。一月はもともと思い出すのもいやな月である。エミリーは寂《さび》しくてたまらなかった。イルゼのほうからエミリーに会いにくることはできないのでこちらから出かけて行くのだが、二人のあいだの微妙《びみょう》な裂け目はしだいに大きくなるばかりであった。それでもイルゼにはそれを感じているようすは見られなかった。もっともこのごろではエミリーがイルゼと二人きりになるときはめったになかった。部屋にはいつも少女たちが大勢来ており、笑ったり、ふざけたり、学校の噂話《うわさばなし》をしたりして騒々《そうぞう》しかった——ごく罪のない、賑《にぎ》やかなものであったが、しかしイルゼと気持の通じ合う仲間同士というもとの親密さとはかけ離れていた。以前は、二人いっしょなら歩いているときもすわっているときも何時間も一言も言わなくても楽しいと思うわよね、と二人はよく冗談を言ったものである。いまはもう無言でいるときはなかった。たまたま二人きりになると、お互いに沈黙《ちんもく》がおとずれて自分の気持が表われるのを恐れるかのように、どちらも陽気にわざとらしく喋《しゃべ》りたてた。

こうして友情を失ったことにエミリーの心は痛み、夜ごとに枕はなみだで濡《ぬ》れた。しかし彼女にはどうすることもできなかった。いくら努力はしても胸にわだかまる疑いを追い払《はら》えなかった。いろいろ苦心はかさねたのである。イルゼ・バーンリにあのような悪戯《いたずら》はできるはずがない——本質的にできないのだ——と、毎日のように自分に言い聞かせ、以前の自分に立ち戻ってイルゼに接しようとかたく決心してまっすぐにイルゼのところへ出かけていくのである。その結果、不自然に打解けた親密な態度となり——感情を大袈裟《おおげさ》に表わしさえして——イブリン・ブレーク同様、本来の自分とは似ても似つかぬものに仕立ててしまうのである。イルゼもエミリーに劣《おと》らず打解けた親密な態度をとり——裂け目はいっそう拡《ひろ》がっていくばかりであった。

「イルゼはもうわたしにけっして癇癪《かんしゃく》を起こさなくなった」

と考えてエミリーは悲しくなった。

そのとおりであった。エミリーに対してイルゼはいつも上機嫌《じょうきげん》で、こちらが当惑《とうわく》するほど礼儀《れいぎ》正しく、以前のようなあらあらしい感情のひらめきはみじんも見られなかった。イルゼが例の嵐《あらし》のような癇癪を起こしてくれたらこれほどうれしいことはないんだけれど、とエミリーは考えた。そうすれば二人のあいだに情け容赦《ようしゃ》なく張っていく氷が割れて、閉じこめられていたもとの愛情が噴《ふ》き出すかもしれない。

こういう状態のとき、なによりの苦痛はイブリン・ブレークがイルゼとエミリーのこの間柄をよく承知しているということだった。嘲《あざけ》るような茶色の切れ長な目やなにげない言葉の端《はし》にこもる皮肉が、このことをイブリンが知ってよろこんでいることを示していた。エミリーは口惜《くや》しくてしかたがないが、しかし対抗《たいこう》しようがなかった。ほかの少女たちが親しくしていると癪にさわる娘があるものだが、イブリンもその一人であり、ことにイルゼとエミリーの友情はいまいましくてならなかった。それほど二人の友情は完全であった——それほどぴったりいきが合い、他の者の割りこむ余地はなかった。イブリンは自分が閉め出されるのは——閉ざされた庭に自分がはいれないと思うのは——いやだった。それだから自分が密《ひそ》かに嫌っている二人の腹が立つほどうつくしい友情が壊《こわ》れたかと思うとうれしくてたまらなかった。

第九章　栄光の瞬間《しゅんかん》

色も音楽もいっさいこの世から消え失《う》せ、前途《ぜんと》には灰色の人生が果てしなくつづいているのを感じながら、エミリーはのろのろと階下へおりてきた。そのエミリーが十分後には虹《にじ》に取巻かれ、砂漠《さばく》さながらの未来はばらのように花開いた。

奇跡《きせき》の原因はルース伯母がいつものように鼻をフンとならして手渡したうすい手紙にあった。雑誌も届いていたが、エミリーは最初気がつかなかった。封筒《ふうとう》の隅《すみ》にはある花の会社の名前が書いてあり、触《さわ》った感じでは希望のもてそうな薄《うす》さである——返却《へんきゃく》された詩がぎっしり詰《つ》まってふくれあがっている封筒とは大違いだった。

エミリーは胸をどきどきさせながら封を破り、タイプで打った手紙に目を走らせた。

「カナダ　プリンス・エドワード島　シュルーズベリー
ミス・エミリー・バード・スター

当社ではあなたの詩「梟《ふくろう》の笑い」を『庭園と森林』に使わせていただくことにいたしました。玉稿《ぎょっこう》を掲載《けいさい》した本号を一部お送りいたします。あなたの詩には真実のひびきがこもっており、当社ではあなたの作品のほかのものも拝見いたしたいと存じます。当社の慣例として寄稿者に現金はさし上げませんが、代金前払いでお送りする当社のカタログから二ドル分相当の種か苗木《なえぎ》をお選びください。

まずは御礼まで

敬具

トス・E・カールトン株式会社」

エミリーは手紙をとり落とし震《ふる》える手で雑誌をつかんだ。頭がぐらぐらし――目の前で文字は踊《おど》り――息がつまるような妙な感じがした――雑誌の扉《とびら》にうつくしい渦巻《うずまき》模様に縁《ふち》どられて自分の詩――エミリー・バード・スター作「梟の笑い」が掲載されているのである。

それは初めての成功の杯《さかずき》の甘《あま》い泡立《あわだ》ちであり、それに酔《よ》ったからといってエミリーを愚《おろ》かだと考えてはならない。彼女《かのじょ》はゆっくり見ようと思い手紙と雑誌を自分の部屋へもっていき、ルース伯母がふだんよりもいっそうひどく鼻をならしているのにもまったく気がつかなかった。ルース伯母はエミリーがきゅうに頬《ほお》を紅潮させ、目は輝《かがや》き、恍惚《こうこつ》とした表情になり、浮《うき》世《よ》ばなれしてしまったようすを見て、これは怪《あや》しいとにらんだ。

部屋ではエミリーは初めて目にしたかのように自分の詩を読んでいた。活字の間違いが一個あってぞっとした――〝猟夫《りょうふ》の月〟が〝猟夫の耳〟となっているのはひどい――しかしこれはほんとうの雑誌に受入れられて印刷された自分の詩――自分の詩――なのだ。

それに報酬《ほうしゅう》がもらえる！　小切手ならよけいありがたいことはたしかである——自分のペンで儲《もう》けた二ドルはエミリーにとって一財《ひと》産に思われたことであろう。しかしジミーさんと種を選ぶのはどんなに楽しいことか！　この夏ニュー・ムーンの庭にあらわれるうつくしい花壇《かだん》を——真紅《しんく》や紫《むらさき》や青や金色に色どられた花壇をエミリーは想像してみた。

それに手紙にはなんと書いてある？

「あなたの詩には真実のひびきがこもっており、当社ではあなたの作品のほかのものも拝見いたしたいと存じます」

ああ、うれしい——ああ、うれしい。世界はわたしのものだ——アルプスの小径は登り甲斐《がい》がある——頂まであとわずかの骨折りなどなんでもないではないか。

エミリーは押えつけるような天井や、よそよそしい家具のせまくるしい部屋にいたたまれなくなった。わたしがこんなに幸福でいるのにバイロン卿《きょう》が葬式《そうしき》のときのような顔をしているのはわたしへの侮辱《ぶじょく》だわ。エミリーは外套《がいとう》をはおり、いそいで〈まっすぐの国〉へ出かけていった。

台所を通ったとき、当然のことながらルース伯母は前にもまして怪しみ、いやに物柔《ものやわ》らかな口調で皮肉を言った。

「家が火事にでもなったのかい。それとも港が火事かい」

「どちらでもないわ。火事になったのはわたしの心よ」

とエミリーは測り知れない微笑をうかべて答えた。背後の扉をしめてしまうとたちまちルース伯母のこともそのほか不愉快なことや人のことはいっさい忘れてしまった。世界はなんてうつくしいんだろう——人生はなんてうつくしいんだろう——〈まっすぐの国〉はなんて素晴《すば》らしいのだろう！　せまい小径《こみち》にそってならんだ樅《もみ》の若木は薄雪をかぶっている。まるですべての虚飾《きょしょく》を断《た》ったきびしいドルイド（訳注　古代ケルト民族の一派の僧侶で予言、妖術などをおこなった）の若い尼僧《にそう》にふわっと空気製のレースのヴェールをいたずらにかぶせたようだとエミリーは思った。この文章を家へ帰ったらジミー・ブックに書きつけることにした。どんどんエミリーは小山の頂さして身軽くのぼっていった。さながら宙を飛んでいるような気がした——足が地に触《ふ》れているとは思えない。小山の上に来ると立ちどまった。手を組み合わせ、夢《ゆめ》みるような目つき、うっとりと歓喜にみちた姿であった。日は沈《しず》んだばかりである。氷の張りつめた港の上にはまぶしく虹色に光る雲の峰《みね》が重なりあっている。向うの白く輝く丘の上には早くも星がまたたいている。右手の古い樅の黒ずんだ幹の間から水晶《すいしょう》のような夕方の空気をとおし、はるかかなたに大きな、まるい満月が上った。

「真実のひびきがこもっている」エミリーはこの信じられないような言葉をあらためて味わってみた。「わたしの作品をもっと見たいと言うのだ！　ああ、お父さんに活字になったわたしの詩を見せたい！」

　何年も前のこと、メイウッドのもとの家で眠っているエミリーの上に父が屈《かが》みこんで、こう言ったことがあった。

「この子は深く愛し——はげしく苦しみ——それを償《つぐな》う栄光の瞬間を味わうであろう」

いまが栄光の瞬間の一つである。エミリーは不思議に気が軽くなるのを感じた——生きているというだけのことに胸を揺《ゆ》すぶる感激《かんげき》をおぼえた。このみじめな一月のあいだ眠っていた創作能力がふいに浄化《じょうか》の炎《ほのお》のように身内に燃えあがった。炎は病的な、有害な、心に食いこむものを全部焼き払ってしまった。突然エミリーはイルゼがしたのではないことを知った。彼女はうれしそうに——おかしそうに笑った。

「なんてわたしはお馬鹿《ばか》さんだったんだろう！　ああ、なんて馬鹿だったんだろう！　もちろんイルゼじゃなかったんだわ。もうわたしたちのあいだにはなんにもない——もう大丈夫《だいじょうぶ》——大丈夫——大丈夫。すぐイルゼのところに行って話してこよう」

エミリーは急いで小径を戻っていった。まわりを取巻く〈まっすぐの国〉は月の光をあびて神秘をたたえ、冬の森のえもいわれぬ静けさにつつまれている。エミリーもそのうつくしさ、魅惑《みわく》、神秘の一部であるかのように思われた。影のこい小径をふと吹きすぎる風のおばさんの溜息《ためいき》を聞いたとき、〈ひらめき〉がおとずれた。その興奮もさめやらぬままエミリーは踊りながらイルゼのところへ行った。

イルゼは一人だった——エミリーは彼女に両腕《りょううで》を投げかけ——はげしく抱《だ》きしめた。

「イルゼ、赦《ゆる》してちょうだい」エミリーは叫《さけ》んだ。「あんたを疑ったりして悪かったわ——わたし疑ったのよ——でも、いまわかったの——わかったのよ。赦してくれるわね」

「この馬鹿者」

とイルゼが言った。

馬鹿者と言われてエミリーはうれしかった。これがもとのイルゼだ――わたしのイルゼだ。

「ああ、イルゼ、わたしそりゃみじめだったわ」

「さあ、そんなことはワアワア言いっこなし。わたしだってあんまり愉快でもなかったわ。いいこと、エミリー、あんたに話があるの。黙《だま》って聞いているのよ。あの日、本屋でイブリンに会ったの。でイブリンが入用な本があると言うので二人で引返してきたらば、あんたがぐっすり眠《ねむ》っているじゃないの――わたしがあんたの頬をつねっても身動きもしないで眠ってたわ。それでほんの冗談《じょうだん》のつもりでわたしは黒のクレヨンを持って『髭《ひげ》を描《か》いてやれ』って言ったの――黙ってなさい！　イブリンたらしかつめらしい顔をして、『あら、おやめなさいよ！　そんなことしたらひどいと思わない』と言うの。わたしにはする気は全然なかったのよ――ただ、ふざけて言っただけなの――ところがあのいやなイブリン奴《め》の殊勝気《しゅしょうげ》な気取り返った顔を見たらむらむらっとして、やってしまえって気になったの――黙ってなさいったら！――わたしはすぐにあんたを起こして鏡を突《つ》きつけるつもりだったの。それだけのことよ。でも、そうしないうちにケート・エロルがはいってきてわたしたちにいっしょに行ってくれとたのむもんで、わたしクレヨンを放《ほう》り出して出かけてしまったの。これで全部よ、エミリー、誓《ちか》ってもいいわ。でも、あとになって馬鹿なことをしたと恥ずかしくなったの――ちょっとばかり良心に責められたわ、わたしにも良心なんてものがあるとすればね。だって、だれか知らないけれどあんなことをした人の頭にああいうことを思いつかせたのはわたしにちがいないのだから、一方からいえばわたしの責任だものね。そうしたらあんたがわたしを疑ってるのがわかったもんで——わたしかっと怒《おこ》っちゃったのよ——癇癪まぎれに怒ったんじゃなくて、いやあな、冷たい、内側にこもるような怒りかたなのよね。あんたをあんな格好でわたしが教室へ行かせるなどと、よくも考えられたもんだと思ったわ。それであんたがそう思っているなら、そう思わせておけばいい——わたしのほうからは一言だってほんとうのことを言ってやるもんかと考えたの。ああ、ああ、あんたが透視術《とうしじゅつ》と縁を切ってくれてよかったわ」

「イブリン・ブレークがしたと思う？」

「そうは思わないわ。もちろん、しようと思えばできたでしょうよ。でもイブリンのはずはないわ。ケートやわたしといっしょに本屋へ行き、そこへイブリンを残してわたしたちは来てしまったの。イブリンは十五分ほどあとから教室へ来たけれど、あんなことをしに戻るひまはなかったと思うわ。ほんとうはわたしあのメイ・ヒルソンの奴《やつ》じゃないかと思ってるの。あいつだったらどんなことだってやりかねないし、わたしがクレヨンを振回《ふりまわ》しているとき、ちょうどホールにいたもの。『猫《ねこ》が牛乳をなめるように、あの思いつきにとびついた』のよ。でも、イブリンではないわ」

エミリーのほうはイブリンにちがいないと考えていた。しかしいまとなってただ一つ困ることは、ルース伯母があいかわらずイルゼの仕業《しわざ》と信じ、その考えを変えようとしないことだった。

「それはひどいわ」とイルゼは嘆《なげ》いた。「ここじゃ親しい話はできないし——メアリーのところにいつも大勢おしかけてくるし、イブリン・ブレークが采配《さいはい》を振《ふ》ってるし」

「だれの仕業かわたし見つけ出して、ルース伯母さんを降参させてみせるわ」

とエミリーは険悪な顔をして言った。

次の日の午後イブリンは、イルゼとエミリーが大喧嘩《おおげんか》をしているのを見た。少なくともイルゼのほうはまくしたてていた。一方エミリーのほうは脚《あし》を組み、うんざりしたという顔で傲然《ごうぜん》とかまえ、馬鹿にしたふうに目を半眼に閉じていた。これはほかの少女たちが親しくするのを好まない娘《むすめ》にとって歓迎《かんげい》すべき光景のはずであった。しかしイブリン・ブレークはよろこばなかった。イルゼがふたたびエミリーと喧嘩をはじめている――すなわちイルゼとエミリーは仲直りをしたということである。

「あんなひどい悪戯《いたずら》をしたのにイルゼを赦してあげるなんて、わたしうれしいわ」次の日イブリンは愛想よくエミリーに言った。「もちろんイルゼのほうはただ考えなしだったにすぎないのよ――そのことをわたし前からずっと言ってきたんだけど――ちょっと考えてみればあなたをどんな馬鹿気た目にあわせることになるのかわかったのにねえ。かわいそうにイルゼってそういう人なのよ。じつはね、わたしあの人を止めたのよ――むろん、いままでこのことはあなたに話さなかったわ――あれ以上悶着《もんちゃく》をおこすのは、わたしはいやだったんですもの――でもイルゼに友達にそんなことをするとはまったくひどいと言ったのよ。わたしイルゼに思い止らせたものとばかり思ってたの。あの人を赦してあげるなんてあなた偉《えら》いわ、エミリーちゃん。あなたはわたしよりずっと気質がいいわね。わたしなら自分をあんな物笑いの種にした人を絶対赦せないんじゃないかしら」

エミリーからこの話を聞くとイルゼは、

「なぜイブリンをやっつけなかったの」

ときいた。

「わたしはただ目を半眼にしてマレー式の顔で見てやっただけよ。そのほうがなにより効《き》き目があったわ」

第十章　伯母とのごたごた

学校図書館を援助《えんじょ》するための高校コンサートはシュルーズベリーの年中行事であり、春の試験の準備にとりかかる前の四月初めにおこなわれた。今年も最初はいつものように音楽や、短い対話劇をはさんだ朗読などのプログラムが予定されていた。エミリーは対話劇に出るように言われ、渋《しぶ》るルース伯母からやっと承諾《しょうだく》をとりつけて引受けた。ルース伯母の許しはとても望めないところだったが、ミス・アイルマーがみずから頼《たの》みに来たため承知したのである。ミス・アイルマーはアイルマー上院議員の孫なので、他のことには頑《がん》として譲《ゆず》らないルース伯母も家柄《いえがら》に屈《くっ》してしまった。そのあとでミス・アイルマーは音楽の大部分と朗読を全部削《けず》ってそのかわりに短い劇をしたらどうかと提案した。この考えは生徒たちによろこばれ、プログラムはすぐに変更《へんこう》された。エミリーはちょうど適した役を振られたので劇につよい興味をおぼえ、稽古《けいこ》をたのしんだ。稽古は週に二晩、ミス・アイルマー監督《かんとく》のもとに学校でおこなわれた。

この劇のことでシュルーズベリーには大センセーションが起こった。高校がこんな大がかりなことに取組んだことはかつてなかったからである。クイーン学院の生徒が大勢シャーロットタウンから夕方の汽車で見に来るという噂《うわさ》がひろまった。このため出演者一同は半狂乱《はんきょうらん》となった。劇にかけてはクイーン学院の生徒は熟練家がそろっている。もちろん、あら捜《さが》しにやってくるのだ。この劇をこれまでのクイーン学院のどの劇にもまさる出来栄《できば》えにしなければならない、という思いが出演者一人々々に強迫《きょうはく》観念となってこびりつき、その目的めざして全力をあげた。雄弁術《ゆうべんじゅつ》の学校を卒業したケート・エロルの姉が指導してくれた。いよいよその夜がおとずれると、シュルーズベリーじゅうの家庭も下宿屋も興奮でわき返った。

エミリーはローソクをともした自分の小さな部屋で鏡の中のエミリーをかなり満足してながめていた――満足するのも無理はない。赤く上気した頰、深く黒ずんだ灰色の目は〝ばらの灰〟色の服の上で輝き、黒い髪《かみ》に巻きつけた小さな銀の葉の環《わ》はエミリーを若い樹木の精のように見せていた。しかし彼女自身は樹木の精のような気がしなかった。ルース伯母がレースの靴下《くつした》をやめさせ、カシミヤの靴下をはかせたのである――ほんとうは毛の靴下にさせようとしたが、それは敗北におわったので、その埋合《うめあ》わせとしてフランネルのペチコートをつけさせたのだ。

「もくもくして嫌《いや》だわ」

とエミリーは憤慨《ふんがい》した——もちろんペチコートのことである。しかし今夜の服のスカートはひだがたっぷりしているのでほっそりしたエミリーは厚いフランネルのペチコートをつけてもさしつかえはなかった。

首に例のエジプトの鎖《くさり》を巻きつけているところへルース伯母がはいってきた。

「エムリー、たったいまミセス・ボールがみえたがね。話を聞いてわたしゃびっくりしてしまったよ。今夜あんたが出るのは芝居なの?」

エミリーは呆気《あっけ》にとられた。

「もちろんお芝居《しばい》よ、ルース伯母さん。ご存じじゃありませんか」

「こんどのコンサートに出る許しをわたしに求めたとき、あんたは対話劇だと言ったじゃないか」

ルース伯母の口調は氷のように冷たかった。

「まあ——でもアイルマー先生がそのかわりに短い劇にすることにお決めになったんです。わたし、伯母さんがご存じなものとばかり思っていたわ——ほんとうにそう思っていたんですもの。たしか伯母さんに話しておいたつもりだけれど」

「あんたにゃそんなつもりは毛頭なかったんだよ、エムリー——芝居に出るのをわたしが許さないことを知ってるもんで、わざとわたしに隠《かく》しておいたんだからね」

「そんなことないわ、ルース伯母さん」エミリーは真剣《しんけん》に訴《うった》えた。「隠すなんて思いもよらないわ。むろん伯母さんがこのコンサートに反対なのを知っているので、劇のこともあまり話したいとは思わなかったけれど」

エミリーがまじめに話すと、かならずルース伯母はエミリーを生意気だと思った。

「こんどは最高だよ、エムリー。あんたがずるい人間だとは知ってたが、まさかこれほどとは思わなかったね」

エミリーはいらいらした。

「そんなんじゃないのよ、ルース伯母さん！　劇をするということがシュルーズベリーじゅうで評判になっているのに、それをわたしが隠そうとするなんて馬鹿なことじゃありませんか。伯母さんの耳にはいらないわけはありませんもの」

「わたしが気管支炎のためにどこにも出かけられないということがわかってたんだからね。わたしにゃなにもかも見通しなんだよ、エムリー。このわたしをだまそうたって、そうはいきませんからね」

「伯母さんをだまそうなんてしやしません。伯母さんがご存じだと思っただけです――それだけのことですわ。このことについて伯母さんが一言も言わなかったのは、コンサート全体に反対してらっしゃるからだと思っていたんですわ。それがほんとうのところです。対話劇と劇と、どんなちがいがあるんですか」

「大ちがいだとも。芝居は罪深いものだよ」

「でもこれはほんのちょっとした劇ですもの」必死でエミリーは訴えた——その後で笑い出した。この文句が『ミッドシップマン・イージー』（訳注 小説の題）に出てくる子守《こも》り娘の言いわけのように、いかにも馬鹿げていたからである。エミリーのユーモアはわるい時に出てきた。笑ったのでルース伯母は猛烈《もうれつ》に怒った。

「ちょっとしたもんだろうが、なかろうが、出てはいけません」

エミリーはまたもや呆気にとられ、やや青ざめた。

「ルース伯母さん——わたし出なくてはなりません——だって劇が台無しになりますもの」

「魂《たましい》を台無しにするよりは芝居を台無しにしたほうがいい」

とルース伯母はやり返した。

エミリーは微笑《びしょう》などうかべなかった。それどころではない重大な事態になっている。

「そんな——そんなに——怒らないでくださいな、ルース伯母さん」——もう少しでエミリーは、そんなひどいことを言わないでくださいな、と言うところだった。「伯母さんが劇に賛成なさらないのは残念です——わたしもこんどかぎり劇には出ません——でも今夜だけはどうしても出なくてはならないんです」

「おお、かわいいエムリーや、あんたがそれほど重要な立場だとは思えないけどね」

まったくルース伯母の癪《しゃく》にさわることといったらない。〝かわいい〟という文句はなんて不愉快《ふゆかい》な使い方ができるのだろう。しかしそれでもエミリーは我慢《がまん》した。

「ほんとうに重要なんです——今夜は。だって、いまとなって代役を見つけることはできませんもの。出なかったら、アイルマー先生はけっしてわたしを赦してくださらないでしょうよ」

「あんたは神様のお赦しよりもアイルマー先生の赦しのほうを大事だと思うんですか」とルース伯母は決りきったことを言うとばかりに詰《つ》め寄った。

「そうですよ――あなたの神様のお赦しなんかよりはね」

伯母が不条理なことを言い出すので我慢しきれず、エミリーは呟《つぶや》いた。

「あんたはご先祖さまを敬う気はないんですか」これがルース伯母の次の当を得た質問であった。「自分たちの子孫が芝居をするなどと知ったらご先祖さま方はお墓の中でひっくり返ってしまいなさるだろうよ！」

エミリーはルース伯母に例のマレー風の目つきをしてみせた。

「ご先祖方にはいい運動になるわ。ルース伯母さん、わたし今夜は劇の自分の役をやりに行ってきます」

目にかたい決意をたたえ、エミリーは伯母を見下ろしながら物静かな口調で言った。ルース伯母はどうすることもできない無力さを感じ、いやな気がした。エミリーの部屋のドアには鍵《かぎ》がついていない――腕力《わんりょく》で引きとめることもできないし。

「行くというのなら、今夜ここへ帰る必要はありませんよ」ルース伯母は怒《いか》りで青ざめていた。

「この家は九時には戸締《とじま》りをするんですから」

「今夜ここへ帰ってはいけないのなら、もう帰ってきません」ルース伯母のひどい態度に憤慨したあまり、エミリーは結果など構っていられなくなった。「わたしを閉め出されるのならわたしはニュー・ムーンへ帰ります。ニュー・ムーンでもみんな劇のことは知っているんですよ――エリザベス伯母さんでさえわたしが劇に出ることを気持よく承知してくださったんですからね」

エミリーは外套《がいとう》をひっ摑《つか》み、クリスマスにオリヴァー伯父《おじ》の奥さんからもらった赤い羽根《はね》飾《かざ》りのついた小さな帽子《ぼうし》をかぶった。アディー伯母の趣味《しゅみ》はニュー・ムーンでは評判がよくなかったが、エミリーはこの帽子が大いに気にいり、たいそう似合った。これをかぶったエミリーが妙《みょう》におとなびて見えることにルース伯母はきゅうに気づいた。そう気づいても怒りはやわらがなかった。エムリーは行ってしまった――よくもわたしに歯向かって言いつけにそむいたな――ずるい腹黒のエムリー奴《め》――一つこらしめてやらなくちゃ。怒りに燃えたルース伯母は頑固にも九時になると家じゅうのドアに鍵をかけて寝《ね》てしまった。

劇は大成功であった。クイーン学院の生徒でさえ成功をみとめ、気前よく拍手《はくしゅ》を送った。エミリーはルース伯母との衝突《しょうとつ》によって生じた火とエネルギーをもって自分の役に没入《ぼつにゅう》したので、邪魔《じゃま》なフランネルのペチコートのことも忘れ、ミス・エロルも驚《おどろ》くほどの出来栄えであった。これまでミス・エロルはエミリーの演技でただ一つの難点は、もっと自由奔放《ほんぽう》にしなければならない役柄だのに冷静でひかえ目すぎると批評していたのだった。劇がおわるとエミリーに雨のように称讃《しょうさん》の言葉が注がれた。イブリン・ブレークでさえ愛想のよい顔を見せた。

「ほんとうにあんた素晴《すば》らしいわ――花形女優――詩人――新進作家――この次はなんでわたしたちを驚かせるつもり」

　エミリーは思った、

（人を小馬鹿《こばか》にした、なんていやな人間だろう！）

「どうもありがとうございます！」

　とエミリーは答えた。

　家へはテディといっしょに意気揚々《ようよう》と楽しく帰ってきて門のところでうきうきとお休みを交《か》わし、さて――扉《とびら》を開けようとすると鍵がかけてあった。

　宵《よい》のあいだは、純化されてエネルギーとなり、抱負《ほうふ》となっていたエミリーの怒りはふたたび燃え上がり、いっさいをなぎ倒《たお》してしまった。こんな扱《あつか》いをするとは、もう我慢できない。ルース伯母さんの遣《や》り口にはもう辛抱《しんぼう》しきれなくなった――これこそ文字どおり我慢の限度だ。たとえ教育を受けるためとはいえ、人はどんなことにも耐《た》えるというわけにはいかない。自分の威信《いしん》や自尊心も少しは考えなくてはいけない。

　方法は三つあった。扉についている昔風《むかし》の真鍮《しんちゅう》のノッカーをルース伯母が出てきて中に入れてくれるまでガチャッ、ガチャッと叩《たた》きつけることである。これは前にもやったことがあった――そのため、あと何週間か恥《はじ》をしのばねばならなかった。通りを走ってイルゼの下宿へ行くこともできた――イルゼたちはまだ休んではいないだろうから――これも経験ずみであり、こんどもそうするものとルース伯母は考えているにちがいなかった。あそこへ行けばメアリー・カースウェルがイブリン・ブレークに話すだろうし、イブリン・ブレークは意地の悪い笑いかたをして学校じゅうに噂をばらまくにきまっている。このどちらの方法もエミリーはとるつもりはなかった。扉に鍵がかかっているのを見た瞬間《しゅんかん》から決心はできていた。ニュー・ムーンへ歩いて帰ろう——そしてもうあそこにずっといるのだ。ルース伯母の意地の悪い仕打ちに何カ月もこらえていた怒りが反抗《はんこう》の炎《ほのお》となって一時に燃えあがった。エミリーはさっさと外へ出ると、マレー家の威厳などかなぐり捨ててスター家の激《はげ》しい気性《きしょう》をむき出しにピシャッと門を叩きつけて深夜の七マイルの道を歩きはじめた。たとえ道のりがその三倍あろうともエミリーにとってはおなじであった。

それほど怒りが大きく、またその怒りがいつまでもつづいたので、道も長くは思えず布地のコートだけで防寒外套は着ていないにもかかわらず刺《さ》すような四月の夜の寒さも感じなかった。

冬の雪は消えてしまったが、地表をむきだしているでこぼこ道は凍《こお》りついている。——ジミーさんからクリスマスに贈《おく》られたきゃしゃな、うすいキッド革《がわ》の上靴で歩くにふさわしい道ではなかった。結局ルース伯母さんにカシミヤの靴下とフランネルのペチコートをむりやりはかせられたおかげで助かったとエミリーは皮肉な笑いを洩《も》らした。

月夜ではあったが空には灰色の雲が厚くたれこめ、青白い灰色の光の中に荒涼《こうりょう》とした風景が無情にひろがっている。ふいに風が呻《うめ》き声をたてて吹《ふ》いてきた。このような夜は荒《あ》れた悲《ひ》愴《そう》的なわたしの気分とよく調和している、とエミリーは劇的な満足をおぼえた。

二度とルース伯母さんのところへは戻《もど》るまい。それは確かである。たとえエリザベス伯母さんがなんと言おうと――伯母さんのことだからさだめしふんだんに文句を言うことだろうが――だれがなんと言おうが帰るまい。もしエリザベス伯母さんがほかに下宿してはいけないと言うなら、わたしは学校のことも諦《あきら》めよう。そんなことになればニュー・ムーンでは大《おお》騒《さわ》ぎになるだろう。かまいはしない。向う見ずの気分になっているエミリーには大騒ぎはかえって大歓迎《だいかんげい》と言いたいくらいだった。だれかが立ち上がるべき時機が来たのだ。もう一日だってあんな侮辱《ぶじょく》に屈していられるもんか――ぜったいいやだ！　ルース伯母さんもとうとうやりすぎた。スター家の者を追いつめるのは安全ではありませんよ。

「ルース・ダットンなんかとは永久に縁切《えんき》りだ！」

「伯母さん」という敬称を省いてしまったことにエミリーは震《ふる》えるような満足をおぼえた。

家の近くまで来たとき突然《とつぜん》、雲が切れた。そしてニュー・ムーンの小径《こみち》に折れたとたん、月光のみなぎる空にそびえ立つ三本の丈高《たけたか》いポプラの素朴《そぼく》なうつくしさにエミリーは、はっと息を呑《の》んだ。ああ、なんて素晴らしいのだろう！　一瞬、憤懣《ふんまん》もルース伯母のことも忘れかけた。次の瞬間、苦い思いがふたたび心を占領《せんりょう》してしまった――〈三人の王女〉の魔力をもってしても退散できなかったのである。

ニュー・ムーンの台所の窓から灯《あか》りが流れて、のっぽのジョンの茂《しげ》みの高い白樺《しらかば》を妖怪《ようかい》のように浮《うか》び上がらせていた。だれが起きているのかしらとエミリーは不思議に思った。ニュー・ムーンは真っ暗になっているにちがいないから、説明は朝になってすることにして玄関《げんかん》からそっと懐《なつ》かしい自分の部屋へ上がっていこうと考えていたのである。毎晩エリザベス伯母は休む前にかならずひどく儀式《ぎしき》ばって台所のドアに錠《じょう》をおろし閂《かんぬき》をかうのであるが、玄関の扉には一度も錠をかけたことがなかった。浮浪者《ふろうしゃ》にしろ夜盗《やとう》にしろ、まさかニュー・ムーンの玄関からはいりこむほど礼儀知らずではあるまいと考えてのことだった。

　エミリーは庭を横切り、台所の窓から覗《のぞ》いてみた。ジミーさんが一人、二本のローソクを相手にテーブルのそばにすわっていた。テーブルの上には磁器の壺《つぼ》がのっており、ちょうどエミリーが覗きこんだときジミーさんはぼんやり壺に手を突《つ》っこみ、まるまる肥えたドーナツを取出した。ジミーさんの目は天井《てんじょう》からぶら下がった大きなビーフ・ハムに向けられ、ジミーさんの唇《くちびる》は声もなく動いている。詩作にふけっていることは疑いなかった。しかしこんな夜更《よふ》けにどうしてそんなことをしているのか不可解である。

　エミリーは家をぐるっと回って台所のドアをしずかに開け、中へはいっていった。気の毒にジミーさんは仰天《ぎょうてん》したあまり、ドーナツを半分まる呑みにしかけ、四、五秒間はものが言えなかった。これはエミリーだろうか——それとも幽霊《ゆうれい》だろうか。暗青色のコートを着て、赤い羽根飾りのついた魅惑《みわく》的な小さな帽子をかぶったエミリー——真っ黒な髪は風に吹き乱れ、悲劇的な目つきをしたエミリー——ボロボロに破れたキッド革の上靴をはいたエミリー——シュルーズベリーで娘《むすめ》らしくぐっすり眠《ねむ》っているべきときにこの有様でニュー・ムーンに現われるとは。

エミリーが差出した冷たい手をジミーさんは摑んだ。

「エミリー、なにごとかね」

「まあ一口に言えば――わたしルース伯母さんのところから出てきて、もう帰らないつもりなの」

しばらくジミーさんはなにも言わなかった。しかしからだは動かした。まず爪先立《つまさきだ》って台所を突っ切り、居間のドアを注意深く閉めた。それからしずかにストーブに薪《まき》をくべ、椅子《いす》を引寄せると、それにエミリーをすわらせ、冷たい、ボロボロの足を炉《ろ》に持ち上げた。次にローソクをさらに二本ともして炉棚《ろだな》にのせた。最後に自分の椅子に戻って両手を膝《ひざ》においた。

「さあ、すっかり話してごらん」

エミリーはいまなお反抗心と怒りにいきりたっていたので、かなりくわしく話した。

話の内容がわかりはじめるやいなやジミーさんはゆっくりと頭を振《ふ》りだした――あまりいつまでも、そしていかにもおもおもしく振りつづけるので、エミリーは自分が虐待《ぎゃくたい》された劇的な人物というよりも少し馬鹿な人間なのかもしれないと不安に感じはじめた。ジミーさんが長く頭を振れば振るほどエミリーの悲愴な気分はうすれてきた。

話をすっかりしおわり、最後に挑戦《ちょうせん》するかのように、

「とにかくルース伯母さんのところには帰らないつもりよ」

と言うと、ジミーさんも最後に頭を一振りしてからテーブルの上の壺をぐっとこちらへ押《お》した。

「ドーナツをお上がり、猫《ねこ》ちゃん」

エミリーはためらった。ドーナツは大好物である——しかも夕食をすませてからずいぶん時間がたっていた。しかし反抗心や煮《に》えくりかえる憤懣とドーナツでは似合わない気がした。性質がはっきり相反している。漠然《ばくぜん》とそんなことを考えてエミリーはドーナツを辞退した。

ジミーさんは自分も一つ摘《つま》んだ。

「それじゃシュルーズベリーへは帰らないんだね」

「ルース伯母さんのところへはね」

「おなじことだよ」

エミリーにもそれはわかっていた。エリザベス伯母がほかに下宿することを許してくれればいいなどと望んでも無駄《むだ》なことを知っていた。

「で、あの道をずっと歩いて帰ってきたんだね」ジミーさんは頭を振った。「たしかに、勇気はある。たんとある」

ジミーさんはドーナツを頬張《ほおば》る合間々々に考えこみながら言った。

「わたしのしたことが悪いと思うの？」

エミリーは激しくなじった——ジミーさんが頭を振るにしたがい、なにか心の支えが失われていくのを感じたからである。

「そういうわけじゃない。閉め出すとはまったくひどいことをしたもんだ——いかにもルース・ダットンのやりそうなことだ」

「だから――こんな侮辱をうけたからにはもう戻るわけにはいかないのよ――わかるでしょう」

ジミーさんは慎重《しんちょう》にドーナツをかじりだした。孔《あな》の輪をやぶらずにどのくらい孔の近くまでかじれるか一心に試《ため》しているかのようだった。

「エミリーのおばあさんやひいばあさんたちならだれもこんなに簡単に教育の機会をうっちゃりはしないと思うよ。とにかくマレー家の側の者ならね」

とジミーさんはつけ加えた。スター家のことはよくわからないから独断的なことを言ってはいけないと考えたからにちがいなかった。

エミリーは身じろぎもせずにすわっていた。テディがよく使うクリケット用語を借りれば、ジミーさんの第一球で中央門柱の守備を破られたという感じだった。その悪魔のようなインスピレーションのひらめきでジミーさんが祖母や曾祖母《そうそぼ》たちをひっぱり出したとたん――万事《ばんじ》が終わり、あとは降服条件が残っているだけとエミリーは悟《さと》った。自分のまわりをとりかこむその人たちが――故人となった懐かしいニュー・ムーンの婦人たちが目にうかんだ――メアリー・シプレーやエリザベス・バーンリやその他みんなが控《ひか》え目な態度でおだやかな中にも意志の強い表情をして、感情に走りやすい愚《おろ》かな子孫を軽蔑《けいべつ》をまじえた憐《あわれ》みの目で見おろしている。ジミーさんはスター家の側になにか弱点があると考えているらしい。弱点なんかありゃしない――見ていなさい！

ジミーさんからはもっと同情してもらえるものと思っていた。エリザベス伯母《おば》からは叱《しか》られ、ローラ伯母でさえがっかりした物問いたげな顔をするであろうことは覚悟《かくご》していた。しかしジミーさんだけは自分の味方をしてくれるとエミリーは当てにしていた。これまでいつもそうだったから。

「わたしのおばあさんやひいばあさんたちはルース伯母さんの遣り口を耐え忍《しの》ばなくてもよかったんですからね」

エミリーは叩きつけるように言った。

「だがあんたのおじいさんやひいじいさんたちの遣り口を耐え忍ばなくてはならなかったんだよ」

ジミーさんはこれで事の決着がついたと思っているようすだった——アーチバルド・マレーやヒュー・マレーを知っている者ならばそう思うのも無理はなかった。

「ジミーさん、わたしがまた戻っていってルース伯母さんの小言を受入れ、何事もなかったかのように暮《く》らしていくべきだと思う?」

「自分じゃどう思うかね」とジミーさんはきき返した。「ドーナツをお上がりよ、猫ちゃん」

こんどはエミリーもドーナツを取った。少しは気を慰《なぐさ》めなくては。さて、ドーナツを食べて劇的にかまえようとしてもそれはできるものではない。試してごらんなさい。

エミリーは悲劇の頂上から不機嫌《ふきげん》の谷底へとすべり落ちた。

「この二月《ふたつき》というものルース伯母さんときたら不愉快《ふゆかい》きわまるのよ――気管支炎で外出ができなくなって以来ね。どんなにたまらないかジミーさんにはわからないわ」

「ああわかるとも――わかるとも。ルース・ダットンはけっして人に好かれたことがないんだよ。足は暖まったかね、エミリー」

「あんな人は大嫌いよ」エミリーはまだ自分を正当化しようとしていた。「大嫌《だいきら》いな者と同じ家で暮らすなんてぞっとするわ――」

「不愉快だよ」

ジミーさんも同意した。

「しかもわたしのせいじゃないのよ。わたしのほうではルース伯母さんを好きになろうとしたのよ――伯母さんの気にいろうとしてきたのに――伯母さんはいつもわたしをいじめるのよ――わたしのすること言うことなんでも――また、しもしない、言いもしないこと一切合財《いっさいがっさい》にいやな言いがかりをつけるの。教会の隅《すみ》の席にすわったことや――スター・ピンを取り損《そこ》ねたことをいつまでも持ち出すんですもの。いつもわたしの父や母を侮辱するようなことを仄《ほの》めかすし。それにいつもわたしがしもしないことや――赦《ゆる》しを必要としないことにも赦してやる赦してやると言うのよ」

「癪《しゃく》にさわるね――まったく」

とジミーさんも認めた。

「癪にさわる――そのとおりよ。もし帰っていけば、『こんどだけは赦してあげるが二度とこんなことをしてはいけません』と言うにきまってるわ。そしてフンと鼻を鳴らすのよ――ああ、ルース伯母さんの鼻の鳴らしかたといったら世界じゅうであんないやな音はないわ！」

「切れない刃《は》がボール紙を挽《ひ》くときの音を聞いたことがあるかね」

とジミーさんは呟《つぶや》いた。

エミリーはそれを無視してさっさと話をつづけた。

「わたしばかりいつもいつも悪いわけがないじゃないの――でもルース伯母さんはそう言うのよ――そして『大目に見てやらなくちゃ』と言うの。わたしに肝油《かんゆ》をのませるの――夜はなるたけ外に出さないようにするし――『肺病患者《かんじゃ》は八時すぎにはけっして外出すべきでない』ですって。自分が寒いと、わたしまで余分にペチコートをつけなければならないのよ。いつも不愉快な質問をして、わたしが答えてもそれを信用しないの。この劇もわたしがずるい気持から隠《かく》していたと信じているし、この先もそう信じているでしょうよ。隠そうなんて思いもよらないわ。だって『シュルーズベリー・タイムズ』にだって先週のっていたし。『タイムズ』の記事ならなに一つだってルース伯母さんはめったに見落とさないのよ。わたしが『エマリー』と署名した作文を見つけだして何日も責め立てるの。『いっそ前代未聞《みもん》の凝《こ》った名前にすればいいのに』といって嘲笑《あざわら》うのよ！」

「それはちょっと馬鹿げていないかね、猫ちゃん」

「わたしのおばあさんやひいばあさんたちならそんなことはしなかったと思うわ！　でもル

ース伯母さんはあんな騒ぎをする必要はなかったのよ。それがたまらなくいやな点なの――思っていることをパッと言ってしまってさっぱりすればいいのよ。わたしが白いペチコートに小さな鉄錆《てつさび》のしみをつくったらそのことを伯母さんは何週間もくどくどと繰返《くりかえ》すの。いつそしてどんなふうにして鉄錆がついたか必ず探《さぐ》り出すつもりなのよ――でもわたしは全然知らないんですもの。まったくジミーさん、三週間もこんなことがつづくと、こんど伯母さんが言いだしたら悲鳴をあげずにはいられないと思ったわ」

「ちゃんとした人間ならだれだってそういう気持になるさ」

　とジミーさんはビーフ・ハムに向かって言った。

「こういうことはどの一つをとってみても針でちくりと刺した程度のことにすぎないということはわかっているのよ――そんなことを気にするなんて馬鹿だと思うでしょうが――でも――」

「いやいや。脚《あし》を一本折るよか針で百刺されるほうが我慢《がまん》できないよ。わたしならガンと頭を殴《なぐ》られて参っちまうほうがましだな」

「そのとおりなの――しじゅう針で刺されてばかりいるのよ。イルゼを家に来させないし――テディもペリーも来させないの――あのつまらないアンドルーのほかはだれも。アンドルーにはつくづくうんざりしてしまったわ。予科生のダンス・パーティーにもルース伯母さんは行かせてくれなかったし。みんな橇《そり》に乗って茶壺屋で夕食を食べてからダンスをしたのよ――わたしのほかはみんな行ったのに――冬の大行事なんですもの。日暮にわたしが〈まっすぐの国〉へ散歩に行けば、なにか怪《あや》しいことがあるにちがいないと言うの——伯母さん自身が〈まっすぐの国〉を散歩したいなどとはけっして思わない以上、わたしがそんな気をおこすはずがあるものかというわけなの。ルース伯母さんはわたしがあんまり自分のことを高く評価しすぎていると言うのよ。そんなことないわよねえ、ジミーさん」

「そんなことはない」ジミーさんは考えこみながら「高くは評価している——だが高く評価しすぎるなんてことはないよ」

「ルース伯母さんはわたしがいつも物の置き場所をちがえると言うの——窓から外を見ていると伯母さんは部屋の向うからつかつかやってきてカーテンの端《はし》をきちんともとのように揃《そろ》えるし。それに年がら年じゅう『なぜ——なぜ——なぜ』ときくの。年がら年じゅうよ、ジミーさん」

「さあ、これで全部吐《は》き出したから、ずっと気分がらくになっただろう。ドーナツを一つどうだね」

　エミリーは降参の溜息《ためいき》をつきながら足をストーブからおろし、テーブルのほうへ行った。ドーナツの壺はエミリーとジミーさんのあいだにおいてあった。実のところ彼女《かのじょ》はたいそう空腹だった。

「ルースは食べる物を十分にくれるかね」

　ジミーさんは心配してたずねた。

「ええ、ルース伯母さんも一つだけニュー・ムーンの伝統を守っているわ。食事はたっぷりしています。でもおやつはないの」

「寝《ね》る前にうまい物を一口食べるのが大好きだのに。だが、この前帰ってきたとき一箱《はこ》持ってったじゃないか」

「ルース伯母さんに取上げられちゃったの。つまり伯母さんはあれを食料品室にしまっておいて食事のときに出すのよ。このドーナツはおいしいわ。それにこんな途方《とほう》もない時間に物を食べるというのはなにか愉快な無軌道《むきどう》な感じがしない？　どうして起きていたの、ジミーさん」

「病気の牝牛《めうし》だ。起きていて世話してやったほうがよかろうと思ったもんでね」

「起きていてよかったわ。ああ、わたしも本来の自分に返ったことよ、ジミーさん。むろんわたしのことをお馬鹿《ばか》さんだと思ってらっしゃるでしょうけど」

「だれもみな、ある点では馬鹿さ」

「さあ、帰ってしかめ面《つら》をしないで酸《す》っぱいリンゴを食べなくちゃ」

「長椅子に横になって一眠りするがいい。夜が明けしだい灰色の牝馬《めすうま》を馬車につけて送っていくから」

「いいえ、それはだめよ。理由はいくつかあるわ。まず第一に道路が車輪のためにも馬のためにも向いていないの。第二にここから馬車で出かければその音がエリザベス伯母さんに聞こえてすっかり知れてしまうし、わたしエリザベス伯母さんには知られたくないの。わたしの馬鹿な行いはジミーさんとわたしだけのかたい秘密にしておきましょうよ」

「それじゃどんなふうにしてシュルーズベリーへ帰るつもりかね」

「歩いて帰るわ」

「歩いて！　シュルーズベリーへ！　こんな夜更けにかね」

「こんな夜更けにわたしはシュルーズベリーから歩いてきたじゃありませんか。もう一度くり返せばいいんですもの。灰色の牝馬のうしろからあのひどい道をガタンビシン揺《ゆ》すぶられるよりもましだわ。もちろん、キッドの上靴《うわぐつ》よりもう少し足を守ってくれるものをはかなくてはね。頭の具合がおかしくなったおかげでジミーさんのクリスマスのプレゼントを台無しにしてしまったわ。あの戸棚にわたしの古靴が一足しまってあるから、あれをはきましょう──それからあの古い頭巾《ずきん》つき外套《がいとう》をきていくわ。夜明けまでにはシュルーズベリーへつくでしょうから。ドーナツを食べてしまったらすぐ出かけるわ。この壺を空っぽにしてしまいましょうよ、ジミーさん」

ジミーさんは負けた。なんといってもエミリーは若くて強靭《きょうじん》だし、晴れた晩でもある。それにエリザベスに知られないほうが関係者一同にとって都合がいい。ことのなりゆきがこんなよい具合に転じたのでジミーさんはほっと安堵《あんど》の吐息《といき》をつき──最初はエミリーの性質にひそむ〝強情《ごうじょう》〟が頭をもたげるのではないか、そうなったら、ひゃー大変だ！　と心から心配していたのである──ドーナツを食べはじめた。

「書き物のほうはどんな按配《あんばい》だね」

「近ごろずいぶん書いているわ──朝わたしの部屋はかなり寒いけれど、でも楽しみなの

――やがては立派な仕事をしたいというのがわたしのなによりの夢《ゆめ》なのよ」

「かならずそうできるよ。エミリーは井戸に突《つ》き落とされたりはしなかったからね」

エミリーはジミーさんの手を撫《な》でた。もしジミーさんが井戸に突き落とされなかったとしたらどんなことをしていたか、エミリーほどよくわかっている者はほかになかった。

ドーナツを食べおわるとエミリーは古靴をはき頭巾つき外套を着た。たいそうみすぼらしい身なりであったが、その新月のようなうつくしさはローソクに照らされた古い薄暗《うすぐら》い部屋で星のように輝《かがや》いていた。

ジミーさんはエミリーを見上げた。彼《かれ》にはエミリーが才能にめぐまれた、うつくしい、よろこびに満ちた存在に思われ、なにかこれではひどいという気がした。

「背が高くて威厳《いげん》がある――背が高くて威厳がある。この家の女衆はみんなそうだが」とジミーさんは夢みるように呟いたあとでつけ加えた。「ルース伯母はべつだが」

エミリーは笑った――そして〝しかめ面〟をしてみせた。

「ルース伯母さんは来たるべき会見で一生懸命《いっしょうけんめい》背のびをするでしょうよ。これで今年いっぱいはルース伯母さん楽しめるわ。でも心配しないでね、ジミーさん、わたしもう当分馬鹿なことはしないから。これでせいせいしたわ。エリザベス伯母さんはジミーさんが一人で壺いっぱいのドーナツを食べてしまうなんてあんまりだと思うわよ、食いしんぼうのジミーさん」

「また『ノート』が入用じゃないのかね」

「まだ大丈夫《だいじょうぶ》よ。この前もらったのがまだ半分しか書いてないから。小説が書けないので『ノート』はかなり長持ちするのよ。ああ、小説を書きたいわ、ジミーさん」

「そのうちに時期が来るよ――そのうちに時期が来るよ」とジミーさんは励《はげ》ました。「ちょっと待つんだ――ちょっと待つんだ。わたしらが物事を追いかけなくても――物事のほうがうしろからついてきてわたしらに追いつくことがあるからね。『家は知恵《ちえ》によりて建てられ明哲《さとり》によりて堅《かた》くせられ、また室は知識によりてさまざまの貴くうるわしき宝にて充《み》たされん』――さまざまの貴くうるわしき宝だよ、エミリー。箴言《しんげん》第二十四章の三節と四節だ」

ジミーさんはエミリーを送り出すと、扉に閂《かんぬき》をかった。ローソクは一本だけ残してあとは全部消した。その一本のローソクをしばらくにらみつけていたが、やがてエリザベスには聞こえないと安心し、激《はげ》しい権幕で言いだした。

「ルース・ダットンなんか、いっそ――いっそ――いっそ」ジミーさんの勇気は挫《くじ》けた。

「――天国にでも行っちまえ！」

エミリーは澄《す》んだ月明りの中をシュルーズベリーへと帰っていった。怒《いか》りと反抗心《はんこうしん》で掻《か》き立てられた気持のたかぶりが消えてしまったいま、帰りの道がさぞゆううつで退屈《たいくつ》だろうと思った。ところが道はうつくしい変化をとげていた――そしてエミリーはカーマン（訳注十九、二十世紀のカナダの詩人）のうたう『永遠の美の奴隷《どれい》』の一人であり、美の奴隷はまた『世界の巨匠《きょしょう》』である。エミリーは疲《つか》れていた。しかし疲れすぎたときにしばしば経験することだが、疲れは一種の感情と想像力のたかまりとなって現われた。頭が活発に働いた。素晴《すば》らしい会話を想像で描《えが》きだしたりつぎつぎ奇抜《きばつ》な表現を考えつくので、エミリーはよろこんだり驚《おどろ》いたりした。ふたたびいきいきとした気分になり、物事に興味をおぼえ、生命力に満ち溢《あふ》れるのはうれしいことだった。一人ではあっても寂《さび》しくはなかった。

歩きながらエミリーは夜を劇化した。今夜はなにか野性的な奔放《ほんぽう》な魅力《みりょく》が漂《ただよ》っており、それにエミリーの性質の底深くにひそんでいる野性的な奔放な気質はひきつけられた――気持のおもむくままに歩きまわりたいという気質――ジプシーと詩人と天才と馬鹿の持つ気質である。

雪の重荷をとりのぞかれた樅《もみ》の大木が月夜の原で自由に、荒々しく、うれしそうに腕《うで》を振《ふ》り動かしている。あの格好のよい灰色の楓《かえで》が足もとの道になげかけている影《かげ》はなんというつくしさであろう！　通りすぎる家々は興味つきない謎《なぞ》につつまれている。エミリーはそういう家の中で寝ている人々のことを考えて楽しんだ――目が覚めているときには見られないものを眠《ねむ》りのなかで夢みる人びと――かわいい手を組み合わせて心地《ここち》よく眠る小さな子どもたち――悲しさに眠られぬ人びと――夜の暗闇《くらやみ》にむなしくさしのべる孤独《こどく》の腕――そのあいだじゅう自分、エミリーは真夜中の亡霊《ぼうれい》のようにひらひらとあるいていく。

また、他のものが――生き物でも人間でもないものが出没《しゅつぼつ》していると容易に考えられた。いつもはお伽《とぎ》の国の縁《ふち》に住んでいるエミリーは、いま国境を越《こ》えてしまった。現に風のおばさんが沼地《ぬまち》の葦《あし》のあいだで気味のわるい声をたてている――雑木林からは梟《ふくろう》のなつかしい悪《あく》魔《ま》のようなくつくつ笑いがたしかに聞こえてきた――なにかが行く手を跳《は》ねて横切った――

うさぎかもしれないし、〈灰色の小人〉かもしれない。樹木は昼間には見られない愉快そうな、また脅《おびや》かすような姿を見せている。垣根《かきね》にそって生えている去年の枯《か》れ薊《あざみ》は妖魔《ようま》の群れである。毛むくじゃらの古い黄樺は森の神だ。いにしえの神々の足音が彼女のまわりにこだました。丘《おか》の原のあの節くれだった木の切株は笑いさざめく半人半羊の神々の一隊をひきつれ月光と影のなかを笛《ふえ》を吹《ふ》きながら縫《ぬ》っていくパン神（訳注 ギリシア神話の牧羊神。山羊の脚をもつ）にちがいない。そう思うと楽しかった。

「人は信じなくなるとずいぶん多くのものを失うことになる」

とエミリーは言った——言ったあとでこれはなかなかいい文句だと考え、ジミー・ブックを持ち合わせていたら書きつけられるのにと思った。

こうして春の夜の空気に心の痛みを洗われ、頭の先から爪《つめ》の先までうずくような、あらあらしい、不思議に甘《あま》い生命力にみちみちてルース伯母の家にたどりついたときには、港の東側にかすかに紫色《むらさきいろ》がかってしずもっている丘が白《しら》みゆく空の下にしだいにくっきり姿を現してきた。扉にはまだ錠《じょう》がおりているものと思っていたのに、把手《とって》は回りエミリーは中へはいった。

ルース伯母は起きだして台所の火をおこしているところだった。

ニュー・ムーンからの帰り道でエミリーはこれから言おうと思う文句を一ダースも考えだした——しかしいまはその一つとして使わなかった。いよいよというときに茶目なインスピレーションがわいた。ルース伯母が口をきく——口をきこうとする——よりさきにエミリーは言った。

「ルース伯母さん、帰ってきましたわ。こんどだけは赦《ゆる》してあげますが、二度とこんなことをしてはいけないと言うためにね」

実をいえば、エミリーが帰ってきてくれたのでルース・ダットンは少なからず胸を撫《な》でおろしたのである。彼女はエリザベスとローラを恐《おそ》れていた——マレー家の内輪の争いはすさまじいものであるから——それにエミリーもあの薄っぺらな靴や不十分な外套でほんとうにニュー・ムーンへ行ってしまったらどんなことになるだろうと、そのこともいくらか心配していたのである。ルース・ダットンもべつに鬼畜《きちく》のような人間というわけではない——ただ、ひばりを教育しようとしている愚《おろ》かで頑固《がんこ》な農家の鶏《にわとり》にすぎないのだ。エミリーが風邪《かぜ》をひいて肺病になりはしないかと心から案じていた。それにもしエミリーがなんとしてもシュルーズベリーには戻《もど》らないと頑張れば——〝噂の種《うわさ》〟になるだろうし、ルース・ダットンは自分や自分のしたことが問題となるときは〝噂〟を大いに嫌《いや》がった。こうしていろいろな点を考えあわせた結果、彼女はエミリーの無礼な挨拶《あいさつ》を無視することにし、

「あんたは道ばたで夜を明かしたの？」

とこわい顔をしてたずねた。

「いいえ、とんでもない——ニュー・ムーンへ行きましたよ——ジミーさんとお喋《しゃべ》りをし軽い食事をして——それから歩いて帰ってきたんですわ」

「エリザベスに見られたかい。またはローラに」

「いいえ、二人とも眠っていたわ」

ミセス・ダットンはよかったと思った。

「さて」と彼女は冷やかな声を出した。「あんたはひじょうに恩知らずなことをしたんだよ、エムリー。だがこんどだけは赦してあげますが」——ここまで言うとふいにやめてしまった。この文句はけさすでに使われてしまったではないか。代りの文句を考えているうちにエミリーは二階へと姿を消してしまった。とりのこされたルース・ダットンはどうしたわけか、この件から予期していたような勝利をかちとることができなかったという不愉快《ふゆかい》な気分になった。

第十一章　上げたり、下げたり

一九——年　四月二十八日　　シュルーズベリーにて

この週末はニュー・ムーンですごす番だったので、けさ帰ってきた。したがってきょうはゆううつな月曜となりホームシックにかかった。ルース伯母さんも月曜日にはいつも、ふだんよりも少しばかりよけい気むずかしくなる——あるいはローラ伯母さんやエリザベス伯母さんと較《くら》べてそう思えるのかもしれない。ジミーさんも今週はいつもほど機嫌《きげん》がよくなかった。例の奇妙《きみょう》な発作《ほっさ》を何回かおこしたし、二つの理由からいくらか怒《おこ》りっぽかった。第一にジミーさんのリンゴの若木が冬ねずみに取巻かれたために枯れかけている。第二にほかの人がみな使っているあたらしいクリーム製造機を使うようエリザベス伯母さんを説得しようとしたがだめだった。わたしとしてはエリザベス伯母さんが承知しなくてよかったと思った。わたしたちのうつくしい古い搾乳所《さくにゅうじょ》やぴかぴか光った茶色のミルク鍋《なべ》が改良の結果、姿を消すというのはいやだ。搾乳所のないニュー・ムーンなどわたしには考えられない。

　ジミーさんの不満な気持をどうにかそらすことができたので、わたしたちはカールトン社のカタログを調べ、「梟の笑い」の二ドル分でせいぜいよいものを選ぼうと検討した。二人はいろいろな組合わせや花壇《かだん》を計画してみて何百ドル分もの楽しさを味わったが、ついに紫《し》苑《おん》をいっぱい植えた細長い花壇をつくることに決めた——中央は薄紫色、そのまわりを白でかこみ、縁はピンクにし、四隅《よすみ》に歩哨《ほしょう》として濃《こ》い紫色の群れをおく。きっとうつくしいにちがいないと思う。九月にきれいに咲《さ》き乱れているのをながめながらわたしは、

「これはわたしの頭から出てきたのだ！」

と思うだろう。

　わたしはアルプスの小径《こみち》にさらに一歩を進めた。先週『婦人の友』がわたしの詩「風のおばさん」を載《の》せることになり、『婦人の友』二冊分の予約券をくれた。現金ではない——しかしいまに現金がはいるようになるだろう。わたしはお金をかせいでルース伯母さんに負担をかけている生活費を一セントにいたるまで近いうちに返さなければならない。そうすれば

わたしのおかげで出費がかさむといってわたしを責めることはできなくなるだろう。一日としてルース伯母さんはそのことを仄《ほの》めかさずにはいない。——「いいえ、ミセス・ビーティ、今年はいつもほどには伝道師団に寄付はできません——ご存じのように出費がずっとかさんでおりますので」——「あら、だめなんですよ、モリソンさん。このあたらしい生地《きじ》は素晴らしいですが、今年の春は絹の服をつくる余裕《よゆう》がありませんから」——「この長椅子《ながいす》はどうしても張り替《か》えしなくては——ひどくみすぼらしくなったからね——だけどあと一、二年はできそうもないよ」

こういった調子である。

しかしわたしの魂《たましい》はルース伯母さんのものではない。

「梟の笑い」は『シュルーズベリー・タイムズ』に——「猟夫《りょうふ》の耳」もろとも——載せられた。イブリン・ブレークは、あの人がつくったなんて全然信じられない——何年か前にあれとまったくおなじものを読んだおぼえがあると言っているらしい。

かわいいイブリン！

それについてエリザベス伯母さんはなにも言わなかったが、ジミーさんの話では伯母さんはあの詩を切り抜《ぬ》いて自分の寝台《しんだい》のそばの小台においてある聖書に挟《はさ》んだそうだ。わたしが詩の謝礼として二ドル分の種をもらうことになっていると話したらエリザベス伯母さんは、種を注文してみたらば会社が倒産《とうさん》していたということになろうよ、と言った！

わたしはカーペンター先生の気にいったあの子どもを扱《あつか》った短編を『金の時間』誌に送っ

てみようかと考えている。タイプで打ちたいがそうはできないので、できるだけ読みやすく書かなければならない。思い切ってそうしたものかどうか。小説ならお金を払《はら》ってくれるだろうから。

ディーンはじきに帰ってくる。会うのが楽しみだ！　わたしのことをとても変わったと思うかしら。たしかに背はのびた。ローラ伯母さんはこれではじきに長い服をきて髪を捲《ま》き上げなくてはならないと言っているが、エリザベス伯母さんは十五歳《さい》ではまだ早すぎる、このごろの娘《むすめ》は十五歳といってもわたしの時代の娘たちよりも女らしくないからと反対している。実をいえばエリザベス伯母さんはわたしをおとなにならせると――「ジュリエットのように」――駆落《かけお》ちをするのではないかと本気で心配しているのだ。しかしわたしは急いでおとなになる気はない。いまのままのほうが――どっちつかずにいるほうが――ずっといい。もし子どもっぽくしたいと思えば恥《は》ずかしい思いもせずにそうできるし、おとなのように振舞《ふるま》いたければわたしの背の高さを利用できる。

今夜はしとしとと雨がふっている。沼地では猫柳《ねこやなぎ》が芽をふき、〈まっすぐの国〉の樺《かば》の若木はそのむき出しの枝《えだ》に透《す》きとおった紫のベールをかぶっている。わたしは「春の幻《まぼろし》」という詩を書こうと思う。

＊

一九――年　五月五日

高校では春の詩ブームがおこっている。イブリンの「花」という詩が五月号の『鵞《が》ペン』紙に載った。ひどくあやふやな韻《いん》の踏《ふ》み方をしている。

それにペリーときたら！　カーペンター先生ではないが、ペリーもいつものように春の刺《し》激《げき》を感じて「老いたる農夫の種まき」という物凄《ものすご》い詩を書いた。これをペリーが『鵞ペン』に送ったところ、『鵞ペン』はこの詩を掲載《けいさい》したものだ――〃笑い話〃の欄《らん》に。ペリーはすっかり得意になり、自分が笑い者になっているのに気がつかない。この詩を読むとイルゼは怒って真っ青になり、それいらいペリーと口をきこうとしない。あんな者は付き合ってやる価値がないと言っている。イルゼはあんまりペリーにひどく当りすぎる。そうは言ってもその詩を、ことに次の節を自分で読んでみたとき、

「私はたがやし
　耙《まぐわ》でならし、
　種をまいた。
　私は全力をつくした。
　いま作物から手をひき
　あとの仕事は神にお任せする」

わたしもペリーを殺したくなった。ペリーにはこの詩のどこが悪いのかわからない。

「ちゃんと韻を踏んであるだろう」

　そのとおり、たしかに韻は踏んである！

　このあいだもイルゼはペリーにかんかんに怒った。ペリーが上着のボタンを一個残しただけであとは全部とれたまま学校に来たからである。わたしも我慢《がまん》ができず、教室の外に出たときペリーに日暮《ひぐれ》に〈羊歯《しだ》の池〉で五分だけわたしと会うようにと囁《ささや》いた。わたしは針とボタンを持ってそっと家を抜け出し、上着に縫いつけてやった。ペリーには金曜日の晩、トム叔母《おば》に縫いつけてもらうまで待っていることがどうしていけないのかわからなかった。わたしはきいた。

「なぜ自分でつけないの、ペリー」

「ボタンなんか持ってないしボタンを買う金もないもん。だけど構わないよ、いつか僕《ぼく》はほしいと思えば黄金のボタンだって買えるようになるんだからな」

　ルース伯母さんはわたしが糸や鋏《はさみ》などを持って帰ってきたのを見ると、もちろんどこへ行ってきたのか、なにをしてきたのか、なぜそうしたのか知りたがった。わたしがすっかり話すと、

「ペリー・ミラーの友達にボタンをつけさせればよかったのに」

　と言った。

「ペリーにとってわたしは一番の親友ですもの」

「どこからそんな低級な趣味《しゅみ》をもらってきたものかねえ」

とルース伯母さんは言った。

＊

一九──年　五月七日

きょうの午後、放課後にテディはイルゼとわたしをボートにのせて港を横切り、〈緑の河〉の上流にあるえぞ松《まつ》の原にさんざしを摘《つ》みにいった。わたしたちはさんざしで籠《かご》をいっぱいにし、まわりをとりまく小さな樅《もみ》の木の親しみぶかい呟《つぶや》きを聞きながら原をさまよい、素晴らしい一時《ひととき》をすごした。だれかが苺《いちご》について言ったことをわたしはさんざしについて言いたい。

「神はもっとうつくしい花をつくることができたのに、つくらなかった」

家路についたとき濃い白い霧《きり》が砂洲《さす》をこえて港にたちこめた。しかしテディが汽笛《きてき》のひびいてくる方向へと漕《こ》いでいったのでべつに心配はなく、素敵な経験だとわたしは考えた。三人は果てしなく凪《な》いだ白い海の上を漂っているような気がした。聞こえるものはかすかな砂洲の呻《うめ》きとその向うの深い海の呼び声、鏡のような水面を打つオールの音だけである。ヴェールにつつまれた岸のない海の霧の世界にわたしたちは三人だけでいた。ときおりほんの一瞬だけ涼《すず》しい気流が霧のカーテンをめくりあげ、まわりをかこむ海岸をぼんやり幻影《げんえい》のように浮《う》きあがらせた。と思うとふたたび白一色に閉ざされてしまう。あたかもわたしたちはたえずうしろへうしろへと退いていく不思議な魔法の国の岸辺を求めているかのようだった。

波止場《はとば》についたときわたしはほんとうに残念な気がした。しかし家についてみるとルース伯母さんは霧のために気を揉《も》みぬいていた。

「あんたをいかせるんじゃなかったよ」

「べつに危険なことはなかったのよ、ルース伯母さん。まあ、このさんざしを見てごらんなさい」

ルース伯母さんはさんざしなど見ようともしなかった。

「べつに危険はないだって――白い霧の中で！　もしも方向がわからなくなって岸につかないうちに風が出てきたらどうするつもりなの」

「シュルーズベリー港のような小さな港で方向がわからなくなるなんてことがあるはずはないじゃありませんか。霧は素敵だったわ――素晴らしかったわ。わたしたち遊星の縁《ふち》をこえて深い宇宙を航海しているような気がしたのよ」

わたしは熱に浮かされたような話し方をしたし、髪《かみ》に霧のしずくをしたたらせてもいたのでいくらか狂気じみて見えたらしく、ルース伯母さんは冷やかな憐《あわれ》むような態度になった。

「そう興奮しやすくては困ったものだね、エムリー」

冷やかな憐むような態度というのはじつに腹が立つ。それでわたしは向う見ずな返答をした。

「でも興奮しない性質というのは愉快な思いをずいぶん逃《のが》しているんじゃないかしら。燃えさかる火のまわりで踊《おど》るほど素晴らしいことはありませんわ。たとえ最後は灰になってしまうとしてもかまわないじゃありませんか」

「あんたもわたしぐらいの年になれば少しは分別もつくだろうから白い霧などに有頂天《うちようてん》になったりしなくなりますよ」

わたしがおとなになったり、あるいは死ぬなんてありえないように思われる。むろんそうなるとわかってはいるが信じられない。わたしが返事をしないのでルース伯母《おば》さんは方向を変えた。

「イルゼが通りすぎるのが見えたけれど、エムリー、あの娘はペチコートというものをつけているのかねえ」

「彼女の衣服は絹と紫なり」

とわたしは聖書を引用した。この句に魅《ひ》かれていたので言ったままでである。豪華《ごうか》な装《よそお》いをした婦人を描写《びょうしゃ》するのにこれ以上に見事な簡潔な表現は想像できない。ルース伯母さんにはこの引用の意味がわからないらしく、わたしがただ利口ぶっているのだと受取った。

「あの娘が紫色の絹のペチコートをつけているという意味なら、エムリー、わかりやすい英語でそう言いなさい。絹のペチコートが聞いて呆《あき》れる。わたしならしたたかこらしめてやるんだが」

「いつかわたしも絹のペチコートをつけるつもりよ」

「おや、さようでございますか。ではおたずねいたしますが、あなたは絹のペチコートをなんでもってお買いになるんですかね」

「わたしは未来を持っていますから」

とわたしはマレー家のどんな者もまねできないほど誇《ほこ》らかに答えた。

ルース伯母さんはフンと鼻を鳴らした。

わたしは自分の部屋をさんざしの花で満たしたのでロード・バイロンでさえ回復の見こみがありそうな顔をしている。

＊

一九——年　五月十三日

思い切って短編「ある変わったもの」を『金の時間』誌に送った。本屋のポストに投函《とうかん》するときほんとうにからだが震《ふる》えた。ああ、もしも万一受入れてくれたら！

ペリーはまたもや学校をどっとわかせた。授業のときフランスは流行を輸出すると言ったからだ。授業がおわったときイルゼはつかつかとペリーのところへいき、

「たいした発見ね！」

と言ったきり、それいらい口をきこうとしない。

イブリンはあいかわらずやさしげな口調で皮肉を言い、いやな笑い方をしている。皮肉は許せてもあの笑い方はとても許せない。

＊

一九——年　五月十五日

昨夜わたしたち予科生はお喋《しゃべ》り会をひらいた。これはいつも五月にもよおされる。場所は学校の会議室だったが、ガスが点《つ》かなかった。いったいどうしたわけかわたしたちにはわからなかったが、どうも二年生が怪《あや》しいと思った。（きょう発見したのだけれど二年生は地下室でガスの栓《せん》を閉め、地下室のドアに錠《じょう》をおろしたのである）最初みんなどうしたらいいのかと途方《とほう》にくれてしまったが、わたしはふと先週エリザベス伯母さんがわたしに使わせるのにローソクの大箱《おおばこ》をルース伯母さんのところへ持ってきたことを思い出した。わたしは家へ走ってかえり——ルース伯母さんは外出していたので——ローソクを持って引返し、わたしたちは室のまわりにぐるっとローソクをともした。こうしてお喋り会をひらくことができ、しかも大成功だった。即席《そくせき》の燭台《しょくだい》をつくるのがたいそう面白《おもしろ》く、出だしから好調で、それにガス灯よりもローソクの灯《あか》りのほうがなんとなくずっと親しみぶかいし、気を引立たせもする。わたしたちはみなふだんよりも機知に溢《あふ》れる文句を考えだせるようだった。だれもかれも自由に問題をえらんで話すことになっていた。この夜を飾《かざ》ったのはペリーであった。彼《かれ》は「カナダの歴史」について話す準備をしていた——たいへん気がきいてはいるが、つまらない話ではないかと思う。ところがいよいよというときになってペリーは気を変え「ローソク」について話しだした——父と航海していた幼いころ、いろいろな国で見たあらゆるローソクの話をつくりながら語っていった。いかにも奇《き》抜《ばつ》で面白いのでみんなはすっかり魅《み》せられてしまった。これで生徒たちもフランスの流行のことや、鍬《くわ》で耕したり雑草を取る仕事を神におまかせした老農夫のことは忘れるだろう。

ローソクのことは古い箱の分が残っているのでまだルース伯母さんに見つかっていない。明日の晩ニュー・ムーンに帰ったらローラ伯母さんになんとか頼《たの》みこんでもういっぺんもらい——伯母さんはきっとくれるに決っている——ルース伯母さんのところへ持ってくるつもりだ。

＊

一九——年　五月二十二日

きょういまいましい、細長くて厚ぼったい封筒《ふうとう》がわたしに郵送されてきた。『金の時間』誌がわたしの小説を返送してきたのだ。添《そ》えてある断わり文句を書いた紙片《しへん》には次のようにあった。

「御作品は興味深く拝見致《いた》しましたが、現在のところお引受けできないことを残念に存じます」

最初わたしは『金の時間』誌の人たちがわたしの小説を「興味ぶかく」読んだという点に

わずかながら慰《なぐさ》めを見いだそうとしたが、そのうちにこの断わり文句が印刷してあることに気がついた。むろんこれは断わった原稿《げんこう》全部に添えて送るのだ。

なにより悪いことにわたしが学校から帰る前にルース伯母さんが包みを見て開けてしまったことである。伯母さんにわたしの失敗を知られるなんてこんな不面目はない。

「これであんたにもこんなくだらない物にこれ以上切手を無駄《むだ》にするのは馬鹿《ばか》げているということがわかっただろう、エムリー。本に載《の》るような小説が書けるとよくも考えたもんだね」

「わたしの詩が二つ本に載りましたよ」

とわたしは叫《さけ》んだ。

ルース伯母さんはフンと鼻を鳴らした。

「ああ、詩はね。むろん雑誌社でも隅《すみ》を埋《う》めるものがなきゃ困るからね」

たぶんそうかもしれない。わたしはかわいそうな小説を持ち、意気銷沈《しょうちん》して自分の部屋へ這《は》い上がっていった。このときは「わずかの隙間《すきま》の埋め草になればそれで満足」という気持がした。指貫《ゆびぬ》きの中にでもはいりそうなほど自分が小さく感じられた。

わたしの小説は原稿の隅がみなまくれあがりたばこの匂《にお》いがした。燃やしてしまおうと思う。

いや、燃やすまい!! 写しなおしてどこかほかの社へ送ろう。きっと成功してみせる!

この日記の最近のページをざっと見たところ、傍点《ぼうてん》をふらないでもできるようになってきたようだ。しかしときには必要である。

＊

一九――年　五月二十四日

ブレア・ウォーター　ニュー・ムーンにて

「見よ、冬はすぎ雨もやんですでに去り、もろもろの花は地にあらわれ、鳥のさえずる時が来た」（訳注　旧約聖書雅歌第二章十一―十二節）

わたしは懐かしい自分の部屋で開いた窓の閾《しきい》にすわっている。ときどきここに帰ってこれてまったくうれしい。あの〈のっぽのジョン〉の茂《しげ》みの向うにやわらかな黄色い空がひろがり、黄色がしだいに薄《うす》れてさらに薄い緑色となったところに小さな真っ白な星が一つだけ見える。南の方はるかかなたの「おだやかな澄《す》みきった天空」に大きなばら色大理石の雲の宮殿《きゅうでん》がそびえ立っている。柵《さく》から乗りだした桜《さくら》の木にはクリーム色の毛虫を思わせるような花がむらがり咲《さ》いている。ものみなすべてうつくしい――「目は見るだけでは満足せず、耳は聞くだけでは満足しない」

すでにこんなに巧《たく》みに聖書の中でなにもかも表現されてしまっていては、なにか書こうとしても無駄ではないかと思うことがある。たとえばいま引用した句だが――こういう句を考えるとわたしは巨人《きょじん》の面前に出た小人のような気がしてしまう。わずか二十五文字にすぎない――それでいながら春の気分を十ページをついやして書いたよりもよく表現している。

きょうの午後ジミーさんと例の紫苑《しおん》の花壇《かだん》に種をまいた。種はすぐに送ってきた。あきらかに会社はまだ倒産《とうさん》していないようだ。しかしエリザベス伯母さんは種は古くて芽を出すまいと言っている。

ディーンが帰った。昨夜わたしをたずねてきた――懐《なつ》かしいディーン。少しも変わっていない。目はあいかわらず緑色で、口もとはあいかわらず形よく、顔はあいかわらず深味がある。ディーンはわたしの両手を取り、じっとわたしを見つめた。

「スター、君は変わったね。いつもにもまして君は春そのものだ。だがこれ以上背が高くならないでくれ。君に見おろされるのはいやだからな」

わたしもそう思う。ディーンよりも高くなるなんてぞっとする。さぞ具合が悪いことだろう。

テディはわたしよりも一インチ高い。この一年でテディの絵はひじょうにうまくなったとディーンは言っている。ミセス・ケントはやはりわたしを憎《にく》んでいる。きょうわたしが自分自身を道づれにして春のたそがれの散歩に出かけているときに出会ったが、ミセス・ケントは足をとめて言葉をかけようともしない――薄暮《はくぼ》の影《かげ》のようにすっとそばを通りすぎていった。すれちがうとき一瞬《いっしゅん》ちらっとわたしを見たが、その目には溢れんばかりの憎しみがたたえられていた。一年一年ますます不幸になっていくのではないかと思う。

散歩のとき〈失望の家〉へ「こんばんは」を言いに行った。いつもわたしはこの家がかわいそうでならない。――一度も人が住んだことのない家である――その運命を果たしていないのだ。その窓は見いだすことのできないものをいたずらに求めて物悲しげに顔から覗《のぞ》いている盲者《もうじゃ》の目を思わせた。夏の夕暮《ゆうぐれ》にも冬の暗闇《くらやみ》にもこの窓から家の灯《ひ》が輝《かがや》いたことがない。しかしなんとなくわたしにはこの小さな家が夢《ゆめ》をいだきつづけており、いつかはそれが実現するのではないかという気がする。

この家がわたしのものならいいのに。

今夜、もとよくいった場所をぶらついてみた――〈のっぽのジョンの茂み〉――エミリーのあずまや――古い果樹園――池の墓地――きょうの道――わたしはこの小さな道が大好きだ。人間の友達のような気がする。〝ぶらつく〟という言葉はそれなりにうつくしい言葉だと思う――ある言葉のように言葉そのものがうつくしいというのではなく、その意味をいかにもよく表現しているからである。たとえいままで一度も聞いたことがなくてもこの言葉の意味ははっきりわかる――ぶらつくはぶらつく以外の意味ではありえない。

うつくしい面白い言葉を発見したときにはわたしはいつもうれしくなる。あたらしい魅力的な言葉を見つけるとわたしは宝石を捜《さが》す人のように有頂天になってよろこび、その言葉を文の中に嵌《は》めこむまでは落着かない。

＊

一九――年　五月二十九日

今夜ルース伯母さんは気味の悪い顔をして帰ってきた。

「エムリー、シュルーズベリーじゅうに広まっているこの噂《うわさ》はどういうことなの――あんたはゆうべクイーン通りで男に抱かれてキスされているところを見られたというじゃないの」

わたしにはすぐに事の次第《しだい》がのみこめた。わたしは床《ゆか》をふみつけたかった——笑いたかった——髪を掻《か》きむしりたかった。なにもかもあまりに馬鹿げてこっけいだからだ。しかしルース伯母さんにはしかつめらしい顔をして説明しなければならなかった。

これは不可解な邪悪《じゃあく》な物語である。

きのう日暮れ時にわたしはイルゼとクイーン通りを〝ぶらついて〟いた。ちょうどテイラーさんの家のそばで一人の男の人に会った。わたしはその人を知らない——この先とも知合いになろうとは思われない。その人が背が高いのか低いのか、年をとっているのか若いのか、ハンサムか醜男《ぶおとこ》か、黒人か白人か、ユダヤ人か異教徒か、奴隷《どれい》か自由の身か、わたしにはわからない。ただわかっていることはその男の人がその日は髭《ひげ》をそらなかったということだけである！

彼は足早にあるいてきた。そのとき、あっという間にあることが起こった。瞬間的なことではあっても説明するには数秒間かかる。わたしはその人をとおすためにわきへよけた——その人も同じ方へよけた——わたしは反対の方へ走った——その人もそうした——そのうちにわたしは通り抜《ぬ》けるチャンスがあると思ったので勢いよく駆《か》けだした——その人も駆けだした——その結果わたしはその人めがけてまっしぐらに疾走《しっそう》する羽目になったのである。彼は衝突《しょうとつ》が避《さ》けられないと悟《さと》ると、両腕《りょううで》をひろげた——その中にわたしは飛びこんだ——一瞬ショックで思わずその両腕はわたしをかかえた。一方わたしの鼻はその人の顎《あご》に激《はげ》しくぶつかった。

「失――失礼しました」

気の毒にその人は喘《あえ》ぎながら詫《わ》び、まるでわたしが燃えている石炭ででもあるかのように取落とし、夢中《むちゆう》で駆けだして角を曲ってしまった。

イルゼは笑い転げた。こんなこっけいなことは見たことがないと言った。わずかのあいだの出来事なので傍《はた》から見れば、ちょうどわたしとその男の人が立ち止り、一瞬お互《たが》いに見つめ合い、それから狂気《きようき》のように駆けだして抱《だ》き合ったかのように見えたのだ。

ぶつかったおかげで鼻が痛かった。この事件が起こったときミス・テイラーが窓から覗いているのが見えたとイルゼが言った。もちろんあのおしゃべり婆《ばあ》さんはこの話に自分なりの説明をつけて広めたのだ。

わたしはこのことをすっかり説明したが、ルース伯母さんは信用せず、そんな言い訳では役に立たないと思っているようすだった。

「幅《はば》が十二フィートもある歩道を男に抱きつかずには通れないとはまったく不思議な話だね」

「ねえ、ルース伯母さん、伯母さんがわたしのことを狡《ずる》くて腹黒で馬鹿で恩知らずだと考えてらっしゃるのは知ってます。でもね、わたしの血の半分はマレー家のものですよ。多少なりともマレー家の血筋をうけた者が人目に立つ通りで男友達に抱きついたりするとお思いになるの」

「なに、わたしだってまさかあんたがそれほど鉄面皮だとは思わないがね。だけどミス・テイラーが見たと言うし、その話を人はみんな聞いているしね。わたしは自分の身内がそんなふうに噂されるのはいやなんだよ。あんたがわたしの言うことをきかないでイルゼ・バーンリなどと出歩くからこんなことになるんです。二度とこんなことを引起こしてはいけませんよ」

「ああいうことは起こるんじゃなくて、前世から定まっているのよ」

とわたしは言った。

＊

一九――年 六月三日

〈まっすぐの国〉は美そのものである。わたしはまた〈羊歯《しだ》の池〉へものを書きに行けるようになった。これをルース伯母《おば》さんはたいそう怪しい行為《こうい》とにらんでいる。いつかの晩ここでわたしがペリーと会ったことを伯母さんはけっして忘れないのだ。いまあたらしい若々しい羊歯の垂れ下がるこの池はほんとうにうつくしい。わたしは自分の未来が見えるという伝説の池のつもりでこの池を覗きこむ。満月の夜半にわたしは爪先立《つまさきだ》ってこの池へやってくる――大事な品を投げこむ――それからこわごわ覗きこむ。

この池はわたしになにを見せてくれるだろうか。見事によじのぼったアルプスの小径《こみち》であろうか。それとも失敗か。

いや、絶対に失敗などしない！

＊

一九――年　六月九日

先週ルース伯母さんの誕生日《たんじょうび》に刺繍《ししゅう》したテーブルセンターを贈《おく》った。ルース伯母さんはいくらかぎこちなく礼を言い、たいして気にいったようすもなかった。

今晩わたしは食堂の出窓の引っこんだところにすわり、暮れなずむ光で代数を勉強していた。折戸を開けたままルース伯母さんは客間でミセス・インスと話をしていた。わたしが出窓にいることを二人は知っているものと思っていたが、カーテンで見えなかったらしい。突然《とつぜん》わたしの名前が聞こえた。ルース伯母さんはミセス・インスにわたしのテーブルセンターを見せているのだ――さも得意そうに。

「姪《めい》のエムリーがわたしの誕生日にくれたんですよ。ごらんなさい、なんてきれいなんでしょう――あの子はそりゃ刺繍が上手なんですの」

これがルース伯母さんだろうか。わたしはびっくり仰天《ぎょうてん》してしまい、身動きすることも口をきくこともできなかった。

「エミリーは刺繍が上手なだけではありませんよ。期末試験ではクラスで首席になるにちがいないとハーディ校長は言っているそうですからね」

とミセス・インスが言った。

「あの子の母親は――わたしの妹のジュリエットですが――とても頭のいい娘《こ》でしたからね」

とルース伯母さん。

「それにエミリーはまったくいい器量ですねえ」

「あの子の父親のダグラス・スターはめったにないほどの好男子でしたからね」

こんなふうに二人の話はつづいていった。立ち聞きする者が自分のことを賞《ほ》められているのを聞くなんて初めてだ！

しかも人もあろうにそれがルース伯母さんとは!!

＊

一九――年　六月十七日

いま、わたしのローソクの灯は夜通し消えない――少なくとも夜更《よふ》けまでは。期末試験がはじまったのでルース伯母さんはわたしがおそくまで起きているのを許している。ペリーは代数の答案の終わりにマタイ伝七章五節を書きつけ、トラヴァース先生を烈火《れっか》のごとくに怒《おこ》らせた。トラヴァース先生が答案を裏返すとこう書いてあった。

「偽善者《ぎぜんしゃ》よ、まず己《おの》が目より梁木《うつばり》をとり除《の》けよ、さらば明らかに見えて兄弟の目より塵《ちり》を取りのぞき得ん」

トラヴァース先生は数学について自分で言っているほどには知らないという評判である。

それで猛烈《もうれつ》に怒ってしまい、「無礼なまねをした罰《ばつ》」としてペリーの答案を叩《たた》きつけた。実をいえば哀《あわ》れなペリーは間違《まちが》いをおかしたのである。彼《かれ》はマタイ伝の五章七節を書くつもりだったのだ。

「さいわいなるかな、憐憫《あわれみ》ある者。その人は憐憫《あわれみ》を得ん」

ペリーはトラヴァース先生のところへ行き説明したが先生は聞き入れようとしなかった。そこでイルゼが勇気をふるい、思い切った手段に出た――つまりハーディ校長のところへ出むいてわけを話し、トラヴァース先生にとりなしてほしいと頼んだのである。その結果ペリーは成績をもらうことができたが、しかし二度と聖書の文句をひねくり回してはいけないと注意された。

＊

一九――年　六月二十八日

学校は休暇《きゅうか》にはいった。わたしはスター・ピンをもらった。この一年は面白《おもしろ》いこと、勉強、針で刺されること、いろいろなことがあった。いまわたしは自由と幸福の素晴《すば》らしい二カ月をすごしに懐かしいニュー・ムーンへ帰るところである。

休みの間に『庭の本』を書くつもりだ。これはしばらく前から頭にたぎりたっていた考えで、小説を書けないからにはジミーさんの庭について一連の随筆《ずいひつ》を書き、随筆一つ一つのおわりに詩を添《そ》えてみようと思う。こうすればよい練習になるし、ジミーさんもよろこぶだろう。

第十二章　乾草堆《ほしくさづか》の下で

「なぜ、あんたはそんなことをしたがるの」

とルース伯母さんはたずねた——むろん鼻をフンと鳴らして。たとえこの伝記作家が書かなくてもルース伯母の発言にはかならず鼻を鳴らす音がともなうものと思っていただきたい。

「ぺしゃんとしたわたしの財布《さいふ》に何ドルか入れようと思って」

とエミリーは答えた。

休暇はすぎた——『庭の本』は書きあがり、七月と八月の夕暮に一回分ずつ読んでジミーさんを大いによろこばせた。いまは九月である。また学校と勉強、〈まっすぐの国〉、ルース伯母との生活に戻《もど》った。エミリーはスカートの裾《すそ》を少し長くし、髪《かみ》は当時の「カドガン編み」にしてほとんど捲《ま》き上げとおなじくらい高く編み上げ、二年生の学年をすごしにシュルーズベリーへ帰ってきた。いまルース伯母にこれから秋のあいだシュルーズベリーでの土曜日にしようと思うことを話したところだった。

『シュルーズベリー・タイムズ』の編集長が挿絵《さしえ》入りの特別シュルーズベリー版を企画《きかく》しており、エミリーはその予約注文を勧誘《かんゆう》しにせいぜいあるき回るつもりだった。渋《しぶ》るエリザベス伯母からはようやく承諾《しょうだく》をとりつけた——それももしエリザベス伯母がエミリーの学費を全部払《はら》っていたならとても許しはしなかったであろう。しかしウォレスがエミリーの本代や授業料を払っており、ときどきエリザベスに自分がさも立派な、気前のいいことをしているかのようなことを仄《ほの》めかすのだった。エリザベスは心の中では弟のウォレスをあまり好いておらず、エミリーへのわずかばかりの援助《えんじょ》のことで威張《いば》っているのが癪《しゃく》にさわっていた。それだからエミリーに秋のあいだに一年分の本代の少なくとも半分はらくに儲《もう》けられると説明されて承知してしまった。ウォレスがエミリーの学費を払うと言っているものを、もし自分エリザベスが払うと主張すればウォレスも腹を立てようが、エミリーがその一部を働いてつくるということになれば怒ることもできまい。ウォレスはつね日ごろ娘というものは独立心をもち自活できなくてはならないと説いている。

エリザベス伯母が承知したものをルース伯母は許さないわけにはいかなかった。しかし賛成はしなかった。

「一人でいなかをあるき回るなんてよくもまあ！」

「あら、一人じゃないわ。イルゼもいっしょに行くのよ」

これを聞いてもルース伯母はあまり感心したようすでなかった。

「わたしたち木曜日からはじめるの。ハーディ校長のお父さんが亡《な》くなったために金曜日は授業がないし、木曜日は三時にクラスがおわるんです。木曜日の夕方は西街道《にしかいどう》へ勧誘に行くつもりよ」

「では道ばたで野宿をするつもりですか」

「とんでもない。その晩はウィルトニーにいるイルゼの叔母《おば》さんのところで泊《とま》るんです。それから金曜日には西街道へ引返してその日一日の分をおえ、夜はセント・クレアのメアリー・カースウェルさんの家に泊めてもらうことになっているの――それから土曜日には河の道ぞいに勧誘しながら帰ってきます」

「まったく馬鹿《ばか》げたことだ。マレー家の者でそんなまねをした者は一人だってありゃしない。エリザベスにも驚《おど》ろいたね。あんたやイルゼのような若い娘が二人だけで三日間もいなかをほっつきあるくなんて穏当《おんとう》じゃないよ」

「わたしたちにどんなことが起こると思ってらっしゃるの」

とエミリーはきいてみた。

「いろんなことが起こるかもしれませんからね」

ルース伯母はきびしい声で言った。

そのとおりだった。この遠出にはいろいろなことが起こるかもしれなかった――また実際に起こったのである。しかし木曜日の午後エミリーとイルゼは元気よく出発した。どんな事にもそのこっけいな面を見抜く目のあるこの常軌《じょうき》を逸《いっ》した女学生二人は大いに楽しもうと心を決めていた。ことにエミリーは気持が高揚《こうよう》していた。その日、封筒《ふうとう》の隅《すみ》に三流どころの雑誌社の名前が記してある薄《うす》い手紙がまた配達され、エミリーがその雑誌社に送った詩「庭園の夜」の報酬《ほうしゅう》として雑誌三回分の予約券がはいっていた。この詩は『庭の本』の巻末を飾《かざ》っており、この本の宝石とエミリー自身もジミーさんも見なしていた。『庭の本』はニュー・

ムーンの自分の部屋の炉《ろ》棚《だな》の戸棚にしまい鍵《かぎ》をかけてきたが、一編のおわりごとにつけてある「詩」は秋のあいだに方々の出版社へ送るつもりだった。最初に送ったのがさっそく受入れられるとはさいさきがよかった。

「さあ、いよいよ出発ね。『丘《おか》を越《こ》えてはるかかなたへ』――なんていい文句でしょう！　わたしたちの前途《ぜんと》に横たわるあの丘の向うでは、どんなことが起こるかしれないわ」

「わたしたちの作文にする材料がたくさん集まればいいけれど」

とイルゼは実際的なことを言った。

ハーディ校長は二年生の英語のクラスにむかい今学期に作文を五、六編出さなくてはならないと言いわたしたので、エミリーとイルゼはそのうち少なくとも一編はそれぞれの立場から見た予約勧誘の経験談にすることに決めた。こうして二人は一石二鳥を狙《ねら》っていた。

「きょうは西街道とその支道にそって勧誘しながら猟夫《りょうふ》の入江《いりえ》まで行くことにしたらどうかしら」とエミリーは提案した。「日が暮《く》れるまでには行き着くわよ。それからジプシーの小径を見つけてマルヴァーン森を抜ければウィルトニーのすぐ近くに出られるわ。マルヴァーン街道をまわれば一時間もかかるのに、そうすればたった三十分しかかからないしね。きょうはなんて気持のいいお天気でしょう！」

じつに気持のいい天気であった――九月にしか見られないような午後であり、夏がもう一日だけ夢《ゆめ》と魔《ま》法《ほう》の日をすごそうとこっそり忍《しの》び戻ったかのようだった。まわりは見渡《みわた》すかぎりの収穫畑《しゅうかくばたけ》が日光に浸《ひた》って拡《ひろ》がっており、きびしいうつくしさをたたえた北の樅《もみ》が二人のあるいてきた道を素晴らしいものにしていた。アキノキリン草が垣《かき》をリボンのように飾り、山あいへはいっていくひっそりした街道にそった焼地にはいたるところにやなぎそうの贖罪《しょくざい》の火が燃えている。しかし購読《こうどく》予約の勧誘が面白いことずくめではないことをまもなく二人は知った——もっともイルゼの言うように作文に使う人間性の資料はふんだんに集まったが。

エミリーがなにか言うたびに「フン」という老人がいた。最後に予約の申込《もうしこ》みをしてほしいと言うと老人は、

「だめだ」

と無愛想に断わった。

「こんどは『フン』と言われなくてよかったわ。倦《あ》き倦きしてしまったんですもの」

こう言われて老人はまじまじとエミリーの顔を見た——それからくすくす笑いだした。

「お前さんはあのお高くとまったマレー家の身内の者じゃねえかね。若いころわしはニュー・ムーンちゅうとこで働いてたことがあったっけが、マレー家の娘っ子の一人が——エリザベスといったかな——人を見るときちょうどお前さんみてえに高飛車にかまえていたっけよ」

「わたしの母はマレー家の人ですわ」

「そうじゃねえかと思ったよ——お前さんにゃあの一族の特徴《とくちょう》が出てるからな。さあ、二ドル払ってやるからわしの名を書きな。予約する前に号外でも見たいもんだが。わしはまず熊《くま》を見てからでなけりゃ熊の皮は買わんというたちだからな。だがお高くとまったマレー家の

者がこのビリー・スコットじいさんに予約の申込みをしてくれとたのみに来るのを見ただけでも二ドルの値打ちはあらあね」

「なぜあんな奴《やつ》をひとにらみして殺してしまわなかったの」

その家から離《はな》れるとイルゼは言った。

エミリーは頭をそびやかし目をいからせて猛烈な勢いであるいていた。

「わたしの目的は予約をとることであって、寡婦《かふ》をつくるためじゃないもの。なにもかもとんとん拍子《びょうし》にいくとも思ってはいなかったし」

またある男はエミリーが説明しているあいだじゅう不機嫌《ふきげん》にぶつくさ言っていた――そしてエミリーが断わられるものと諦《あきら》めたとき、五回分の予約申込みをした。

小径をつたって出てきながらエミリーはイルゼに言った。

「あの人は人をがっかりさせるのが好きなのね。全然がっかりさせないよりはがっかりさせてよろこばせたいのよ」

ある男は――イルゼが言うように「とくにこれといってきまったことにではなく、一般的《いっぱん》な事柄《ことがら》に対して」――さかんに罵倒《ばとう》した。またべつの老人はまさに予約の金を払おうとした瞬間《しゅんかん》、妻が口を出した。

「わたしならやめとくね、父ちゃん。あの新聞の編集長は無神論者だから」

「そいつあひでえ野郎だ」

と〝父ちゃん〟は金を財布に戻してしまった。

声の届かないところまで来ると、エミリーは、

「愉快《ゆかい》だわ！　ノートに書きつけておかなくちゃ」

いったいに男よりも女のほうが応対はていねいだったが、申込みは男が多かった。じつのところ女で申込んだのはある老婦人一人だけであり、エミリーが好意をかちとったのもその老婦人がかわいがっていた死んだ牡猫《おすねこ》のうつくしさや美点について老婦人がながながと語るのを同情を表わしながら聞いたからであった――もっとも話がおわったとき、そっとイルゼに囁《ささや》きはしたが。

「この記事を送ったらシャーロットタウンの新聞はよろこぶわよ」

一番ひどかったのは二人に罵倒演説をした男だった。自分の政見がタイムズの政見とちがうという理由であり、それがまるで二人の責任でもあるかのように思っているらしかった。その男が息をつくために話を途切らせたときエミリーは椅子《いす》から立ち上がり、

「犬を蹴《け》とばしなさい――そうすればせいせいした気分になれますよ」

と落着きはらって言うとさっさと外へ出てしまった。イルゼは真っ青になって怒った。

「あんないやな人間ってあるかしら。まるでタイムズの政見の責任がわたしたちにあるみたいに怒鳴《どな》りつけるなんて！　いいわ――わたし作文の題は『勧誘員の見地から見た人間性』というのにするから。あの男のことを詳《くわ》しく描写《びょうしゃ》して、言ってやりたくてたまらなかったけれど言わなかったことをあたしが残らず言っているところを書いてやるわ！」

エミリーは笑いだした――すると気持がおさまった。

「あなたにはそれができるわ。わたしはそうして復讐《ふくしゅう》することさえできないの――エリザベス伯母《おば》さんとの約束《やくそく》に縛《しば》られてね。わたしは事実だけしか書けないのよ。さあ、あんな嫌《いや》な奴のことを考えるのはやめましょう。結局もうずいぶんたくさん予約をとったんですもの――それにあそこの白樺《しらかば》の木立にはきっと樹《き》の精が住んでいるにちがいないし――あの樅の上の雲はうっすらとして金色でまるで雲の幽霊《ゆうれい》のようだわ」

「だけどやっぱりわたしはあの人でなしのじじいを木っ端《こっぱ》みじんにしてやりたい」

とイルゼが言った。

しかし次におとずれた家では気持のいい扱《あつか》いを受け、ゆっくりして夕食を食べていくようにと言われた。日が暮れるころまでに二人は予約のほうはかなりよい成績をあげたし、このあと幾月《いくつき》も思い出して楽しむ内緒《ないしょ》の冗談《じょうだん》や笑い草もふんだんに仕込むことができた。きょうは勧誘をこれで打切ることにした。まだ猟夫の入江まで来ていなかったが、いまいるところから突《つ》っ切ったほうがいいとエミリーは判断した。マルヴァーン森はさして広くないから、どこへ出ようと北側でさえあればウィルトニーが見えるはずである。

二人は柵《さく》をよじのぼり、羽毛のような紫苑《しおん》の花咲《はなさ》く丘の牧場を横切って、無数の小径《こみち》が交差しているマルヴァーン森に吸いこまれていった。世界は背後に消え、エミリーとイルゼは大自然の美の王国に二人だけでいた。エミリーには森の道があまりに短く思われたが、イルゼのほうはくたびれた上にその日、石で足を挫《くじ》いたので道は長く辛《つら》かった。エミリーはなにもかも気にいった――長い枝《えだ》を揺《ゆ》り動かしている灰緑色の木の幹のあいだをすっと通り抜《ぬ》けていくイルゼの輝《かがや》く金髪《きんぱつ》——眠《ねむ》そうな小鳥の夢《ゆめ》みるようなかすかな調べ——梢《こずえ》をさまよう移り気な夕風の囁き——たとえようもなくかぐわしい森の花や下生えの匂《にお》い——絹の靴下《くつした》につつまれたイルゼの踝《くるぶし》を撫《な》でる小さな羊歯《しだ》——曲りくねった並木《なみき》の小径のかなたに一瞬かすかに光ったほっそりした白いもの——樺だろうか、それとも森の精だろうか。どちらでもいい——エミリーにえぐるような強いよろこび、例の〈ひらめき〉が訪《おとず》れた——その捉《とら》えどころのない瞬間は無為《むい》にすごす何年間にも相当するほどエミリーにとって貴重なものであった。

エミリーは道のまわりのさまざまなうつくしい物のことだけを考え、道そのもののことは念頭におかずにぼんやりと、足をひきずりながらあるいていくイルゼのあとからついていくうちに突然《とつぜん》、行く手に樹木がなくなり、二人はからっと開けた場所に出た。目の前は荒《あ》れた小さな牧場になっており、その向うは細長く傾斜《けいしゃ》した谷となっているのが夕映《ゆうば》えではっきり見えた。その殺風景で侘《わび》しい谷にたっている農家の建物もあまり裕福《ゆうふく》とも安楽とも見うけられなかった。

「あら——ここはどこかしら」イルゼは茫然《ぼうぜん》とした。「ちっともウィルトニーらしくないわ」

いきなり夢からさめたエミリーは方角を見定めようとした。唯一《ゆいいつ》の目印は十マイルはなれた丘にそびえる高い尖塔《せんとう》だけだった。

「あら、あれはインディアン峠《とうげ》のカトリック教会の尖塔じゃないの。するとあそこの道はらくがき街道にちがいないわ。わたしたちどこかで間違った道に曲ってしまったのよ、イルゼ——森の北側ではなく東側に出てしまったんだわ」

イルゼはがっかりした。

「そうするとウィルトニーから五マイルも離れているわけよ。わたしとてもそんな遠くまであるけないわ——あの森を引返していくことはできないし——あと十五分もすれば真っ暗になるでしょうからね。どうしたらいいかしら」

「わたしたちの敗北を認め、敗北を大いに楽しむだけよ」

とエミリーは落着きはらって言った。

「たしかにわたしたちの敗北よ」イルゼは呻《うめ》き、くずれかかった柵によわよわしく這《は》い上がってその上にすわった。「でもどんなふうにして敗北を楽しむのかわたしにはわからないわ。一晩じゅうここにいるわけにはいかないし。できることといえばあそこへおりていって、あの家のどれか一軒《けん》で泊めてくれるかどうかたのんでみるだけだわ。でもそれは気が進まないの。もしあれがらくがき街道なら、あそこの人たちはみんな貧乏《びんぼう》で——それに汚《きた》ないんですもの。ネット叔母さんから、らくがき街道の気味の悪い話を聞いているのよ」

「どうしてここに一晩じゅういられないの」

イルゼはエミリーが本気で言っているのかと顔を見た——本気だと知った。

「どこで寝《ね》るの。この柵の上にのっかるの」

「あの乾草堆《ほしくさづか》の上よ。あれはまだ半分しかできあがっていないわ——らくがき街道式にね。てっぺんが平らになっているじゃないの——梯子《はしご》がたてかけてあるわ——乾草は乾《かわ》いていてきれいだし——今夜は夏のように暑いし——いまごろの季節には蚊《か》もいないし——レインコートをからだにかければ露《つゆ》にぬれずにすむわ。どう」

イルゼは小さな牧場の隅のほうにある乾草堆を見やった——そして笑って同意を表わした。

「ルース伯母さんがなんて言うかしら」

「ルース伯母さんに話す必要はないわ。わたしもこんどだけは徹底的に狡《ずる》く振舞《ふるま》うつもりよ。それにわたし前から戸外で寝てみたくてたまらなかったんですもの。心に秘めた願いの一つだったのだけれど、こんなに伯母たちに取囲まれていてはとても実現できっこないと思っていたのよ。それがいま、神々から投げ与《あた》えられた贈物《おくりもの》のようにわたしの膝《ひざ》に転がりこんできたじゃないの。あんまり運がよすぎて気味が悪いくらいだわ」

「もし雨がふってきたらどうする」

と言ったもののイルゼもその考えに魅力《みりょく》を感じはじめていた。

「雨はふらないわよ——インディアン峠の上にもくもく出ているあのふわふわしたばら色と白の入道雲のほか、雲は一つもないもの。ああいう雲を見るたびにわたし鷲《わし》のような翼《つばさ》で舞い上がってあの雲の真ん中へすーと舞いおりたい気がするのよ」

小さな乾草堆なのでのぼるのはぞうさなかった。二人は乾草堆の上にふかぶかと身を沈《しず》めて満足の吐息《といき》をもらし、思ったよりもくたびれていたことに気がついた。乾草堆はその小さな牧場のかぐわしい野生の草を束《たば》ねてあるので栽培《さいばい》したクローバーなど及《およ》びもつかないほどよい香《かお》りがした。目にはいるものといえば宵星《よいぼし》が点々と覗《のぞ》いている薄いばら色の大空と、牧場を縁《ふち》どる木々のぼんやりとした梢だけである。だんだんうすれていく西の金色を背景に二人の頭上をこうもりやつばめが黒々と飛びかった――木々の下の柵のすぐ向う側に生えている苔《こけ》や羊歯《しだ》からえもいわれぬ匂いが漂《ただよ》ってくる――隅に立っている二本の白楊《はくよう》は銀のような囁き声で森の噂話《うわさばなし》をしている。二人はのびのびしたうれしさから声を合わせて笑った。突然、二人は大昔《おおむかし》の魔法に引きこまれ、空のおりなす天使の奇跡《きせき》と森のおりなす悪魔の魔術で強い呪文《じゅもん》にかかってしまった。

「こんなうつくしさはほんとうとは思われないわ」とエミリーは呟《つぶや》いた。「あんまり素晴《すば》らしくて胸が痛くなるくらい。声を出して話したら消えてしまいはしないかしら。わたしたちきょうあの嫌なおじさんとあの憎《にく》らしい政見に腹を立てたんだったかしらね、イルゼ。だってあんな人はいやしないんですもの――とにかくこの世界にはね。わたしには風のおばさんが静かな静かな足音で丘を越えてくるのが聞こえるわ。これからいつも風を人間として考えることにするわ。北から吹《ふ》いてくるときの風はがみがみ女だし――東から吹くときは寂しげになにかを求める人だし――西からのときは笑っている少女だし――今夜のように南から吹いてくるのは小さな灰色の妖精《ようせい》よ」

「どうしてそんなことが考えつけるの」

とイルゼがたずねた。

どういうわけか、こういうふうに言われるといつもエミリーの気に障《さわ》った。

「考えつくんじゃないわ――向うから来るのよ」

エミリーはいくらか素気ない返事をした。

イルゼはその口調に腹を立てた。

「お願いだからエミリー、そんな変な言い方はしないでよ！」

一瞬エミリーの素晴らしい世界は掻《か》き乱された水の面のように震《ふる》え、動揺《どうよう》した。そこで――

「ここで、喧嘩《けんか》はしないでおきましょうよ。わたしたちのどちらかが一方を乾草堆から落っことしてしまうかもしれないから」

イルゼは吹き出した。だれも笑いながら怒《おこ》っていられるものではない。そういうわけで星空の下の一夜は喧嘩で台無しにされずにすんだ。しばらく二人は女学生同士の秘密や夢や心配のことをひそひそと話し合った。将来の結婚《けっこん》についてさえ語った。もちろんそんな話をしてはいけないのだが、二人はかまわなかった。結婚のチャンスについてイルゼはやや悲観しているらしかった。

「男の子たちはわたしを友達としては好きなんだけれど、だれもわたしに恋愛《れんあい》しそうもないわ」

「そんなことないわよ」エミリーは励《はげ》ました。「男の人は十人のうち九人まであんたに恋愛するわよ」

「でもわたしがいいと思うのはその十人目かもしれないわ」

イルゼはゆううつそうだった。

そのほか二人は世の中のありとあらゆることについて話した。最後に、二人のうちどちらが先に死んでも、できることならもう一人のところへ戻《もど》ってくるという堅《かた》い約束をかわした。これまでこういう約束がどのくらいかわされてきたことか！　またその中の一つとして守られたであろうか。

やがてイルゼはねむくなり、眠ってしまった。しかしエミリーのほうは眠らなかった――眠りたくなかった。今夜は眠ってしまうにはもったいないと思った。目をさましていてこの夜を楽しみ、さまざまなことを考えたかった。

振返《ふりかえ》ってみるとき、星の下ですごしたその夜がエミリーにはいつも一種の一里塚《いちりづか》のように思われた。この夜の出来事やこの夜に付随《ふずい》する一切《いっさい》の物がエミリーの力となった。彼女《かのじょ》はそのうつくしさに浸りきった。それは後に世界へ伝えなければならない美であった。これを表現できるような魔法《まほう》の言葉をつくりだせたらとエミリーは願った。

まるい月が上った。月をよぎって飛んでいったのは箒《ほうき》の柄《え》にのり、山高の帽子《ぼうし》をかぶった魔女であろうか。いや、それはこうもりと柵の栂《つが》の尖端《せんたん》にすぎなかった。即座《そくざ》にエミリーは詩をつくった。文句は苦もなくひとりでに歌うように頭に浮《うか》んできた。彼女の性質の一面では散文を書くことを一番好んだ――べつの一面では詩作を愛した。今夜はこの詩作の面がつよく現われ、考えがすべて韻《いん》を踏《ふ》んで流れ出た。大きな震える星が一つインディアン峠に低くかかっている。じっとその星を見守っているうちに以前テディが、僕《ぼく》は前世を星でくらしたと話したことを思い出した。この考えが想像力を捉えエミリーはあのはるかかなたの巨大《きょだい》な太陽のまわりをぐるぐる回る楽しい星での生活を空想しはじめた。そのとき北極光が現われた——空に拡がる青白い火——最上天（訳注　浄火の世界、また神の住居と信じられたところ）の軍隊が持っているような光の槍《やり》——退却《たいきゃく》したり進撃《しんげき》したりしている青白い捉えどころのない軍勢。エミリーはうっとりながめていた。その大きな光輝《こうき》に浴して彼女の魂《たましい》は洗い清められた。彼女は自分の崇《あが》める女神《めがみ》の儀式《ぎしき》に参列する美の巫女《みこ》である——女神がほほえんでいるのがエミリーにはわかった。

イルゼが眠っていてよかったと思った。たとえどんなに大切な、どんなに申し分のない友でもこのときのエミリーにとって人間は相容《あいい》れない存在であった。彼女は自身満ち足りており、その幸福を完全なものとするのに愛情も親友も人間的な感情も必要としなかった。このような瞬間はどんな人の生涯《しょうがい》にもめったに訪れることはないが、いざ訪れたとなると言語を絶した素晴らしさである——有限の世界は一瞬、無限の世界にかわり——しばし人間が神性をおび——醜《みにく》いものがすべてかき消えてあとには完全な美だけが残る。おお——美——エミリーはあまりの歓喜に身を震わせた。彼女は美を愛した——今夜ほど美に満ち足りたことはなかった。身動きをしたり呼吸をしたらからだを流れている美の流れが途切《とぎ》れるのではないかと恐《おそ》れた。人生は神の音楽を奏《かな》でるための素晴らしい楽器のように思えた。

「ああ、神様、わたしをそれにふさわしい者になさってくださいませ——ああ、わたしをそれにふさわしい者になさってくださいませ」

とエミリーは祈《いの》った。わたしはそのような神託《しんたく》にふさわしい人間になれるだろうか——日常世界の浅ましい市場やそうぞうしい通りに戻っていくわたしは、あの「神々の対話」の素晴らしさを多少なりとも持ち帰ろうとしてよいものだろうか。これはどうしても世界に与えなければならない――自分だけのものとしておくことはできない。世界は耳をかたむけ――理解し――感じ取るであろうか。もしわたしが世の非難や称讃《しょうさん》をかえりみず、信頼《しんらい》を裏切らないで託されたものを渡《わた》しさえすればそうできるであろう。美の巫女――そうだ、わたしはほかの神殿《しんでん》にはけっして侍《はべ》るまい！

恍惚《こうこつ》とした気分でエミリーは眠りにおちた――レウーカディアの岩から飛び降りたサッフォー（訳注　古代ギリシア最大の女流詩人。ミティレネの船人パオンへの悲恋に破れ、絶壁から身を投げたとされる）になった夢《ゆめ》を見た――目がさめたときは乾《ほし》草堆《くさづか》の下に転げ落ちており、イルゼがびっくりして上から覗いていた。さいわい、乾草もたくさんいっしょにすべり落ちたので、エミリーはそろそろと答えることができた。

「わたし、ばらばらにはならなかったらしいわ」

第十三章　救いの港

神々の聖歌に聞き入りながら眠りについたのが乾草堆、そこからみっともない格好で転がり落ちて目がさめたというのでは、なにか拍子抜《ひょうしぬ》けのした気がする。しかし少なくともそのおかげで二人はインディアン峠の日の出をながめることができた。それはその素晴らしさを味わわずにむさぼる数時間の眠りを犠牲《ぎせい》にしただけの価値はあった。

「それに露をちりばめたくもの巣《す》がどんなにうつくしいものか、わたし知らずにしまったかもしれないわ。ごらんなさい――あの背の高い羽毛のような二本の草のあいだで揺れているわ」

「詩をつくんなさいよ」

とイルゼは嘲笑《ちようしよう》した。びっくりしたのでちょっと不機嫌《ふきげん》になったのである。

「足はどう」

「もう大丈夫《だいじようぶ》。でも髪《かみ》が露でぐっしょりだわ」

「わたしもよ。しばらく帽子をぬいでいればじき日に乾いてしまうわよ。出発は早くしたほうがいいわ。人目についても安全な時刻に文明世界にもどっていられるから。ただ朝食はわたしの手提《てさ》げにはいっているクラッカーで我慢《がまん》しなけりゃならないわ。どこかで朝食をさせてくださいとたのむとすれば、昨夜どこですごしたか説明しないわけにいきませんもの。イルゼ、この羽目はずしをだれにも話さないと誓《ちか》ってちょうだい。素晴らしかったんですもの――でも、素晴らしいままにしておくには、わたしたち二人きりの胸の中におさめておかなくてはだめよ。あんたがあのわたしたちの月夜の水浴びのことを話した結果を思い出してごらんなさいな」

「人っていやな考え方をするものね」

イルゼはぶつぶつ言いながら乾草堆をすべりおりた。

「あら、インディアン峠をごらんなさいよ。いまのいま、わたし太陽崇拝《すうはい》主義者になりそうだわ」

インディアン峠は炎《ほのお》のように輝いている。晴れわたった空を背景にかなたの丘《おか》がうつくしい紫色《むらさきいろ》にかわった。草も木もない醜いらくがき街道《かいどう》でさえ銀色のもやの中で光を放っている。牧場も森も真珠《しんじゅ》のようなかすかな輝きをおびてうつくしい。

「夜明けのわずか数分のあいだ、世界はいつも若返るのだわ」

とエミリーは呟いた。

それから手提げからノートを取出し、いまの文句を書きとめた！

その日も二人は世の勧誘員《かんゆういん》がふつう味わう経験をした。ある者は不愉快《ふゆかい》な断わり方をし、ある者は愛想よく予約申込《もうしこ》みをしてくれた。いかにも気持のいい断わり方をされたのであまでよい印象が残った人もいた。中には予約の申込みを承知はしたものの、あまりに不愉快なことを言うのでかえって断わられたほうがましだとエミリーが思った人たちもあった。しかし全体として午前は楽しくすぎたし、ことに西街道のもてなし好きの農家で早目においしい昼食を招《よ》ばれ、乾草堆で一夜を明かしたあと二、三枚のクラッカーがはいっただけの痛いほどの空腹が満たされたときはうれしかった。

「あんたがた、きょう迷《ま》い子にいきあわなかったかね」

と農家の主人がたずねた。

「いいえ。だれかいなくなったんですか」

「アラン坊《ぼう》やが——河下のマルヴァーン岬《みさき》にいるウイル・ブラッドショーの息子《むすこ》だが——火

曜日の朝からいなくなっちまったんでね。あの朝、歌をうたいながら家を出ていっていらい声を聞いた者も姿を見た者もないだよ」

エミリーとイルゼはびっくりして顔を見合わせた。

「いくつですの」

「ちょうど七つだ――しかも一人っ子でね。かわいそうにお袋《ふくろ》さんは気が狂《くる》ったようになっちまったという話だ。この二日間マルヴァーン岬じゅうの男が捜《さが》し回ってるだが、なんの形《けい》跡《せき》も見つからねえですよ」

「どんなことになったのかしら」

エミリーは恐ろしさに青ざめた。

「そいつはわからねえ。岬の波止場《はとば》から落ちたんだろうという者もあるが――あの子の家からほんの四分の一マイルしかはなれてねえし、あの子はそこにすわっちゃ船を見てるのが好きだったでね。だが、あの朝は波止場でも橋んとこでもあの子を見かけた者はだれもいねえだ。ブラッドショー農場の西側に沼《ぬま》や池のたんとあるひろい沼地があるだよ。あそこをあるき回ってるうちに道がわかんなくなっちまって死んだんじゃねえかと考えてる者もあるだが――憶《おぼ》えてなさるだろうが火曜日の晩はえらく寒かったからね。あの子のお袋さんもあそこへ行ったんじゃねえかと考えてるだよ――で、わしはどうかといやあ、わしもそう思うね。ほかんとこにいるなら捜索隊《そうさくたい》にめっかってるはずだもん。まるで櫛《くし》の歯ですくようにこの辺一帯を捜したんだからね」

その日一日じゅうこの話はエミリーの頭をはなれず、影《かげ》のように彼女におおいかぶさった。いつもこういうことに病的といっていいほどエミリーは捉《とら》われてしまうのである。マルヴァーン岬の哀《あわ》れな母親のことは考えただけでもたまらなかった。その子は――どこにいるのかしら。わたしが解放された自由な数時間を有頂点《うちようてん》になってすごした昨夜、その子はどこにいたのだろう。昨夜は寒くなかった――しかし水曜日の晩は寒かった。そして火曜日の夜のことを思うとエミリーは身震いした。ひどい秋の嵐《あらし》が霰《あられ》とはげしい雨をともない、夜明けまで荒《あ》れ狂《くる》った。その子は――その小さな道に迷った子どもはあの嵐にあっていたのだろうか。

「ああ、わたしには耐《た》えられないわ！」

エミリーは呻《うめ》いた。

「恐ろしいことだわ」イルゼも気分の悪そうなようすで同意した。「でも、わたしたちにはどうすることもできないのよ。考えたって無駄《むだ》だわ。ああ」――突然《とつぜん》イルゼは足を踏《ふ》みならした。「以前お父さんは神なんて信じないと言ってたけど、そのとおりだと思うわ。こんなひどいことが起こるなんてほんとうに神というものが――ちゃんとした神というものがあるなら――こんなことになるはずがないじゃないの」

「こんどのことには神は関係ないわよ。昨夜のような晩をおつくりになった神がこんな無茶なことをひき起こされるはずがないもの」

「とにかく――神はこういうことにならないよう防いではくれなかったわよ」

とイルゼはやり返した――辛《つら》くてたまらないので苦痛をそらすために全宇宙を責めたい気

持だったのだ。

「アラン坊やはまだ見つかるかもしれないわよ——かならず見つかるわ」

とエミリーは叫《さけ》んだ。

「生きて見つかりゃしないわよ」イルゼはがみがみ言った。「神の話なんぞやめてちょうだい。このこともう言いっこなし。わたし忘れてしまわなくちゃ——そうでもしなけりゃ気が狂っちまうわ」

イルゼはもう一度、足を踏みならしてこの件を忘れてしまった。エミリーも忘れようと努力した。なかなかうまくいかなかったが無理にその日の商売に気持を集中した。しかし意識の底に恐れがひそんでいるのがわかっていた。ただ一度だけ心から忘れてしまった——マルヴァーン河街道の岬をまわったとき、小さな入江《いりえ》のくぼみに小さな家が勾配《こうばい》の急なあおとした小山を背にしてたっているのを見たときである。ほかには一軒《けん》も家は見あたらなかった。風に吹かれた流れの急な灰色の河がところどころ突《つ》き出た場所を赤いえぞ松《まつ》に縁《ふち》どられ、あたりにえもいわれぬ秋の静けさを漂《ただよ》わせている。

「あの家はわたしのものよ」

とエミリーは言った。

イルゼは目をみはった。

「あんたの家！」

「そうよ。もちろんわたしが所有しているわけじゃないわ。でもだれが所有していようと、あれはわたしのものだと感じる家を見たことはない？」

イルゼにはなかった。彼女にはエミリーがなにを言っているのかさっぱりわからなかった。

「あの家の持主がだれだか知ってるわ。キングスポートのスコビーさんよ。夏の別荘《べっそう》にたてたの。この前ウィルトニーに行ったときネット叔母《おば》さんがあの家の話をしてたのよ。つい二、三週間前にできあがったの。きれいな家だけどわたしには小さすぎるわ。わたしは大きな家が好きなの——窮屈《きゆうくつ》な思いをするのは嫌《きら》いだもの——ことに夏はね」

「大きな家が人間味をもつということはむずかしいけれど」エミリーは考えこみながら言った。「でも小さな家にはたいてい人間味があるわ。あの家など人間味に溢《あふ》れているじゃないの。どの線も、どの隅《すみ》もみな雄弁《ゆうべん》に口をきいているわ。それにあの開き窓の素敵なこと——ことにあの高い玄関《げんかん》の上の軒《のき》の下にある小さな開き窓はいいわ。わたしににこにこ笑っているわよ。ごらんなさいな、暗い屋根板を台とした宝石のように輝いているわ。あの小さな家はわたしたちに挨拶《あいさつ》をしているのよ。親愛なる友よ、わたしはあなたが大好きです——あなたの気持がよくわかってよ。ケリーじいさんじゃないけれど、『おめえさんの屋根の下で涙《なみだ》をこぼすことがねえように』これからあなたの中に住もうとしている人びとはいい人たちにちがいないわ。そうでなかったらあなたを考えだしはしなかったでしょうからね。愛する家よ、もしわたしがあなたの中に住むならば、夕方にはいつもあの西の窓辺に立って、だれか家へ帰ってくる人に手を振るわ。そのためにあの窓はつくってあるんですもの——愛と歓迎《かんげい》の窓よ」

「あんたの家へ話しかけるのがすんだら、先を急いだほうがいいわよ」とイルゼが注意した。「嵐がやってくるから。あの雲をごらんなさいよ——それからかもめも。嵐の前でなけりゃけっしてかもめはこんな遠くまで飛んでこないわ。いまにも降りだしそうだ。今夜は乾草堆の上でねるわけにはいきませんからね。わが友エミリーよ」

エミリーはその小さな家をいつまでもいとおしそうにながめながらぐずぐず通りすぎていった。まったく懐《なつ》かしいかわいい家である。平らに仕上げた破風《はふ》、深い色合いをした茶色の屋根板、お互《たが》いに冗談《じょうだん》や秘密をわかちあうという親しみぶかい感じが全体ににじみ出ている。勾配の急な小山をのぼりながらエミリーは何度も家を振返り、ついに見えなくなると溜息《ためいき》をついた。

「わたしあの家を離《はな》れるのはいやだわ。とてもへんな感じがするのよ、イルゼ。あの家がわたしを呼んでいるような気がするの——あの家に引返さなければいけないような気持がするのよ」

「馬鹿《ばか》なことを言うもんじゃないわ」イルゼはいらいらした。「そら——ぱらぱら降りだしたじゃないの！　あんたがあんなにながいあいだぐずぐずあの小っぽけな小屋をながめたりしてなかったら、いまごろわたしたちは本街道に出て人家の近くにいかれたはずよ。ワーッ、つめたい！」

「今夜は荒れそうね」エミリーは低い声で言った。「ああ、イルゼ、あのかわいそうな迷い子の坊やは今夜どこにいるのかしら。もう見つかったかしらね」

「やめてっ！」イルゼはひどい権幕で怒《おこ》った。「あの子のことはもう一言も言わないでっ。恐ろしい——ぞっとするわ——でもわたしたちになにができて」

「なんにも。それだからたまらないのよ。あの子が見つからないのに、こうしてわたしたち予約を勧誘しながら商売をつづけているのが悪いような気がするわ」

このころには二人は本街道に出ていた。午後の残りの分は楽しくなかった。ときどき突き刺《さ》すような驟雨《しゅうう》がおとずれ、その合間はうすら寒くじめじめして冷たく、鉛《なまり》のような空の下を不吉《ふきつ》な溜息をつきながらさっと吹《ふ》きつける風は呻き声をあげた。どこの家へ行っても二人は行方《ゆくえ》不明の子どものことを思い出さずにいられなかった。予約を申込むのも断わるのも女ばかりだからである。男たちはみな子どもを捜《さが》しに出かけて留守だった。

ある女は暗い表情でこう話した。

「いまとなっちゃもうなんにもならないけどね。子どもの死体を見つけるぐらいのことで。いままで生きてるはずがないもの。かわいそうにあの子のおっかさんのことを思うと、わたしゃとても物を食べたり料理したりする気になれないですよ。なんでも気が狂いそうになっているという話だが——無理もないですよね」

窓ぎわで刺子《さしこ》の掛布団《かけぶとん》にする布をはぎ合わせていた年かさの女も話に加わった。

「噂《うわさ》じゃマーガレット・マッキンタイヤばあさんは落着きはらってるそうじゃないかね。わたしゃあのおばあさんも半狂乱《はんきょうらん》になるもんとばかり思ってたけど。アラン坊やをしんからかわいがってるようすだったからね」

「なに、五年このかたマーガレット・マッキンタイヤはどんなことがあったって気を揉《も》んだことがないよ——自分の息子のネイルがクロンダイクで凍《こご》え死んでいらいね。あのときおばあさんの感情も凍えちまったらしいですよ——あれからというもの少しばかり頭がおかしくなってしまったんだね。こんどのことでもあの人はなにも心配しやしないよ——ただ笑って、王様におしおきをした話をするでしょうよ」

　女たち二人は笑った。鋭《するど》い作家の嗅覚《きゅうかく》でエミリーはたちまち物語の匂《にお》いを嗅《か》ぎつけ、もっとゆっくりして聞きだしたかったが、イルゼがせかしてつれ出してしまった。

「急がなくてはだめよ、エミリー。さもないと夜になる前にセント・クレアに着けないわよ」

　まもなく二人はセント・クレアには行き着けないことがわかった。日暮《ひぐ》れになったのにセント・クレアまであと三マイルもあるし、嵐のきざしが目立ってきた。

「とにかくセント・クレアにいかれないことは確かよ」とイルゼが言った。「雨はひっきりなしに降るし、あと十五分もすれば黒猫が百万匹《びき》あつまったように暗くなってしまうわ。あそこの家へいって今夜泊《と》めてくれるかどうかきいたほうがいいわよ。居心地《いごこち》よさそうな、きちんとした家じゃないの——目的地でないにはちがいないけど」

　イルゼが指さした家は——屋根が灰色の古い白塗《しろぬ》りの家——丘の正面のあおあおとした二番草のクローバー畑の中にたっていた。一筋の濡《ぬ》れた赤い道が丘のその家へと曲りくねってつづいている。家と湾《わん》のあいだにはうっそうとしたえぞ松の林があり、林の向うの小さな土地のくぼみからちらっと三角形に、白い波頭の灰色の海がかすんで見えた。近くの、小川が流れている谷間には、雨で暗緑色となったえぞ松の若木が一面に茂《しげ》っていた。その上を灰色の雲が重くたれこめている。一瞬《いっしゅん》、魔法《まほう》のように西の雲間から日光がさし出た。たちまち丘のクローバー畑はあざやかな緑色で燃えあがり、三角形の海はすみれ色に光った。古い家はエメラルドの丘を背に白大理石のように輝《かがや》き、その上やまわりの空はインクを流したごとく黒かった。

「ああ、こんな素晴《すば》らしい景色は見たことがないわ！」

エミリーは息をはずませ、夢中《むちゅう》で手提げをかき回してノートを取出した。畑への入口の門柱が机がわりになった——エミリーは片意地にえんぴつを舐《な》めながら熱病にかかったように書いていった。イルゼは柵《さく》のすみにあった石の上にしゃがみ、いかにも待ちくたびれたというようすで、それでも辛抱《しんぼう》づよく待っていた。エミリーの顔にある種の表情があらわれたときは自分でその気になるまでは無理に引っぱっても動かないということを知っていたからである。太陽が消えふたたび雨が降りだしたころ、エミリーは満足の吐息《といき》とともにノートを手提げにしまった。

「ど、どうしても書かずにはいられなかったのよ、イルゼ」

「乾《かわ》いたところへいくまで待って、思い出しながら書くわけにはいかないの？」

石からおりてきながらイルゼはぶつぶつ言った。

「だめなのよ——そうすると香《かお》りがいくらか抜けてしまうんですもの。いまは全部書きとめられたわ——しかもぴったりはまる言葉で。さあ行きましょう——あの家まで競走してもいいわ。ああ、あの風の匂いを嗅いでごらんなさい——あらあらしい潮風の匂いを。やっぱり嵐にもどこか楽しいところがあるわ。わたしの胸の奥《おく》に——いつもなにかがあるのよ——とびだして嵐に立ち向かい——嵐と戦うものが」

「わたしもときにはそんな気持になるけど——でも今夜はならないわ。くたびれちゃったし——それにあのかわいそうな坊や——」

「ああ！」エミリーの勝利と歓喜は苦痛の叫びとなって消えてしまった。「ああ——イルゼ——ちょっとのあいだわたし忘れていたのよ——よくも忘れられたもんだわ。いったいどこにいるのかしら」

「死んでいるわよ」イルゼは残酷《ざんこく》に言い切った。「そう思ったほうがましだわ——まだ生きてると考えるよりも——こんな晩、外に出ているなんて。さあ、わたしたちどこかに行き着かなくちゃならないのよ。もう嵐になってしまったんだから——俄《にわ》か雨じゃないのよ」

　ぴんと突っ立ちそうに糊《のり》づけした白いエプロンで武装《ぶそう》したやせた女が丘の上の家のドアをあけ、二人にはいるようにと言った。

「ええ、いいですとも。泊れると思いますよ」その口調は不親切ではなかった。「少しごたごたしてすみませんがね。この家は取りこんでいるもんで」

「あら——すみません」エミリーはどもりながら詫《わ》びた。「お邪魔《じゃま》になってはいけませんから——わたしたちどこかほかへまいりますわ」

「なに、わたしらのほうではかまいませんよ。あなたがたのほうさえかまわなければね。客間もありますし。よろこんで泊めますよ。こんな嵐じゃ歩き回れやしないし——この近くに家はなし。悪いことは言わないからここに泊りなさい。夕食をもってきてあげましょう——わたしはこの家の者じゃないんです——近所の者だけどちょっと手伝いに来てるんですよ。わたしはホリンガー——ミセス・ジュリア・ホリンガーというんです。ミセス・ブラッドショーはなにもできないからね——たぶん坊やのことは聞いてなさるでしょうが」

「ではここが——で——坊やは——まだ——見つからないんですか」

「ええ——見つからないでしょうよ。ミセス・ブラッドショーには言わないけれど」——ちらっと広間のほうを振返《ふりかえ》って見てから——「でもわたしの考えじゃあの子は湾の流砂で流されてしまったんじゃないかと思うんですよ。わたしはそう考えてるんです。こちらにはいってコートやなにか脱《ぬ》ぎなさい。食事は台所でもかまわないでしょう。この部屋は寒いから——まだストーブを入れてないんですよ。葬式《そうしき》があるとすればストーブを入れなくちゃ。もし流砂で流されたんなら葬式はしないと思うけど。死体がなけりゃ葬式はできませんからね」

まったく不気味な話だった。エミリーもイルゼもどこかほかのところへ行きたくてたまらなかった——しかし嵐はにわかに烈《はげ》しくなり、海から這《は》ってきた暗闇《くらやみ》が一変した世界に注ぎこまれたかのようだった。二人は濡れた帽子《ぼうし》やコートをぬぎ、ミセス・ホリンガーのあとについて台所へ行った。昔風《むかしふう》の台所はちり一つなくランプの灯《あか》りと暖炉《だんろ》の火で陽気な感じがした。

「火のそばにすわりなさいよ。いまちょっと火を掻《か》き立てますからね。ブラッドショーおじいさんのことは気にしなくていいんですよ──おじいさん、このお嬢《じょう》さんがた二人は今夜ここに泊りなさるんです」

おじいさんはぼんやりした小さな青い目で無表情にまじまじと二人を見ただけで一言もいわなかった。

「気にしちゃいけませんよ」──と小さな声で──「もう九十を越《こ》してるし、もともと口数の多い人じゃないんですからね。クララは──ミセス・ブラッドショーのことですが──あそこにいるんですよ」──と台所の向うの寝室《しんしつ》らしい小部屋のほうをうなずいてみせた。「クララの兄さんが付き添《そ》っているんです──シャーロットタウンのドクター・マッキンタイヤがね。きのう迎《むか》えにやったんですよ。クララになにかしてやれるのはあの兄さんだけですもの。クララは一日じゅう部屋の中を歩き回っていたんですが、少しばかし横になるよう説得してもらったんです。亭主《ていしゅ》のほうはアラン坊《ぼう》やを捜しに出てますからね」

「この十九世紀に子どもの行方が知れないなどという法はない」

不意に気味悪く祖父ブラッドショーはきっぱり断言した。

「そらそらおじいさん、悪いことは言わないからあんたは気を揉んじゃだめですよ。それにいまは二十世紀ですしね。この人はまだ十九世紀に住んでるんです。二、三年前に記憶《きおく》が停《と》まっちまったもんでね。あんたがたの名前はなんていいなさるんですか。バーンリですって。

スターですって。ブレア・ウォーターから来なすった。それじゃマレー家のことを知ってなさるでしょう。姪《めい》ですって。まあ！」

ミセス・ジュリア・ホリンガーの「まあ」には気持が雄弁にあらわれていた。いままでテーブルの清潔な油布の上にせっせと皿《さら》や食物をならべていたが、さっとそれをわきへ押《お》しやってしまうと戸棚《とだな》の引出しからテーブル掛を取出し、べつの引出しからは銀のフォークやスプーンを出し、棚から対《つい》になった立派な塩入れと胡椒《こしょう》入れをもってきた。

「わたしたちのために手数をかけないでくださいな」

とエミリーはたのんだ。

「ちっとも手数じゃないですよ。普通《ふつう》のときならあんたがたが来なすったことをミセス・ブラッドショーは大よろこびするでしょうに。そりゃいい人ですからね。気の毒に、こんなひどい目にあってるのを見るとほんとにせつないですよ。アランのほかに子どもはありませんしね」

「この十九世紀に子どもの行方が知れないなどという法はないと言ったじゃないか」

と祖父ブラッドショーはいらいらと語気をつよめた。

「そうですとも——そうですとも」と慰《なぐさ》め顔に、「もちろん、そうですとも、おじいさん。アラン坊やは元気で帰ってきますよ。さあ、熱いお茶を一杯《いっぱい》いれましたからね。悪いことは言わないから飲みなさい。これでちょっとのあいだしずかにさせとける。べつにうるさいわけじゃないけれど——ただ、だれもかれも少しばかし気が転倒《てんとう》してますからね——マッキンタイヤのおばあさんはべつだけど。あの人は何事にもおどろきませんからね。そのほうがいいにはいいけれど、ただあんまり薄情《はくじょう》に思えてね。むろん、頭がおかしいにはちがいないけれど。さあ、お二人さん、ここへすわって食べてくださいよ。あの雨の音を聞いてごらんなさい。男衆はびしょ濡れになるでしょうよ。今夜はもう捜索《そうさく》はできませんね――ウイルもじきに戻《もど》るでしょう。それがわたしにゃ心配でね――アラン坊やをつれずにウイルが帰ってきたらクララはまたひと騒《さわ》ぎするでしょうからね。昨夜《ゆうべ》もわたしらは辛《つら》い思いをしたんですよ、かわいそうに」

「この十九世紀に子どもの行方が知れないなどという法はない」と祖父ブラッドショーは言った――そして憤慨《ふんがい》のあまり熱いお茶にむせた。

「そうですとも――また二十世紀にもそんな法はありませんよね」とミセス・ホリンガーは彼《かれ》の背中を軽く叩《たた》いてやった。「悪いことは言わないからもう寝《ね》なさいよ、おじいさん。疲《つか》れてなさるんだから」

「わしゃ疲れてなんぞいないし、勝手なときに寝るからいいだ、ジュリア・ホリンガー」

「ああ、そうですか、そうですか、おじいさん。悪いことは言わないから気を揉んじゃいけませんよ。クララのとこへお茶を持っていこう。いまなら飲むかもしれないから。火曜日の晩いらい飲まず食わずなんですよ――女として耐《た》えられますか」

エミリーとイルゼはわずかの食欲を振《ふる》い起こして夕食を食べた。一方、祖父ブラッドショーはうろんげな目つきで二人を見守り、奥の小部屋からは悲しげな声が聞こえてきた。

「今夜は雨が降って寒いこと――あの子はどこにいるんだろう――わたしの坊や」そして低い苦悶《くもん》の呻《うめ》きがもれた。それを聞いてエミリーは自分がその当人であるかのように身もだえした。

「じきに見つかりますからね、クララ」とミセス・ホリンガーはわざとらしい威勢《いせい》のいい調子で慰めた。「辛抱してるんですよ――悪いことは言わないから一眠《ねむ》りしなさい――きっとじきに坊やは見つかるからね」

「見つかりゃしないよ」その声はいまでは悲鳴に近かった。「あの子は死んだんだ――あの子は死んだんだ――ずっと前のあの寒い火曜日の晩に死んだんだよ。おお、神様、お慈悲《じひ》を！　あんなに小さな子どもだのに！　人から話しかけられるまではけっして口をきくんじゃないと、あんなにたびたびわたしが言ってきかせたもんだから――もう二度とわたしにゃ口をきいてくれないだろう。寝床《ねどこ》にはいってからはローソクをつけさせなかったからだからあの子は暗い寒い中で一人ぼっちで死んでしまったんだ。犬をほしがったのにわたしは飼《か》わしてやらなかった――あんなにほしがったものを――いまじゃなんにもほしがらない――ほしいのは墓と経帷子《きょうかたびら》だけ」

「とてもたまらないわ」エミリーは呟《つぶや》いた。「いたたまれないわ、イルゼ。恐《おそ》ろしくて気が狂《くる》いそうよ。外の嵐《あらし》の中にいたほうがましだわ」

ひょろ高いミセス・ホリンガーは思いやりぶかげな、同時にもったいぶった態度で寝室から出てきてドアを閉めた。

「たまらないでしょう。一晩じゅうあんな具合なんですよ。休みなさいますか。寒いけれど、あんたがたは疲れてなさるからクララの声の聞こえないところのほうがいいでしょう、かわいそうに。お茶も飲もうとしないんですよ――ドクターが眠り薬を入れやしないかと心配してね。生きていようが死んでいようが子どもが見つかるまでは眠りたくないと言うんです。もし流砂に流されたのならむろん絶対に見つかりませんよね」

「ジュリア・ホリンガー、お前さんは馬鹿《ばか》だし、馬鹿者の娘《むすめ》だ。だがそのお前さんにだってこの十九世紀に子どもの行方が知れないなどという法はないことぐらいおわかりだろう」

と祖父ブラッドショーが言った。

「あんた以外の者に馬鹿者呼ばわりされたら、おじいさん、わたしだって怒るところですわ」

とミセス・ホリンガーはいくらかきつい口調でたしなめた。彼女《かのじょ》はローソクをともして少女たちを二階へ案内した。

「眠れればいいですがね。悪いことは言わないから毛布のあいだにもぐりなさい、寝台にシーツはしいてありますけどね。きょう毛布もそれからシーツもみんな風を入れといたんです。葬式にそなえてすっかり風に当てたほうがいいと思ったもんでね。ニュー・ムーンのマレー家じゃもとから寝具の風入れにゃやかましいってことを思い出したもんでちょっと言っておこうと思ったんですよ。あの風の音を聞きなさい。この嵐じゃきっとひどい被害《ひがい》が出ますよ。今夜この家の屋根が吹きとんだって不思議はないですよね。不幸はけっして一つきりということはありませんからね。夜中に騒がしくなっても、悪いことは言わないからびっくりしちゃいけませんよ。男衆が死体をもって帰ってきたらクララはきっと狂ったようになるでしょう、かわいそうに。ドアには鍵《かぎ》をかけたほうがいいですよ。マッキンタイヤのおばあさんがときどきうろつき回りますからね。まったく罪はないし、だいたいは正気なんですが、でも人をびくっとさせますからね」

ミセス・ホリンガーが部屋を出ていきドアが閉まると少女たちはほっとした。善良な人間ではあるし、隣人《りんじん》としての義務をせいぜい忠実におこなっているにはちがいないが、あまり気の引立つ話し相手ではなかった。二人のいる小さな部屋は傾斜《けいしゃ》した軒《のき》の下になっている掃《そう》除《じ》のよく行き届いた小ぎれいな「客用寝室」であった。部屋の大部分をしめている大きなゆったりした寝台は単に部屋の装飾《そうしょく》としてではなく、いかにもその中で眠るためのものという感じがした。純白のモスリンの襞飾《ひだかざ》りで覆《おお》われた小さな四枚ガラスの窓が寒い夜の海で荒《あ》れている嵐から二人を守っていた。

「うーっ、寒い」

イルゼは身震《みぶる》いし、大急ぎで寝台にもぐりこんだ。エミリーのほうはいくらかゆっくりそれにつづいたが、鍵をかけるのを忘れてしまった。疲れていたのでイルゼはほとんどすぐに眠ってしまったが、エミリーは眠れなかった。心を痛めながら足音が聞こえはしないかと耳をすましていた。雨はパラパラとではなく、ザーッと音をたてて窓に打ちつけ、風は唸《うな》ったり金切り声をはりあげたりした。小山の下の暗い岸辺では白波が怒《いか》り狂っているのが聞こえた。羊歯《しだ》のそよぐ牧場の乾草堆《ほしくさづか》の上ですごしたあの夏の魔力にみちた月夜からわずか二十四時間しかたっていないのだろうか。ああ、あれは別の世界のことだったにちがいない。かわいそうな迷《ま》い子の坊やはどこにいるのかしら。嵐の途切《とぎ》れ目に頭上の暗闇でかすかな啜《すす》り泣きが聞こえたような気がした。肉体から解放されてさほど日のたたない小さな魂《たましい》がさびしく肉親を求めているかのようだった。エミリーは苦痛からのがれる道が見つからなかった。空想への門はかたく閉ざされてしまったし、自分の感情を突《つ》き放して劇化することもできず、神経は弓のように張りつめていた。彼女は無理に思いを外の嵐に馳《は》せて子どもの居場所の謎《なぞ》をとこうとした。どうしても見つけ出さなくてはならない——エミリーは拳《こぶし》を固めた——どうしても見つけ出さなくてはならない。あのかわいそうな母親！

「おお、神様、坊やが見つかりますように、どうか無事で、無事で見つかりますように」

エミリーは繰返《くりかえ》し繰返ししつこく必死で祈《いの》りつづけた——とても叶《かな》えられそうもない願いだけにいっそう必死にしつこく祈った。沼地《ぬまち》や、流砂や、河などの恐ろしい光景を心から閉め出したいばかりに祈りを繰返した。ついに疲れ果ててしまい、精神的苦痛ももはや彼女を目覚めさせておくことができなくなって、寝苦しい眠りにおちた。一方、嵐は猛《たけ》りつづけ、捜《さが》しに出ていた人びとはとうとう捜索をあきらめた。

第十四章　王様をおしおきした女

おとろえた嵐につづいて雨の暁《あかつき》が湾《わん》から訪《おとず》れ、白塗《しろぬ》りの小山の家の客用寝室へしらじらと忍《しの》びこんだ。エミリーは行方《ゆくえ》不明の子どもを捜し回り——見つけ出した——という気の揉《も》める夢《ゆめ》からはっと目覚めた。しかしどこで見つけたのかは思い出せなかった。イルゼは寝台の奥のほうでまだ眠っており、金色の髪《かみ》は絹糸を束《たば》ねたように枕《まくら》の上にひろがっていた。エミリーは考えが夢にくもの巣《す》のようにからまったまま部屋を見回した——そしてまだ夢を見ているにちがいないと思った。

レースで縁《ふち》どった白いテーブル掛《かけ》をかけた小さなテーブルの向うに女がすわっている——背の高いどっしりした老婆《ろうば》で、今世紀の初めにスコットランド高地の老女がまだ用いていたような、しみ一つない白い寡婦《かふ》の帽子をかぶっていた。服は杏色《あんずいろ》の粗毛氈《そもうせん》で、まるで女王のような態度で雪白の大きなエプロンをかけており、さっぱりした青いショールを胸《みぬ》のところで重ね合わせていた。顔は異常なまでに白く、しわが深かったが、ものの本質を見抜く才能のあるエミリーはいまなお目鼻立ちにあらわれている性格の強さ、活力をすぐに感じとった。またうつくしい澄《す》んだ青い目にその持主が以前ひどく傷ついたことのあるかのような表情をみとめた。これがミセス・ホリンガーの言っていたマッキンタイヤのおばあさんにちがいない。そうとすればマッキンタイヤのおばあさんはたいへん威厳《いげん》のある人だ。

ミセス・マッキンタイヤは手を膝《ひざ》の上に重ね、どこか摑《つか》みどころのない――ちょっと異様な――表情でエミリーをじっと見つめていた。ミセス・マッキンタイヤが「頭がおかしい」と言われていることを思い出し、エミリーはどうしたらいいものか、もじもじと思案した。なにか言わなくてはいけないかしら。その手数をミセス・マッキンタイヤが省いてくれた。

「あんたの先祖にスコットランド高地人はいますかね」

と彼女は気持のよい高地訛《なま》り豊かな、思いがけなくうつくしい力強い声でたずねた。

「はい、おります」

「で、あんたは長老教会信徒ですかね」

「はい」

ミセス・マッキンタイヤは満足したようすで、「そうでなくてはいけませんよ。で、名前はなんていいなさるのですか。エミリー・スター！　それはいい名前ですね。わたしの名前をおしえてあげましょう――ミストレス・マーガレット・マッキンタイヤというんです。わたしはありきたりの女ではありません――わたしは王様におしおきをした女です」

いまや完全に目覚めたエミリーはふたたび小説家の本能で快い戦慄《せんりつ》をおぼえた。しかしちょうどこのとき目を覚ましたイルゼは低い驚《おどろ》きの叫《さけ》びをあげた。ミストレス・マッキンタイヤはいかにも女王らしい身振りで頭をおこした。

「わたしをこわがらなくてもよろしい。あんたがたにはどうもしませんから。もっとも、わたしは王様におしおきをした女ではありますがね。人はわたしのことをそう言っているんです――ああ、そうですとも――教会へはいっていきますとね、『あれが王様におしおきをした女ですよ』とね」

エミリーはためらいながら、

「あのう、わたしたち起きたほうがいいんじゃありませんかしら」

「わたしの話がすむまで起きてはなりません」とミストレス・マッキンタイヤは厳然と言いわたしした。「あんたを見るとすぐにわたしはあんたこそこの話を聞かせる人だとわかりました。あんたはあまり血色はよくないし、あまり器量よしでもない――ああ、そうですとも。だが、あんたは手が小さいし、耳も小さい――それこそ妖精《ようせい》の耳だと思いますよ。そこにいっしょにいる娘さんはたいそういい娘だから立派な男のいい妻になるでしょう――利口でもあるし。ああそうですとも――だが、あんたには一風《いっぷう》変わったところがある。わたしが話を聞かせようというのはあんたです」

「話させなさいよ」とイルゼが囁《ささや》いた。「わたし王様におしおきをした話を聞きたくてたまらないんだから」

この場合、「話させる」などというものではない、ただじっと横になってミストレス・マッキンタイヤの言いたいことをじっと聞いていればいいのだとわかっているので、エミリーはうなずいた。

「あんたはトワ語は話しますまいね。ゲール語のことですよ」

たちまち気持をひきつけられエミリーは黒い頭を振った。

「それは残念ですね。わたしの話は英語ではあまり感じが出ないのですよ――ああ、そうですとも。この年寄りが夢を見ているのだぐらいにしか思わないかもしれませんが、それはちがいます。わたしがこれから話すことはほんとうのことですからね――ああ、そうですとも。わたしは王様におしおきをしたのですよ。もちろんそのころはまだ王様ではありません――小さな王子でいなすってわずか九つでしたよ――わたしの息子《むすこ》のアレックと同い年でしてね。だが、最初から話さなくてはなんのことやらあんたにはわからないでしょう。ずいぶん昔《むかし》のことで、わたしらが祖国をはなれる前のことでした。わたしの夫はたいそう立派な男でわたしイヤといい、バルモラル城の近くの羊飼いでした。アリステア・マッキンタらはそれはそれはしあわせでした。たまには喧嘩《けんか》の一つもしなかったわけではありません――おお、そうですとも。喧嘩をしなかったら退屈《たいくつ》になりますからね。仲直りをしたあとは前にもまして仲よくなりましたよ。わたしもなかなか器量よしでしたしね。いまではこんなに太ってしまいましたが、あのころはたいそうほっそりしてきれいでしたよ――おお、そうですとも。あんたは腹の中で笑ってなさるが、わたしの話はほんとうのことですよ。あんたも八十になればよくわかるでしょうがね。

憶《おぼ》えてなさるかもしれないが、ヴィクトリア女王とアルバート殿下《でんか》は毎年、夏になると子ども衆をつれてバルモラル城へおみえになったものです。ご家来衆は必要なだけになすってね。わずらわしいことは避《さ》けて庶民《しょみん》のように静かに楽しくすごしたいと思いなすったからですよ。日曜日にはときどきあるいて谷間の教会へおいでになってドナルド・マックファーソンさんのお説教をお聞きなすったものです。マックファーソンさんはお祈りがそれはそれは上手でして、お祈りの途中ではいってこられるのをいやがりましたよ。そんなときには途切らせて、『おお、主よ、サンディ・ビッグ・ジムが席につくまで待つことにいたしましょう』と言ったりしました――おお、そうですとも。次の日、女王様が笑ってなすったと聞きましたっけ――牧師のことをではなく、サンディ・ビッグ・ジムをですよ。

お城で手が要《い》りなさるときは、わたしとジャネット・ジャーデンを呼びにきたものでした。ジャネットの夫はご領地の従僕《じゅうぼく》でしてね。ジャネットはわたしに会うといつも『お早《はよ》うございます、ミストレス・マッキンタイヤ』と挨拶《あいさつ》をしたものですが、わたしのほうでは『お早うございます、ジャネット』というふうに言ってジャーデン家よりもマッキンタイヤ家のほうが上だということを示したものでしたよ。だがジャネットはごくいい人間でしたし、自分の分際を忘れさえしなければわたしたちはごく仲よくしていたものでした。

わたしは女王様とはたいそう親しくしてたのですよ――おお、そうですとも。女王様には少しも気位の高いところがおあんなさらなくてね。ときどきわたしの家にみえてお茶を飲みながら子ども衆の話をなすったものでした。器量はあんまりよくはあんなさらなかったけれど、えらくきれいな手をしてなさいましたよ。アルバート殿下はたいそう立派な顔立ちの方だと人は噂《うわさ》していたけれど、アリステアのほうがずっと好男子でしたよ。お二人ともごくいい方たちで、小さな王子がたや王女がたは毎日わたしの子どもたちと遊びまわっていなさいました。子どもたちが仲よしなことを女王様はご存じなので安心していなさいましたが、わたしのほうはそうはいきませんでしたよ――バーティ王子はえらい向う見ずの子どもさんでしてね――おお、そうですとも。それにずるい子でしたよ――だからバーティ王子とアレックが危ない目にあいはしないかとわたしはしじゅう気を揉んでいましたよ。二人は毎日いっしょに遊んでいましたからね――喧嘩もしましたし。それもいつもいつもアレックばかり悪いわけではありませんでしたが、叱《しか》られるのはかわいそうにアレックのほうなのですよ。叱らずにおくことはできないし、まさか王子を叱るわけにはいきませんからね。

わたしにはえらく心配なことが一つありました――家のうしろの木の間を流れている小川です。ところどころたいそう深くて流れが速いので子どもが落ちれば溺《おぼ》れてしまうほどでした。この小川の近くに行ってはいけないとわたしは何度もバーティ王子とアレックに言いきかせましたよ。それにもかかわらず二人は一度か二度、小川へ行ったもんでわたしはアレックを罰《ばつ》してやりました。もっともアレックの話では、自分は行きたくなかったけれどバーティ王子が『来たまえ、危ないことなんかないよ。びくびくするな』と言うもんで、アレックもバーティ王子の望みどおりにしなければならないと考え、それにマッキンタイヤ家の人間ですからびくびくするなどと言われるのはいやだったので行ったわけですよ。そのことが心配でわたしは夜も眠れないほどでした。ところがある日、バーティ王子は川の深みに落ちこみ、それを引っぱり上げようとしてアレックもつづいて落ちてしまい、二人とも溺れ死ぬところでしたが、ちょうどわたしが女王様にバターミルクを届けにお城へ行って帰ってきたところ、二人の金切り声が聞こえたのです。おお、そうですとも。たちまちわたしは何事が起こったか悟《さと》って小川に駆《か》けつけ、すぐに子どもたちを釣《つ》り上げました。二人ともポタポタしずくをたらしながらおびえきっておりましたよ。わたしはなんとかしなくてはいけないと思いましたし、かわいそうにアレックばかり責めるのにもうんざりしていましたからね。それに実をいえばひどく腹が立って王子も王様もあったもんじゃなく、ただ二人のいたずらっ子のことしか念頭になかったのですよ。もとからわたしは癇癪《かんしゃく》持ちでしたからね——おお、そうですとも。そこでバーティ王子をつまみ上げて膝の上にうつぶせにのせ、神が平民の子どもと同様に王子がたにもおしおきのためにお作りになった場所をしたたかひっぱたいてやりましたよ。王子ですから、バーティ様を先にしました。それからアレックをひっぱたきましたが、二人ともたいそうな声で吠《ほ》えたてましたっけ。わたしもえらく怒っていたので聖書にもあるとおり、両の手にせいいっぱいの力をこめて打ってやりましたよ。

それからバーティ王子は家へ帰るし——かんかんに怒ってね——わたしも落着いてくると少しばかり心配になりました。この件を女王様がどんなふうに考えなさるかわからなかったし、ジャネット・ジャーデンに威張られるのはいやですからね。だが、ヴィクトリア女王様は物わかりのいいかたでしたよ。次の日わたしにいいことをしてくれたと言いなさいましたですよ。アルバート殿下も笑いながらおしおきのことでわたしに冗談《じょうだん》を言いなさいました。バーティ王子も二度とわたしの言いつけにそむいて小川へ行ったりしなくなりましたね——おお、そうですとも——それに当分のあいだ、すわるときにあまりらくでなかったらしいですよ。アリステアはどうかといえば、えらく機嫌《きげん》を悪くするものとばかり思っていたところ、男の考えることはわからないものでしてね――おお、そうですとも――アリステアも笑いだして、いつかお前は王様におしおきをしたといって自慢するときが来るだろうよと言いましたっけ。いまとなっては遠い昔のことですが、わたしにはいつまでも忘れられないのですよ。二年前に女王様は亡《な》くなりなされ、とうとうバーティ王子が王様になりなさいました。アリステアとわたしがカナダへ来るとき女王様はわたしに絹のペチコートをくださいましたよ。それはたいそう立派なヴィクトリア格子縞《こうしじま》のペチコートでしてね。まだ使ったことはありませんが、一度だけ身につけるつもりですよ――お棺《かん》の中でね。おお、そうですとも。わたしの部屋の櫃《ひつ》にしまってありますが、なんに使うのかみんな知っていますよ。わたしがヴィクトリア格子縞のペチコートを身につけて葬《ほうむ》られるということをジャネット・ジャーデンに知らせたくてたまらないけれど、ジャネットはずっと以前に死んでしまいました。いい人間でしたよ。マッキンタイヤ家の者ではありませんでしたがね」

ミストレス・マッキンタイヤは手を組み合わせて口を閉じた。話をおえたので満足だった。エミリーは貪《むさぼ》るように聞き入っていたが、

「ミセス・マッキンタイヤ、わたしそのお話を書いて発表してもいいでしょうか」

ミストレス・マッキンタイヤは身を乗り出した。白いしわだらけの顔に少し赤味がさし、深くくぼんだ目は輝《かがや》いた。

「印刷して新聞にのせるということですかね」

「はい」

ミストレス・マッキンタイヤはショールを胸のところで重ねなおしたが、その手がかすかに震えていた。

「ときとして願い事が叶《かな》うとは不思議になります。神はいないなどという馬鹿《ばか》な人たちにこれを聞かせてやりたいものだ。この話をくわしく書いて、立派な言葉になおしてください——」

「いえ、いえ、そうはしません。二、三カ所変えたり、骨組はつくらなくてはならないかもしれませんが、大部分はいまお話しになったとおりに書きますわ。一言半句だってそれ以上よくすることはできませんもの」

ミストレス・マッキンタイヤはちょっと疑わしげな表情をしたが——やがて満足した。

「わたしは無学な人間で言葉もろくに選ばずに話しましたけれど、あんたは万事《ばんじ》心得てなさるのでしょう。よく熱心に聞いてくれましたよ。こんなへんな話をながながとしてすみませんでしたね。さあ、あんたがたも起きなくてはなりませんからわたしはあちらへ行きましょう」

「行方不明の子どもは見つかって？」

イルゼは熱心にたずねた。

ミストレス・マッキンタイヤは落着きはらって頭を振《ふ》った。

「まだですとも。そう早くは見つからないでしょうよ。クララが夜中に金切り声をはりあげているのが聞こえましたがね。あの子はわたしの息子のアンガスの娘《むすめ》なのですよ。アンガスの嫁《よめ》の実家のウイルソン家ではどんなことにも騒《さわ》ぎ立てる家でしてね。かわいそうにクララは子どもをよくかわいがらなかったからとせつながっていますけれど、いつも甘《あま》やかしていたのですよ。子どももいたずらばかりしますしね。わたしにはクララの手助けはろくにできないのですよ——千里眼ではありませんからね。あんたはちょっとばかり千里眼のようだ。おお、そうですとも」

「いいえ——そんなことはありません」

エミリーは急いで打消した。子どものころ、ニュー・ムーンで起こったある出来事を思い出さないわけにはいかず、それがいやだった。

ミストレス・マッキンタイヤはさかしげにうなずきながら白いエプロンのしわをのばした。

「そんなことを言うものではありませんよ。たいそうな才能ですからね。わたしの遠縁《とおえん》にあたるヘレンもそうなのですよ。おお、そうですとも。だが、アラン坊やを見つけるわけにはいきますまい。おお、そうですとも。クララがあんまりかわいがりすぎましたからね。だれであれ、あんまり愛しすぎるのはよくありません。神は嫉妬《しっと》ぶかい神であんなさいますからね。おお、そうですとも。子どもの居場所を知っているのはマーガレット・マッキンタイヤだけですよ。わたしはもと六人息子がおりましてね。みなごく立派な男でして、末の子がネイルでした。背が六フィート二インチもあってほかの息子たちとはまったく異なっていましたよ。朗《ほが》らかな子でしてね——いつも笑っていましたっけ。おお、そうですとも。あのなだめすかすような言葉を聞けば小鳥でさえ茂《しげ》みから出てくるほどでしたよ。あの子はクロンダイクへ行ってある晩そこで凍え死んでしまったのですよ。わたしがあの子のために祈《いの》っているあいだに死んでしまったのです。それ以来わたしはお祈りをしたことがありません。クララもいま同じ気持でしょうよ——神の耳には届かないと言っていますからね。女であるということはごく不思議なものですよ。そしてなんにもならないのにあれほど愛するということはね。アラン坊やはたいそうかわいい子でしたよ。よく肥えた日に焼けた顔に大きな青い目をしてね。まだ見つからないとは困ったことですよ。わたしのネイルが見つかったときはもう間に合いませんでしたがね。おお、そうですとも。わたしはクララを放《ほう》っておいて慰《なぐさ》め言葉でわずらわせたりしませんよ。もとからわたしは人を放っておくのが得意でしてね——王様におしおきをしたときはべつですがね。知らずにますます人を混乱させているのはジュリア・ホリンガーですよ。あれは馬鹿な女です。夫が自分のかわいがっている犬を捨てないというので、夫のところから出てきたのですからね。犬を見捨てないで夫は利口だと思いますよ。だが、わたしはジュリアといつも仲よくやっているんです。馬鹿者をよろこんで辛抱《しんぼう》する修業《しゆぎよう》をつんでますからね。ジュリアはしきりに人に注意をしてよろこんでいますが、わたしは痛くもかゆくもありませんよ。そんな注意を守りはしませんからね。さあ、おいとまをしましょう。あんたがたに会えてほんとうにうれしいですよ。あんたがたの炉辺《ろへん》に不幸がやどりませんように。それからあんたがわたしの話をたいそう行儀《ぎようぎ》よく聞いてくれたことも忘れませんよ。おお、そうですとも。いまではわたしはだれからもえらくは思われていません――だが、むかしわたしは王様におしおきをしたのですよ」

第十五章　霊《れい》媒《ばい》

ミストレス・マッキンタイヤが部屋を出ていきドアが閉まると、少女たちは起きだしてのろのろと身支度《みじたく》にかかった。エミリーはきょうこれからのことを考えるといやになった。出発するときの冒険《ぼうけん》とロマンスの気分は消えうせ、いなか道を予約勧誘《かんゆう》に回ることがきゅうにわずらわしく思えた。二人のからだも案外疲《つか》れていた。

「シュルーズベリーを出かけてから何年もたったような気がするわ」

靴下《くつした》をはきながらイルゼがぶつくさ言った。エミリーのほうはもっと時がたったような気がした。あの月の下で眠《ねむ》らずにすごした恍惚《こうこつ》とした一夜は精神的成長からいえば一年にもあたるように思われた。そして昨夜もまるで異なった理由から眠れず、短い眠りから目が覚めたときは混乱した、骨の折れる旅をしてきたかのような奇妙《きみょう》な不愉快《ふゆかい》な感じが残っていた――その感じはミストレス・マッキンタイヤの話のおかげで一時忘れていたのに、髪《かみ》をとかしているいまふたたび戻ってきた。

「わたしね――どこかを――何時間もさまよっていたような気がするのよ」とエミリーは言った。「そしてアラン坊やを見つけた夢《ゆめ》を見たの――でもどこだかわからないの。目が覚める直前にはたしかにわかっていたのに目が覚めたら忘れてしまったというのはたまらない気持よ」

「わたしは丸太ん棒のように眠ったわ」イルゼはあくびをした。「夢さえ見なかった。エミリー、この家やこの辺からできるだけ早く逃《に》げだしたいわ。悪夢《あくむ》の中にいるような気がするんだもの——まるでなにか恐ろしい物に押《お》さえつけられて逃げることもできないという感じよ。もしわたしになにかできるなら——なにか手助けできるなら話は別よ。でもそれができないからにはただもう逃げだしたいばかりだわ。あのおばあさんが話をしていたわずかの間だけ忘れていたけれど——薄情《はくじょう》なおばあさん！　かわいそうなアラン坊やの行方《ゆくえ》が知れないことなどちっとも心配していないじゃないの」

「心配するということをとうの昔にやめてしまったんじゃないかしら」エミリーは夢みるように言った。「頭がおかしいと人が言うのはそういう意味なのよ。少しも心配しない人はけっして正常ではないわ——ジミーさんのようにね。でもあれは素晴《すば》らしい話だったわ。わたしの第一の作文に書くことにするわ——そのあとで新聞か雑誌に発表しましょう。雑誌向きにちょうどいい短編になると思うんだけど。あのおばあさんが話したときの趣《おもむき》や活力を捉《とら》えられさえしたらね。あの言い回しをいくつか忘れないうちにノートに書きとめておこう」

「ノートなんかくたばっちまえ！　階下へおりて——食べなくちゃならないなら朝の食事をすませて——出かけましょうよ」

しかしまたもや作家の天国に入りこんだエミリーは一時ほかのことはいっさい忘れてしま

「わたしのノートはどこにいったのかしら。手提《てさ》げの中にないわ――たしかに昨夜《ゆうべ》入れておいたんだけど。まさかあの門柱の上においてきたんじゃないでしょうね！」

「あのテーブルの上にのっているのがそうじゃない」

　とイルゼがきいた。

　エミリーは茫然《ぼうぜん》とながめた。

「そんなはずがないわ――たしかにノートだわ――どうしてあそこにあるのかしら。昨夜あの手提げから出さなかったことはわたし知っているんですもの」

「出したにちがいないわよ」

　とイルゼは無頓着《むとんじやく》に言った。

　エミリーは当惑《とうわく》しきった顔でテーブルのところへ行ってみた。ノートは開いたままのっており、そばにエミリーのえんぴつがおいてあった。ふいにページに書いてあるものが目についた。エミリーはその上に屈《かが》みこんだ。

「早く髪を結《ゆ》ってしまいなさいよ」二、三分してからイルゼがせかした。「わたしはもう支度ができてしまったわよ。――お願いだから支度をするあいだぐらいそのいまいましいノートのそばを離《はな》れてちょうだいよ！」

　エミリーは手にノートを持ったまま、ぐるっとこちらを向いた。真っ青な顔をして目は恐怖《きょうふ》と不可解で黒く光っていた。

「イルゼ、これをごらんなさい」

彼女《かのじょ》は震《ふる》える声で言った。

イルゼはそばへ行きエミリーが差出したノートのページを見た。そこには前の日エミリーがあれほど魅《ひ》きつけられた河岸のあの小さな家がひじょうにうまく鉛筆《えんぴつ》でスケッチしてあった。玄関《げんかん》の上の小さな窓に黒い十字の印がついており、ページのその向い側の縁《ふち》にもおなじ十字の印があってそのそばに「アラン・ブラッドショーはここにいる」と書いてあった。

イルゼは目をみはった。

「これはどういうことなの。だれがしたのかしら」

「わたし――わからないわ」エミリーはどもった。「字は――わ、わ、わたしの字よ」

イルゼはじっとエミリーを見ながら少しばかり後ろへ退いた。

「眠ってるあいだにあんたが描《か》いたにちがいないわ」

「わたしには絵は描けないわ」

「ほかにだれができて。ミストレス・マッキンタイヤのはずはないし――それはわかりきっているわ。エミリー、こんな不思議なことってわたし聞いたことがないわ。あんたは――あんたは――あの子があそこにいると思う？」

「いるはずがないじゃないの。家には鍵《かぎ》がかかっているにちがいないし――いまじゃだれもあそこで仕事をしていないし。それにあの辺も全部捜《さが》したにちがいないわ――いれば窓から外を見ていたでしょうし――鎧戸《よろいど》は下りていなかったんですものね――叫《さけ》べば捜索隊《そうさくたい》の人たちも坊《ぼう》やの姿を見るか――声を聞くかしたでしょうから。やっぱり眠っているあいだにわたしが描いたにちがいないわ――どうしてしたのかわからないけれど――だってアラン坊やのことで頭がいっぱいだったんですもの。不思議だわ――こわくなるわ」

「これをブラッドショーさんたちに見せなくてはいけないわ」

「そうね――でも嫌《いや》だわ。残酷《ざんこく》にもまた無駄《むだ》な希望をいだかせてしまいますもの――なんにもならないに決っているし。でも見せないでおくわけにはいかないわ。あんたが見せてよ――わたしにはどうしても見せられないから。気が転倒《てんとう》してしまったのよ――恐《おそ》ろしいような気がするの――子どもっぽいけれど――べったりすわって泣きだしたいくらいよ。もし万が一、あそこにいたとしても――火曜日いらい――餓《が》死していいるわ」

「それはあの人たちが調べだすわよ――むろんわたしが見せるわ。万一このとおりだったら――エミリー、あんたって薄気味《うすきみ》の悪い人ね」

「そんなこと言わないでちょうだい――たまらないわ」

　エミリーは身震いした。

　二人が台所へ行ってみるとだれもそこにはいなかった。しかしまもなく一人の青年がはいってきた――ミセス・ホリンガーが言っていたドクター・マッキンタイヤにちがいない。感じのよい聡明《そうめい》そうな顔をしており、めがねの奥《おく》の目は鋭《するど》かった。だがいかにも疲れた悲しそうなようすだった。

「お早う。邪魔《じゃま》がはいらずによく眠れましたか。この家ではみんな気が転倒しているもんで」

「坊やは見つかりましたか」

　とイルゼがたずねた。

　ドクター・マッキンタイヤは頭を振った。

「いや、捜索を諦《あきら》めたんです。いまごろまで生きているはずはありませんから——あの火曜日の晩と昨夜のあとですからね。沼地《ぬまち》だと死体は上がりませんし——僕《ぼく》は沼地にちがいないと思うんですよ。かわいそうに妹は胸も張り裂《さ》けんばかりの有様です。せっかくいらしたのにたまたまこんな取りこんでいる最中でお気の毒ですね。ですがミセス・ホリンガーがよくお世話してくれたことと思いますが。手落ちがあるとマッキンタイヤのおばあさんがひどく怒《おこ》るんです。おばあさんは盛《さか》んなころはもてなしがいいので有名でしたからね。まだお会いになっていないでしょうが。客の前にめったに姿を見せないんですよ」

「あら、お目にかかりましたわ」エミリーはぼんやり答えた。「けさわたしたちの部屋へはいっていらして、王様におしおきをした話をしてくださいました」

　ドクターはかすかに笑った。

「それじゃあなたがたは敬意を表されたわけだ。おばあさんはめったな人にはあの話をしませんからね。かの老水夫に似たところがあって、あの話を聞くべく運命づけられた人がわかるんです。少し頭がおかしいんですよ。二、三年前にお気に入りの息子《むすこ》で僕には叔父《おじ》にあたるネイルがクロンダイクで悲惨《ひさん》な死に方をしたんです。遭難者《そうなんしゃ》パトロール隊のメンバーでしたがね。そのショックからおばあさんはどうしても回復しないんです。あれ以来なにも感じなくなってしまいましてね――感情というものが死んでしまったらしいんですよ。愛情も憎《にく》しみも恐怖も希望もない――まったく過去の思い出に生き、味わう感動といえば一つしかありません――むかし王様におしおきをしたということに対する大きな誇《ほこ》りです。だが僕のおかげで朝食をおくらせちまいましたね――ほらミセス・ホリンガーが僕を叱《しか》りに来ましたよ」

イルゼはあわてて、

「ちょっと待ってください、ドクター。――わたしは――あなたに――わたしたちはお見せしたいものがあるんです」

ドクターは不思議そうにノートを覗《のぞ》きこんだ。

「これはなんですか。僕にはわかりませんが――」

「わたしたちにもわからないんです――エミリーが眠っているあいだに描いたんですの」

「眠っているあいだに！」

ドクター・マッキンタイヤは呆気《あっけ》にとられた。

「そうにちがいないんです。ほかにだれもいなかったし――おばあさんが絵をお描けになるならべつですけど」

「描けませんよ。それに祖母はこの家を見たことがありません――これはマルヴァーン橋の下のスコビー家の別荘《べっそう》でしょう」

「ええ。わたしたちきのう見てきました」

「しかし、アランがあそこにいるはずはありませんよ――もう一月《ひとつき》も鍵をかけたままになっているし――大工たちも八月には帰ってしまったし」

「ええ――わかってますの」エミリーは口籠《くちご》もった。「わたし眠る前にアラン坊やのことをいろいろ考えていたんです――そんなもの夢にすぎないと思いますわ――わたしにも全然わからないんです――でもわたしたちこれをお見せしないではいられなかったんですわ」

「むろんそうですとも。よし、このことはウイルにもクラニにも言わないでおこう。僕は丘《おか》の向うのロブ・メイソンを呼びにいき、二人で一っ走りあの別荘の辺を見てくることにします。不思議ですね、もし――だがそんなことはありえないと思うが。別荘の中にははいれそうもないな。鍵がかかっているし鎧戸《よろいど》は下りているし」

「この窓は――玄関の上のこの窓には――鎧戸が下りていませんわ」

「そうだ――しかしこれは二階のホールのはずれにある押入《おしい》れの窓ですよ。僕は八月、ペンキ屋が仕事をしているときあの家へ行ったことがあるんです。この押入れにはばね錠《じょう》がかかるようになっているので、窓に鎧戸をつけなかったんじゃないかな。たしかこの窓は天井《てんじょう》に近い高いところにあるはずです。では、こっそりロブのところへ行って一つ調べてきましょう。百方手《ひゃっぽう》をつくさなくちゃなりませんからね」

エミリーとイルゼはミセス・ホリンガーが放っておいてくれるのをありがたいと思いながら無理してわずかばかり朝食を食べた。ミセス・ホリンガーは行ったり来たり用をしながら

二、三言葉をかけた。
「昨夜はひどかったですね――でも雨は上がりましたわ。わたしゃ一睡《いっすい》もしなかったんですよ。かわいそうにクララも眠りませんでしたが、でもいまでは静かにしてます――まあ諦《あきら》めたんですよね。気が変になったんじゃないかとわたしゃ心配でしかたがないですよ――あの人のおばあさんが自分の息子が死んだと聞いてから頭がおかしくなりましたからね。捜索を打切ったと聞いたらクララは一度悲鳴をあげたきり、壁《かべ》のほうを向いて横になってますよ――それいらい身動きもしないでね。さあ、ほかの者までそうはしちゃいられませんからね。トーストを上がってくださいよ。悪いことはいわないから、ゆっくりしていて風で地面がいくらか乾《かわ》いてから出かけなすったほうがいいですよ」

「わたし出かけないわ、結果がわかるまでは――」

とイルゼが囁《ささや》いた。

エミリーもうなずいた。彼女は食物が喉《のど》を通らなかった。もしエリザベス伯母《おば》かルース伯母が見たならすぐに寝床《ねどこ》へ追いやり、寝ていなくてはいけないと申渡《もうしわた》したにちがいない――またそれが当然の処置だった。いまにも倒《たお》れそうだった。ドクター・マッキンタイヤが出かけたあとの一時間は無限に思われた。突然《とつぜん》、二人は台所の外のベンチで牛乳桶《おけ》を洗っていたミセス・ホリンガーの鋭い叫び声を聞いた。一瞬《いっしゅん》後、彼女は台所へ駆《か》けこんできた。すぐつづいてドクター・マッキンタイヤも飛びこんできた。彼《かれ》はマルヴァーン橋から狂ったように走ってきたので息を切らしていた。

「真っ先にクララに言わなくちゃならん。クララの権利だ」

ドクターは奥の部屋へ消えた。ミセス・ホリンガーは椅子《いす》にくずれこむと泣き笑いをはじめた。

「見つかったんですよ——アラン坊やが見つかったんです——ホールの押入れの床《ゆか》で——あのスコビー家の別荘の！」

「あの——生きて——いるんですの」

エミリーは喘《あえ》いだ。

「ええ、でも生きてるというだけで——口もきけないんです——ですがドクターの話じゃ大《だい》丈夫《じょうぶ》だそうですよ。近くの家へはこんだそうです——それだけしかドクターから聞くひまがなかったんですよ」

あらあらしい喜びの叫びが寝室《しんしつ》から聞こえ——クララ・ブラッドショーは髪を振乱し血の気のない唇《くちびる》で、しかし目は歓喜に輝いて台所を駆けぬけた——そして外へとびだし丘を越えていった。ミセス・ホリンガーは外套《がいとう》を持ってあとを追った。ドクターはどっかと椅子に腰《こし》をおろした。

「引き留められなかったんですよ——それに僕もう一っ走り行ってくる元気はありませんしね——だが喜びのために死ぬということはないですよ。たとえ引き留められてもかえってそんなことは残酷ですし」

「アラン坊やは元気ですか」

とイルゼがきいた。

「元気になるでしょう。かわいそうに精根つき果ててしまったんですよ。当然のことですがね。あと一日とはもたなかったでしょう。すぐ橋のところのドクター・マッシュソンの家へはこんで手当をたのんできました。明日にならなくては家へつれてこられませんね」

「どうしてあそこへ行ったんでしょう」

「さあ、むろんまだ話はなにも聞けませんが、どうしてああなったかわかる気がしますよ。僕らは地下室の窓が半インチほど開いているのを発見したんです。思うにアランは男の子のやりそうなことで家のまわりを探《さぐ》りあるいているうちにこの窓に鍵《かぎ》がかかってないのを見つけたんですね。そこからはいりこみ、窓をほとんど閉めてから家の中の探検にとりかかったんです。どんなふうにしたものか押入れの戸をきつく引っぱったのでばね錠がかかって中に閉じこめられてしまったわけですね。窓は高すぎて手が届かず、そうでなかったらここから人の注意を引けたんですが。窓にのぼろうとしたらしく押入れの白い壁が引っ掻《か》き傷だらけになっていましたよ。もちろん大声で叫びはしたでしょうが、あの家の近くを通る者がいなかったんですね。ご存じのようにあの家は木もなにも生えていない小さな入江《いりえ》にたっていて、近くに子どもの隠《かく》れそうな場所もないために捜索隊はあまり注意を払《はら》わなかったんでしょう。とにかく河岸を捜したのがきのうですからね、あんなところまで一人で行くとは考えられなかったからですが、きのうではもうあの子も助けを求めるだけの力はなかったわけです」

「坊やが——見つかって——うれしいわ」

イルゼはしきりにまばたきをして涙《なみだ》を押し戻《もど》そうとした。

ふいに居間の戸口から祖父ブラッドショーが頭を突《つ》き出し、

「この十九世紀に子どもの行方《ゆくえ》が知れんなどというはずはないと、わしが言っただろう」

と言ってクックッ笑った。

「ところが実際、行方が知れなかったんですよ」とドクターが説明した。「このお嬢《じょう》さんがおられなかったら——結局——見つからずにしまうところだったんです。不思議ですねえ」

「エミリーは——霊媒《れいばい》なんです」

とイルゼはカーペンター先生の受売りをした。

「霊媒！　ふーむ！　たしかに不思議だ——まったく。僕は知ったかぶりはしませんよ。おばあさんならもちろん、千里眼だと言うところです。スコットランド高地人はみんなそうだが、おばあさんも当然、千里眼というものを信じているんです」

「あら——わたしは千里眼でなんかありませんわ」エミリーは抗議《こうぎ》した。「あれは夢《ゆめ》で見たにちがいないんです——それで眠《ねむ》ったまま起きて——でも、わたしは絵が描けないし」

「では、なにかがあなたを手段として使ったんですよ。信じられないことを信じなければならないとなると、結局おばあさんの千里眼の解釈が一番道理にかなっていることになりますね」

エミリーはぞっと身を震《ふる》わせた。

「その話はあんまりしたくありませんの。アラン坊やが見つかってほんとうにうれしいわ

——でもお願いですからほかの人にはわたしのことをおっしゃらないでいただきたいんです。ただご自分でスコビー家の別荘を捜してみようとふと思いついたから、ということにしておいてくださいな。わたし——このことがそこらじゅうで噂《うわさ》されたらたまりませんもの」

二人が風《ふ》の吹く小山の白い小さな家を出てきたころには雲間から太陽が輝《かがや》き、その下で港の水は狂気《きようき》のように踊《おど》っていた。あたりには嵐《あらし》のあとの野性的なうつくしさがみなぎり、二人の前には西街道《にしかいどう》が湾曲《わんきよく》や丘や赤いうつくしい水溜《みずたま》りなどとともにのびていた。しかしエミリーはそれらから顔をそむけた。

「あとはまたこの次にするわ。なんだかきょうはもう勧誘《かんゆう》をつづける気になれないの。わが心の友よ、マルヴァーン橋までいって午前の汽車でシュルーズベリーへ帰りましょうよ」

「あんたの——夢は——すごく——不思議ね。なんだか——少しばかりあんたがこわくなっちゃったわ、エミリー」

「あら、わたしをこわがったりしないでよ。ほんの偶然《ぐうぜん》の一致《いつち》にすぎなかったんだから。坊やのことだの——きのうわたしの心を奪《うば》った家のことだのあんまり考えたせいだわ——」

「あんたがわたしのお母さんのことでほんとうのことを発見したときのことを憶《おぼ》えているでしょう」とイルゼは低い声で言った。「あんたにはわたしたちほかの者がだれも持っていない力があるのよ」

「たぶんおとなになったらそんなものはなくなるわよ」エミリーは必死だった。「そうなればいいけれど——そんな力なんかほしくないわ——わたしの気持はあんたにはわからないわ、イルゼ。恐ろしいことに思えるのよ――まるで自分がなにか気味の悪いことで目をつけられているような――人間ばなれした感じなの。なにかがわたしを手段として使ったのだとドクター・マッキンタイヤがおっしゃったとき、わたしからだじゅうが冷たくなったわ。このわたしが眠っているあいだにほかの霊がわたしのからだを自分のものとしてあの絵を描《か》いたように思われたの」

「字のほうはあんたの字だったわよ」

とイルゼが言った。

「ああ、もうこの話はやめるわ――考えないことにするわ。忘れるつもりよ。二度と言いだしちゃだめよ、イルゼ」

第十六章　流　れ　木

一九――年　十月三日

シュルーズベリーにて

わたしはわがうつくしき地方における自分の勧誘割当て分を果たした――勧誘員全部の中でわたしが一番の成績をあげた――そのため第二学年一年分の本代を払えるほどの手数料をもらった。このことをルース伯母さんに話したら伯母さんはフンと鼻を鳴らさなかった。これは特筆すべきことだと思う。

きょう、わたしの小説「時の砂粒《すなつぶ》」がマートン社から返されてきた。しかし断わり文句を書いた紙片《しへん》は印刷ではなくタイプで打ってあった。タイプのほうが印刷よりは失礼に感じないと言う人もある。

「御作品は興味深く拝見いたしましたが、残念ながら目下のところお引受けいたしかねます」

「興味深く」というのなら少しは気が慰《なぐさ》まる。しかしそれも失望をやわらげるためにすぎないのだろうか。

このあいだイルゼとわたしは『頭蓋骨《ずがいこつ》と梟《ふくろう》』に欠員が九人あり、わたしたちも応募《おうぼ》資格者のリストにのっているという通知を受取ったので応募した。『頭蓋骨と梟』のメンバーになることは学校では名誉《めいよ》と思われている。

第二学年はいまたけなわであり、勉強が面白《おもしろ》くてたまらない。ハーディ先生の授業が何時間かあるが、先生としてはカーペンター先生いらい他のだれよりも好きだ。ハーディ先生はわたしの作文「王様をおしおきした女」に大変興味をおぼえて第一位にし、批評のときとくに取上げた。もちろんイブリン・ブレークはわたしがこれをなにかから写したのであり、たしかにどこかで読んだ憶えがあると言っている。今年はイブリンは髪《かみ》をあたらしい撫《な》で上げ髪にしているが、ひどく似合わない。もっとも、イブリンのからだでわたしがいいと思うのは背中だけだから。

マーチン一族は猛烈《もうれつ》にわたしのことを怒《おこ》っているらしい。先週サリー・マーチンが英国国教会派の教会で結婚式《けっこんしき》をあげたが、その記事をとるようにわたしはタイムズの編集長からたのまれた。むろんわたしは出かけていった――結婚式の記事をとるのは大嫌いではあるが。ときには言ってならないことで言いたくてたまらないことがたくさんあるのだ。しかしサリーの結婚式では式もサリーもきれいだったので、わたしとしてはまったく感じのいい記事を書いたつもりでいた。そして花嫁《はなよめ》のうつくしい「ばらと蘭《らん》」の花束《はなたば》――花嫁が蘭の花束をもったのはシュルーズベリーはじまっていらいのことである――のことにとくに触《ふ》れておいた。わたしは活字のようにはっきりした書体で書いたのだからあのいまいましいタイムズの植字工が「蘭」をいわしに変えてしまった言い訳は全然たたないはずである。もちろん分別のある人なら印刷の間違いとわかることだ。しかしマーチン一族はわたしがくだらない冗談《じょうだん》のつもりでいわしと書いたと取ってしまった――それというのも、いつかわたしが結婚式のきまりきった記事を書くのにうんざりしてしまった、一つだけでも異なった趣《おもむき》のものを書きたいと言ったのが一族の耳に入ったかららしい。たしかにわたしはそう言った――しかしわたしの創作欲からいっても花嫁がいわしの花束をかかえたなどと書く気にはとてもなれはしない！　それにもかかわらずマーチン家の人びとはそう思いこみ、ステラ・マーチンはわたしを指貫《シンブル》きパーティーに招かなかった――ルース伯母さんはわたしのやりそうなことだと言っている――エリザベス伯母さんはあんまり不注意だったと言っている。わたしが！　神がわたしに忍耐力《にんたいりょく》を賜《たま》わらんことを！

*

一九――年　十月五日

きょうの夕方ミセス・ブラッドショーがわたしを訪ねてきた。幸いルース伯母さんは出かけていた――幸いというのはわたしの夢のことや夢のためにアラン坊《ぼう》やが見つかったことなどをルース伯母さんに知られたくないからである。これは伯母さんのいわゆる〝狡《ずる》い〟ということになるかもしれないが、実をいえば狡かろうがなかろうが、この件でルース伯母さんにフンと鼻を鳴らされたり、どうしてかと聞きただされたり、手荒《てあら》くひねくり回されるのに耐《た》えられないからだった。

ミセス・ブラッドショーはお礼の挨拶《あいさつ》に来たのであった。わたしはまごまごしてしまった――結局、わたしになんの関係があるのか。わたしはあの件は考えたくもないし触れたくもない。ミセス・ブラッドショーの話によるといまではアラン坊やはすっかり元気になったそうだ。しかし起きられるようになったのは発見されてから一週間後だとのことである。ミセス・ブラッドショーは青い顔をして真剣《しんけん》な態度で語った。

「あなたがおいでにならなかったら、ミス・スター、あの子はあそこで死んでいたでしょうよ――わたしだって死んでしまいましたわ。とてもあのまま生きてはいられませんでしたもの――生きてるか死んでるかわからずに――ああ、あのときの恐《おそ》ろしさは忘れられません。この感謝の気持をわずかなりとも伝えたさにわたしは来ずにはいられなかったんですよ――

あの朝わたしが戻ってきたときにはあなたがたは出かけなすったあとでした——わたしはなんにもお構いしなくて悪かったと思って——」

ミセス・ブラッドショーはわっと泣きだし——わたしも泣き——二人は思いきり泣いた。アラン坊やが見つかったことはとてもうれしいしありがたいと思うが、見つかるにいたった経路を考えるのは嫌《いや》だ。

＊

一九——年　十月七日

ニュー・ムーンにて

きょうの夕方、池の墓地を散歩して楽しかった。夕方の散歩にはあまり愉《ゆ》快《かい》な場所ではないと人は思うかもしれない。しかしわたしはそこはかとない憂愁《ゆうしゅう》の漂《ただよ》う晴れた秋の夕暮《ゆうぐれ》に西の斜面《しゃめん》の小さな墓地をさまよいあるくのがもとから好きである。墓石に刻まれた名前や年齢《ねんれい》を見て、そこに葬《ほうむ》られている愛や憎《にく》しみや希望や不安などを考えてみるのが好きだ。素敵《すてき》な気分である——悲しいものではない。そのまわりを赤い耕した畑や霜《しも》枯《が》れの羊歯《しだ》の森など、わたしにとって懐《なつ》かしいものばかりがとりかこんでいる。こういうものをわたしは前から愛してきた——そして年とともにその気持は深まる一方のように思われる。週末にニュー・ムーンへ帰ってくるごとにこれらのものがますますいとしく——ますます自分の一部という感じが強くなっていく。わたしは人のように物も愛する。エリザベス伯母さんもそうではないかと思う。それだからこそニュー・ムーンでなに一つとして変えようとしないのだろう。エリザベス伯母さんの気持が前よりはわかるようになった。伯母さんのほうでもいまではわたしを気にいっているらしい。最初は義務でしかなかったわたしだが、いまはもう少しましな存在になってきた。

わたしが墓地にいるうちに冴《さ》えない金色の薄暮《はくぼ》がおとずれ、墓地はにぶく光る幽霊《ゆうれい》じみた場所となった。そのときテディが呼びにきたので牧場へ上り〈明日の道〉を散歩した。〈明日の道〉はいまでは樹木がわたしたちの頭より高くのび、ほんとうは〈きょうの道〉なのだが、わたしたちはやはり〈明日の道〉と呼んでいる――習慣からでもあるし、またこの道でわたしたちの明日のことや明日の希望などをいろいろ話すからでもある。とにかくわたしが自分の明日や抱負《ほうふ》を語りたい気持になるのはテディだけだ。ほかにはだれもいない。文学上の希望を話すとペリーは嘲笑《あざわら》う。わたしが本を書くことについてなにか言うと、

「そんなことをしてなんになる」

と言う。むろん、〝なんになる〟かわからないような人間に説明しても無駄《むだ》なことだ。こういうことはディーンにさえ話せない――というのはある晩、

「君の明日のことなど聞くのは嫌だよ――君の明日は僕の明日ではないからな」

とにがにがしげに言ったからである。ある意味ではわたしが成長することをディーンは好まないらしい、――どんなものでも、ことに友情を他の者と――あるいは世間と――共有することに嫉妬《しっと》を感じるプリースト家の気質をディーンもいくらか持ち合わせているのではな

いかとわたしは思っている。最近なんだかディーンはわたしの作家としての野心にはもう関心がないようだ。そういう野心を馬鹿《ばか》にさえしているらしい。たとえばカーペンター先生はわたしの「王様をおしおきした女」をよろこび、素晴らしい出来だと賞《ほ》めてくれた。しかしディーンはこれを読むと微笑《びしょう》し、

「学校の作文としては大変よくできたが、しかし——」

と言ってまた微笑した。それは感じのいい微笑ではなかった。エリザベス伯母《おば》さんではないが「あまりにプリースト家の者らしい」微笑であった。このことでわたしはひどく失望した——いまでもそうだ。いかにもこう言っているかのようだ。

「楽しみのために書きちらすのはいいがね、君。言い回しが器用なのも結構だ。しかしそんなことがたいしたことだと君に思わせたら、僕は君に不親切ということになる」

もしこれがほんとうなら——ディーンは頭がよくてなんでも知っているからこれはほんとうかもしれない——そうするとわたしには立派な仕事は一つとしてなしとげられないことになる。わたしは立派な仕事をなしとげようなどとは思うまい——〝器用な三文文士〟にもなるまい。

しかしテディとなるとそうではない。

きょうのテディは意気揚々《ようよう》としていた——彼《かれ》のニュースを聞いたときわたしも興奮した。九月にシャーロットタウンの展覧会に絵を二点出品したところ、モントリオールのルイスさんが一点につき五十ドルずつ払うと言ってくれたのだ。これでシュルーズベリーでの冬の下

宿料が賄《まかな》えるから、ミセス・ケントも助かるわけである。しかしこの話を聞くとミセス・ケントはよろこばず、

「ああ、そう、これでお前もわたしなんかに頼《たよ》らずにやっていけると思っているのね」

こう言って泣きだした。

テディはそんなことは夢にも考えていなかったので感情を害した。かわいそうなミセス・ケント。ひどく寂《さび》しいにちがいない。あの人は自分と自分の性質とのあいだに不思議な障壁《しょうへき》があるのだ。よもぎが原にはわたしは長いこと行ってない。ミセス・ケントが病気だと聞いてローラ伯母さんが夏のいつか訪ねていったとき、わたしもいっしょに行った。ミセス・ケントは起きられるようになっており、ローラ伯母さんと話をしたが、わたしには一つも言葉をかけず、ときどき火がくすぶるような妙《みょう》な目つきで見るだけだった。しかしわたしたちが帰ろうとしたとき一度だけ口をきいた。

「あなたはずいぶん背が高いんですね。じきに一人前の女となるでしょう——そして他の女から息子《むすこ》を盗《ぬす》み取るようになるでしょうよ」

帰り道でローラ伯母さんは、前からあの人は変だったがますますようすがおかしくなってきたと言った。

「人によってはあの人は頭の病気だと言ってるけれどね」

「頭ではなくて心の病気なのよ」

とわたしは言った。

「エミリー、そんな恐ろしいことを言ってはいけません」

とローラ伯母さんがたしなめた。

どうしていけないのかわたしはわからない。からだや頭が病気にかかるのなら心だってそうではないか。ミセス・ケントがいつかひどい心の傷をうけてそれが治っていないのだということを、わたしはじかに聞いたかのごとくに確信することがある。わたしを憎まなければいいのに。テディのお母さんに嫌《きら》われるのは辛《つら》い。どうしてかわからないけれど。ディーンもテディに劣《おと》らず大事な友達ではあるが、プリースト家の一族全部から嫌われてもわたしは平気だ。

＊

一九――年　十月十九日
イルゼと他の七人の応募者が『頭蓋骨と梟』に選ばれ、わたしは落ちた。結果は月曜日にわかった。もちろんイブリン・ブレークの仕業《しわざ》とわかっている。ほかにそんなことをする者はないから。イルゼは物凄《ものすご》く怒った。自分あてにきた当選の通知をめちゃめちゃに破り、『頭蓋骨と梟』やその作品すべてを痛烈に非難した手紙をその破った通知にそえて書記に送った。
きょうクローク・ルームで会ったときイブリンはあんたとイルゼの二人にわたしは投票したのよと言った。
「そうしなかったとでも言う人がいるの？」

わたしはせいいっぱいエリザベス伯母さんの態度をまねて聞き返した。

「いるわ――イルぜよ」イブリンはふくれた顔をした。「このことでずいぶんあの人に失礼なことを言われたわ。だれが反対投票をしたか、わたしの考えを聞きたいと思う?」

わたしはまっすぐイブリンの目を見据《みす》えた。

「いいえ、その必要はないわ。だれがしたのかわたしにはわかっておりますから」

こういうとわたしはイブリンをおいて出てきてしまった。

この件で大部分の頭蓋骨たちや梟たちは――とくに頭蓋骨たちが――たいそう憤慨《ふんがい》している。梟のうちの一ぴきか二ひきは高慢《こうまん》ちきなマレー家にいい薬になったとホーホーやじっている者もあるとのことだ。そしてこの幸運の九人にはいらなかった数人の三年生や二年生はむろんほくほくよろこぶか、感じの悪い同情を表わすかした。

きょうこの話を聞くとルース伯母さんはなぜわたしが反対投票されたかその理由を知りたがった。

*

一九――年　十一月五日

ニュー・ムーンにて

きょうローラ伯母さんとわたしはあるニュー・ムーンの伝統を一方はおしえ、一方は習いながら午後をすごした――すなわちガラスびんの中に型を描《か》いて漬物《つけもの》を漬ける方法である。

わたしたちは大きなびんいっぱいあたらしい漬物を貯蔵した。エリザベス伯母さんは見に来て、どれをローラ伯母さんがやり、どれをわたしがしたのか見分けがつかないと言った。

今夜はたいそう愉快だった。わたしは庭に出て一人楽しんだ。庭には晴れた十一月の晩らしい奇怪《きかい》なうつくしさが漂っていた。日暮れににわかに雪がふってきたがうっすらあたりを覆《おお》うだけでやみ、空気は澄《す》んで身が引き緊《し》まるようだった。花はほとんど全部、秋じゅう夢《ゆめ》のようにうつくしかったあの見事なわたしの紫苑《しおん》も二週間前に黒く霜枯れてしまったが、花《か》壇《だん》のまわりにはまだ、ふわふわした白いアリッサムがぐるっと取巻いていた。煙《けむ》ったように赤い狩猟月《しゅりょうづき》（訳注　収穫月の次に来る満月。狩猟期の始まり）がちょうど梢《こずえ》の上に出てきた。西のほうの黒ずんだ木が二、三本たっている白い小山のうしろは赤黄色に輝《かがや》いている。晩秋の夕べのうらがれた風景につきものの妙に深い悲しさを雪は追い払《はら》ってしまい、古いニュー・ムーンの斜面や牧場はかすかな月明りにお伽《とぎ》の国と化していた。古いわが家はきらめく雪を屋根に戴《いただ》き、灯《ひ》ともる窓々は宝石のように輝いており、さながらクリスマス・カードの絵のようだった。あるかないかの灰青色の煙《けむり》が台所の上に立ちのぼっている。小径《こみち》からはジミーさんの燃やしている落葉がくすぶるいい匂《にお》いが漂ってくる。わたしの猫《ねこ》もみな集まっていた。足音を立てず妖魔《ようま》のような目をして、時と場所にふさわしかった。薄暮は——別名「猫の明り」とはうまく言ったものだ——猫がその本性《ほんしょう》を現わす唯一《ゆいいつ》の時である。かすかに輝くやせたソーシー・ソールは銀色をした猫の幽霊のようであり、ダフィは忍び歩きするねずみ色の虎《とら》を思わせる。ダフィはどこからどこまで生粋《きっすい》の猫である。むやみやたらの人には身を屈《くつ》しない——あまり喋《しゃべ》りもしない。彼らはわたしの足にとびついたり、一散に駆《か》けだしたり、また跳《は》ねながら戻《もど》ってきて重なり合って転がったりしている——みな夜とこの浮世《うきよ》ばなれのした場所の一部となっているので少しもわたしの考えのさまたげにならない。わたしは歓喜にみちて小径《こみち》を逍遥《しょうよう》し、日時計を回り、あずまやへ行った。こういうときに吸いこむ空気はいつもわたしをいくらか酔《よ》わせるらしい。『梟《ふくろう》』に選ばれなくて憤慨した自分をわたしは笑った。梟だなんて！ わたしは太陽に向かって舞《ま》い上がる若鷲《わかわし》のような気持がした。見たり学んだりすべき全世界がわたしの前にひろがっている。それを思うとわたしは心が踊《おど》った。未来はわたしのものである——過去もわたしのものだ。わたしはまるで昔《むかし》からここに住んでいるような気がした——まるでこの古い家の愛と生活すべてを共にしてきたかに思えた。この先もいつまでも——いつまでも——いつまでもここで生きていくのだという気がした——このときわたしは不滅《ふめつ》ということを信じた。ただ信じたのではない——感じたのである。

そうしているわたしをディーンが見つけた。気がついたときには彼はすぐそばまで来ていた。

「君はほほえんでいるね。僕《ぼく》は一人ほほえむ女を見るのが好きだ。その思いは無邪気《むじゃき》な楽しいものにちがいない。きょうはよい日でしたか、ご婦人よ」

「とてもいい日でしたわ——そしてきょうのうちでも今夜が一番素晴らしいわ。今夜のわたしはたまらなく幸福なのよ、ディーン——ただ生きているというだけで幸福なの。ちょうど一群の星にひかせた馬車を御《ぎょ》しているような感じなの。こんな気分がいつまでもつづくといいんだけれど。今夜はそりゃあ自分に自信がもてるの——将来に自信がもてるの。なんにも、こわいものがないわ。人生の成功を祝う宴《うたげ》でわたしは主賓《しゅひん》ではないかもしれないけれど、参列者にはなるわ」

「僕が小径を来たとき、君は未来をながめている予言者のようなようすをしていたよ、白い恍惚《こうこつ》とした顔で月光の中に立っているところは。君の皮膚《ひふ》は水仙《すいせん》の花びらのようだ。君なら顔に白ばらをあてがってもいい——そうできる女はごく少ないのだが。ほんとうは自分でも承知しているだろうが、君はごくうつくしいというわけではないよ、スター。しかし君の顔は人にうつくしいものを思わせる——そのほうが単にうつくしいというよりもはるかに貴重な資質だ」

わたしはディーンの讃辞《さんじ》が好きだ。いつもほかの人のとは異なっている。それにわたしは女と呼ばれるのも好きだ。

「そんなことを言うと、わたし自惚《うぬぼ》れてしまうわ」

「君のようなユーモアのセンスのある者はそうじゃないよ。ユーモアのセンスのある女はけっして自惚れはしない。この世で一番悪意をもった悪い妖精だって洗礼を受ける一人の幼児にこんな欠点を二つも授《さず》けはしないからね」

「ユーモアのセンスが欠点だとおっしゃるの」

とわたしは聞き返した。

「そのとおり。ユーモアのセンスのある女は自分についての容赦《ようしゃ》ない事実から逃《に》げこむ避難《ひなん》

場所《ばしょ》をもちあわせていともできない。実際の自分以外のものを考えられない。自己憐憫《れんびん》にふけること
もない。自分とは異なる者を安心して非難することもできない。いいや、エミリー、ユーモアのセンスのある女は羨《うらや》むべき存在ではないよ」

こういう考え方はいままで一度もうかんだことがなかった。わたしたちは石のベンチにすわり、この問題を徹底的に議論した。この冬ディーンはどこにも行かないそうだ。うれしい——いないとひどく寂しいから。少なくとも二週間に一度はディーンとゆっくり話をしないと人生は色あせたものになるから。わたしたちの話は色彩が豊かである。またときにはディーンはひじょうに雄弁《ゆうべん》ともいえる沈黙《ちんもく》におちいる。今夜もいくらかそんなふうだった。わたしたちは古い庭の夢と夕闇《ゆうやみ》と静けさにつつまれてすわったまま、お互《たが》いの思いに耳を傾けていた。また彼は東洋の古い国や豪華《ごうか》な市場の話もしてくれた。わたしのことや、わたしの勉強やしていることについてたずねもした。わたしはおりおり自分のことを話す機会を与《あた》えてくれる男の人が好きだ。

「最近なにを読んでいるの」

と彼はきいた。

「きょうの午後、漬物を漬けてしまってからミセス・ブラウニングの詩をいくつか読んだの。今年は英語の時間にミセス・ブラウニングをしているのよ。わたしの大好きな詩は『茶色の数珠《じゅず》の婦人』なの——オノーラにはミセス・ブラウニング以上に同情しているのよ」

「そうだろうとも。それというのは君自身が感情の人だからだ。オノーラのように君だって

恋愛《れんあい》のためなら天国とさえ引き換《か》えてしまうだろうよ」

「わたしは恋愛なんかしないわ――人を愛することは奴隷《どれい》になることですもの」

こう言ってしまってからわたしは恥《は》ずかしくなった――利口ぶりたくて言ったにすぎないことが自分でもわかっていたからである。人を愛することが奴隷になることだとは――とにかくマレー家の者の場合は――ほんとうは信じていない。しかしディーンはわたしの言葉を本気に受取った。

「そう、こんな世の中では人はなにかしらの奴隷にならなくてはならないからね。自由な者は一人もない。おお、星の娘《むすめ》よ、結局憎しみよりも――不安よりも――必要よりも――野心よりも――誇《ほこ》りよりも、愛が一番くみしやすい主人かもしれない。ところで君の小説の恋愛の部分はどんな具合なの」

「忘れてらっしゃるのね――いまのところわたし小説は書けないのよ。書けるときが来たら――ほら、ずっと前、恋愛を芸術的に仕立てる方法をおしえてあげると約束《やくそく》なさったじゃありませんか」

わたしはほんの冗談《じょうだん》のつもりでからかうような口調で言った。ところがディーンは急にひどく真剣《しんけん》になった。

「君はおしえを受ける用意ができているの？」

と彼は身を屈《かが》めた。

一瞬《いっしゅん》わたしは彼がわたしにキスしようとしているのかと狂気じみた考えを起こした。わたしは身を引いた――真っ赤になったのが自分でもわかった――ふいにテディのことを思った。なんと言っていいかわからなかった――わたしはダフィを抱《だ》き上げ――そのうつくしい毛皮に顔を埋《う》めて――ゴロゴロ言う声を聞いた。そのとき折よくエリザベス伯母さんが玄関《げんかん》に出てきて、わたしにゴム靴《ぐつ》をはいているかどうかとたずねた。ゴム靴ははいていなかったので――わたしは家にはいり――ディーンは帰っていった。足をひきずりながら小径を去っていくディーンをわたしは自分の部屋の窓から見守っていた。たいそう寂しそうな姿なので急にわたしはたまらなくかわいそうになった。わたしといっしょにいるときのディーンはとてもいい話し相手であり、二人ともたいそう楽しい時をすごすので、ディーンの生活に別の面があることをわたしは忘れてしまう。わたしには彼の生活のほんの小さな一隅《いちぐう》しか満たせないのだ。そのほかの部分はひどく空虚《くうきょ》なものにちがいない。

＊

一九――年　十一月十四日

ニュー・ムーンのエミリーおよびブレア・ウォーターのイルゼにまつわるまたあたらしいスキャンダルが広まった。たったいまルース伯母さんと不愉快《ふゆかい》きわまる会見をおこなってきたので心の憤懣《ふんまん》を書いて吐《は》き出さずにはいられない。なんでもないことにティー・ポットの中の嵐《あらし》のように大騒《おおさわ》ぎをするとは！　しかし一番運が悪かったのはイルゼとわたしである。このあいだの火曜日の晩、わたしはイルゼのところへ行って二人で英文学の勉強をした。

わたしたちは一生懸命《いっしょうけんめい》勉強してから九時にわたしはそこを出た。イルゼは門まで見送りに出た。その晩は寒くなくおだやかな星がいっぱいまたたいている夜だった。イルゼのあたらしい下宿はカーディガン通りのはずれにあり、その向うを道は方向を変えて小さな入江《いりえ》にかけた橋をわたり公園へとつづいている。星空の下に誘《さそ》いこむような公園がぼんやりと見えた。

「あそこを一回り散歩してから帰ったらいいじゃないの」

とイルゼが言ったので行くことにした。もちろんわたしは行くべきではなかったのだ。善良な肺病患者《かんじゃ》らしくまっすぐ家へ帰って寝《ね》るべきだった。しかし秋の分の肝油《かんゆ》をちょうどのみおえたところだったので――うーっ、ぞっとする――一度ぐらい夜の空気に挑《いど》んでみてもいいと思ったのである。そこで――二人は行った。愉快だった。港の向うのほうからは十一月の丘《おか》のかなでる風の音楽が聞こえてきたが、公園の木々はおだやかに静まっていた。わたしたちは街道《かいどう》から小さな脇道《わきみち》にはいり、よい匂いのする小山の常緑樹のあいだをぶらぶらあるいていった。樅《もみ》や松《まつ》はいつも親しみを感じさせるが、楓《かえで》やポプラのように秘密は打明けない。その神秘をあらわすことも――ながいあいだ守ってきた伝説を洩《も》らすこともしない――それだからむろん他のどの木々よりも興味がある。妖精を思わせる気持のよい音や涼《すず》しい捉《とら》えどころない夜の匂い――樹脂《じゅし》や枯《か》れた羊歯《しだ》などの――が小山一帯にみなぎっている。夜は母親のようにわたしたちを抱き寄せ近づけた。わたしたちは互いになにもかも話し合った。むろん次の日わたしは後悔《こうかい》した――もっとも、イルゼはごく信頼《しんらい》のおける親友であり、かっと怒《おこ》ったときでさえなに一つ洩らすことはしない。しかしたとえ相手が大の親友であろうと、自分の心の底までさらけ出すのはマレー家のしきたりではないのである。しかし暗闇と樅の香気《こうき》には人をそんな気持にさせる力がある。わたしたちはまた、たいそう愉快な思いもした――イルゼはひじょうに気を引き立たせる友でもある。いっしょにいるといっときも退屈《たいくつ》しない。散歩はまったく楽しく、公園を出たときにはお互いに前よりいっそう親密さをまし、共通のうつくしい思い出がもう一つふえていた。橋のところで西街道を来たテディとペリーに出会った。二人は健康のために散歩をしてきたのであった。たまたまイルゼとペリーが口をきく間柄《あいだがら》のときにあたったので四人揃《そろ》って橋を渡《わた》り、テディたちは自分たちの方向へ、わたしたちもめいめいの宿へと帰っていった。わたしは十時には床《とこ》にはいり眠《ねむ》ってしまった。

しかしだれかわたしたちが橋を渡るところを見た者がいた。翌日この話は学校じゅうに広まり、その次の日には町じゅうに広まった。すなわちイルゼとわたしがテディ・ケントとペリー・ミラーといっしょに公園の中を夜半の十二時までうろついていたというのである。これを聞いてルース伯母《おば》さんは今夜わたしを裁きの庭に呼び出した。わたしは全部話したがもちろん伯母さんは信用しなかった。

「木曜日の晩には十時十五分前にわたしが帰ってきたのを伯母さんだってご存じじゃありませんか」

とわたしは言った。

「たしかに時間は大げさだが。けれどもこんな噂《うわさ》が起こるからにはなにかしらあったにちがいない。火のないところに煙は立たないというからね。エムリー、あんたもあんたの母さんの二の舞だね」

「わたしの母のことを引合いに出すのはやめようじゃありませんか——死んでいるんですから。結局、伯母さんはわたしをお信じになるんですか、それともお信じにならないんですか」

ルース伯母さんはしぶしぶ言った。

「わたしも噂ほどとは思わないが。とにかくあんたは噂をたてられたんだからね。イルゼ・バーンリだのペリー・ミラーのような貧民窟《ひんみんくつ》育ちの人間の屑《くず》なんかといっしょにとび回っているのだから当然だよ。先週の金曜日の晩にアンドルーが公園に散歩に行こうと誘ったらあんたは断わったじゃないか——ちゃんとわたしは聞いていたんだよ。もちろん、あんたにとっちゃあんまり上品すぎただろうからね」

「そのとおりよ。それが理由だったんですわ。なんにかぎらず上品すぎるというのは面白味《おもしろみ》がありませんものね」

「生意気と頓智《とんち》とはちがいますよ」

わたしは生意気なことを言うつもりではなかったが、そんなふうにアンドルーを持ち出されるのは癪《しゃく》にさわる。アンドルーは頭痛の種となっている。ディーンはそのことをひどく面白がっている——彼《かれ》もわたし同様ひそかな事の動きを知っている。彼は君の赤い髪《かみ》の青年——つめて赤毛の若者——はどうしたと言っていつもわたしをからかう。

「赤毛の若者なんて牧歌的だな」

「でも詩にはならないわ」

とわたしは言った。

たしかに哀《あわ》れな善良なるアンドルーは重苦しいことこの上なしの散文である。それにしてももしマレー一族が寄ってたかってアンドルーを文字どおりわたしに投げつけてよこさなかったなら、わたしだって彼に好意ぐらい持ったかもしれない。マレー一族はわたしが駆落ちをする年齢《ねんれい》にならないうちに無事に婚約《こんやく》させてしまいたいのだ。それにはアンドルー・マレーほど安全な者はまたとあろうか、というわけである。

ああ、ディーンの言うとおり、だれも自由ではないのだ――ひらめきが訪《おとず》れるときとか、またはあの乾草堆《ほしくさづか》の一夜のように魂《たましい》がわずかのあいだ、永遠の世界にはいりこむというような、ときたまの短い瞬間はべつとして、あとは絶対に自由ではありえないのだ。残りの歳月《さいげつ》はすべてわたしたちはなにかしらの奴隷なのだ――伝統――しきたり――野心――親戚。ときには今夜のように親戚《しんせき》が一番厄介《やっかい》な束縛《そくばく》に思われる。

＊

一九――年　十二月三日　　ニュー・ムーンにて

いまわたしは懐《なつ》かしい自分の部屋におり、小さな暖炉《だんろ》にはエリザベス伯母さんの好意で火が燃えている。暖炉の火というものはいつでもいいものだが嵐の夜には十倍もいい。わたしはとっぷり暮《く》れるまで窓から嵐をながめていた。黒い樹木を背景に斜《なな》めにしずかに降ってくる雪には不思議なうつくしさがある。わたしはながめながらノートに描写《びょうしゃ》した。暗くなってから風が出てきたので、のっぽのジョンのえぞ松林を吹《ふ》きぬけてくる雪のしずかな頼《たよ》りなげな溜息《ためいき》がわたしの部屋にみちている。これはこの世で一番素晴《すば》らしい音の一つである。音によってはじつになんともいえないほどうつくしい――目に見えるどんなものよりもはるかにうつくしい。たとえば暖炉の前の敷物《しきもの》の上にいるダフィのゴロゴロという音――火がパチパチいったりシューッといったりする音――羽目板のうしろでどんちゃん騒ぎをしているねずみたちのチューチューいう声やがりがり引っ掻《か》く音など。こうして自分の部屋に一人でいるのがわたしは好きだ。ねずみたちも楽しくすごしているなと思うとうれしくなる。またわたしの小さな所有物からもひじょうなよろこびを感じる。これらの物は他のだれにもなんの意味もなさないのにわたしには特別の意味を持っている。ルース伯母さんの家の自分の部屋ではわたしは一瞬たりともくつろいだ気分になったことがないが、ここへ来るやいなやわたしは自分の王国へはいったことになる。ここで本を読み――ここで夢想《むそう》にふけり――窓辺にすわって空想を詩に形づくっていくのが好きだ。

今夜は父の本を読んでいる。父の本を読んでいるといつも父が大変身近に感じられ、振返《ふりかえ》るとそこにいるのではないかという気がする。たびたび縁《ふち》に書きこんである個所《かしょ》に来ると父からの便りのように思える。今夜読んでいるのは素晴らしい本である――筋も着想も素晴らしい――目的や激情《げきじょう》の把握《はあく》の仕方も素晴らしい。読んでいくうちにわたしは恥ずかしくなり自分がとるにたらぬ者に思われてきた。わたしは自分に言ってやった。「この哀れな情けない者め、お前にものが書けるとでも考えていたのか。そうならいまお前の妄想《もうそう》は永久に剝《は》ぎ取られたから、なんの価値もない自分の真の姿をよく見なさい」しかしわたしはこんな心理状態からまた回復するだろう――そしてわたしにも少しはものが書けると信じはじめることだろう――そしてもっとよいものが書けるようになるまでは小品や詩を喜々として書きつづけていくことであろう。あと一年半でエリザベス伯母さんとの約束の期限が切れるからわたしはまた小説が書けるようになる。それまでは――辛抱《しんぼう》することと！　しかしときには「辛抱と忍耐《にんたい》」と言いつづけるのが少し倦《あ》き倦きしてしまうことがある。こういう賞《ほ》むべき美徳の結果がすぐに現われないのは辛《つら》い。ときどきわたしは思う存分暴れ回り、好きなだけ癇癪《かんしゃく》を起こしたくなる。しかし今夜はそうではない。今夜は炉辺の敷物の上の猫《ねこ》のように満足している。やり方さえ知っていればゴロゴロ喉《のど》を鳴らしたいくらいだ。

＊

一九――年　十二月九日

今夜はアンドルーの来る晩だ。いつものようにきれいに身なりを整えてやってきた。もちろんわたしは身ぎれいな男の子が好きである。しかしアンドルーの場合は実際度を越《こ》している。いつもまるでたったいま糊付《のりづ》けされアイロンをかけられたばかりという格好をしており、ひび割れるのがこわさに身動きも笑いもできないというようすである。そういえばアンドルーが心から大笑いするのをわたしは聞いたことがない。子どものころ海賊《かいぞく》の金銀を捜《さが》しまわったことなどないにきまっている。しかし彼は善良だし、分別はあるし、きちんと身繕《みづくろ》いをしている。爪《つめ》はいつも清潔だし、銀行の頭取から大変大事にされている。それに猫も好きである——おとなしくしているならば！　おお、こんな従兄《いとこ》にとてもわたしなどはふさわしくない！

＊

一九——年　一月五日
休暇《きゅうか》はおわった。白い帽子《ぼうし》をかぶった古いニュー・ムーンでわたしは楽しい二週間をすごした。クリスマスの前の日にわたしの作品を受入れるという通知が五つも届いた。気が違《ちが》わなかったのが不思議なくらいだ。そのうち三つは雑誌社からで、お金は支払《しはら》わないが寄稿《きこう》の謝礼として購読券《こうどくけん》をくれた。しかしあとの二つには小切手がはいっていた——一つは詩の礼金として二ドル、もう一つは「時の砂粒《すなつぶ》」に十ドル。この作品はついに受入れられた——わたしの小説では初めてである。エリザベス伯母さんは小切手をながめながら怪《あや》しむような口振りで言った。
「ほんとうにこの小切手に銀行でお金を払ってくれるだろうかね」
ジミーさんが小切手をシュルーズベリーへもっていき現金に替《か》えてくれたあとでもエリザ

ベス伯母さんには信じられないらしかった。

もちろんこのお金はわたしのシュルーズベリーの費用に回されるが、しかしわたしはもしこのお金を自由につかえるとしたらなにに使うか考えてつきぬ楽しさを味わった。

ペリーは高校のチームにはいり二月にクイーン学院の男子生徒たちと弁論を競《きそ》うことになっている。よかった、ペリー――このチームに選ばれることはひじょうな名誉《めいよ》とされている。弁論大会は年に一回おこなわれ、クイーン学院が三年も優勝している。イルゼはペリーの雄弁術のコーチ役を買って出て骨身を惜《お》しまず指導している――ことに「進歩」と言うつもりで「シンボウ」と言うので、それを直すのに大骨を折っている。大変な親切だと思う。なぜならほんとうはイルゼはペリーを好きではないのだから。シュルーズベリーが勝てばいいけれど。

今学期は英語の授業で「王の牧歌」をしている。この詩には好きな点もあるけれど、テニスンのアーサー王は大嫌《だいきら》いだ。わたしがその妃《きさき》のグイネヴィアならアーサーの耳をしたたか張りとばしてやっただろう――しかし騎士《きし》ランスロットの件で不貞《ふてい》をはたらいたりはしない。ランスロットもアーサーとは違ったふうにいやらしいから。騎士ジレイントはどうかといえば、もしわたしが妻のイーニッドなら彼に嚙《か》みついてやる。これら「辛抱づよいグリセルダ（訳注　ボッカチオ、ペトラルカなどの作品に出てくる模範的で従順な女性）たち」はみなその報《むく》いをうけるのは当然である。イーニッド令夫人よ、あなたがニュー・ムーンのマレー家の者なら夫にもっとちゃんとした振舞《ふるま》いをさせたでしょうし、そのため夫のほうでもよけいあなたを好きになったでしょうに。

今夜、小説を読んだ。悲しい最後である。わたしはみじめでたまらないのでこの小説の幸福な結末をつくりだした。わたしの小説はかならず最後を幸福にしよう。「現実に忠実」であろうとなかろうと構いはしない。当然そうなるべきだという点でそれは現実に忠実であり、このほうがよけい忠実といえる。

本といえば、このあいだルース伯母さんの古い本を一冊読んだ——『僧院《そういん》の子どもたち』というのである。女主人公は各章ごとに気絶し、だれかにじっと見られたというだけで大泣きに泣く。しかしそのなよなよとした姿にもかかわらず彼女《かのじょ》のくぐる試練や迫害《はくがい》は数知れず、今日のこの堕落《だらく》せる時代のいかなる乙女《おとめ》も——あたらしい女の中でも最もあたらしい女でさえも——その苦難の半分にも生き残れそうもないほどである。この本を読みながらわたしがあまり笑うのでルース伯母さんは驚《おどろ》いてしまった。伯母さんはたいそう悲しい話と思っているからだ。ルース伯母さんの家ではこれが唯一《ゆいいつ》の小説である。若いころ伯母さんの崇拝者《すうはいしゃ》の一人からもらったものだ。ルース伯母さんにも崇拝者がいたなんて考えられない。ダットン伯父《おじ》さんは実在の人物とは思われないし、客間にちりめんの垂れ幕で飾《かざ》ってある大きな肖像《しょうぞう》画《が》を見ても彼の存在を信じる気になれない。

＊

一九——年　一月二十一日

金曜日の晩にシュルーズベリー高校とクイーン学院の弁論大会がおこなわれた。クイーンの男の子たちはいざ行かん、いざまみえん、いざ勝たんの意気ごみで来た——帰るときはいわゆる尻尾《しっぽ》を垂れた犬さながらだった。実際この弁論大会で勝利をおさめられたのはペリーの話のおかげであった。ルース伯母さんでさえ初めてペリーに見どころがあると言った。大会がおわったあとペリーは廊下《ろうか》にいるイルゼとわたしのところへ飛んできた。

「僕《ぼく》、すごかっただろう、エミリー。自分に力があることは知ってたけど、それを出せるかどうかわからなかったんだ。壇《だん》に立ったとき最初物が言えなくなった気がしたんだ——そのとき君を見たんだよ。君は『できますとも——やらなけりゃだめよ』と言うかのように僕を見ていたね——それで僕はまっしぐらに突進《とっしん》したんだ。この大会に勝たしてくれたのは君だよ、エミリー」

これが何時間もいっしょに練習し、あくせく彼のために骨を折ったイルゼの前で言うべき言葉だろうか。イルゼには一言も感謝の言葉ものべず——興味ぶかげな顔をしたほか、なに一つしていないわたしのおかげとするとは。

「ペリー、あんたは恩知らずの野蛮人《やばんじん》よ」

——こう言うと、がっかりした顔をしている彼をおいてさっさと来てしまった。イルゼは怒ったあまり泣きだした。それいらいイルゼはペリーと口をきいていない——その理由が馬《ば》鹿《か》なペリーにはのみこめないでいる。

「イルゼはなんのことで怒ってるのだい。最後の練習のときに僕はイルゼの骨折りに対してちゃんとお礼を言ったんだよ」

たしかにストーブパイプ町はストーブパイプ町だけのことしかない。

＊

一九――年　二月二日

昨夜ミセス・ロジャースは妹と義弟のハーバート夫婦《ふうふ》に引合わせるためにルース伯母さんとわたしを招待した。ルース伯母さんは日曜日につかう扇形《おうぎがた》の髪飾りをし、ナフタリンの匂《にお》いがプンプンする茶色のビロードの服をき、ダットン伯父さんの髪の毛がはいっている大きな卵形のブローチをつけた。わたしはばらの灰色の服にメナ王女のネックレスをし、興奮でおののきながら出かけていった。なぜならハーバートさんはカナダ自治領内閣の閣僚《かくりよう》であり、王侯《おうこう》の前に立つ人だからである。大きな銀髪《ぎんぱつ》の頭に、ながいあいだ人の考えを読み取ってきたので、人の心をまっすぐ見通し当人でさえ認めたくないような動機を見抜《みぬ》くのではないかと不気味になるような目をしていた。ひじょうに深味のある顔である。複雑な感じだ。その充実《じゆうじつ》した素晴らしい半生の変化にとんだ経験がすべて書かれてある。一目で生まれながらの指導者だとわかる。食事のときミセス・ロジャースはわたしをハーバートさんの隣《となり》にすわらせた。わたしは物を言うのがこわかった――なにか馬鹿げたことを言わないかと心配した――とんでもない失敗をしはしないかと案じた。それで二十日ねずみのようにおとなしくすわってハーバートさんの話に感心して聞き入っていた。きょうミセス・ロジャースがわたしに話したのだが、わたしたちが帰ったあとでハーバートさんはこう言ったそうだ。

「あのニュー・ムーンのスターという女の子はあの年ごろの娘《むすめ》としては、いままで会った中で一番話が上手だ」

では、えらい為政者《いせいしゃ》たちでさえ——だが、しかし——いやなことは言うまい。

それに実際ハーバートさんは素晴らしい人だった。聡明《そうめい》であり、機知にとみ、ユーモアたっぷりであった。わたしは類《たぐ》い稀《まれ》な刺激《しげき》のつよい心の酒をのんでいるような気がした。このような人に会い、その賢《かしこ》い目を通して国家の建設というゲームを覗《のぞ》くとは、なんという大事件であったことか！

ペリーはきょうハーバートさんを一目見たさに駅まで出かけていった。ペリーは自分も将来ハーバートさんに劣《おと》らないえらい人間になるつもりだと言っている。だが、だめだ。ペリーにははるか上のほうまで登ることはできる——また実際登るだろうと思う。しかし政客として成功をおさめるだけであろう——為政者にはとうていなれない。わたしがこう言ったらイルゼはかっと怒《おこ》った。

「わたしペリー・ミラーは大嫌いよ。けれど思い上がりはもっと嫌いだわ。あんたはえらがりやよ、エミリー・スター。ペリーがストーブパイプ町の出身だということだけで出世できないと思ってるのよ。もしペリーがおえらいマレー家の人間だったら無制限に出世するなんて言うでしょうに！」

わたしはイルゼをずいぶんひどいと思ったので傲然《ごうぜん》と頭をそびやかした。

「結局、ニュー・ムーンとストーブパイプ町とは大違いなのよ」

第十七章　「だれかが、だれかにキスしたら」

十時半になった。エミリーは寝《ね》なくてはならないと思い溜息をついた。アリス・ケネディの指貫き《シンブル》パーティーから帰ってきたのが九時半だったので、エミリーは特別の勉強があるからもう一時間起きていていいかとルース伯母《おば》の許可を求めた。ルース伯母はしぶしぶと、かつ疑わしげに許しを与《あた》え、ローソクだのマッチだののことでいろいろ注意をしたのち自分は床《とこ》にはいった。エミリーは四十五分間せっせと勉強し、あとの十五分は詩を書くのにつかった。詩を完成したくてたまらなかったが断固として紙挟《かみばさ》みを押《お》しやった。

このとき、ジミー・ブックを学校鞄《かばん》に入れたまま食堂のテーブルにおいてきたことを思い出した。これはいけない。朝はルース伯母さんが先に階下へおりていくから当然、学校鞄を調べ、ジミー・ブックを見つけて読むにちがいない。ジミー・ブックにはルース伯母さんが見ないほうがいいようなことが書いてある。そっと階下へ行って取ってこなければならない。

ごくしずかに部屋のドアを開け、一足ごとに軋《きし》む音に気をもみながら爪先立《つまさきだ》って階下へおりていった。広間の向う端《はし》の家の正面に面した大きな寝室《しんしつ》でやすんでいるルース伯母さんにこのキーキー軋む音がきっと聞こえるだろう。こんな大きな音では死者の目さえも覚ますくらいだ。しかしルース伯母は目覚めず、エミリーは食堂について学校鞄を見つけ部屋に戻《もど》ろうとしたとき、偶然炉棚《ぐうぜんろだな》に目をやった。炉棚の時計にエミリーへの手紙がたてかけてあった。夕方の便で来たらしい――隅《すみ》に雑誌社の名前が書いてあるうれしい薄《うす》い手紙であった。エミリーはローソクをテーブルの上におき、手紙の封《ふう》を切った。すると詩の謝礼として三ドルの小切手がはいっていた。作品受理の通知は――ことに小切手をそえた通知は――エミリーにはまだごく稀にしかないので、受取ったときはいつも少し気がおかしくなった。ルース伯母のことも忘れ――十一時に近くなっていることも忘れてしまった。恍惚《こうこつ》と立ちつくしたまま編集者からの短い手紙を何度も読み返していた――短くはあるが、ああ、なんと甘美《かんび》なことか！「あなたのうつくしい詩」――「御作をもっと拝見したい」――ええ、いいですとも。もっとお目にかけますよ。

エミリーはギョッとした。あれはドアを叩《たた》く音かしら。いや――窓だ。だれかしら。なんだろう。次の瞬間《しゅんかん》、エミリーは横のベランダに立ち窓ごしに歯をむき出して笑っているペリーを見た。

たちまちエミリーは窓のところへ駆《か》けより、通知でまだ興奮したまま、考えるひまもなく掛金《かけがね》をはずして窓を押し上げた。ペリーがどこへ行ってきたか知っていたので、どんな具合だったか聞きたくてしかたがなかったのである。彼《かれ》はハーディ博士に招待されてクイーン街にある立派な邸《やしき》へ夕食に出かけていった。これは大変な名誉で、これまでもごくわずかの学生しか招かれていなかった。ペリーが招待されたのは学校対抗《たいこう》弁論会での鮮《あざ》やかな雄弁《ゆうべん》によるもので、ハーディ博士はこれを聞くと彼こそ次代をになう者であると考えた。

ペリーがこの招待状を得意がることは大変なもので、テディやエミリーにもさかんに自慢《じまん》した——ただしイルゼには自慢しなかった。あの弁論大会の夜の彼の失礼さをイルゼはまだ赦《ゆる》していなかったからである。エミリーはよろこんだが、しかしハーディ博士の家へ行ったら用心深くしなければいけないと戒《いまし》めた。ペリーの礼儀《れいぎ》作法のことでエミリーは不安をいだいたが、ペリーのほうは平気だった。僕は大丈夫《だいじょうぶ》だよ、と彼は尊大にかまえていた。ペリーは窓閾《まどしきい》に腰《こし》かけ、エミリーはほんのちょっとの時間だからと自分に言い聞かせながらソファーの端にすわった。

「通りがかりに窓から灯《ひ》が見えたもんでこっそり横手へ回って君かどうか見てみようと思ったのさ。まだほやほやのうちに君に話したくてね。ねえ、エミリー、君の言うとおりだったよ——そのと・お・り・だったよ！　自分でも笑いたいくらいさ。たとえ百ドルもらったってきょうみたいな目にあうのは嫌《いや》だな」

「いったい、なにをしてきたの」

とエミリーは気遣《きづか》わしげにきいた。ある意味ではペリーの行儀作法に責任を感じていた。彼が多少なりとも心得ている作法はニュー・ムーンで身につけたものだからである。

ペリーはにやっと笑った。

「語るも涙《なみだ》さ。自惚《うぬぼ》れなんかごっそりなくなっちまったよ。結構なことだと君は言うだろうが」

「少しぐらいなくなったって、あんたには差支《さしつか》えないわ」

エミリーは冷淡《れいたん》に言った。

ペリーは肩《かた》をすくめた。

「イルゼやテディに言わないなら君にすっかり話すよ。あの連中に笑われるのは嫌だからな。クイーン街にはちょうどいい時間にちゃんと行ったんだ――靴《くつ》だのネクタイだの爪《つめ》だのハンカチだの、君が言ったことは全部憶《おぼ》えていたから外見は申し分なかったんだよ。僕の受難はあの家へ着いたとたんに始まったんだ。あんまり大きくて立派だもんで妙《みょう》な気分になっちゃったんだよ――こわいというわけじゃなかった――そのときはこわくはなかったんだ――だけどちょっぴりびくついてたな――ちょうどだれかに撫《な》でられようとしたよその猫《ねこ》といった感じだね。僕はベルを押したんだ。もちろんベルはそのまま気が違《ちが》ったみたいに鳴りっぱなしだ。ホールのずっと向うで鳴ってるのが聞こえるんだよ。で僕は考えたんだ。『ここの人たちはだれかが出てくるまでベルを鳴らしつづけてるなんて馬鹿な奴《やつ》だと僕のことを思うだろうな』とね。そうしたらあわてちゃったんだ。そこへもってきてメイドでよけいあわてたんだよ。握手《あくしゅ》したものかどうかわからなくてね」

「まあ、ペリー!」

「まったく、困っちまったよ。いままでメイドなんかのいる家へ行ったことがないからね。帽子《ぼうし》をかぶったりいやに洒落《しゃれ》たちっちゃなエプロンなんかかけてさ、人形みたいな格好してるんだもん。まごついちゃったよ」

「ほんとうに握手したの」

「しないさ」

エミリーはほっと安堵《あんど》の吐息《といき》をついた。

「メイドがドアを開けていてくれるので僕は中へはいっていったんだ。さて、それからどうしていいのかわかんなくてね。そこへ根が生えたように突《つ》っ立ってたらしいんだ。そのうちにホールの向うからハーディ先生が自分でやってきやがっ――やってきたんだ。先生とは握手したよ。先生は帽子や外套《がいとう》をおいとくところへ案内してくれて、それから客間へつれていって奥《おく》さんに引合わせてくれたんだ。床《ゆか》というのが氷みたいにつるつるしててね――客間のはいったとこにしいてある敷物《しきもの》にのったとたん、つるっと敷物が逃《に》げたもんで僕は足を前に突き出したまんま、すーっとミセス・ハーディのとこまで滑《すべ》ってしまったんだよ。腹ん這《ば》いじゃなくて仰《あお》向《む》けの姿勢でね。腹ん這いだったら東洋風の踊《おど》りというとこだったかな」

エミリーは笑えなかった。

「まあ、ペリー！」

「だって、エミリー、僕のせいじゃないよ。礼儀作法を山ほど積んだってあれを防げはしなかったよ。むろん僕は馬鹿みたいな気がしたさ。だけど起き上がって笑ったんだ。ほかの者はだれも笑いやしない。みんなすましてるんだ。ミセス・ハーディはいろいろ愛想よく言ってね――怪我《けが》しなかったかときくし、ハーディ先生もあの昔《むかし》からのじゅうたんをやめて敷物だの堅木《かたぎ》だのというようになってから私もちょうど君のような具合に滑ったことが一度ならずある、なんて言うんだ。僕は動くのがおっかなくなって一番手近の椅子《いす》にすわったんだ。

そうしたら犬がのってたんだよ――ミセス・ハーディの狆《ちん》だ。なに、死なせはしなかったさ――二人のうち一番びっくりしたのは僕だったよ。べつの椅子に逃げこんだときにゃ汗《あせ》が顔から滝《たき》のように流れたよ。そのときまた何人か客が来たもんで僕もやっと落着くひまができたんだ。ざっと十組の手と足があったよ。僕の靴は大きすぎて粗末《そまつ》だということもわかった。そのとき気がついてみたら僕はポケットに手を突っこんで口笛を吹《ふ》いてたんだよ」

エミリーは「まあ、ペリー」と言いかけたが呑《の》みこんでしまった。なにか言ってもなんの役に立つというのか。

「こりゃよくないことだと思ったので口笛《くちぶえ》をやめて手を出して――爪を嚙《か》みだしたんだ。しまいにゃ両手をからだの下にしいてその上にすわってることにしたのさ。脚《あし》は椅子の下にたくしこんでね。食事に行くまでそうしてすわってたんだ――そんなふうにしてすわってると太ったばあさんがよたよたはいってきたんだよ。すると男たちはみんな立ち上がるんだ。僕は立たなかったがね――そんなことをする理由はないと思ったからさ――椅子はたくさんあるんだもの。だけど、あとになってからあれも礼儀作法で僕も立たなくちゃいけなかったんだなと考えたのさ。そうかい」

「もちろんよ」エミリーはうんざりした声を出した。「そのことでいつもイルゼから叱《しか》られていたのを忘れてしまったの」

「ああ、忘れちまったよ――イルゼはしょっちゅうなんかかんか説教してるからな。だが、あたらしくものは経験だ。僕は二度と忘れないよ。ほかにも男の子が三人か四人いたし――

来たフランス語の先生と銀行家が二人——それにご婦人がたが何人かいたな。食事に行くときは滑って転んだりしないで、いま話したばあさんとハーディ先生のお嬢《じょう》さんのあいだの椅子にすわったんだ。テーブルの上を一目見たとたん——エミリー、とうとう僕はこわいということがわかったよ。いままでこわいなんてほんとうに知らなかったんだ。おっそろしい気持だね。まったく震《ふる》え上がっちまったよ。ニュー・ムーンにお客があるとき、なんて仰々《ぎょうぎょう》しい儀式ばったことをするんだろうっていつも思ってたけど、あんなテーブルみたいなのは見たことがないよ——なにもかも眩《まぶ》しいくらいキラキラ光っていて、フォークだのスプーンだのいろんな物が全部の人数にまにあうくらいたくさんならんでて、それで一人分なんだ。僕のナプキンにはパンが一切れくるんであったもんでそれが落っこちて床の向うへつーっといっちまったんだ。僕は顔も頸《くび》も真っ赤になったのが自分でもわかったよ。これがいわゆる頬《ほお》を染めるというやつなんだろう。僕はこれまで頬を染めるなんてやつは——染めたなんてことは憶えがないな。立っていって拾ってきたもんかどうか迷ってるとこへメイドがべつのを持ってきてくれたんだ。スープのときは間違ったスプーンを使っちゃったけど、君んとこのローラおばさんが言ったスープの正しい飲み方というやつを一生懸命《いっしょうけんめい》思い出そうとしたよ。二口三口はうまい具合にいってたんだ——そのうちにだれかの話に気を取られちゃって——ゴクッ、ゴクッと飲んじゃったんだよ」

「最後の一匙《ひとさじ》をすくおうとしてお皿《さら》をかしげたの？」

エミリーは途方《とほう》にくれてたずねた。

「いいや、まさにそうしようとしたとき、いけないってことを思い出したんだよ。無駄《むだ》にしちゃうのもいやだったんだ。すごくうまいスープだったし、僕《ぼく》は腹が空《す》いてたからね。隣にすわってるばあさんがやってたぜ。肉と野菜はかなりうまい具合にいったんだ。一度失敗したがね。僕がフォークに肉とじゃがいもを山とのっけて持ち上げたときミセス・ハーディがそれをじっと見てるのに気がついて、そうだ、こんなふうにフォークに山のようにのっけちゃいけないんだったと思い出したもんで――飛び上がっちゃったんだ――それでナプキンの上にみんな落っこっちゃったんだよ。それを全部搔《か》き集めて皿の上に戻《もど》すのがエチケットかどうかわからなかったもんで、そのままにしといたんだ。プディングは大丈夫だったよ――ただスプーンで――スープのスプーンで食べたけどね――ほかの者はみんなフォークで食べてたよ。だけどどっちで食べたって旨《うま》いことおんなじだもんで、僕は構うもんかという気になっちゃったんだ。ニュー・ムーンじゃプディングを食べるときいつもスプーンを使うもんね」

「どうしてほかの人のすることをよく見て真似《まね》しなかったの」

「あんまりアガっちまったからさ。だがこれだけは確かだよ――あんなに儀式ばったって食い物はこのニュー・ムーンのよりちっとも旨いこたなかったぜ。それどころか劣《おと》るくらいだったよ。ハーディさんとこの料理はみな君のエリザベス伯母さんにゃかなわないね――それにどれもたっぷりは出してくれないしさ。食事がおわると客間へ――あそこじゃ居間と言ってたよ――戻ったけど、そうまずいこともなかったよ。なにもへんなことはやんなかったし。

本棚をひっくり返しただけでね」

「ペリー！」

「なに、ぐらぐらしてたんだよ。ハーディ先生と話しながらよっかかってたんだが、あんまりきつくよっかかりすぎたんだね。どさっと倒《たお》れてきたんだ。だけど本棚を起こしたり本を元どおりに直したりしてるうちに僕は気が楽になったらしくてそれからあとは舌もほぐれてね。あんまり悪い調子じゃなかったよ。ただ、たまーにはやり言葉を使っちまってね、あっと思ったときは後の祭りさ。まったく、はやり言葉を使っちゃいけないという君の注意をきいとくんだったと後悔《こうかい》したよ。一度なんかでぶのばあさんが僕の言ったことに賛成してくれたんだ——三重顎はしてたけどあのばあさんは物わかりのいい人だなあ——で、僕は味方をしてくれたのがうれしくてたまらなかったもんでわくわくしちゃって思わず、——『イカスぞっ』って言っちまったんだ。それに少しばかり自慢もしたと思うんだ。あんまり僕は自慢しすぎるだろうか、エミリー」

いままでペリーはこんな質問をしたことがなかった。

「しすぎるわ」エミリーは率直《そっちょく》な返事をした。「それはとても行儀の悪いことなのよ」

「そう言っちまったあとでなんとなくシュンとしちゃったよ。僕にゃこれから勉強しなくちゃなんないことが山ほどあるらしいね、エミリー。エチケットの本を買って暗記しようと思うんだ。今夜みたいな思いをするのはもう真っ平だ。だけど最後の方はよかったよ。ジム・ハーディが自分の巣《す》に僕をつれてってチェスをやってさんざんジムを負かしてやったんだ。

僕のチェスのエチケットはちっとも悪かなかったよ、断わっとくけどね。それからミセス・ハーディがあの弁論大会でのあなたのスピーチはあなたの年ごろの人のとしてはいままで聞いた中で一番よかったと賞《ほ》めてくれて、なんになるつもりかってきくんだ。ミセス・ハーディは小柄《こがら》だけどどっしりした奥さんで、社交的な腕前《うでまえ》はたいしたもんだ。それだからこそ時機が来たら僕は君と結婚《けっこん》したいんだよ、エミリー。僕には頭のいい妻が必要だからな」

「馬鹿《ばか》なことを言うもんじゃないわ、ペリー」

エミリーは横柄《おうへい》にかまえた。

「馬鹿なことじゃないよ」ペリーは頑固《がんこ》に言い張った。「それにもうあることを決めてもいい時分だし。君はなにもマレー家の者だからといって僕を軽蔑《けいべつ》することないよ。いつかは僕だって――たとえマレー家の者とさえ――結婚するにふさわしい人間になるんだから。さあ、僕の悩《なや》みを救ってくれよ」

エミリーは傲然《ごうぜん》と立ち上がった。彼女《かのじょ》にも娘《むすめ》らしく自分なりの夢《ゆめ》がありその中には赤いばらのような愛の夢もあった。しかしそれらの夢とペリーはなんの関係もなかった。

「わたしはマレーではありませんよ――では上へ行きますから。お休みなさい」

「半秒待ちたまえ」ペリーはにやっと笑った。「時計が十一時を打ったら君にキスするんだから」

エミリーはペリーがそんなことをするつもりだとは一瞬たりとも信じなかった――それはエミリーとして愚《おろ》かなことだった。なぜならペリーにはすると言ったことは必ず実行するという習慣があったからである。しかしこれまで感傷的になったことはなかった。エミリーはペリーの言葉など無視し、足をとめてハーディ家の晩餐会《ばんさんかい》のことでもう一つたずねた。それに対してペリーは返事をしなかった。エミリーが質問をしたとき時計は十一時を打ち始めていた——彼はぱっと窓閾《まどしきい》の内側に脚をおろして部屋の中へはいってきた。本気だ、とエミリーが悟《さと》ったときは遅《おそ》かった。かろうじてひょっと頭を下げたので——ペリーの元気いっぱいのキスは——ペリーのキスに手加減はなかった——エミリーの頬ではなく耳に落ちた。ペリーがキスした瞬間に、そしてエミリーの憤慨《ふんがい》が声となって口から出ないうちに、二つのことが起こった。ベランダからさっと風が吹きこみ小さなローソクの火を消してしまったこと、食堂のドアが開いてルース伯母《おば》が入口に現われたことである。ルース伯母はピンクのフランネルの寝間着《ねまき》をきてローソクを持っていた。ローソクの炎《ほのお》はゆらゆら上へのびて、髪《かみ》にとめたクリップを後光としたこわい顔を気味悪く浮《うか》び上がらせていた。

これは良心的な伝記作者がとうてい書き表わせない個所《かしょ》の一つである。エミリーとペリーは石のように突《つ》っ立っていた。一瞬ルース伯母も同様だった。彼女はエミリーがここで書き物をしているとばかり思っていた。一月前にも寝ようとしたときインスピレーションが湧《わ》いたのでエミリーはそっと食堂へおりてきてジミー・ブックに書きとめていたことがあった。ところがこれは！　たしかに情勢は悪かった。実際ルース伯母が怒《おこ》るのも当然と言わねばならない。

ルース伯母さんは運の悪い二人をじっと見ていたが、

「あんたはここでなにをしてるの」

とペリーにたずねた。

ストーブパイプ町は失敗をおかした。

「僕はまるい四角なものを捜《さが》しているんだ、つまり無いものを捜しているんだよ」

とペリーは即座《そくざ》に答えた。目は急にいたずらっぽく澄《す》んできた。

ペリーの〝図々《ずうずう》しさ〟――これはルース伯母の言葉であり、実際図々しいと私も思う――はさらに事態を悪化した。ルース伯母はエミリーの方に向き直った。

「こんな時間にここへ来て暗闇《くらやみ》の中でこの男にキスするとはどうしたことか、あんたなら説明できるだろうね」

この露骨《ろこつ》な下品な質問にエミリーはルース伯母から殴《なぐ》られたかのようにたじろいだ。彼女は状況《じょうきょう》からいってルース伯母がこうきくのも当り前だということも忘れ、その意固地な性質をさらけ出して頭を昂然《こうぜん》とそびやかした。

「そんな質問に答える説明は持ち合わせておりません、ルース伯母さん」

「そうだろうとも」

ルース伯母はひどく嫌な笑い方をしたが、それにはかすかに勝利のひびきがこもっていた。こんなに怒っていながらなにかルース伯母にはよろこんでいることがあるのかと思えるほどだった。たしかに、日ごろからある人間に対していだいていた考えが正当だと証明されることはうれしいものだ。

「そう、いくつかおたずねすることには答えていただけるでしょうね。この男はどこからはいってきたんですか」

「窓です」

エミリーが答えようとしないのを見るとペリーは簡潔な返答をした。

「あんたにきいたんじゃないんだよ。出ていきなさい」

ルース伯母は芝居《しばい》がかった身振《みぶ》りで窓を指さした。

「おばさんがエミリーをどうする気か見届けるまではこの部屋から一歩も動きませんよ」

ペリーは頑張った。

「わたしはエミリーをどうもしやしませんよ」

ルース伯母はこわいほど超然《ちょうぜん》とした態度で言った。

「ミセス・ダットン、ねえ、わかってくださいよ」ペリーはなだめすかすように懇願《こんがん》した。

「これはみんな僕のせいなんですから――ほんとうなんだ！　エミリーはちっとも悪いことないんですから。ほら、こういうわけで――」

しかしペリーは間に合わなかった。

「わたしは姪《めい》に説明を求めたのに姪は断わりました。あんたの説明なんか聞きたくありません」

「だけど――」

なおもペリーが言い張ろうとするのを、

「帰ったほうがいいわ、ペリー」

とエミリーは危険信号のあらわれた顔で言った。しかしマレー家の中でも一番マレーらしい者でさえこれほどきっぱりした命令を表わすことはできなかったであろう。その言い方にはペリーが無視できない要素が含《ふく》まれていた。彼《かれ》はおとなしく窓によじのぼって外の暗闇に消えていった。ルース伯母はつかつかとあるいていって窓を閉めた。それからまったくエミリーを無視してピンクのフランネルの小さな姿は二階へさっさと引上げた。

その晩エミリーはあまり眠《ねむ》れなかった——当然のことだが。突然《とつぜん》の怒《いか》りがしずまると恥《は》ずかしさが鞭《むち》のように食いこんできた。ルース伯母に説明を断わったとはなんと馬鹿なことをしたことかと気がついた。自分の家であのような場面が展開されたのだから、たとえどんなに嫌《いや》な不愉快《ふゆかい》な言い方であろうとルース伯母さんには説明を求める権利があったのだ。もちろん説明したって伯母さんは一言だって信用しなかっただろう。しかし説明したならエミリーは自分の濡《ぬ》れ衣《ぎぬ》をいっそうひどいものにせずにすんだにちがいない。

エミリーは面目を失ってニュー・ムーンに帰されるものと思っていた。こんな娘をもう一刻もわたしの家においておくのはいやだとルース伯母さんは冷たく断わるだろう。——エリザベス伯母さんも当り前だと言うであろう——ローラ伯母さんは悲嘆《ひたん》にくれるにちがいない。ジミーさんでさえわたしへの信頼《しんらい》が揺《ゆ》らぐのではなかろうか。辛《つら》い見通しであった。エミリーが眠れぬ夜をすごしたのも無理はない。みじめでたまらず、胸が動悸《どうき》を打つたびに痛みをおぼえるほどだった。ふたたび言うが、明らかに彼女が悪いのである。私は一言たりとも彼女のために同情や言い訳をする気はない。

第十八章　事情聴取《ちようしゆ》

土曜日の朝、朝食のテーブルにすわったルース伯母は石のように黙《だま》りこんでいたが、パンにバターをつけて食べながら一人で残忍《ざんにん》な微笑《びしよう》をうかべていた。ルース伯母が愉快な気分でいること——エミリーのほうは愉快どころではないということはだれの目にも明らかだった。ルース伯母はいやに馬鹿丁寧《ていねい》な態度でトーストとマーマレードをエミリーにわたした。まるで、

「わたしはやるべきことはなに一つだって省きはしませんよ。あんたをわたしの家から追い出したっていいところだから、たとえ朝の食事なしで出ていったって、そりゃ自分が悪いんだからね」

と言わんばかりだった。

朝食がすむとルース伯母は山の手へ出かけていった。きっとニュー・ムーン農場への言伝《ことづて》をたのみにドクター・バーンリへ電話をかけたのだろう、帰ってきたらわたしに荷物をまとめろと言うにちがいないとエミリーは考えた。しかしなおもルース伯母は無言のままだった。午後も半ばになってジミーさんが複座式の箱型橇《はこがたそり》で到着《とうちやく》した。ルース伯母は外へ出ていき、

何事かジミーさんと話し合っていた。やがて家の中へ戻ってきたルース伯母はついに沈黙《ちんもく》を破った。

「外套《がいとう》を着なさい。ニュー・ムーンへいくんだから」

エミリーは黙って従った。彼女は橇のうしろの座席にすわり、ルース伯母はジミーさんと並《なら》んで前の席にすわった。ジミーさんは毛皮の外套の襟《えり》ごしに振向いて、

「こんにちは、猫《ねこ》ちゃん」

と少しオーバーな朗《ほが》らかさで声をかけた。ジミーさんにはどんなことかわからないながらもなにか重大なことが起こったのだと考えているようすだった。

冬の午後のうつくしい灰色や、煙《けむり》色や、真珠《しんじゅ》色などの中を走っていくのだが少しも楽しくはなかった。ニュー・ムーンへ着いたときもうれしいものではなかった。エリザベス伯母は厳しい顔をしているし――ローラ伯母は気遣《きづか》わしげな表情をうかべていた。

「さあエミリーをつれてきましたよ」とルース伯母が言った。「わたし一人じゃとても手におえそうもないですからね。エリザベス、あんたとローラでこの子の振舞《ふるま》いを判断してください」

さてはわたしを被告《ひこく》とした家庭裁判を開くのか。果たして正当な判決がくだるであろうか。よし、戦ってやれ。エミリーは頭を振りあげ、顔にさっと血の色が戻ってきた。

エミリーが自分の部屋から下りてきたときには一同は居間にいた。エリザベス伯母はテーブルのそばにすわり、ローラ伯母はいまにも泣き出しそうな顔をしてソファーにすわってい

た。ルース伯母は暖炉《だんろ》の前の敷物《しきもの》の上に立ち、不満げにジミーさんの方を見ていた。ジミーさんは納屋《なや》へ行くのが当然だのにそうしないで馬を果樹園の柵《さく》につなぎ、ペリーと同じくエミリーがどんな目にあわされるか見ていようと決心して隅《すみ》の方にすわっていた。ルースはいらいらした。家族会議にジミーが自分も出たいと言えば、出させてやった方がいいなどとエリザベスが言わなければいいのに。子どもをおとなにしたようなジミーなんかがそんな席に出る権利があるなどと考えるだけでも馬鹿げている。

エミリーはすわらずに窓のそばへいって立っていた。彼女の黒い頭は春の夕映《ゆうば》えを背景にした松《まつ》の木のように、真紅《しんく》のカーテンを背にやわらかく、くっきり黒くうかびあがった。外は三月初めの寒々とした薄暮《はくぼ》の中に白い死のような世界がよこたわっている。庭やポプラの先の方にひろがるニュー・ムーンの牧場はひどく寂《さび》しく侘《わび》しげに見え、その向うに残光が強烈《きょうれつ》な赤い条《すじ》となって走っていた。エミリーは身震《みぶる》いした。

「さて」とジミーさんが言った。「早く始めてすませてしまおう。エミリーは夕食がほしかろうから」

「この子のことでこのわたしが知ってることをあんたも知ったら、この子にゃ夕食のほかにも必要なものがあるとあんただって思うだろうよ」

とミセス・ダットンは語気も荒《あら》く言った。

「エミリーのことで知る必要のあることは、わたしだって全部知ってるからね」

とジミーさんが言い返した。ルース伯母は怒った。

「ジミー・マレー、あんたは馬鹿なろばだよ」

「そう、わたしらはいとこ同士だからね」

とジミーさんは朗らかに同意した。

「ジミー、黙りなさい」エリザベス伯母が威厳《いげん》たっぷりにたしなめた。「ルース、あなたの話というのを聞かせてください」

ルース伯母は一部始終を語った。事実どおり語るのだがその話しかたで、事実がもっと不愉快なものにきこえた。彼女は実際にそれがみにくい事実ときこえるように計画した、エミリーはそれを聞いていてまた身ぶるいした。話が進むにつれ、エリザベス伯母さんの顔の表情は固くなり、つめたくなっていった。ローラ伯母さんは泣きだし、ジミーさんは口笛《くちぶえ》を吹《ふ》きはじめた。

「エミリーの頸《くび》にキスをしていたんです」とルース伯母さんは話に結末をつけた。その調子には、普通《ふつう》キスする場所となっているところへでもキスすることはあんまり感心したことではないけれど、頸にキスするとは、千倍もわるいことで、たしなみのない振舞いだという意味を含ませていた。

「わたしの耳でしたわ、頸じゃなくて」とエミリーはささやいたものの、突然にこみあげてきたいたずらっぽい笑いを、具合よくのみこめなかった。恐《おそ》ろしさと不愉快さの下に、ある何物かがあって、それはこの劇——実際は喜劇——を見て興じているということを、エミリーは思わずにはいられなかった。しかし、こうして突然に笑いだしたことはまことに不幸な出来事だった。エミリーをひどく浮《う》わついた、恥知《はじし》らずの娘《むすめ》に見せた。

「わたしはみなさんにおききしますがね」とルース伯母さんは声を改めた。「こういう事情の中で、わたしがエミリーを自分の家へ置いとけるものでしょうか」

「それは無理ですよ」とエリザベス伯母がのろのろと言った。ローラ伯母は烈《はげ》しく泣きだし、ジミーさんは自分のかけていた椅子《いす》の前脚《まえあし》を、ひどい音を立ててひっぱった。

エミリーは窓から目をはなし、彼らのほうへ向き直った。

「エリザベス伯母さん、わたしにすっかり説明させてくださいませんか」

「もうわたしたちは十分聞いてしまったと思うね」とエリザベス伯母は氷のようなつめたさで答えた――彼女は胸のなかにわきたぎるあるにがい失望のために、なおいっそうつめたくなっていた。彼女はマレー一家に共通のつつましやかな、内気な気だてのなかでエミリーを深く愛し、誇《ほこ》らしく感じていた。その子がこんなおこないをするとは全く恐ろしい打撃《だげき》であった。その苦痛がエリザベスの怒りに拍車《はくしゃ》をかけて、いっそうきびしくくした。

「いいえ、それはいけません、エリザベス伯母さん」とエミリーは静かに言った。「わたしはそんなふうに片づけられてしまうほど、もう子どもではありません。わたしのほうの言い分も聞いていただかなければなりません」

マレー一族の表情がエミリーの顔にあった――エリザベスが昔《むかし》から実によく知っており記《き》憶《おく》していたその表情である。エリザベスはまよった。

このときルース伯母さんが口をはさんだ。

「あんたはゆうべ説明する機会があったのにしなかったじゃありませんか」

「伯母さんがわたしをあんなにわるく考えていらっしゃることで、わたしは心がいためつけられて、くやしくてくやしくてたまらなかったからです。わたしがなにを言ったって信じてはくださらないことがわかっていましたもの。無駄《むだ》ですわ」

「わたしはね、あんたがほんとうのことを言えば信じましたよ」とルース伯母さんがやり返した。「あんたがゆうべ説明しなかったのは、あの瞬間《しゅんかん》に、自分の行動への言いわけを考えつけなかったからですよ。あれからなにか発明したんだろうね」

「あんたはエミリーがうそをついたってことを知ってますか」ジミーさんがいきり立った。

ミセス・ダットンは口をあけて「ええ」と言いかけたが、閉じた。もしジミーが確かな証拠《しょうこ》をと求めたらどうしよう？　エミリーは——くだらないことを——話したことはある、十回も二十回もあるような気がする。けれど、彼女には証拠がない。

「どうです、知ってますか」と、あの憎《にく》らしいジミーが詰《つ》めよってきた。

「わたしはあんたみたいな者に、問いただされたりしませんよ」ルース伯母さんはジミーさんに背中を向けた。それからエリザベスにむかって、「わたしが始終言ってたじゃありませんか、あの子はなにを考えてるのか、底が深くて、ずるいってね」

「そう、そのとおりですよ」エリザベス伯母さんはこれについては、なんの迷うところもないのが、むしろうれしかったらしい。ルース伯母さんは今までになんどとなく、こういうことを言っていたのだ。

「わたしが言ったとおりでしょう」

「どうも――そうらしい――ねえ」

ルース伯母《おば》さんは勝ちほこった調子で、

「では、これについてどうするか、心をきめなければならないときですよ」と言った。

「まだまだ早い」ジミーさんがきっぱりと言い切った。「あんたがたはエミリーに弁解のまねごともさせなさりゃしないじゃないか。これが公平な裁判と言えますか。さあ、これから十分間、エミリーに話させせなさい。そのあいだたとえ一回でもじゃまをしないでね。十分間、自由に話させるんです」

「そうですよ。それが公平と言うものです」

エリザベス伯母さんは急に元気づいて言った。結局はエミリーにはちゃんとした説明ができるのではないかという、狂《くる》おしいまでに熱心な希望が彼女の胸にわいて来た。

「まあ、ね、じゃあ」とミセス・ダットンはしぶしぶ、アーチバルド・マレーの古いひじかけ椅子にドサリと音を立ててすわった。

「さあエミリー、わしらに洗いざらい事の真相を話してごらん」とジミーさんが言った。

「なんですって！　わたしが真相を話さなかったとでも言うんですか」とルース伯母さんが言ったが、ジミーさんは手をあげてさえぎった。

「さあさあ、黙って！　あなたはもう十分言いなすったんだから。今度は小猫ちゃん、おまえさんの番だ」

エミリーは彼女《かのじょ》の話を初めから終わりまでした。その話の中には聞く者の信頼を呼びさますなにものかがあった。少なくとも三人は彼女を信じ、その心から重い荷が除かれたことを感じた。ルース伯母でさえも心の底ではエミリーが真実を語っていると思った。けれども彼女は絶対にそれをみとめなかった。

「いかにももっともらしい話ねえ、わたしはそう思いますよ」ときっぱり言った。

ジミーさんは立ち上がって部屋を横切った。ミセス・ダットンの前にかがみ、白髪《しらが》の縮れ毛の下に子どものような茶色の目が光っている、ひげの生えた赤い顔を、つきだした。

「ルース・マレー、あんたは今から四十年前にあんたとフレッド・ブレーアとのことで立った噂《うわさ》をおぼえてますか？　おぼえていますかね」

ルース伯母さんは椅子をうしろへさげた。ジミーさんはそれについて進んだ。

「あんたは今のエミリーの話よりずうっとひどい噂の中にはいってしまったことをおぼえていますか。そうじゃなかったですか」

気の毒なルース伯母さんはまたうしろへ引きさがり、ジミーさんはまた進んで行った。

「あんたは世間があんたを信じないために、どんな気がしたかおぼえていますか？　だがあんたのお父さんは信じた——お父さんは自分の血と肉であるあんたを信用した。そうじゃなかったですかな」

このときのルース伯母さんはもう壁《かべ》にはりついてしまい、とうとう敗北をみとめた。

「わたしは——わたしは——よくおぼえています」と口早に言った。

彼女の頰《ほお》はどすぐろく赤くなった。エミリーは一種の興味をもって彼女を眺《なが》めた。ルース伯母さんは赤くなってるのかしら？　ルース・ダットンは遠く過ぎ去った青春の中の、非常に不愉快だった数カ月に返っていたのである。ルースは十八歳《さい》の娘であったころ、大変にみにくい立場におとしいれられたことがあった。しかし彼女は純潔だった——絶対に純潔だった。ルースは卑劣《ひれつ》なスキャンダルに巻きこまれたふびんな乙女《おとめ》だった、彼女の父親は娘の話を信じた、そして家族は彼女をはげました。

しかし、世間は長いあいだ反対側の証言を信じていた——たぶん、いまだにそのことを思いだしさえすれば、そう信じていることであろう。ルース・ダットンはスキャンダルの鞭《むち》に打たれた自分の苦しみの記憶を呼びおこして身ぶるいした。もはや彼女はエミリーの話を否定する勇気はなかった、けれども、どうもいさぎよく譲《ゆず》ることができなかった、彼女は素気《そっけ》なく言った。

「ジミー、あんた自分の席へ帰ってくださいな、どうぞ。エミリーはほんとうのことを言ってると思います——もっと早く話せばいいのにねえ、なんでこんなに手間を取らせたのか、わけがわからないわ。あの男はエミリーに恋《こい》を打明けてたんだろうと思うね」

「ちがいます、ただ結婚《けっこん》してくれって頼《たの》んだんです」とエミリーは澄《す》まして答えた。

部屋の中から三つの大きな溜息《ためいき》がきこえた。口のきけたのはルース伯母さんだけだった。

「あんたはそのつもりなのかね？」

「いいえ、わたしはもう六回もことわっているんです」

「それだけのセンスがあるのはありがたいね。ストーブパイプ町だって、なに言ってるのかね」

「ストーブパイプ町とは関係がないんです。今から十年たったら、ペリー・ミラーは偉《えら》くなります、マレー一族の者でも尊敬するほどの人になるでしょう。けれども、あの人はわたしが結婚したい相手ではありません。それだけです」

これがエミリーだろうか、この背の高い、若い女性は、落着きはらって、結婚の申込《もうしこ》みをことわる理由を語っているのである。――そして自分の好きな『タイプ』について語っているとは！　エリザベスと――ローラと――ルースさえも、いまはじめてエミリーに逢《あ》ったような気持で彼女を眺めた。彼《かれ》らの目には新しい尊敬があった。もちろん、アンドルーが意中の人――アンドルーが意中の人――つまり、エミリーの意中の人だった。けれども、アンドルーが言いだすまでには、何年かの時が――アンドルーが言いだすまでには――ああ、めんどうくさい、アンドルーがプロポーズするのだ。ところが、事はすでにほかの人から始まっているのだ――「六回もことわっている」と言うではないか。その瞬間、自分たちは気がつかなかったが、もはやエミリーを子どもとは思わなくなっていたのである。一飛びで彼女はおとなの世界へはいってしまった。今日以後、同等の立場で彼女に接しなければならない。ルもはや家庭裁判はおこなわれまい。伯母たちはそれは見えなかったけれども、直感した。ルース伯母さんの次の言葉がそれを示した。彼女はエリザベスかローラに話すような口調で（もし二人を戒《いまし》めるのが必要の場合には）話しかけたのである。

「まあ、ちょっと考えてごらんなさい、もし、誰《だれ》かが通りかかったとして、ペリー・ミラーがあの時間に窓のところにいるのを見たとしたら、どうでしょう」

「もちろん、それはわかります。ルース伯母さんの角度はわたしには完全にわかるんです。ただ、わたしは伯母さんがわたしの角度からも見ていただきたいってことなんです。

わたしが窓をあけてペリーと話したのは、馬鹿《ばか》なことでした——いまになるとよくわかるんです。ただ、なんにも考えなかったんですね——そのうちにペリーの話があんまりおもしろいので——あの人がハーディ博士の食事の会でしくじったことがとてもおかしくて、時間のたつのなんかすっかり忘れてしまったんです」

「ペリー・ミラーがハーディ博士の食事の会に行ったのかい？」とエリザベス伯母さんがたずねた。これもまた新しい打撃だった。

世界は——マレー家の君臨していた世界は——文字どおりひっくりかえってしまった、そしてストーブパイプ町がクイーン街の昼食会に招かれるようなことになったのだ。この同じ時間にルース伯母さんは、ペリー・ミラーに自分のピンクのフランネルの寝間着姿《ねまきすがた》を見られたことを思ってにがい感じを味わった。以前ならそんなことはいっこうかまわなかった。ニュー・ムーンで手伝いをしていた男の子だもの、しかしいまはちがう、彼はハーディ博士に客として招かれたのだ。

「ハーディ博士はペリーをすばらしい雄弁家《ゆうべんか》だと考えてらっしゃるわ。あの人には将来があるって言ってらっしゃるわ」とエミリーが言った。

「とにかくあんたが家の中をうろつき回って小説を書いてるのがいけないのよ。ちゃんと寝《ね》床《どこ》へはいって眠《ねむ》っていれば、こんなことは絶対に起こらなかったんだからね」とルース伯母さんはぴしりと言った。

「わたしは小説なんか書いてはいませんでした。エリザベス伯母さんに約束《やくそく》してからは、フィクションは一言も一字も書いていません。わたしはなんにも書いていなかったんです。伯母さんに話したとおり、日記帳をとりに下へ行ったんです」

「なぜ、朝まで置いておかれなかったの？」ルース伯母さんはしつこかった。

ジミーさんが口を出した。

「さあさあ、もう止《や》めにしなさい。また新しく喧嘩《けんか》をむしかえさなくてもいいじゃありませんか。わしは腹がへった。女衆は料理にかかったらどうですね」

エリザベスとローラはまるで老アーチバルド・マレーがそこにいて命令したかのようにおとなしく部屋を立っていった。一分ののちにルースは二人のあとを追った。事は彼女の思ったようにはならなかった。しかし、つまりはあきらめていた。そしてよく考えてみれば、もしエミリーに「有罪」の宣告が下されたなら、マレー家にスキャンダルの噂が着せられて世間にまき散らされるので、そんなことがあっては大変なのである。

「やれやれ、これで治まったね」とジミーさんは、ドアがしまったとき、エミリーに言った。

エミリーは長いいきをした。上品な、古い、静かな部屋が突然《とつぜん》、彼女には非常に美しく、あたたかい場所に感じられた。

「ほんとにありがとう」と言うや、彼女はジミーのところへ飛んでいって、熱烈《ねつれつ》に抱《だ》きしめた。「ジミーさん、叱《しか》ってちょうだい、わたしをきびしく叱ってちょうだい」

「いや、叱ることはない。だが、あの窓はあけないほうが賢《かしこ》かったね、そうじゃないか、小《こ》猫《ねこ》ちゃん、そう思わないかい」

「もちろんそうよ。だけど、分別っていうものはときどき、ひどくしみったれてる道徳よ、そんなものは重苦しいみたいよ、ジミーさん。かまわずにずんずんやって——そして——そして——」

「そしていい結果にはならないのさ」とジミーさんが結んだ。

「まあ、そんなものね」とエミリーは笑った。「わたしは一生びくびくしながら、歩かなけりゃならないのよ。だれかが見ていやしないかという心配で思いきって大またに、一歩も出られないのよ。わたしは自分の尾《お》を勝手にふって自分の野原をひとりで歩きたいの。わたしが窓をあけてペリーと話したことからなに一つほんとうの害は起こらなかったじゃありませんか。あの人がわたしにキスしようとしたことにだって、なんにも害はなかったでしょう？ただ、わたしをからかってみたかっただけよ。ああ、わたしはしきたりっていうものが大嫌《だいきら》いだわ、ジミーさんの言葉でいえば、結果を恐《おそ》れることが嫌いなのよ」

「と言ったところで、それを馬鹿にすることはできないよ、小猫ちゃん——だから困るんだ。それどころか、結果はわしらを追い駆《か》けてくるんだ。わしはあんたにきくがね、小猫ちゃん——想像してごらん——想像することにはなんにも害はない——あんたがおとなになって結《けっ》婚《こん》して、いまのあんたぐらいの年ごろの娘を持ってるとして、ある晩二階からおりていって、ちょうどルース伯母さんがあんたとペリーを見つけたように、あんたが自分の娘を見つけたとするんだね。あんたはなんとも思わないかね？　あんたはそれを機嫌《きげん》よく見ているだろうか。さあ、正直に言ってごらん」

一瞬、エミリーはじっと火をみつめていたが、やっと口をひらいて、「いいえ、わたしは喜ばないわ」と言った。「でもねえ、それはちがうわ。わたしにはわからないもの」

ジミーさんは声を立てて笑った。「そうだ。そのとおりだ、小猫ちゃんや。ほかの人たちにはわからないんだ。だから、わしらは銘々《めいめい》に自分の足取りを気をつけなければいけないんだ。わしはな、考えの足りないジミー・マレーだけれど、わしらが自分自分の足取りを気をつけなければならないことだけは、知っている。小猫ちゃんや、夕食は焼肉だよ」

ちょうどこのとき、台所からうまそうな焼肉の匂《にお》いがただよってきた——それはもったいぶったようすや骸骨《がいこつ》になった父親たちとはなんの関係もない、家庭的な快い匂いだった。エミリーはもう一度ジミーさんの肩《かた》をだきしめた。

「ジミーさんといっしょの野菜の食事のほうが、ルース伯母さんと共に食べるあばら肉のローストよりもまさっている」とエミリーは冗談《じょうだん》を言った。

第十九章　空中の声

一九――年　四月三日

ときどき、わたしは悪霊《あくりょう》の力からえんぎのわるい日というのが、真実あると信じたくなる。そうでなかったら、どうしていろんな悪魔《あくま》的の不幸が、善人に起こるのだろうか？

ルース伯母さんはやっとこさで、ペリーが食堂でわたしにキスしているのを見つけた晩のことをおさらいするのに倦《あ》きてきたらしいのはありがたいが、わたしはまた新しい問題に巻きこまれてしまった。

何もかも正直に書くことにする。それはけっしてわたしがこうもり傘《がさ》を落としたためでもなく、それからまた先週の土曜日にニュー・ムーンへ行ったとき台所の鏡が落ちてわれたからでもない。全くわたしの不注意からの失敗である。

シュルーズベリーの聖ヨハネ長老派教会の牧師が新年の休暇《きゅうか》をとって、神学生たちが説教を受持った。タイムズ社のタワーズさんからわたしは新聞に掲載《けいさい》するため説教を筆記してほしいと頼まれた。最初の説教は良かった、わたしは気持のいい筆記を送った。二度目は可もなく不可もなしという平々凡々《へいへいぼんぼん》のものなので、わたしも苦労なく筆記した。ところが、ついこのあいだの日曜日に聞いたのがお笑いものだった。わたしは教会の帰りみちでルース伯母さんにそう言った。

伯母さんの言うには、「あんたは説教の批評をするだけの力があるとお思いかえ?」

さよう。わたしは力があると思います! あの説教は全く不得要領だった。ウィクハム氏は五回六回と、自分の言葉に矛盾《むじゅん》を示していた。比喩《メタファー》はめちゃめちゃだし――シェークスピアの言葉を聖パウロの言葉だと言うし――彼はあらゆる文学上の罪をおかした、その中にはひどくつまらない説教だというのも加わっていた。けれどわたしの仕事は説教の筋を通信することだから、そのとおり実行した。

それからわたしは胸がムカムカするのを直すために、自分だけの説教の分析《ぶんせき》を書いてみた。狂気《きょうき》じみてはいるが、すばらしくおもしろい仕事だった。わたしは矛盾している点と、引用句のまちがいと全体の調子の弱さとくだらなさをすっかりあげてやった。わたしは実に楽しんでそれを書いた――できるだけ辛辣《しんらつ》に、皮肉に、悪魔的に書いた。おお! わたしはそれが強い力を持った記録だと思う。

それからわたしはまちがってそれをタイムズ紙に渡《わた》してしまった! タワーズさんは原稿《げんこう》を調べもせずに印刷に回した。彼はわたしの仕事に対しては、涙《なみだ》ぐましいほどの信頼《しんらい》を持っていた。けれど、もうこれからは駄目《だめ》だろう。記事はれいれいと次の日に掲載された。

わたしは身の置きどころもない気だった。タワーズさんが怒《いか》り狂うのは当然だと思っていたが、彼は少々ばかり困っているだけで――そのうえ、心の底ではおもしろがっているようだった。ウィクハム氏はもちろんここの専属の牧師ではない、だれもあの人のことやあの人の説教なんか気にかけてはいない。そこへ持ってきて、タワーズさんは長老派の信者だから、聖ヨハネ長老派教会の人たちだって、タワーズさんを攻撃《こうげき》することはないのだ。可哀想《かわいそう》なのはこのエミリーで、叱言《こごと》の重荷は全部ここへ来てしまった。どうもみんなはわたしが「ひけらかし」のためにやったと思っているらしい。ルース伯母《おば》さんは手がつけられないほどおこっている。エリザベス伯母さんは憤慨《ふんがい》した。ローラ伯母さんは悲しんだし、ジミーさんはたまげた。牧師さんの説教を批評するなんて恐ろしいことだ。

牧師の説教――ことに長老派の牧師さんの説教は――マレー家の伝統によれば、神聖にして冒《おか》すべからざるものだと、わたしの伯母のエリザベスはわたしに通告した。たった一人うれしそうだったのはカーペンター先生だった。（ディーンはニューヨークに行って留守だった。彼は喜ぶだろうとわかっていた）カーペンター先生は逢う人ごとに、わたしの「リポート は今まで読んだだれのものよりよかった」と言った。けれども、カーペンター先生は異端《いたん》者《しゃ》の疑いを受けている人だから、せっかくほめてくだすっても、わたしの信用回復にはあまり役立たない。わたしはこの事件のために情けない思いをしている。ときどきわたしの失敗のほうがわたしの罪よりもわたしを煩《わずら》わせる。しかし何かよからぬものが、わたしの心の奥《おく》のほうでにやにや笑っている。あの報告の一語一語が真実であった。否《いな》、真実以上だった。わたしは比喩《メタファー》を間違《まちが》って使いはしなかった。

＊

一九――年　四月二十日

「起きよ、汝北風《なんじ》よ南へくだれ。わたしの庭に吹《ふ》きわたり、かぐわしい匂いをまき散らせ」――きょうの夕暮《ゆうぐれ》どき、〈まっすぐの国〉をとおりぬけながら、わたしはこううたった――ただわたしは「庭」という言葉の代りに「森」という言葉を使った。春はもうその角《かど》まで来ており、わたしは喜び以外のすべてを忘れ去った。

けさ明け方は雨降りで灰色だったが、午後になって山に太陽が照った。そして今夜は少しばかり四月の遅霜《おそじも》がおりた――ほんのわずかで土を固くするぐらいだ。こんな晩こそ大昔《おおむかし》の神々に寂《さび》しい場所で逢《あ》いそうな気がした。けれどもわたしは何にも見なかった。ただ樅《もみ》の木立のあいだでガサガサといたずらっぽい音がしただけだ、小びと《ゴブリンス》の仲間かもしれない、それとも、その影法師《かげぼうし》だけだったかしら。

――ゴブリンというのは魅力《みりょく》のある言葉だけれど、それによく似た「ゴブリング」（むしゃむしゃ食らう）というのはどうしてあんなにみにくい感じがするのだろう？　それから「ほのぐらい」という言葉があらゆる美を思わせるのに、どうして「かげった」があんなにみにくい言葉なのだろう？――

それはそうとして、わたしは実にたくさんの妖精《ようせい》の声を聞いた。丘《おか》をあがっていくわたしに、その多くの声は、起こっては消え消えては起こる妙《たえ》なる喜びを与《あた》えてくれた。小山の頂上にのぼることには、いつでも一種の満足がある。そしてこの小山の頂はわたしの大好きな場所である。そこにのぼりついたとき、わたしはじっと立って、夕暮の美しさが音楽のように身内に流れるのを感じた。風のおばさんはわたしのまわりのブナの木の枝《えだ》を鳴らしていた。風のおばさんは天にも届きそうな枝の上のほうで歌っている。一年に十三の銀色の新月の一つが港の上にかかっていた。わたしはそこに立っていろいろさまざまの美しいもののことを考えた——星に照らされた四月の野を自由に流れている小川のこと——さざなみの立つ灰色の繻子地《しゅすじ》のような海——月光にかがやくニレの木のしとやかさ——生命のときめきに揺《ゆ》れうごいている土の中の植物の根——闇《やみ》で笑う梟《ふくろう》——長い砂浜《すなはま》の上の水泡《すいほう》——若い月が暗い丘にかかっている姿——湾《わん》をさわがす灰色の暴風など、すべてを思った。

わたしは世界じゅうでたった七十五セントしか持ち合わせていなかった。けれども天国は金銭では売り買いできない。

それからわたしは古い木の株に腰《こし》かけて、あのすばらしい数分間の記憶《きおく》を詩につくろうとした。わたしはあの数分間の妙なる幸福の形をかなりよくうつしたと思った——けれどもその魂《たましい》はつかまえられなかった。それはわたしから脱《ぬ》けだしてしまった。

わたしが下へおりてきたときは全く暗くなっていた。わたしの〈まっすぐの国〉の性格はすっかり変わっているようにみえた。薄気味《うすきみ》わるかった。わたしは逃《に》げだしたいような気持がした。わたしの長年の友達の木々は、よそよそしく、近寄れない気がした。わたしの耳に聞こえた響《ひび》きは昼間のような喜ばしい、親しみのあるものでもなかった——夕日の沈《しず》むときのなつかしい、妖精のいた響きでもなかった――それはうごめくような、気味のわるいもので、あたかも森の生命が突然わたしにむかって何か敵対心をもつものになったかという感じだった――すくなくとも、わたしの全く知らない、なじみのないものだった。わたしは自分のまわりに忍《しの》びやかな足音を聞くような想像ができた――恐ろしい目が梢《こずえ》のあいだからわたしをにらんでいるような気がした。広々したところへ出て、それからルース伯母さんの家の裏庭の垣根《かきね》を飛び越《こ》えて中へはいったとき、わたしはおそろしく魅力的ではあるが純粋《じゅんすい》に清らかな場所とは呼べないところから逃げだしてきたような気持がした――邪神《じゃしん》を拝む宗教の場所で魔法のおどりがもの狂《ぐる》おしくおどられる地というような印象であった。わたしにはどうも闇に包まれた森は妖怪変化《ようかいへんげ》に関係があると思われてならない。森の中には、うごめいている生命がひそんでおり、それは太陽の前には姿をあらわさないが、夜と共に勢力をたくましくするのではあるまいか。

「あんたはそんなせきをしながら、湿気《しっけ》のあるところへ出るべきじゃありません」とルース伯母さんが言った。

けれども湿気はわたしをいためつけなかった――わたしをいためつけたのは、あの惹《ひ》きつけるような不純なささやきであった。恐れながらも、わたしはそれを愛した。小山の上でわたしが愛した美しさは、その異様なささやきの前に、突然、何の味もないものになった。わたしは自分の部屋にすわってもう一つ詩を書いた。それを書き終えたとき、わたしは自分の魂から何ものかを吐《は》きだしたような感じがした、そして「鏡の中のエミリー」も、もはやわたしにとって他人とは思えなくなった。

*

一九——年 五月二十五日

ディーンは先週の金曜日ニューヨークから帰ってきた。その夜、わたしたちはニュー・ムーンの庭で、雨の日のあとのじめじめした風のたそがれの中を歩いて語り合った。

わたしは薄いろの服を着ていた。ディーンは道をくだってきたが、

「僕《ぼく》は君が、あの白い桜《さくら》の木かと思ったよ」と言いながら、夕闇の中にほんのりと、幽霊《ゆうれい》のように浮《う》び出て、〈のっぽのジョン〉の茂みの中からこちらを手招きしている一本の桜をゆびさした。それは実に美しくて、遠方からでもそれに比べられるのはまことに快いことであり、愛するディーンがふたたび帰ってきたことは実にうれしかった。わたしたちはジミーさんのパンジーを摘《つ》んで大きな花束《はなたば》をつくったり、灰色の雨雲が、東のほうの空に紫《むらさき》のかたまりになってどんどん集まっていき、西の空を星いっぱいにちりばめているのを眺《なが》めたりした。ディーンは言った。

「君といっしょにいるとね、星はいちだんと星らしく光り、パンジーはぐっと紫いろに見えるんだよ。どういうわけなんだろう」

ありがたいことだと思う。どうして彼《かれ》のわたしに対する意見と、ルース伯母さんのわたしに対する意見が、こんなにちがうのだろう?

ディーンは小さな、平たい包みを持っていたが、帰りしなにそれをわたしに渡した。

「僕は君がバイロンに夢中《むちゅう》だからそれに反対するためにこの絵を持ってきたんだよ」とディーンは言った。

それは有名なギリシャ美人の肖像画《しょうぞうが》だった。わたしはそれをシュルーズベリーへ持って行って自分の部屋へかけた。

ルース伯母さんはこの絵の人をへんに思っている。この肖像画を女王アレクサンドラの着色石版画と同じ部屋に置いていいだろうかと迷っているらしい。

わたし自身もいささか不安に思っている。

＊

一九――年　六月十日

このごろではわたしは勉強を全部、〈まっすぐの国〉の池のそばで、あのすばらしい、すんなりした、せいの高い木々にかこまれてやっている。

わたしは森の巫女《みこ》だ――わたしは樹木を愛以上の感情で見る――礼拝の気分で。

それからまた、樹木は、多くの人間どもとはちがって、知れば知るほどよくなる。最初にどんなに好きであっても、だんだんとなお好きになる。そして長い長い年月、四季の変化をとおしてその美しさを知ったときに、最も深く愛するのである。わたしが二年前にここへ来たときと比べたら、今はこの〈まっすぐの国〉の木々について百を数えるほどの愛すべき小さい事実を知っている。

樹木は、人間と同じように、個性を持っている。二本の杉《すぎ》の木でも同じではない。枝の曲りとか、こぶとか、うねりとかがあって必ずその特徴《とくちょう》によって一本の木はほかの木々から区別されるのである。イルゼとわたしが肩に腕《うで》をかけて、ないしょ話をするように、枝を交えていっしょに成長するのを愛する。ある木々は社交的に、枝を交えていっしょに成長するのを愛する。ある。そうかと思うと、四、五本だけかたまり合ってほかからは離《はな》れている木もある――マレー家の家風を帯びているものなのであろうか。それからまた修道僧《しゅうどうそう》のように、ひとり群れから離れてまっすぐに高く立ち、空の風とだけ語っているのもある。けれどもこういう木こそいちばん知る価値のあるものだ。こういう木の信頼を得ることこそ、もっと馴《な》れ馴れしい木々と親しくなるよりも、はるかに勝利感がある。今夜わたしは突然に、大きな星が庭の東の隅《すみ》にひとりぽつんと立っている樅の大木のあたりに宿っているのを見た。そのときのわたしの感想は二つの偉大《いだい》なものが相会すると言ったようなもので、この印象は数日間わたしの中に残り、生活のすべてに色彩《しきさい》と魅力をあたえてくれるだろう――教室の雑用にも皿洗《さらあら》いにもルース伯母さんの土曜日の大掃除《おおそうじ》にも。

＊

一九――年　六月二十五日

きょうは歴史の試験があった――チューダー時代（訳注　イギリス、チューダー王家の時代。一四八五―一六〇三）だ、わたしはこの時代をすごくおもしろいと思った——けれど、それは学課にあることよりも出ていないことのほうである。ジェーン・シーモアがまっくらな中で目をさましたとき何を考えただろうか？ 殺されたアンのこと、それとも青白い顔をした見捨てられたキャサリンのこと？ あるいは自分の新しい襞襟《ひだえり》の型のことかしら？ 彼女は王妃《おうひ》の冠《かんむり》が高くつきすぎたと思ったかしら、それとも取引に満足したのかしら？ そして彼女の小さな息子が生まれてからの何時間かは幸せだったのかしら——それとも、彼女は幽霊の行列が彼女に一緒に行くようにと手招きするのを見たのかしら？（訳注 イギリス王ヘンリー八世は六度結婚したが、キャサリンは最初の妃。アン・ブーリンは二番目、ジェーン・シーモアは三番目）それからレディ・ジェーン・グレイ姫《ひめ》（訳注 イングランド王ヘンリー七世の曾孫。前述キャサリンの娘メアリー一世により処刑された）でも友達からは「ジェニー」と呼ばれたかしら？ 姫でも短気なところがあったかしら？ シェークスピアの妻は夫のことをどんなふうに思っていたのかしら？ いったい、エリザベス女王を真実に恋《こい》した男性があったのかしら？ 歴史の教科書の中に「チューダー時代」となってそこにまとめられている王や女王や天才や傀儡《かいらい》の野外劇を眺めながら、わたしはいつもこんな問いを自分に出している。

*

一九——年 七月五日

高等学校の二年は終わった。わたしの試験の結果にはさすがのルース伯母さんも機嫌《きげん》をよくして、わたしはやりさえすればよくできる子だと言った。一言にして言えば、わたしはクラスの首席だった。わたしはうれしい。けれど、わたしにはディーンが、ほんとうの教育はわたしたちが自分で人生から掘《ほ》り出すものだと言った意味が、やっとわかり始めてきた。結局、この二年間にわたしがいちばん教わったものは、〈まっすぐの国〉の中のそぞろ歩きや乾草堆《ほしくさづか》の上の夜やレディ・ジョヴァンナや、王様をおしおきした老女や事実よりほかには書くまいと努力することやその他このようなことだった。送りつけた原稿が戻《もど》されてくること、それからイブリン・ブレークをきらいなことからでさえ、わたしは教えられた。イブリンと言えば――試験に落ちたので、もう一年現級にとどまらなければならなくなった。わたしは心から気の毒に思う。

こう言うと、いかにもわたしは愛すべき寛容《かんよう》さを持っているように聞こえる。わたしはしんそこから正直になろう。わたしはイブリンが及第《きゅうだい》しなかったのを気の毒に思う。なぜならもしもパスしたら来年学校にいないだろうから。

＊

一九――年　七月二十日

イルゼとわたしは毎日海水浴に行く。ローラ伯母さんはわたしたちが水着をちゃんと持って行くことにひどく気を使って、やかましく注意なさる。いったい、伯母さんは、わたしたちが月光の下でペチコートだけで水にはいったことをご存じなのかしら。

とにかく、今のところわたしたちは午後だけ水につかっている。そのあとで、日に温まった、金色の砂の上ですばらしい日光浴をする。わたしたちのうしろには、港までつづいた山々が光っており、わたしたちの前にひろがった青い海の上には、太陽の光の魔術《まじゅつ》で銀色になった帆《ほ》が浮んでいた。おお、人生は楽しい——楽しい——楽しい。たとえ、きょうわたしの手もとには三つの原稿が返されてきたとは言え、やっぱり人生はすばらしい。わたしの原稿を返してきたその編集記者が、いつか必ずわたしの作品を頼《たの》んでくるだろう！　現在のところ、ローラ伯母さんはわたしに、彼女が三十年も前にヴァージニアの友達から送ってもらった分量によって、面倒《めんどう》くさい作り方のチョコレートを教えこもうとしている。ブレア・ウォーターには一人もこの分量を正確に知っている人はいない。ローラ伯母さんはわたしに絶対に公表しないという約束《やくそく》を厳粛《げんしゅく》に立てさせた。

そのお菓子《かし》のほんとうの名前は「悪魔の食物」と言うのだが、エリザベス伯母さんはそんな名前は絶対に許さないだろう。

＊

一九——年　八月二日

今夜カーペンター先生をお訪ねした。先生はリューマチで引きこもっていられたのだが、確かに年をとられた。彼は昨年じゅう、ずいぶん生徒に対して頑固《がんこ》だったので、もう免職《めんしょく》にしたらという話もあったようだが、それはすっかり解決がついた。ブレア・ウォーターのたいていの人は、カーペンター先生の頑固さは玉にきずだが、それにもかかわらず彼は千人に一人の名教師だということをちゃんと知っていた。

彼の行き過ぎたきびしさについて不平の声があると教育委員会が言うと、「馬鹿《ばか》をあいそよく教えられるもんか」と、彼はどなった。

わたしが持って行った詩をあんなにひどく扱《あつか》ったのは、あるいはリューマチのせいかもしれないが、とにかくひどいものだった。あの四月の夕暮どきに小山の上で作った詩を見せると、彼はそれをわたしに投げ返した。そして言うには、「フン、きれいな、かげろうみたいなものさ」

わたし自身はあの詩がある程度あの夕暮の魔力をあらわしていると思っていたのだ。なんという痛ましい失敗だろう！

それからわたしはあの晩家へ帰ってから書いた詩を渡《わた》した。彼は二度読んでから、おもむろにそれをいくつかの紙切れに裂《さ》いてしまった。

さすがにわたしもハッとした。「いったい、どうしてですか？　べつにあの詩にまちがったところはないでしょう？」とわたしは言った。

「そう、その肉体にはね。一行一行をまとめれば、日曜学校ででも読むんだな。しかし、問題は魂だ——一体全体、これを書いたとき、君はどんなムードだったんだい？」

「黄金時代《ゴールデン・エイジ》を思うムードに」とわたしは答えた。

「いやそうじゃない——ゴールデン・エイジより遥《はる》かに前の時代だ。ねえ、君は意識していないけれど、あの詩は単なる異教主義だ。もちろん、文学的見地から見れば、ただの小綺麗《こぎれい》な歌の数々よりも値打ちはある。しかし、そこに危険があるのだ。自分の年齢《ねんれい》相応にやっていなさい。君はその一部分なんだ。年齢が君を所有しないで、君が年齢を所有することができるじゃないか。エミリー、あの詩には悪魔主義の匂《にお》いがただよっていたよ。詩というものが何か外側からのインスピレーション――霊《れい》によって――動かされたように、僕には感じられる。あの詩を書いたとき、君は魅入《みい》られたような気がしなかったかい?」

「そうです、そのとおりです」当時を思い出してわたしは答えた。カーペンター先生がそれを破ってくだすったのが、むしろうれしく感じられた。自分の手ではけっしてできなかったことだろうから。わたしは今までにたくさんの自作の詩を破り捨てた。それらは次の朝になってみると、何の値打ちもないものに思えた。けれども、きょうのこれはけっしてそうとは思えなかった。そしてそれを思い返すとき、いつでもあの散歩の不思議な魅力と恐怖《きょうふ》をわたしの中に呼び返すのだった。けれども、カーペンター先生は正しかった――わたしはそれを感じる。

先生はまたわたしがヘマンズ夫人（訳注　十九世紀イギリスの女流詩人）の詩集を読んでいることについても注意してくだすった。ヘマンズ夫人の詩集はローラ伯母さん秘蔵の本で、色あせたブルーと金で製本してあり、「君を讃美《さんび》する者より」と署名してあった。

ローラ伯母さんの青春時代には、若い男は自分の恋人の誕生日《たんじょうび》に詩集を贈《おく》るのが習慣だった。カーペンター先生がヘマンズ夫人の詩集についておっしゃったことは、若いお嬢さんの日記帳に書きこむのにはふさわしくないことだった。大体においてまちがいのない批評なのだが――でもわたしは夫人の詩の中に好きなのがある。そこここに、一行あるいは一節が数日間記憶に残って快い気持を与《あた》える。

「大軍勢の行進がとおった」

がそれである――なぜ好きか理由は自分にもわからない。人は好むものについて、いつでも理由を言えるとはかぎらない――それからもう一つはこれである。

「海のひびきと夜のひびきが、
クロテルデのまわりにあった
昔《むかし》ながらの古いプロヴェンガルの岸の
み堂の中に勇者は横たわっていた。
彼女は祈《いの》るためにそこにひざまずいた」

これは偉大な詩と言うべきものではないけれども、何か一種の魔力がある――最後のあたりになると、わたしは自分がクロテルデでそこにひざまずいていると思わずにはいられない――昔ながらの古いプロヴェンガルの岸で――忘れ去られた戦争の旗がわたしの上になびいている。

カーペンター先生はわたしの甘《あま》さを皮肉って、エルシー・ブックス（訳注　アメリカの少女小説で感傷と甘さでいっぱいのもの）を読んだらいいだろうとまでおっしゃった。しかし、わたしが帰るとき、先生はわたしの身のまわりのことについての好意ある言葉を言ってくだすった。

「僕は君の着ているそのブルーの服が好きだ。それに君はよく着方を心得ている。それは大切なことだ。僕は身じまいのわるい婦人には我慢《がまん》ができない。苦痛を感じるんだ——全能の神だってそうだと思うね。僕は無精者《ぶしょうもの》には用はないんだ、神だって用はないと思うよ。結局のところ、君が自分の服装《ふくそう》をちゃんとすることを知っていさえすれば、ヘマンズ夫人の詩を好きでもたいして問題はないよ」

帰り道でケリー老人に逢《あ》った。老人はわたしをとめてキャンデーの袋《ふくろ》をくれて、「よろしく」と伝言した。

*

一九——年　八月十五日

今年はおだまき草《ぐさ》がすばらしい出来だ。果樹園はおだまき草のまっさかりだ——美しい白や紫、妖精《ようせい》のようなブルーや夢《ゆめ》みるピンクの色。半分は野生じみている花だから、庭園で作られたできあがった花のけっして持たない魅力《みりょく》を持っている。そしてその名——「おだまき草」とは詩そのものだ。花屋がカタログに書くラテン語のむずかしい名より、普通《ふつう》ありふれた名のほうが遥かに美しい。心の安らぎ《ハートスィーズ》（三色すみれ）、花嫁の花束《ブライドズ・ブーケ》、王女の羽根《プリンセス・フェザー》（はげいとう）、スナップ・ドラゴン（はえとり草）、花の女神《フローラ》の化粧草、ごみだらけの粉屋《ダスティ・ミラー》、

独身者のボタン《バチェラーズ・バトン》（矢車草）、赤ちゃんの呼吸《ベビーズ・ブレス》（こごめなでしこ）、霧の中の恋《ラブ・イン・ア・ミスト》（くろたね草）
――わたしはこのすべてを愛する。

＊

一九――年　九月一日

きょうは二つのことが起こった。一つは大伯母さんのナンシーからエリザベス伯母さんへの手紙だ。ナンシー大伯母は四年前にわたしがプリースト・ポンドを訪問して以来、わたしの存在なんかには何の注意も払《はら》ってくれなかった。けれども彼女はまだ生きている、九十四歳《さい》であらゆる点から考えてもまだまだ丈夫《じょうぶ》である。エリザベス伯母さんとわたしに少々ばかり皮肉をあびせかけたが、最後は来年シュルーズベリーのわたしの学資を負担し、ルース伯母さんに下宿料も払ってくれると結んであった。

わたしは大変うれしい。ナンシー大伯母さんは皮肉は言うけれど、あの大伯母さんに恩になるのはいやではない。彼女はけっしていやがらせを言ったり恩に着せたりしない――ただそれは彼女の「義務」だからしてくれたのだ。それでありながら「義務なんてうるさいものだ」と手紙の中で言う。「わたしはこれがプリースト家のある人たちを悩《なや》ますだろうと思うからするのだ、それにウォレスがあまりに大仰《おおぎょう》な顔をして、『エミリーの教育を手伝ってる』と言うからだ。あなただって善いことをしていると考えているに違《ちが》いない。エミリーに言っておくれ――シュルーズベリーへ行って精いっぱい勉強をしてくるようにね――ただそれをかくして、かかとだけ見せていなさい、とね」エリザベス伯母さんは呆《あき》れてしまってわたしには手紙を見せてくださらなかった。けれどもジミーさんがわたしにすっかり話してくれた。

二番目のことは、エリザベス伯母さんのわたしへの小説の執筆《しっぴつ》禁止令の解除だった。ナンシー大伯母さんがわたしの費用一切を支払ってくれる以上、もはや自分への約束でしばるべきではないと思ったのである。それについてはわたしの考えるとおりにするようにと伯母さんは言った。

「でもわたしはあんたが小説を書くことには賛成できないけれどね」と彼女は言った。「すくなくとも勉強をおろそかにしてはいけません」

「伯母さん、わたしけっして勉強をおろそかにはしません。だけど、わたしまるで解き放された囚人《しゅうじん》のような感じですわ。わたしの指はペンを握《にぎ》りたくてうずいています——あたまの中はいろいろの筋《プロット》でわき返ってます。わたしは書きたくてたまらない夢の人物を二十人も持ってます。ああ、見ることと、それを紙に描《か》くこととのあいだに、あんなに大きなへだたりがなかったら、どんなにいいでしょう！」

「この冬、あんたがあの物語の原稿料《げんこうりょう》を受取ってから、エリザベスはあたまの中で、あんたに書くことを禁じるべきじゃないと思い始めていたんだ」と、ジミーさんはわたしに話した。「だけどナンシー伯母の手紙が来るまでは、自分の禁止したことを解く口実がなかったのさ。マレーの馬は金《かね》で動くからね、エミリー。ヤンキーの切手がもっとほしいかい？」

ケント夫人はテディにもう一年行ってもいいと言った。その次はどうなるかわからない。

けれども、わたしたちみんな学校へ帰ることになっている。わたしはうれしい。うれしくてこのことを大きな字で書きたいほどだ。

*

一九――年　九月十日

わたしはシニア・クラス（上級生）の今年の会長に選ばれた。そこで『頭蓋骨《ずがいこつ》と梟《ふくろう》』もわたしに通知をよこしてわたしが彼《かれ》らの会の会員に自動的に編入されたことを告げてきた。

イブリン・ブレークは、目下のところ扁桃腺《へんとうせん》で寝《ね》ている。

わたしは会長は引受けた――けれども『頭蓋骨と梟』への入会許可は丁寧《ていねい》な手紙でことわった。

昨年あんな目にわたしをあわせたあとで、よくもあんなことが言えたものだ！

*

一九――年　十月七日

きょう、ハーディ博士がクラスである通告をなさったので、大変なさわぎになった。カスリーン・ダーシーの伯父《おじ》さんでマッギール大学の教授が今ここを訪問中なのだが、彼はシュルーズベリー高等学校の生徒の創作した詩の中で最上のものに賞を出すことにきめた――賞品はパークマン（訳注　十九世紀アメリカの歴史家）のセットであった。

〆切《しめきり》は十一月一日、詩は二十行より短くなく六十行より長くならないこと。テープ・レコーダーの長さに合わせたものらしい。わたしは夢中《むちゅう》になって日記帳の中を捜《さが》して、「野ぶどう」を出すことにきめた。それはわたしの最上から第二のものだった。「六ペンスの歌」と題したのがわたしの最優等作品なのだが、十五行しかない。それを長くすることはそれをそこなうことになる。「野ぶどう」はもう少し良くすることができる。その中に二つ三つどうも満足のできない言葉がある。どうもわたしの思っていることを完全に表現していない、そうかと言って代るべき言葉が考えられない。わたしが昔お父さんに手紙を書いたときいつでも新しい言葉を発明したものだが、ああいうようにだれでも言葉を作れるといいのだが。だけどお父さんなら手紙を見ればすぐその言葉を理解してくだすっただろうが――コンクールの審査員《しんさいん》たちはそうはゆかないだろう。

「野ぶどう」は確かに入選するはずだ。これはうぬぼれでも虚栄《きょえい》でも思い過しでもない。それはきまっている。もしも数学のコンクールだったら、キャス・ダーシーが入賞するだろう。美人コンクールだったら、ヘーゼル・エリスが入選するだろう。もしも全課目優秀《ゆうしゅう》のためだったらペリー・ミラー――雄弁術《エロキューション》だったらイルゼ――もし絵だったらテディ。けれども詩である以上、E・B・スターにきまっている。

わたしたちシニア・クラスでは今年は文学でテニスンとキーツを研究している（訳注　テニスン、キーツ共に十九世紀イギリスの詩人）。わたしはテニスンを好きだが、ときどき彼はわたしを怒《おこ》らせる。彼は美しい――けれども完全なる芸術家キーツのようにあまりに美しすぎはしない。けれどもテニスンはけっしてわたしたちに芸術家を忘れさせない——わたしたちは絶えずそれを意識している——テニスンはけっして感情の激流《げきりゅう》に押《お》し流されるということがない、彼にはそういうことはない——彼は落着いた土手と小綺麗な庭のあいだを静かに流れていく。どんなに庭を愛していても、わたしたちはいつでもその中にとじこもってはいたくない——ときどきは原野へ出たくなる。すくなくともエミリー・バード・スターはそうである——彼女の親戚《しんせき》一同はそれを苦にしてはいるが。

キーツはあまりにも美に満ちている。彼の詩を読んでいると、まるでバラの中でいきづまるような気がして、つめたい空気を吸いたくなったり、山の頂のきびしさを恋《こい》しく思ったりする。けれども、おお！　彼の

「魔術の箱《はこ》が寂《さび》しいまぼろしの国の
おそろしい海の泡《あわ》の上にひらいている」

という二行などを読むと、一種の絶望感におそわれる。すでにできあがっていることを、またやろうとする必要があるだろうか？　けれどまた一方にはわたしを励《はげ》ます匂いをも発見する。わたしはそれを新しい日記帳の第一ページに書いておいた。

「空中の声の導くままに

従っていくことを恐《おそ》れる者には
不滅《ふめつ》の冠《かんむり》はあたえられない」

確かにそのとおりだ。わたしたちは自分の空中の声に従わなければならない。どこにあるのか知らないが、わたしたちの約束の都へ着くまで、あらゆる失望と疑いと不安の中をとおってその声についていくのだ。

きょうの郵便の中に四つも原稿のことわりがあった。それは容赦《ようしゃ》もなくわたしに向かって失敗を叫《さけ》ぶのだ。こんな叫びに逢《あ》っては空中の声はかすかになってしまう。けれど、必ずまた聞こえてくるだろう。そしてわたしはついていく――わたしは落胆《らくたん》はしない。

何年か前にわたしは誓《ちか》いを立てた――それをこのあいだ戸棚《とだな》の片隅《かたすみ》に発見した。――わたしはアルプスの道を登って、自分の名を名誉《めいよ》の巻物の中に書いてくるという誓いだった。

わたしは登りつづけていく！

＊

一九――年　十月二十日

このあいだの晩、わたしは「古い庭の記録」を読み返した。エリザベス伯母さんの禁止令が解けた今は、かなり直せると思う。カーペンター先生に読んでいただきたいのだが、先生は、

「冗談《じょうだん》じゃない、僕《ぼく》にはとてもそれを渡りきれないよ。目がわるいんでね。いったいなんだね——本かい？　君が本を書くのはまだ十年さきのことだよ」

「練習しなけりゃなりませんもの」わたしは憤慨《ふんがい》して言った。

「おお、練習——練習かね——だけど、僕のところへ持ってこないでくれたまえ。僕はもう年をとっている——全くだよ、年をとってる。短い——ほんの短い話を読むのはかまわないけれど——ときどきはね——だけど本ときちゃあ閉口だよ」

わたしはディーンの意見を聞いてもいい。けれどディーンはこのごろはわたしの野心を笑うのだ——遠慮《えんりょ》して親切にはしてくれるのだが、やっぱり笑う。テディはわたしの書くものはなんでも完全だと思う。だから批評家としては役に立たない。もしかして——もしかしてどこかの出版社が、わたしの「古い庭の記録」を引受けてくれないかしら？　あれよりたいしてまさっていない本をたくさんわたしは見てきたのだもの。

＊

一九——年　十一月十一日

今夜わたしはタワーズ氏の代りに小説を書き縮める仕事をしてすごした。タワーズ氏が八月に休暇《きゅうか》を取って旅行しているあいだに編集次長のグラディ氏がタイムズ紙上に「血みどろの心臓」という連載《れんさい》ものを始めた。タワーズ氏はいつもA・P通信から原稿を買うのだが、グラディ氏はそんなことにはかまわずに、ただイギリスのひどくセンセーショナルでセンチメンタルな小説のプリントをショップ通信から買って載《の》せ始めた。ばかばかしく長くてまだやっと半分しか載らない。タワーズ氏はこれでは冬じゅう続くだろうと言ってわたしに不必要な個所《かしょ》を全部切るように託《たく》した。わたしは冷静に命令に服してたいていのキスと抱擁《ほうよう》と三分の二ほどの求愛と形容をのぞいて、結果としてはもとの長さの四分の一にしてしまった。わたしの言えることは、あの長いものをこのように思い切って短くした形で印刷する組版の職人の魂《たましい》をどうぞ神があわれみを持ってくださるように、ということだけである。

夏も秋も去った。以前より早く四季がたつような気がする。〈まっすぐの国〉の隅《すみ》でキリン草は白くなり、毎朝地面には霜《しも》が銀色のスカーフのように拡《ひろ》がる。「谷をわたる」夕風は心をしめつけてさぐり、愛して失ったものを求めて空《むな》しく妖精を呼ぶ。なぜならば妖精の国の人びとは南の国へ行ってしまわなければ、樅《もみ》の木のあいだか羊歯《しだ》の根元にかくれているからである。

そして毎日暗紅色の夕日が港の上の煙《けむ》ったような赤い空をいろどっている。星が一つ、救われた魂のようにあわれみの目で、罪深い魂が地上の旅の汚《けが》れから清められている苦悩の淵《ふち》を眺《なが》めている。

こういう文句をカーペンター先生に見せる勇気があるかしら？　わたしはいやだ。こう思うからには、何かひどくわるいところがあるのだ。

こうしてつめたい心で書いてみると、わるいところがはっきりわかる。「どぎつい書きかた」だ。けれども今夜〈まっすぐの国〉のむこうの小山の上に立って港を眺めたときに、わたしの感じたままなのだ。古い日記帳が何と思おうと、かまったことではない。

＊

一九――年　十二月二日

詩のコンクールの結果がきょう報告された。イブリン・ブレークが「アベゲイトの伝説」という詩で当選した。

何も言うことはないと言うよりほかはない。

のみならず、ルース伯母さんが何もかも言ってしまった！

＊

一九――年　十二月十五日

イブリンの当選作が写真と略歴といっしょに今週のタイムズ紙に出た。賞品のパークマンのセットは本屋の陳列棚《ちんれつだな》に並《なら》んでいる。

「アベゲイトの伝説」はかなりいい詩だ。バラードのスタイルで書かれており、リズムも韻《いん》も正しい――これはイブリンのほかの詩にはかつてないことだ。

イブリン・ブレークはわたしのもので活字になったのは全部読んで、確かにわたしがどこかからうつしたのだと言っている。

わたしは彼女《かのじょ》の口まねはしたくないが――わたしは彼女が、あ、の、詩、を、書、か、な、か、っ、た、ことを知っている。あれには彼女の調子は一つも出ていない。ハーディ博士の手跡《しゅせき》をまねて自分の字だと言うのと同じだ。彼女の気取った銅板の字はハーディ博士の黒い、力のある手蹟とは似ても似つかぬもので、ちょうどあの詩を彼女の作だと言うのと同じく見当ちがいだ。それに、「アベゲイトの伝説」はかなりいい詩にはちがいないけれど、「野ぶどう」には及《およ》びもつかない。

わたしはだれにもこのことは話さないが、しっかりと日記に書きとめておく。なぜならこれは真実だからである。

*

一九——年　十二月二十日

わたしは「アベゲイトの伝説」と「野ぶどう」をカーペンター先生に見せた。両方を読んだときに、「審査委員はだれだ？」とたずねた。

わたしは委員の名を言った。

「その人たちに僕からよろしくと言ってからみんな馬鹿《ばか》だと言ってくれ」

わたしは慰《なぐさ》められた。わたしは審査委員に——委員だけでなくだれにも——馬鹿だなんて言わないだろう。けれど、そうだと知るだけでわたしの心は晴れた。

奇妙《きみょう》なことに——エリザベス伯母さんが「野ぶどう」を見たいと言った。読んでしまうと、「もちろん、わたしは詩はわからないが、おまえのほうが高い種類のように思えるね」と言った。

＊

一九――年　一月四日

わたしはクリスマスの週間をオリヴァー伯父さんのところで暮《く》らした。おもしろくなかった。あんまりやかましすぎた。何年か前だったらおもしろかったろう、けれどそのときには招いてくれなかった。空腹でもないときに食べなければならないし――ゲームをしたくもないときにゲームをして遊ばなければならないし――黙《だま》っていたいのにおしゃべりをしなければならない。あそこに泊《とま》っていたあいだじゅう、わたしは一分間だって独りではいられなかった。それだけではない、アンドルーはとてもうるさくなってきた。アディー伯母さんはいやに親切で母親らしくなった。わたしは居たくもない膝《ひざ》の上にしっかりと置かれて、やさしく撫《な》でられている猫《ねこ》のような気がした。

わたしはいとこで同年輩《ねんぱい》のジェンといっしょの部屋でやすまなければならなかった。ジェンはわたしがアンドルーの相手としては全然だけれども、神様のお恵《めぐ》みによってわたしと仲よくやっていこうと思っているのである。ジェンはセンスのあるいい娘《こ》だ、わたしたちは友愛的《フレンディッシュ》だ。フレンディッシュとはわたしの新造語である。ジェンとわたしはただの知合いとはちがう、けれどもほんとうの友人同士ではない。われわれはいつもフレンディッシュであり、そしてけっしてそれ以上にはならないだろう。わたしたちは同じ言葉を語らないのだ。

わたしはなつかしいわが家のニュー・ムーンへ帰ったとき、自分の部屋へあがっていきドアを閉めて孤独《こどく》を楽しんだ。

学校はきのう始まった。きょう本屋でわたしは心の中で笑った。ロドニー夫人とエルダー夫人が本を見ていたが、ロドニー夫人が言うには、

「タイムズ紙でわたしが読んだあの小説——「血みどろの心臓」——あれは実に不思議な小説ですね。何週間ものあいだ、ぐずぐずひっぱってどこへ行くんだか全然わからなかったでしょう？　そうしておいて急に八章でバサリと終わってしまったじゃありませんか。わたしにはわからないわ」

わたしは夫人のために謎《なぞ》を解くことはできたが解かなかった。

第二十章　古いジョンの家で

「王様をおしおきした女」がニューヨークで相当に名のある雑誌に受入れられて、掲載《けいさい》されたときにはブレア・ウォーターとシュルーズベリーにはかなりのセンセーションが起こった。ことにエミリーが四十ドルの原稿料《げんこうりょう》を受取ったという意外なニュースが口から口へと伝えられたときの驚《おどろ》きはなおさらであった。近辺の人びともエミリーの創作熱を初めてまじめに見るようになり、ルース伯母《おば》さんも、それ以来、時間の浪費《ろうひ》と言わなくなった。原稿採用の通

知は、エミリーの自信の砂が崩《くず》れかかっていた心理的瞬間《しゅんかん》に到着《とうちゃく》した。秋から冬にかけてエミリーの手もとにはあちこちから簡単な不合格の通知の紙きれがついて、原稿が返送されてきた。中で二つの雑誌だけが何とも言ってこなかったが、これはその編集者が、書く人にとっては書いてしまうことで十分なので、それがどう扱《あつか》われようと問題ではないと考えているためらしかった。最初のうちは詩だの物語が例の氷のようなことわりの紙きれやまたはほんのかすかな賞《ほ》め言葉の末に残念ながら頂けないという言葉かが付いて返ってくると、ひどく悲しんだ。ほんのわずかな賞め言葉で返ってくるのを、エミリーは「けれども」付きことわりと呼んで、ちゃんと印刷してある紙きれよりもっと憎《にく》んだ。失望の涙《なみだ》はおさえてもおさえきれなかった。けれども時がたつにつれてそれにも馴《な》れてきた。それほど気にしなくなった。編集局からの紙きれにマレー一族特有の目をチラリとくれて言った。「わたしは必ず成功してみせる」そして実際のところ彼女はただの一度でもこのことを疑わなかった。下の、深い下のところで何かが彼女に必ず時が来ると言っていた。それゆえに、彼女は拒絶《きょぜつ》の手紙が来るたびに、あたかも鞭《むち》のひとしごきに逢《あ》ったように、一分間はひるんだが、またすわり直して、そして——新しい物語を書いた。

しかしながら、彼女の内なる声はあまりにもたびたびの失望でかなり弱々しくなった。「王様をおしおきした女」が受入れられたことは、かすかになったその声を突然《とつぜん》に喜ばしい確信の叫びに変えた。小切手はかなりの意味があった、けれどもあの雑誌に掲載されたことはもっとずっと意味があった。彼女は確かに足場を得たと感じた。カーペンター先生はひどい喜びかたで、彼女に向かってあれは「絶対によかった」と言った。

「この物語のいちばんいいところはマッキンタイヤさんのものですわ。わたしはそれが自分のものとは言えません」と、エミリーは恨《うら》めしげに言った。

「舞台装置《ぶたいそうち》は君のものだ。君が加えたものは完全に土台と調和してるよ。そして君はあの女のものをあんまりみがき上げなかった——それが芸術家なんだ。君はみがき上げたい誘惑《ゆうわく》に逢わなかったかい？」

「はい、逢いました。もっとずっとよくすることができると思ったところがたくさんありました」

「けれど君はそうしなかった——それがあれを君のものにするんだ」と、カーペンター先生は言って——エミリーが自分でその意味を理解するままに残した。

エミリーは四十ドルのうち三十五ドルまでは実に上手に使った。ルース伯母さんでさえも彼女の予算に対して何も言うことがなかった。けれども残りの五ドルで彼女はパークマンの一揃《そろ》いを買った。それは賞品になったのよりもずっと綺麗《きれい》なセットだった。賞品に使ったのは寄贈者《きぞうしゃ》がメール・オーダーのリストの中で選んだものであった。そしてエミリーは賞品として贈《おく》られたよりもはるかにうれしく、ほこらしく思った。結局は、自分で働いて得たものがいちばん貴《とうと》いのだ。エミリーはいまだにあのパークマン・セットを持っている。今は色あせて古くなってはいるが、彼女にとっては書斎《しょさい》のどの本より愛すべきものなのだ。数週間のあいだ、彼女はすがすがしい気持で幸福だった。

マレー一門は彼女を誇《ほこ》りにした。ハーディ校長は彼女に祝いを述べた。相当有名な地方の朗読家がシャーロットタウンの音楽会で彼女の物語を読んだ。いちばんすばらしいことは遠くにいる愛読者がメキシコから手紙をよこして、彼がどんなに「王様をおしおきした女」の話をおもしろく読んだかを述べた。エミリーはその手紙を何度も何度も読み返して暗記してしまった。そして夜は枕《まくら》の下に入れて眠《ねむ》った。どんな恋人の手紙もこれほどやさしく扱《あつか》われたことはなかった。

それから古いジョンの家の事件が雷雲《らいうん》のように起こってきて彼女の青空は全く暗くなってしまった。

ある金曜の晩、デリー・ポンドで音楽会と「パイ親睦会《ソシアル》」があって、イルゼは暗誦《あんしょう》を頼《たの》まれた。バーンリ医師はイルゼとエミリーとペリーとテディを五人乗りの大きな橇《そり》に乗せて出かけた。柔《やわ》らかな雪が降りはじめていた中を、彼らはにぎやかな、楽しい八マイルの旅に出発した。音楽会が半分すんだとき、バーンリ医師は外へよばれた。デリー・ポンドのある家に急な重病人ができたのだ。ドクターはテディに一行を家へ送るように言い置いて診察《しんさつ》に出かけた。何もむずかしいことは言わなかった。シュルーズベリーやシャーロットタウンには同伴監督者《シャペローン》についてくだらない、うるさい規則があったが、ブレア・ウォーターやデリー・ポンドにはそんなものはなかった。テディとペリーは行儀《ぎょうぎ》のいい少年だった——エミリーはマレー家の娘だし——イルゼは馬鹿ではない。もしドクターが少しでも不安を持ったならこれだけのことは言っておいただろうが、彼は全く安心していた。

音楽会が終わると一行は家路についた。もうこのときは雪がどんどん降っていて、風も強くなっていたが、最初の三マイルは森の木《こ》かげを行ったのであまり苦労ではなかった。嵐《あらし》の雲のうしろにぼんやりと光っている月の中に立つ雪に覆《おお》われた木々の列には、薄気味《うすきみ》のわるい美しさがあった。橇の鈴の音は頭上の風の叫《さけ》びをあざわらった。

テディは苦もなくドクターの馬を操縦《そうじゅう》した。馬を走らせるのに、テディが片方の腕《うで》だけしか使っていないことについて、エミリーは一度か二度強い疑いを持った。彼女はその夜はじめてほんとうに髪《かみ》を「アップ」スタイルに結んだ。真っ赤な帽子《ぼうし》の下でかわいい玉になっていた。エミリーは何か嵐の中にひどく楽しいものがあるように感じた。

けれども森を出たときに困難は始まった。嵐は全力をもって彼らの上に向かってきた。冬の道は野中を突《つ》き抜《ぬ》け、いくつかの角《かど》と杉《すぎ》の森を内外に曲りくねっていた――それはペリーが言うとおり「蛇《へび》の背中を折る」ような道だった。

道は雪の吹《ふ》きだまりですっかりかくれ、馬は膝《ひざ》まで沈《しず》む有様だった。それから一マイルも行かないうちに、ペリーが途方《とほう》にくれて口笛《くちぶえ》を吹き始めた。

「今夜のうちにブレア・ウォーターには着けないね、テディ」

「僕《ぼく》らはどっかへ着かなきゃならないよ」とテディが叫んだ。「ここ［傍点］でキャンプを張るわけにはいかないし、ショーの山をとおって夏の道へ出るまでは家は一軒《けん》もないよ。女の子たちは服によくくるまってなさい。エミリー、君はイルゼのほうへ行ってペリーがこっちへ来るといいよ」

座席の移動がおこなわれた。もはやエミリーは嵐をおもしろいなどと思わなくなった。ペリーとテディはしんそこから驚いた。馬はこの深い雪の中をもうあまり先へは行かれなかった。ショーの山のむこうの夏の道は吹きだまりで通行はできないだろう。そしてデリー・ポンドとブレア・ウォーターのあいだの谷のあの高い山の上は恐《おそ》ろしく寒く寂《さび》しいのだ。

「僕らが何とかしてマルコム・ショーのところまで行ければ、しめたものなんだがな」とペリーがつぶやいた。

「とても駄目《だめ》だよ。ショーの山はもういま時分垣根《かきね》の上まで雪がつもっているだろうよ」と、テディが言った。「ここに〈古いジョンの空家《あきや》〉がある。ここへはいっていいかしら?」

「物置と同じくらい寒いよ。女の子たちは凍えてしまう。マルコムまで行く工夫をしなけりゃいけない」と、ペリーが言った。

雪の中を馬が夏の道へ出たとき、少年たちは一目でショーの山は問題にならないことを悟《さと》った。垣根の上までつもっている雪で道はあとかたもなく消えている。電柱が道に横たわり、そしてそこから野原のほうへの道がわかれているところにはものすごく大きな木が倒《たお》れてふさいでいる。

「〈古いジョンの家〉へ返るよりほかはない。この嵐の中でマルコムへの道をさがして野原を迷っているわけにはいかない。われわれは凍え死んでしまうよ」と、ペリーが言った。

テディは馬を返した。雪はますます降りつのり、吹きつける。もし〈古いジョンの空家〉が遠かったら、彼らには絶対に見つけることはできなかったろう。幸いにもそれは近かった。

少年たちは橇《そり》をおりて徒歩でひどい雪の上を捜《さが》しまわり、馬は最後の荒《あら》っぽいひと飛びをした末に、彼らはみんな比較《ひかく》的静かな杉の森へ着いた。その森の中に〈古いジョンの家〉がたっていた。

〈古いジョンの家〉は四十年前にジョン・ショーが若い花嫁《はなよめ》を連れてはいってきたときにすでに古かった。道路からずっと奥《おく》のほうで、ほとんど杉の森でかこまれているその場所は昔《むかし》も今と同じように寂しい場所であった。

ジョン・ショーはそこに五年住んだ。妻が死んだので畑を弟のマルコムに売って自分は西部へ移った。マルコムは畑を耕し、納屋《なや》は綺麗にしておいたが、家にはだれも住まなかった。ただ冬のあいだに二、三週間マルコムの息子《むすこ》たちが薪《まき》を集めに来たときだけ泊っていた。平生から鍵《かぎ》もかけてなかった。デリー・ポンドには浮浪人《ふろうにん》も泥棒《どろぼう》もいなかった。私たちの旅人はこわれかかった玄関《げんかん》からくらくらと中へはいり、やっとのことで叫びたてる風と烈《はげ》しい雪からのがれて、ほっと安堵《あんど》の息をついた。

「とにかくこれで凍えることからだけは助かった」と、ペリーが言った。「テッドと僕は出て行って馬を物置へ入れられるかどうか調べてこなけりゃならない。それから帰ってきて、何とかここを居心地《いごこち》よくしよう。僕はマッチを持ってるから大丈夫《だいじょうぶ》だ。へこたれやしないよ」

ペリーはいばるだけのことはあった。マッチに照らし出されたのは半分燃えさしのローソクが二本、不格好なローソク立てに立ててあるのと、錆《さ》びてはいたがまだまだ役に立つ古いストーブ、椅子《いす》が三脚《きゃく》、ベンチとソファーとテーブルが一つだった。

「こりゃどうだい？」ペリーが言った。

「うちじゃあみんながわたしたちのこと心配してるわね」と、エミリーは服から雪を払《はら》いながら言った。

「一晩の心配じゃ死なないよ。あしたの朝は何とかして帰り着くよ」と、ペリーが言った。

「とにかくこれは冒険《ぼうけん》よ」とエミリーは笑った。「わたしたちできるだけおもしろくしましょうよ、取れるだけの楽しみを取ってね」

イルゼは何も言わなかった――これはイルゼには珍《めずら》しいことだった。エミリーは彼女を見て、青ざめているのに気がついた。ホールを出ていらい、彼女が大変静かだったことをも思い出した。

「あなた、気持がわるいんじゃない？」気づかわしげにたずねた。

「ええ、わたし、ひどくいやな気持なの」弱々しく笑って答えた。そして付け加えた、「わたし――わたし、犬みたいに病気なのよ」気取りげも何もなくなったらしく、やっとこれだけ言った。

「おお、イルゼ――」

「そんな声出さないでよ」イルゼは癇癪《かんしゃく》を起こした。「わたしは肺炎を起こしかけてるんでもないし、盲腸炎《もうちょうえん》でもないのよ。ただ胸がむかむかするのよ。ホールで食べたパイが強すぎたらしいわ。胃がひっくり返りそうなの。ああ苦しい、う、う、う」

「ソファーに横になりなさいよ。少しはよくなるかもしれないわ」

イルゼは震《ふる》えながら弱々しく横になった。胸のむかつきなんかロマンチックでもなければ死ぬ病気でもなかった。けれどもその時だけは全身から力を奪《うば》ってしまうものだった。

少年たちはストーブのうしろに薪がいっぱいはいっている箱《はこ》を見つけたので、まもなくうまく火を燃やした。ペリーは一本のローソクを持って小さい家の中を探検した。台所につづく小部屋にベッドが置いてあり、なわのマットレスがしいてあった。もう一つの部屋──昔はアルミラ・ショーの客間だったのだが──は麦わらでいっぱいだった。二階はただからっぽでごみだらけだった。けれども貯蔵室でペリーはいくらかのえものを見つけた。

「ポークと豆の缶詰《かんづめ》がここにあるよ」とペリーが叫んだ。「それからブリキの箱にクラッカーが半分、これで僕らの朝の食事は安心だ。ショーの息子たちが置いてったんだな。おや、こりゃ何だ？」

ペリーは小さい瓶《びん》を引出した。栓《せん》をあけて厳粛《げんしゅく》な顔をして匂《にお》いをかいだ。

「確かにウイスキーだ。たくさんではないが十分だ。さ、イルゼ、ここに君の薬があるよ。湯でわって飲むんだ。君の胃はすぐなおるよ」

「わたしはウイスキーの味が大嫌《だいきら》いなのよ」とイルゼはうめいた。「お父さんは絶対に飲まないの、よくないと考えてますもの」

「トム伯母《おば》さんはいいと思ってるよ」と、ペリーはそれが最大の根拠《こんきよ》でもあるかのように言った。

「だけど、水がないわ」と、イルゼが言った。

「それじゃストレートで飲みたまえ。瓶の中には大さじ二杯《はい》ぐらいしかないよ。飲みたまえ。よくならないまでも、死にはしないよ」

かわいそうなイルゼは、毒薬でさえなければ何でも飲んでしまったほど、苦しく、なさけなかったのである。ソファーから這《は》い出して火の前の椅子にすわり、それを飲んだ。

強い、おいしいウイスキーだった、マルコム・ショーはそう言っただろう。ペリーは烈しく言い張ったけれど、実のところ瓶の中には大さじ二杯以上あったと思う。イルゼはそのまま数分間椅子にすわっていたが、やがて立ち上がり、おぼつかなそうにエミリーの肩《かた》にあたまをのせた。

「前より気持がわるくなった?」エミリーは心配してたずねた。

「わたし――わたしは酔《よ》っぱらっちゃったの」と、イルゼは言った。「後生だから、ソファーに寝《ね》かしてちょうだい。足が丸まっちまったのよ。スコットランドのだれだったかしら、自分はけっして酔っぱらわないんだけれど、ウイスキーが膝《ひざ》のところにたまってしまうんだって言った人があったわね。わたしは膝だけじゃなくて、あたまの中にもはいってるわ。あたまがグルグル回ってるわ」

ペリーとテディも手伝いに立ち上がり、三人でふらふらのイルゼを再びソファーに落着かせた。

「いったいどうしたらいいんでしょう?」エミリーは叫んだ。

「もうあんまりやりすぎちゃったのよ」と、イルゼが言った。目を閉じて、それからは何を言っても答えようとしなかった。エミリーは彼女《かのじょ》をそのままにしておくのがいちばんいいと思った。ペリーは、「なあに、イルゼは眠ってるうちに酔いをさましちまうよ。どのみち、胃はよくなるだろうよ」と言った。

エミリーはすべてのことを、そう哲学的《てつがく》に落着いてはとれなかった。それから三十分後にイルゼの正しい寝息がきこえてきて眠っているのを証明するまでは、彼らの「冒険」の味を噛《か》みしめることはできなかった。風は古い家をゆり動かし、窓をガタガタ音させて、まるで彼らがその暴力から逃《に》げたのを怒《おこ》っているかのようであった。ストーブの前にすわって屋外の風が敗北を嘆《なげ》く歌を聞いているのは楽しかった――この家が愛と笑いに満ちていた昔の消え去った生活を考えるのは楽しかった。――淡《あわ》いローソクの光の中でペリーやテディとキャベツのことや王様のことを話すのは楽しかった――エミリーの乳白の額と夢《ゆめ》みるような影《かげ》の多い目の上にチラチラと燃える火をじっと見つめながら、ときおり黙《だま》ってすわっているのは大変楽しかった。一度エミリーは目をあげ、テディが不思議な表情で自分を見つめているのに気がついた。一秒間二人の目は合った、そして釘《くぎ》づけにされた――ただの一秒間――けれどエミリーは二度と彼女だけのものではなくなった。彼女は何が起こったのかと戸惑《とまど》って考えた。彼女の身も魂《たましい》も包んでしまうように思えた、あの想像したこともない幸福感の波はどこから来たのだろう？　彼女はおののいた――彼女は恐れた。目の回るような変化への可能性がひらけるように見えた。混乱した思想の中から出てきたたった一つのはっきりした考えは、彼女がテディといっしょにこのようにして火の前に全生涯《ぜんしょうがい》の毎晩すわりたいということであった――それだったら暴風雨歓迎《かんげい》だ。彼女はテディを再び見られなかった、けれども彼の近さを感じる甘《あま》い感覚に戦慄《せんりつ》をおぼえた。彼女はテディのまっくろな髪の毛、少年らしい剛直《ごうちょく》さ、艶《つや》を持った濃《こ》い青い目を強く意識した。彼女は知っている男性の中でテディをいちばん好きだった、これは自分でも知っていた――けれどもこれは好きということとは全くはなれた別のものであった――あの意味深い目の交流の時間に訪れた彼への帰属意識――これは全く別である。なぜ今まで高等学校のどの男子生徒でも彼女の特別の友人になりたがった人を相手にしなかったかが、突然にしてわかった。

今にわかに彼女の上に置かれた魔力《まりょく》の喜びはあまりにも強いので、彼女はそれを破らなければならなかった。彼女は立ち上がって窓のところへ行った。ガラス窓に凍《こお》りついた霜《しも》にサラサラと低いささやきを立てて当っている雪は、取乱している彼女をこっそりとあざ笑っているようである。物置の隅《すみ》にぼんやり見える雪に包まれた三つの乾草堆《ほしくさづか》は、肩をふるわせて彼女の予言を笑っているらしかった。外に映っているストーブの火は杉の木の下の小人《こびと》のかがり火のように見えた。森をぬけた向うは限りない広さの白い嵐であった。その瞬間《しゅんかん》、エミリーは自分も外でその広い場所にいたいと思った――あそこにはこの突然な、説明のできない、強烈《きょうれつ》な喜びの枷《かせ》からの解放があるかもしれない――彼女は抑《おさ》えつけられることを嫌った。

「わたしはテディに恋《こい》をしているのかしら？」と考えた。「いやだ――いやだ」

まばたきをしているあいだにテディとエミリーに起こったことには全く無関心のペリーは、

あくびとのびをした。

「僕らももう寝る時間だよ――ローソクがちょうどなくなるもの。あのわらがすてきなベッドになるよ。あれを必要なだけ運んで行って女の子たちの寝台《しんだい》に敷《し》いて、ねぐらを作ってやろうよ。毛皮の敷物を一枚かければ結構なものさ。いい夢を見るよ、イルゼは特別いいのをね。もう酔いはさめたかしら？」

このときテディがびっくりするほどの元気な声で言った。

「僕はポケットにいっぱい夢を持ってるよ、売るんだよ。何を差上げましょうか？ 成功した夢――冒険の夢――海の夢――森の夢――一つ二つの不思議な恐ろしい夢も交ぜて適当なおねだんで夢を売ります、どんな夢でもお好み次第《しだい》、さあさ、何を差上げましょうか？」

エミリーはふり返って――テディを見つめた――と思うと次の瞬間には今までの戦慄も魔力も何もかも忘れて、ただ日記帳を求める強い望みだけになった。「夢にどれだけ払ってくれますか？」と言ったテディの言葉が彼女のあたまの中の閉ざされた、かくれた部屋の鍵をひらいたかのように、まばゆいばかりの小説の構想がうかんだ――「夢を売る人」という題までできた完全なものだった。それからあと、一晩じゅうエミリーは小説のことよりほか何事も考えなかった。

少年たちはわらのベッドへ行った。エミリーはイルゼが心地よげにソファーに眠《ねむ》っているのでそのままに残して、自分は小さい部屋のほうへ引きとったが、眠る気には全然なれなかった。眠りたくなかったのだ。テディと恋をしたことも忘れた――すばらしい小説の構想よりほかのことは何もかも忘れてしまった。闇《やみ》の中で彼女の前には一章二章、一ページ二ページ三ページとくりひろげられていった。彼女の人物はそこに生きて笑い、語り行動し楽しみかつ苦しんだ——彼らを嵐の背景の上に見た。彼女の頰《ほお》は燃え、心臓は高鳴り、あたまのてっぺんから足の爪先《つまさき》まで烈しい創作の喜びでたぎり立った——それは泉のように生命の底から湧《わ》き出し、あらゆる地上のものとは関係のない喜びだった。イルゼはマルコム・ショーの忘れられたスコッチ・ウイスキーで酔ったが、エミリーは不滅《ふめつ》の酒に陶酔《とうすい》した。

第二十一章　水よりも濃く

エミリーは明け方まで眠らなかった。嵐はやんだ、そして〈古いジョンの家〉のまわりの景色は沈んでいく月に照らされてパノラマのようだった。そのときやっとエミリーは仕事を完成した喜びのうちにうとうとと眠りにさそわれた。彼女は物語を全部創《つく》りあげたのである。あとは、筋をジミー・ブックに書きこむだけである。全部書きこんでしまうまでは安心できない。まだほんとうには書かないだろう——まだまだ数年待とう。時と経験が彼女のペンをその信念をあらわす器《うつわ》として十分のものにするまで待たねばならない。感激《かんげき》の夜をとおして一つのアイデアを追うのは一つのことであり、それを紙の上に書きおろして、本来の魅力《みりょく》と意味の十分の一でも再現するのは全く別のことである。

エミリーはイルゼに起こされた。イルゼはエミリーのベッドの端《はし》に腰《こし》かけていた。まだ何となく青い顔をしていたが、目には隠《かく》しきれない笑いが満ちていた。

「わたし、すっかり眠っちゃったわ。胃もけさは治ってよ。マルコムのウイスキーが、結局は、利《き》いたのね――薬のほうが病気よりもわるかったようだけど。ゆうべどうしてわたしが話をしなかったのかと思ってるでしょう?」

「わたしはあなたが酔って口がきけなかったんだと思ってたわ」と、エミリーは正直に言った。

　イルゼはクスクス笑った。

「わたしは口をきかずにはいられないほど酔ってたのよ。あのソファーへ寝たときにはもうすっかりフラフラは直っちまったの。エミリー、わたしは話したかったのよ――ほんとに話したかったわ!　馬鹿《ばか》なことや今までに知ってたこと、思ったこと、何もかも洗いざらいしゃべりたかったの。でもね、そんなことを言った日には、それぎり一生涯大馬鹿者にされてしまうことだけはわかっていたのよ。もし一言《ひとこと》口に出したら、コルクの取れた瓶《びん》みたいにとめどもなく出てくるわ。だから口にボタンをかけて一言も言わなかったのよ。わたしが言ったかもしれないことを考えるとゾッとするわ――それもペリーの前でさ。あなただって二度とわたしを相手にしないでしょうよ。今からすっかり改心したわたしよ」

「わたしが不思議でならないのは、ウイスキーにしろ、何にしろ、あんなちょっぴりのものでどうしてあんなに酔っちまったのかっていうことなのよ」と、エミリーが言った。

「わたしの母はミッチェル家の出なのよ。ミッチェル家の人間は茶さじ一杯のお酒でもフラフラになるというので有名だったのよ。これは家族共通のくせなの。それはそうと、もう、お起きなさい、わたしの美しい人よ、お起きなさい。男の子たちが火をおこしてるわ。ペリーがね、ポークと豆とクラッカーでおいしい朝の食事ができるって言ってるわ。わたしは缶でも食べてしまいたいくらいおなかがへってるのよ」

エミリーは貯蔵室で塩を捜しているあいだに大発見をした。棚《たな》の一番上にごみだらけになった本が積みかさねてあった。ジョンとアルミラ・ショーの時代まで戻《もど》る古い本だった。古い、かびの生えた日記帳、暦《こよみ》、会計簿《かいけいぼ》だった。エミリーは本の山をひっくり返した。それを片付けているあいだに一冊の切抜《きりぬ》き帳を発見した。ルーズリーフが一枚落ちた。それを拾いあげたとき、上にはりつけてある詩にエミリーは目をおとした。彼女のいきづかいは烈《はげ》しくなった。「アベゲイトの伝説」――イブリンが賞を取った詩である。二十年の歳月《さいげつ》を経たこの古い、黄ばんだ切抜き帳の中にあったのだ――一語々々そのままだ、ただ規定の長さに合わせるために二節だけを除いてある。「しかも一番いい二節をさ」エミリーは心の中であざわらった。「イブリンらしいわ。文学的鑑賞力《かんしょうりょく》なんて、てんで持ち合わせていないんだもの」

エミリーは本をもとの棚へ返したがルーズリーフだけはポケットにしのばせて、朝食のテーブルについたが、気もそぞろで食べた。このときにはもう人夫たちが来て雪をかきのけて道がわかるようにしていた。ペリーとテディは物置からシャベルを捜し出し、外の道路へ出られるように雪かきをした。彼《かれ》らはゆっくりと橇《そり》を動かしてとにかく無事に家へ着いた。ニュー・ムーンの人たちはかなり心配していた。〈古いジョンの家〉で夜を明かしたと聞いてかなり呆《あき》れたようすだった。

「風邪《かぜ》でも引きこんだらどうするの？」と、エリザベスがきびしく言った。

「でも仕方がないわ。それでなけりゃ外の吹雪《ふぶき》の中で凍《こご》えるところですもの」とエミリーが言った。みんなが無事で帰りだれも風邪を引かなかったのなら、それ以上何を言うことがあろうか？　これについては二度と何も言われなかった。それがニュー・ムーンの見かただった。

シュルーズベリーの態度はやや異なっていた。ただしシュルーズベリーの態度はすぐには表われなかった。

月曜日の晩までには全部の話がシュルーズベリーに知れわたった。イルゼが学校で話したのだ。そして自分が酔ってしまったことを大変な元気でおもしろく話したので、クラスじゅうがやんやと言って騒《さわ》いだ。エミリーはその夜はじめてイブリンを訪問した。イブリンは何かで大変ないい機嫌《きげん》だった。

「あんた、イルゼにあの話、させないでくれない？」

「何の話？」

「先週の金曜の晩酔っぱらったこと——あんたとあの人がテディ・ケントとペリー・ミラーといっしょにデリー・ポンドのあの古い家で夜を明かした晩のことよ」と、イブリンはしらじらと言った。

　エミリーは急に赤くなった。イブリンの声には何かがあった――無邪気《むじゃき》な事実が、にわかに皮肉な意味を持つようにきこえた。イブリンは心あって、当てこすっているのだろうか。

「話したってかまわないじゃないの？　あのひとの大失敗だったのよ」エミリーは冷然と言い放った。

「でもね、人の口はうるさいのよ」と、イブリンがやさしく言った。「運がわるかったのね。嵐《あらし》に逢《あ》ったのをどうすることもできないんですものね――たぶん――だけど、イルゼはかえって印象をわるくするのよ、しゃべり歩けばね。あの人全く考えなしだから。あんた、あの人に対して何とかできないの、エミリー？」

「わたしはそんなことを議論しようと思って来たんじゃありません」エミリーは無愛想に言った。「わたしはあなたに、〈古いジョンの家〉で見つけたものを見せに来たんです」こう言って切抜き帳からの一枚を出して見せた。イブリンはポカンとしてそれを眺《なが》めた。次の瞬間、彼女の顔は紫《むらさき》の斑点《はんてん》がぽつぽつとできた奇妙《きみょう》な表情に変わった。彼女は覚えずそれをつかみ取ろうとするような素振《そぶ》りを見せた。けれどもエミリーは素早《すばや》くそれを引っこめた。二人の目が合った。その瞬間、エミリーは二人のあいだの勘定《かんじょう》はやっと同じになったことを感じた。

　彼女はイブリンの言葉を待った。しばらくしてからイブリンはやっと渋々《しぶしぶ》口をひらいた。

「で、あなたはそれをどうするつもり？」

「まだきめてありません」とエミリーが答えた。イブリンの切れ長の、茶色の目は、ずるそうな、敵意に満ちた表情でエミリーの顔を見た。

「たぶん、それをハーディ博士のところへ持って行って全校の前でわたしに恥《はじ》をかかせようと言うんでしょう？」

「それは当然のことじゃありませんか」エミリーはつめたく答えた。

「わたしはぜひとも賞を取りたかったのよ。もし取れば来年の夏ヴァンクーヴァーへ連れていってくれると父が約束《やくそく》したの。わたしはとても行きたいもんで――エミリー、どうか、お願いだから発表しないで――父はもの凄《すご》くおこるでしょうよ――わたし、なんでもあなたに上げるわ。パークマン・セットも上げるわ――何でもするから――だまってて、後生だからだまってて！」

イブリンは泣きだした。エミリーはそれを見るのがいやだった。

「そんなものほしかありません」エミリーは遠慮《えんりょ》なく言った。「けれどあなたがしなければならないことが一つあるのよ。あの英語の試験の日にわたしの顔にひげをかいたのはイルゼじゃなくてあなただってことをルース伯母《おば》さんに白状しなけりゃいけません」

イブリンは涙《なみだ》をふいて、ゴクンと何かを呑《の》みくだした。

「あれはただの冗談《じょうだん》だったのよ」と泣きじゃくった。

「それについてうそを言ったのは冗談じゃないわ」とエミリーはきびしく言った。

「あなたは全く――全く――全く――ハッキリしてるのね」イブリンはぐしょぐしょにぬれたハンカチのかわいたところを一つ見つけて涙をふいた。「みんな冗談だったのよ。わたし本屋の店から戻ってきていたずらしたのよ。わたしはあなたが起きたときに鏡を見るだろうと思ったわ。まさか、そのまま教室へ行くだろうとは思わなかったのよ。それにあなたのルース伯母さんがあんなに本気に受取るとは思わなかったわ。もちろん、わたし白状するわ――もしあなたが――もしあなたが――許してくださるなら――」

「ちゃんと書いてちょうだい。そして署名してください」エミリーは容赦《ようしゃ》なく迫《せま》った。

イブリンは謝罪状を書いてちゃんと署名した。イブリンは手を伸《の》ばした。

「あなたわたしに下さるでしょう――それを」

「いいえ。これはわたしが持ってます」とエミリーが言った。

「それじゃああなたがしゃべらないっていう証拠《しょうこ》はないじゃないの？　いつか一度――結局は――」イブリンはあとを言わなかった。

「大丈夫《だいじょうぶ》よ。わたしはスター家の一人です。約束ごとはあくまでも守ります」

エミリーは笑顔《えがお》をもって退場した。長い試合でついに勝利を得た。そして手にはイルゼの立場をやっとルース伯母さんの目に正しくする証拠を持っているのだ。

ルース伯母さんはイブリンの書きつけをしきりにひっくり返して、どうしてこれを手に入れたのかとエミリーを問いただしたが、これについてはいっこうに要領を得なかった。しかしアラン・バーンリが自分の娘《むすめ》がこの家に出入りを差止められたことでどんなに気をわるくしたかを知っているルース伯母さんは、それを取消す理由を得たことを内心喜んだ。

「よろしい。わたしはあんたに、イルゼがあのいたずらをしたのでないことを証拠立てることができたら、またイルゼはここへ来ていいと言いました。あんたはそれを証明したんだから、わたしも自分の約束を守ります。わたしは曲ったことはしない公平な人間なんだから」と、言葉を終えた——ほんとうは最も不公平な人間であったのだが。

そこまではよかった。しかし、イブリンは次の三週間のうちに、指一本あげず、舌も動かさずに、報復の楽しみを思う存分味わった。シュルーズベリーじゅうが嵐の夜の噂《うわさ》で持ち切りだった。不愉快《ふゆかい》な想像、わるくち、でたらめな作りごとで、実に派手なゴシップが飛び散っていた。エミリーはジャネット・トムソンの午後のお茶の会の席上でさんざんにいやみを言われて、恥《は》ずかしさに身も世もない思いで家へ帰ってきた。イルゼは火のように怒《おこ》った。

「わたしはほんとうにぐでんぐでんに酔《よ》っぱらっておもしろい思いをしたんなら、何と言われてもかまわないわ」と足を踏《ふ》み鳴らして怒った。「ところが、愉快になるほどは酔わないじゃありませんか——ただわけがわからなくなるだけしか酔わなかったのよ。わたしねえ、エミリー、ときどき自分が猫《ねこ》で、あのわからずやのシュルーズベリーの連中がねずみだったら、思いっきり踏みつけてやるがなあと考えるのよ。とにかくわたしたちは笑いを顔にピンでつけて置きましょうよ。こんなことはすぐ消えちまうわ。わたしたちは戦うのよ」

「でもね、根のない想像とは戦えないわ」とエミリーはにがにがしげに言った。

イルゼは何も気にかけなかった——がエミリーはひどく気にかけた。マレー家の誇《ほこ》りはめちゃめちゃに踏みつけられた。そして時がたつにつれてますますそこなわれた。嵐の夜の記事が本土のほうで印刷されている三流紙にのった。そこへ「各地短信」として沿海州各地の出来事が集められて載《の》り、そして各地方へ配られた。だれもそれを読んだとは言わなかったが、ほとんどすべての人が中に書いてあることを知っていた——知らないのはルース伯母さんだけだった、彼女《かのじょ》はわるくちを書く新聞はけっして読まなかった。名前はいっさい出ていなかったが、だれを意味しているかはだれにもわかった。だから悪意ある記事はまちがうべくもなかった。エミリーは恥ずかしさで死にそうだった。最も不愉快な針は、それが実に卑《ひ》劣《れつ》でみにくかったことである。そしてあの〈古いジョンの家〉での美しい笑いと陽気さと歓喜にあふれた創作の夜を、卑《いや》しい、みにくいものにしてしまった。彼女はそれがいつの日までも、彼女の最も美しい記憶《きおく》の一つとして残るだろうと思ったのに、今はこの始末である。

テディとペリーはだれかを殺してやりたい気持だった。けれども、いったい、だれを殺すことができたろうか？　エミリーは二人に言った、何を言っても何をしても、かえって事態をわるくする。新聞のひとこまいらい、実に形勢はわるかったのだ。冬の社交界の大きなイベントであるフロレンス・ブラックの舞踏会《ぶとうかい》にもエミリーは招かれなかった。ハティ・デントンのスケート・パーティーからも取りのこされた。シュルーズベリーの夫人連のいく人かは町でエミリーに逢っても知らないふりをして通りすぎた。ほかの人たちは彼女に氷のような丁寧《ていねい》さを示し、一千マイルも離《はな》れているかのようなよそよそしさを見せた。そうかと思うと反対に、町のある青年たちは図抜けた親しさを態度と目つきに表わした。その中の一人なんかエミリーと全然交際もないのに郵便局でいきなり話しかけた。エミリーはふりかえって彼をにらみつけた。まわりから馬鹿にされ辱《はずか》しめられてはいても、さすがにアーチバルド・

マレーの孫である。恥をかいた青年は無我夢中《むちゅう》でエミリーから逃《に》げ去った。一、二ブロックさきまで逃げたときに初めて自分がどこにいるか気がついたほどであった。いまだに彼が忘れないのは、エミリー・バード・スターが腹を立てたときの目である。

しかし、マレー家の目はこんなふうに、はっきりした形のある無礼者には対抗《たいこう》ができても、風のように奔《はし》って歩くわるい噂にはどう向かっていくこともできなかった。すべての人がそれを信じたような気がエミリーはした。

図書館のミス・パーシイはエミリーの笑顔というのはいつもしゃくにさわっていたと言った。それは人を小馬鹿にしたような、意識過剰《かじょう》な笑いだと言うのである。エミリーは思った、自分はあの不幸な英国王ヘンリーと同じくけっして二度と笑わないだろうと。人びとは思い出した、あの年とったナンシー・プリーストは七十年前には手のつけられないおてんば娘だった。そしてダットン夫人自身にも娘時代にはとかくの噂はなかったかしら？　骨の中までしみこんでるんですよ。母親っていうのは駆落《かけお》ちしたじゃありませんか、ねえ？　それからイルゼの母親ですがね、もちろん、あのひとはリーの井戸に落ちて死にましたがね。もしそうでなかったら、何を仕出かしたか、わかったもんじゃありませんよ。それから、そら、あのブレア・ウォーターの砂浜《すなはま》で水あびをした話がありましたね。つまるところ、ちゃんとした娘にはエミリーのようなかかとはありませんよ。かかとなんか持ってやしませんわ。こういう具合に噂は噂を生んでいった。

毒にも薬にもならないアンドルーでさえも金曜日の晩ごとの訪問をやめた。このことの中には針があった。エミリーはいつもアンドルーを退屈《たいくつ》な相手と思い金曜の晩を恐《おそ》れていた。機会さえあったらアンドルーを小包にして帰してしまおうといつでも思っていた。けれどもアンドルー自身がさっさと引きさがったのでは全くようすが変わってきた。エミリーは手をにぎりしめてくやしがった。

ハーディ校長からエミリーはシニア・クラスの生徒会長を辞任すべきだという通告が来た。エミリーはあたまをあげた。辞任ですって？　敗北を告白して罪をみとめるの？　そんなことをしてたまるものか！

「あんな男たたきつぶしてやりたいわ」とイルゼが言った。「エミリー・スター、心配しなくてもいいことよ。うろうろしているロバが何と考えたっていいじゃないの。一月もたたないうちに何かほかのことであたまをいっぱいにして、これは忘れてしまうわ」

「わたしはけっして忘れません」とエミリーは感情をたかぶらせて言った。「死ぬときまで、わたしはこれを憶《おぼ》えてるわ。それはそうと、イルゼ、ミセス・トリヴァーが、わたしに聖ヨハネ教会のバザーで店を持たないようにと手紙で言ってきたわ」

「エミリー・スター！　まさか――あの人が！」

「ええ、あの人がなのよ。もちろん、口実は作ってるわ、ニューヨークから遊びに来ているいとこに一つ売店を預けたいからってね――けれどわたしにはわかってるわ。その手紙がね『愛するミス・スター』という書き出しなの――いいこと――ついこのあいだまでは『最愛なるエミリー』だったのよ。聖ヨハネじゅうの人はなぜわたしが抜けるように頼《たの》まれたか知ってしまうわ。しかも、ルース伯母さんのところへ来て手をついて、どうぞわたしを売店に貸してくださいって頼みに来たあとですよ。伯母さんはわたしが店を持つことはあんまり好きじゃなかったのよ」

「伯母さんは今度のことで何ておっしゃるかしら?」

「それなのよ、イルゼ。今度はわかってしまうわ。足が痛くて寝ていたので、一つも聞いていないのよ。わたしは知れたときはどんなだろうとびくびくしてたのよ。今度はもう駄目《だめ》だわ、恐ろしいのよ、知った日にはね。このごろ起き出してるから、どのみち、聞くにきまってるわ。わたしにはとても伯母さんの前に立って説明なんかできないのよ。あああ、まるでいやな夢《ゆめ》をみてるようだわ」

「あいつらはほんとにケチくさい、せまい、まるでけもののような悪党の心を持ってるのよ、この町の人たちはね」とイルゼは言うとそれぎり気持が晴々したらしかった。けれどもエミリーはイルゼのように形容詞を思いっきり並《なら》べてそれで悩《なや》み苦しむ心をなぐさめるわけにはいかなかった。そうかと言って自分の不愉快さを書き綴《つづ》ってそれで忘れ去ることもできなかった。日記帳には新しく書き入れたこともない。新しい記事も新しい物語も詩もなかった。ひらめきはけっして来なかった——もはや再びは来ないだろう。自分ひとりしか味わえないあのすばらしい洞察《どうさつ》と創作の、小さい秘密の歓喜は、もはや再び返って来ないだろう。人生は薄《うす》っぺらに貧弱《ひんじゃく》になり、しみがついてみにくくなった。美は何物の中にも見出《みいだ》せなかった。彼女はだれ週末に帰って行ったニュー・ムーンの金色の三月の孤独《こどく》の中にさえもなかった。

も自分をわるく思わない家へ帰りたかったのだ。ニュー・ムーンではだれもシュルーズベリーでささやかれたことを聞いていなかった。けれどもそのことがまたエミリーを苦しめた。やがて彼らも知るだろう。マレー一族の者が、たとえ潔白ではあるにしても、その潔白なマレー家の者が、わるい噂の的となったという事実によっていためつけられ、傷つけられるだろう。それに、イルゼがマルコムのスコッチ・ウイスキーでまちがいを起こしたことを聞いたなら、どんなふうにそれを受取るかは、だれにもわかってはいない。エミリーはシュルーズベリーへ帰るのをむしろうれしいとさえ感じた。ハーディ校長の言葉にはすべてとげがあるようにエミリーには思われた――全校の人たちの言うことにも目つきにも侮辱《ぶじょく》がひそめられていた。ただイブリン・ブレークだけが友人と同情者をよそおっていた。そしてこれがいちばん意地悪な仕打ちであった。イブリンのポーズのうしろには驚《おどろ》きがあったのか、悪意があったのか、エミリーは知らなかったが――確かに知っていたことは、イブリンの友情と忠実さとどんなにわるくちを聞いてもゆるがぬらしく見せかけていることとはあらゆるゴシップが悩ます以上に、彼女を悩ましたということであった。イブリンはあちこちと回って「かわいそうな、かわいいエミリー」についてのわるくちは一言も信じないと言ってあるいた。そのかわいそうな、かわいいエミリーは彼女がおぼれ死ぬのをさえ、元気よく眺めていられた――いられると思った。

さてルース伯母さんだが、数週間足の痛みに悩まされて家から外へ一歩も出なかったが、ひどい不機嫌《ふきげん》なので、友達でもかたきでも彼女に向かって姪《めい》をめぐってまきちらされている噂についてはおくびにも出せなかった。しかし、そろそろ自分から気がついてきた。足の痛みがすっかり直って、ほかのことに十分注意を向けることができるようになったのだ。考えてみるとエミリーはこの数日食欲がなかった。それからだんだん考えるとどうもよく眠《ねむ》れないようでもある。この疑いが起こるや否《いな》や、ルース伯母さんは活動を開始した。秘密に悩んでいるなどということは彼女の家では許されないのである。

「エミリー、あんたはどうしたの？　わたしに話してもらいましょう」ある土曜日、青い顔をした、目の下に紫のくまのできたエミリーにルース伯母さんはこう迫った。エミリーは昼の食事もほんのしるしだけしか食べなかった。

　エミリーの顔はほんのちょっぴり紅味《あかみ》を帯びてきた。恐れていた時がついにやって来た。ルース伯母さんには隠《かく》してはいられなかった。彼女には伯母さんの詰問《きつもん》に堪《た》えきる勇気もなければ、うるさい「なぜ」だの「どこで」だのと問いただされても、しっかりと自分の立場を守る気魄《きはく》もないことをなさけなく感じた。彼女にはすべてがどんなふうになるかすっかりわかっていた。ジョンの家の出来事に対する驚き——だれかがそれをとめることができたかのように。ゴシップに対する怒《いか》り——まるでエミリーに責任があるかのように言う。彼女はこういうことになるのを前から知っていたのだと言い立てる。それからそのあとに続く何週間かの叱言《こごと》の繰返《くりかえ》し。これを考えたとき、彼女は強い恐怖心《きょうふしん》におそわれて、ちょっとのあいだものが言えなかった。

「あんたは何をしていたの？」ルース伯母さんは追及《ついきゅう》した。

エミリーは歯を食いしばった。とても我慢《がまん》できない、しかし我慢しなければならない。一部始終は語られなければならない——早く話して清算してしまうよりほかに道はない。

「ルース伯母さん、わたしは何もまちがったことはしていません。ただ誤解されることをしただけです」

ルース伯母さんはフンと鼻のさきでせせら笑いをした。けれども何も言わずにエミリーの話を聞いた。エミリーはルース伯母さんが裁判官と陪審員《ばいしんいん》と検事とすべてを一人で兼ねてでもいるかのように、そして自分は証人台の罪人である気持で、できるだけ簡単に話をした。話し終わると無言ですわった、何かルース伯母さん独特の批評の出るのを待っていた。

「それでみんなは何をそんなに騒《さわ》いでいるんだね？」とルース伯母さんが言った。

瞬間《しゅんかん》、エミリーは戸惑《とまど》って、伯母を見つめた。

「みんな——あの、みんな——いやなことのありったけを考えて——言いふらしてるんです」と、ここでちょっと言葉を切った。「あのシュルーズベリーでは、あの晩、どんなに嵐《あらし》がひどかったかわからないんです。そしてだんだん話が伝わるたびに、みんな少しずつ色をつけて話します。シュルーズベリーじゅうに拡《ひろ》がったときにはわたしたちがみんな酔っぱらっていたということになっていたんです」

「わたしが呆《あき》れていることは、あんたが何でシュルーズベリーでそんなことをみんな話したかということだよ。なぜいっさいを秘密にしておかなかったんだろうね」

「だってそれじゃあ、あんまりずるいでしょう」エミリーのいたずらっけが突然《とつぜん》あたまをもたげて彼女はこう言った。すっかり話してしまったので、気も晴々として笑いに似たものさえ出てきた。

「ずるいだなんて！　そんなものじゃないよ、常識だね。だけど、もちろん、イルゼは黙《だま》っちゃいられないんだからね。わたしがいつも言ってるじゃないか、馬鹿《ばか》な友達というものは敵の十倍もあぶないってね。まあ、それはそれとして、エミリー、あんたは何でそんなに心配しているのかね？　あんたは良心にとがめられるところはないじゃないか。こんなゴシップはやがて消えてしまうよ」

「ハーディ校長がわたしは生徒会長を辞任すべきだっておっしゃるんです」

「ジム・ハーディがね。あれの父親ってのはわたしのおじいさんの下男を長くしていたんだよ」とルース伯母《おば》さんが嘲《あざけ》り笑いをした。「わたしの姪が、ふしだらをするなんて、ジム・ハーディが考えるのかねえ」

　エミリーには何が何やらわからなくなった。夢を見ているのだと思った。この途方《とほう》もない人間がルース伯母さんなのかしら？　ルース伯母さんのはずがない。エミリーは人間の矛盾《むじゅん》と正面からむきあった。あなたは同族と戦うかもしれない。彼らのすることに同意しないかもしれない——憎《にく》むことさえもする、けれども、あなたがたのあいだにはつながりがあるのだ。どういうわけか、あなたの神経と筋肉は彼らのそれと入り交っている。血はいかなるときにも水より濃《こ》い。外来者に攻撃《こうげき》させてみるがよい——それですべてが決定する。ルース伯母さんは少なくとも一つのマレー家の徳を持っていた——同族《クラン》に対する忠誠である。

「ジム・ハーディのことは心配しなくともよろしい」とルース伯母さんは言った。「わたしが収めてあげるよ。マレー家の人たちのことをとやかく言うもんじゃないと、みんなに教えてやるよ」

「それから、トリヴァー夫人が、バザーのわたしの店をあのかたのいとこに渡《わた》してくれとおっしゃるんです」とエミリーが言った。「おわかりでしょう、伯母さん——」

「わたしにわかってることは、ポリーは成り上がり者で馬鹿だということだよ」と、ルース伯母さんはいきり立った。「ナット・トリヴァーが秘書と結婚《けっこん》していらい、聖ヨハネ教会は全くようすが変わってしまったよ。十年前にはあの子は、シャーロットタウンの裏町をはだしで駆けずり回ってた女の子だよ。猫でさえあの子のそばへは寄りつかなかったものだ。今じゃあ女王のように気取り返って教会を自分の思いどおりにしようとしている。わたしがあの爪《つめ》を切ってやるよ。ついこのあいだまで、マレー家の者が店を持ってくれるのをあんなに喜んでいたのにさ。自分にハクがつくと言ってたくせにね。ポリー・トリヴァーがね。いったい世の中はどんなになるんだろう?」

ルース伯母さんは呆気《あっけ》にとられているエミリーを残して二階へ上がって行った。やがてルース伯母さんは戦争の道へ出る支度《したく》をしておりてきた。一番いい黒い絹の服に一番いい帽子《ぼうし》をかぶり、新しいシールスキンの外套《がいとう》を着ていた。こういういでたちで丘《おか》の上のトリヴァー家へ出かけた。三十分ばかりナット・トリヴァー氏夫人と密談した。丈《たけ》の低い、肥《ふと》った、小《こ》柄なルース伯母さんは、新しい帽子とシールスキンの外套はつけていても、ひどくやぼで、流行遅《おく》れに見えた。パリ仕立てのガウンに鼻めがね、マーセル・ウエーブを綺麗《きれい》にかけた髪《かみ》の毛で、ミセス・ナットは最新式の流行と、豪華《ごうか》の化身《けしん》のようであった――マーセル・ウエーブはちょうどはやってきたばかりで、ナット夫人はシュルーズベリーでは第一番にかけた人である。けれども話合いの勝利はトリヴァー夫人のほうにはなかった。あの記念すべき面接で何が言われたか、だれも知らなかった。トリヴァー夫人が他言するはずはなかった。けれどもルース伯母さんが大きな邸《やしき》から帰って行ったあと、トリヴァー夫人はパリ仕立てのガウンとマーセル・ウエーブがくずれるのもかまわず、クッションのあいだに身をすりつけて怒りとくやしさに泣いたのは確かである。そしてルース伯母さんはマフラーの中にトリヴァー夫人の「愛するエミリー」への手紙を持っていた。彼女のいとこはバザーに出ないので、最初きめたとおり「愛するエミリー」がどうぞ店を持ってくれるようにと書いてあった。次のインタビューはハーディ博士だった。ルース伯母さんは行って、逢《あ》って、勝った。ハーディ家のメイドがその会見の折の文句だと報告したものがあるけれども、あのめがねをかけた、立派なハーディ博士にルース伯母さんがほんとうにそんなことを言ったとは、だれも信じていない。

「あなたが馬鹿だということは知ってるけど、ジム・ハーディ、五分間だけ、そうではないつもりになりなさい」

まさか、こんなことは言えない。もちろんメイドが発明した言葉にちがいない。

「もう心配することはないよ、エミリー」

ルース伯母さんは帰宅するとこう言った。

「ポリーもジムも十分悟《さと》っただろう。バザーへ来る人たちは風がどっちへ吹《ふ》いてるかすぐ気がついて、それに従って帆《ほ》を動かすだろうよ。時が来たら、あと何人かの人たちにもう少し言いたいことがあるよ。とにかく、ちゃんとした若い男女が凍《こご》え死にしないために、どっかへのがれたからと言ってくだらない噂《うわさ》を立てられるなんてことはないはずだ。もうこんなことは二度と考える必要はないよ、エミリー。あんたのうしろには家族がいることを憶えていなさい」

ルース伯母さんが階下へおりたあとで、エミリーは鏡の前に立った。正しい角度に鏡を直して、さて「鏡の中のエミリー」に笑いかけた——おもむろに、誘《さそ》いかけるように、惑わすように、笑った。

「わたしは日記帳をどこへ置いたかしら」とエミリーは考えた、「ルース伯母さんの描写《びょうしゃ》にもう少し筆を加えなけりゃならないわ」

第二十二章　「わたしを愛してください、わたしの犬を愛してください」

ミセス・ダットンが姪《めい》のうしろ立てをしていることが知れたとき、シュルーズベリーの町の上下を吹きわたっていたゴシップの風は、信じられない速さで静まってしまった。ミセス・ダットンは聖ヨハネ教会のさまざまの行事にだれよりも多く寄付をしていた――マレー家の伝統は自分の教会を適当に助けることであった。夫人は町の実業家たちの半分に金を貸していた。ナット・トリヴァーも鼻をおさえられている一人で、借りている金額はかなり大きく、それを考え出すと夜も眠れなくなるのだった。ダットン夫人は各家族の骨組とも言うべき内情をよく知っていて、それを遠慮会釈《えんりょえしゃく》もなく口にするのだった。だから、ダットン夫人の機嫌はいつも取りむすんでおかなければならなかった。だから、彼女《かのじょ》が姪にきびしかったから、その姪には何をしてもかまわないなどと思っている人がもしあったなら、それは大まちがいで、そのまちがいは早く改めるのが関係者一同の幸福であった。エミリーはバザー大会のトリヴァー夫人の店で、赤ちゃんのジャケットと毛布と長靴《ながぐつ》と婦人帽を売った。多くの年輩《ねんぱい》の紳士《しんし》たちを、今は再び有名になった笑顔《えがお》で惹《ひ》きつけてたくさん売りつけた。みんな親切だった、彼女自身もにがい経験のきずは残っていたが、やっぱり幸福だった。

　シュルーズベリーの人たちは数年の後にも言っていた、エミリー・スターは彼《かれ》らがあんな噂を立てたことをけっしてほんとうには赦《ゆる》していなかったと――第一、マレー家の人たちは元来赦す心がないのだと。しかし、赦しは実際にはそのことに関係なかった。エミリーはあまりに苦しんだため、それ以来、その苦しみに関係のあった人には逢いたくなかった。一週間あとでトリヴァー夫人がエミリーに、いとこのためのレセプションでお茶をつぐ役目をつとめてくれないかと頼むと、エミリーは何の口実もつけずに、ただ丁寧《ていねい》にことわった。彼女がつんとあげたあごからか、あるいはまっすぐ自分を見つめた目からか、それはよくわからないが、いずれにしても自分はまだリオルダン横町のポリー・リオルダンであり、この後といえどもニュー・ムーンのマレー一族の前にはそれ以上の者でないと感じた。

けれども、アンドルーがその次の金曜の晩、やや間のわるそうなようすで訪問したとき、気持よく迎《むか》えられた。彼は一族につらなってはいたものの、どんなふうに迎えられるかといくぶん疑いを持っていたらしかった。けれども、エミリーはきわめてしとやかに彼を迎えた。たぶんエミリーにはエミリーの理由があったのだろう。ここで再び私は読者の注意を呼んでおくが、私はエミリーの伝記作者であって、彼女の行動の解説者ではない。もし彼女がアンドルーに仕返しをするために、私の賛成しない方法をとったとしても私にはそれを言うよりほかに何ができようか？　私自身の満足のためにちょっと言っておくが――アンドルーが上役から受けた賞《ほ》め言葉を話したとき――エミリーがアンドルーはすばらしいと言ったのは、行過ぎだと思う。彼女はそれを皮肉な調子で言ったというのだが、その言いわけも私はみとめない。皮肉な調子ではなかった。彼女はうわ目づかいをして言いようもなくかわいらしく話しすぐ伏目《ふしめ》になった。それは規則正しく打っているアンドルーの心臓の鼓動《こどう》を烈《はげ》しくさせるほどだった。おお、エミリー、エミリー！

その春はエミリーのためにすべてが調子よく進んだ。原稿《げんこう》もいくつか採用され小切手も来た。彼女はだんだんに自分を文学女性とみなすようになった。親戚《しんせき》たちも彼女のものを書くマニアを本気のことと考えはじめた。小切手は争えないものだった。

「エミリーは大みそか以来、自分のペンで五十ドルもかせぎましたよ」ルース伯母さんはドルリー夫人に話した。「あの子は生活を立てることをらくに考えるようになるね」

らくに考えるですって！　エミリーは廊下《ろうか》をとおりかかって、ふと洩《も》れ聞いて笑った、そして溜息《ためいき》をついた。ルース伯母さんが——伯母さんだけでなくだれでも、アルプスの道を登っていく人びとの失望や失敗について、何を知っているだろうか？　見るだけで届かない者の絶望と苦痛を、彼女が知っていただろうか。すばらしい物語を思いつき書いてみると、その労苦の結果がつまらない、短い原稿にしかならないときのにがい感じについて、彼女は何を知っているだろうか？　つめたく閉ざされたドアと絶対にひらかないと言い得《う》る編集室について彼女は何を知っているだろうか？　残酷《ざんこく》な採用拒絶《きょぜつ》の紙きれとうっすらした賞め言葉について何を知っているだろうか？　満たされない希望と失われていく自信と悩《なや》ましい不安について何を知っていると言うのであろうか？

ルース伯母さんはこんなことは何も知らなかった。けれどもエミリーの原稿が送り返されてくるたびに、想像力が働いて、

「失礼だよ、あいつは。あの編集係に二度と原稿を送るんじゃない。あんたはマレー家の生まれだということを忘れなさんなよ」

「さあ、あの人はそんなこと知らないでしょうよ」とエミリーはまじめな顔をして言った。

「それじゃあ、なぜそう話さないんだね？」と伯母さんは言った。

五月にジャネット・ロイアルがすばらしい服を着て、華《はな》やかな名声を持ち愛犬を連れてニ

ューヨークから帰ってきたときには、シュルーズベリーにはちょっとしたセンセーションが起こった。ジャネットはシュルーズベリー生まれだったが、二十年前に「合衆国へ行って」いらい、一度も帰ってこなかった。大きな婦人雑誌の文芸記者であり、ある小説の出版社の原稿選定委員をしていた。エミリーはミス・ロイアルの到着《とうちゃく》を聞いていきを呑《の》んだ。ああ！もし女史に逢えるんだったら――話ができたら――自分が知りたいたくさんのことがらについてたずねることができたら！

そこへタイムズ紙のタワーズさんがさりげない調子で、ミス・ロイアルと逢ってその会見記をタイムズ紙に書かないかと言った。

エミリーは恐《おそ》れと喜びでおののいた。ここに彼女の出発があった。けれど、できるかしら――十分の裏づけがあるかしら？　ミス・ロイアルは彼女を我慢がならないほど出過ぎ者だとは思わないだろうか？　ミス・ロイアルに対して彼女のキャリアやアメリカ合衆国の外交政策や互恵《ごけい》主義についての彼女の意見を、どうやって質問したらいいだろうか？　エミリーは自分には勇気がないと思った。

「わたしたちは二人とも同じ祭壇《さいだん》で礼拝している――けれども彼女は祭司長であり、わたしはいちばん低い仕え女《め》である」と、こうエミリーは日記に書いた。

それから彼女はミス・ロイアルにあてて崇拝《すうはい》に満ちた手紙の下書きを作り十二回も書き直して、インタビューを頼《たの》んだ。それを出したもののその夜一晩じゅう眠《ねむ》れなかった。なぜなら出したあとで気がついたことは、自分を「あなたの真実なる、エミリー・スター」と書く代りに、「あなたの親愛なる」と書いてしまったからである。「親愛なる」とは知っている同士のあいだで書くことで、ミス・ロイアルと自分とは一面識もなかったのである。女史はわたしをひどい出過ぎ者と思うにちがいない。
ところがミス・ロイアルはすばらしく魅力《みりょく》的な手紙を書いてくれた——それをエミリーは今でも持っている。

「愛するスター嬢《じょう》
もちろんあなたは来てよろしいのですよ、おめにかかってあなたがジミー・タワーズのために知りたいと思っていらっしゃることを、すべてお話しいたしましょう（ジミー・タワーズに神様が安心を与《あた》えてくださいますように。彼はわたしのいちばん初めの男友達でしたのよ！）、それからあなたがご自分のために知りたがっていらっしゃることもみんなお話しいたしましょう。わたしがこの春プリンス・エドワード島へ帰ってきた理由の半分は、『王様をおしおきした女』の作者に逢いたかったからです。わたしはあれが『ロックス』に掲載《けいさい》されたとき読んでおもしろいと思いました。どうぞいらしってちょうだい、そしてあなたのこととあなたの野心についてすっかり話してください。あなた野心を持っていらっしゃるでしょう？　そしてわたしはあなたはそれを実現できるかただと思います、わたしはできるならあなたをお助けしたいと思うのです。あなたはわたしになかったものを持っていらっしゃいます——ほんとうの創作力ですね——けれどもわたしは山のような経験を持っています、その経験から学んだものはいくらでもあなたにお分けします。わたしはあなたがわなやおとしあなにかからないように助けてあげることができますし、ある方面には『引き』をしてあげることもできると思います。アッシバーンへ次の金曜日午後『学校が終わったら』いらっしゃい。そうしたら、わたしたちは心を打明けてお話ししましょう。

あなたの友
ジャネット・ロイアル」

エミリーはこの手紙を読んで足の爪先《つまさき》までふるえをおぼえた。「あなたの友」、ですって！何てすばらしいんだろう！　彼女は窓べにすわって〈まっすぐの国〉のしなやかな樅《もみ》の木、それからずっとむこうの露《つゆ》を含《ふく》んだクローバーの野に目をやった。いつの日にか、自分もまたミス・ロイアルのような、すばらしい成功者となれるのだろうか？　あの手紙はそれができることのように思わせた――あらゆる輝《かがや》かしい夢《ゆめ》の実現を可能のように見せた。そして金曜日には――あと四日だ――彼女はあの祭壇に君臨する祭司長に逢い、心おきなく話し合うのだ。

その夕方、ルース伯母さんを訪問したアンジェラ・ロイアル夫人はジャネット・ロイアルを特に貴《とうと》い祭司長とも偉大《いだい》な存在とも思わぬらしかった。けれども、元来、預言者はそのふるさとでは貴ばれる者ではないのだから（訳注　キリストの言葉）仕方がない。アンジェラ・ロイアル夫人はジャネットを育てたのだから無理もない。

「偉《えら》くなってないとは言いませんよ」と彼女はみとめた。「たいした月給を取ってるんですよ。だけど、いくらすばらしい月給取りでも、独身者《ひとりもの》じゃね。ずいぶん変わったところがありますよ」

丸窓のところでラテン語を勉強していたエミリーはこれを聞いてカッとした。これこそ「中傷」のほかの何ものでもない。

「まだまだ綺麗《きれい》ですね」とルース伯母さんが言った。

「全く綺麗ですよ。だけどね、わたしはいつも考えてましたよ、あんなに利口じゃ結婚はできないとね。そのとおりでした。それにね、あの人は外国の思想でいっぱいですよ。食事の時間だっていつも遅れるんですね——それにあの犬をかわいがってること、わたしは胸がわるくなるくらいですよ——チュウ・チュインって呼んでますわね。犬のチュウ・チュインが主人ですね。好きなようにさせといて、だれも何も言えないんです。可哀想《かわいそう》に、わたしの猫《ねこ》なんか、自分の心だって自分のものだとは言えないんですの。ジャネットはとてもむずかしいんです。客間の椅子《いす》の上に眠ったので困るってわたしが言いましたらジャネットがおこっちまって一日じゅう口をきかないんです。わたしはジャネットのこういうところがきらいなんです。おこったら大変、こわいものなしの勢いなんですからね。そしてそのおこるのが、だれも思いもよらないようなことでおこるんです。それでね、だれか一人のことでおこると、だれでもかまわずあたり散らすんですからね。金曜日にあなたが来なさる前に、あの人の気にさわるようなことがなければいいがね、エミリー。もし気にさわるようなことがあれば、あなたにあたるからね。だけど、わたしはあの人のために言いますがね、そんなにたびたびおこったりはしないんですよ。意地がわるいとか自分勝手とかいうところはみじんもありません。友達のためなら指の骨まですりへらしますからね」

雑貨屋の少年が来たのでルース伯母さんは立って行った。そのあいだにミセス・ロイアルはあわてて言い添《そ》えた。

「ジャネットはね、あなたにひどく興味を持ってますよ、エミリー。あの人はいつでも綺麗な、いきいきした、若い娘《むすめ》たちをまわりへ置きたがるんですよ。若い人たちといっしょにいると自分も若い気持でいられるんですとさ。あなたにはほんとうの才能があるんですってね、そう言ってましたよ。もしあの人があなたを好いたとしたらたいしたものですよ。だからね、とにかくチャウチャウ犬（訳注 中国原産のスピッツ系の犬）とは仲よしになってらっしゃいよ。もしチュウをおこらせちまったら、ジャネットはたとえばあなたがシェークスピアであったにしても、ふりかえりもしないでしょうからね」

金曜日の朝、目をさましたエミリーは、この日が彼女の生涯《しょうがい》の歴史的な日だと感じた。まばゆいほどの可能性を約束《やくそく》する日だと思った。彼女はミス・ロイアルの前にしばりつけられたようにすわり「チュウ・チュイン」とよりほかは何も言えず、ミス・ロイアルが質問を出すとただ「チュウ・チュイン」と答えるだけしかしないという恐ろしい夢を見ていた。

弱ったことに午前中はひどい雨降りだったが、ひるどきにはすっかり晴れて、港のむこうの山々は、淡《あわ》い、夢のようなブルーのスカーフを巻いているように見えた。エミリーは仕事の大きさに圧倒《あっとう》された気味で顔を青白くして学校から急いで帰った。それから身支度《みじたく》なのだが、これは重要な作業だった。彼女はネービー・ブルーの絹を着ていく。それはおとなびた感じを与えるからである。髪はどんなふうにしたらいいかしら？　ひたいを広く出したほうが知的に見えやしないかしら？　アップ・スタイルは彼女の横顔をよく見せ、帽子《ぼうし》の下からは有利である、けれどロイアル夫人の話ではミス・ロイアルは美しい、若い娘を好きなようである。何をおいても彼女は美しくなければならない。ゆたかな黒い髪の毛はひたいにかかるようにあしらい、新しい春の帽子をかぶった。これは最近来た小切手を使って買ったのだが、エリザベス伯母さんは不賛成、ルース伯母さんははっきりと馬鹿《ばか》とお金はすぐに別れてしまうと言った。けれども、エミリーは帽子を買ったのを喜んでいた。ミス・ロイアルのインタビューに古い黒の水兵帽で行かれたものではない。この帽子はよく似合った。紫《むらさき》のすみれの花束《はなたば》が、白いうなじに流れているウエーブによくうつっていた。彼女のすべてがさっぱりしていて情緒《じょうしょ》があった。私の好きな古い形容を使えば――彼女は「かみしも」をつけたようにきっちりしていた。廊下をあるいていたルース伯母さんはエミリーが二階からおりてくるのを見てギョッとした、エミリーはもう若い女性だと思ったのだ。

「マレー家の者らしい態度だ」とルース伯母さんは思ったけれど、それ以上のところまでは進まなかった。ほんとうはエミリーのほっそりしたスタイルのよさはスター家のほうから来ているのだった。マレー家のほうは立派で威厳《いげん》があったが、頑丈《がんじょう》な体格だった。

アッシバーンは街路からずっと奥《おく》まった、大木にかこまれた、古い、白い、立派な家だった。そこまではちょっとした道のりであった。エミリーは噴水《ふんすい》の影《かげ》をちらちら映している砂利道《じゃりみち》を、まるで聖なる神の祀《まつ》ってある所へ行くようなうやうやしい気持で進んだ。砂利道の半ばぐらいのところに中ぐらいの格好の、毛の房々《ふさふさ》した白犬がすわっていた。エミリーは珍《めずら》しそうに犬を見た。今までチャウチャウ犬というのを見たことがなかった。チュウ・チュインは立派な犬ではあったが、あまり清潔ではなかった。たぶん、水たまりで派手に遊んできたのだろう、足も胸もぬれていた。エミリーはどうぞチュウ・チュインが自分を気にいってもらいたいとは思ったが、そばへは寄ってこないようにと願った。

チュウ・チュインはエミリーが気にいったらしく、房々とした——と言うよりもグッショリとぬれて泥《どろ》だらけになっていなかったら房々としていただろうところの——尾《お》を振《ふ》ってあとをついてきた。エミリーがベルをならすあいだ、何か予期するように、そのわきに待っていた。ドアがあくや否《いな》や、彼は中に立っている婦人にとびついて、ほとんど彼女を倒《たお》しそうにした。

ミス・ロイアルが自分でドアをあけてくれた。エミリーはすぐ気がついた、彼女《かのじょ》はけっして美人ではない。けれども金髪《きんぱつ》のさきから繻子《しゅす》のスリッパの爪先まで、実に特徴《とくちょう》のある人だった。どっしりとしたビロードの服を着ていた。べっこうぶちのめがねをかけていたが、これはシュルーズベリーでは流行のさきがけであった。

チュウ・チュインは歓喜にあふれた声を出してミス・ロイアルの顔をなめ、それからミス・ロイアルの客間へ飛びこんだ。美しいビロードの服はえりもとから大きな足あとでよごれた。エミリーは内心ミセス・ロイアルのチュウ・チュインに対するわるい意見に賛成した。もし自分の犬だったらもっと行儀《ぎようぎ》よく仕込《しこ》むのにと思った。けれどもミス・ロイアルはそんなことはいっこうかまわなかった。たぶんエミリーの心の中の批評が彼女に感じられたのであろう、彼女のあいさつは丁重ではあったが大変つめたかった。彼女の手紙から推《お》してエミリーはもう少しあたたかい応対を予期していた。

「おはいりになっておすわりになりませんか」

彼女はエミリーを中へ招じ入れた。気持のいい椅子にすわらせ、自分はかたい、まっすぐの椅子に身をおとした。いつも感じやすいエミリーがこのときはことに過敏《かびん》になっていたが、ミス・ロイアルの椅子のえらびかたは奇妙《きみよう》だと思わずにはいられなかった。なぜ深々としたベルベットの椅子の中に沈《しず》みこまないのだろうか？　けれどもそこに彼女はいばって、ひとりとりすましてすわっている。綺麗なドレスに驚《おどろ》くべき、大きな泥のしみがついていることなんかいささかも気にとめていない。このときすでにチュウ・チュインは快いソファーベッドにのぼって、そこからわたしたち二人を眺《なが》めていた。いかにもわたしたちのようすを眺めるのを楽しんでいるかのようであった。

ミセス・ロイアルが心配していたとおり、明らかに何かがミス・ロイアルの心持を「乱した」のである。こう思ったとたんに、エミリーの心はなまりのように重く沈んだ。

「いい――お天気でございますね」エミリーの言葉はとぎれた。それは考えられないほど馬鹿馬鹿しいことだとは知っていた。けれどもミス・ロイアルが何も言わなければ、自分が何か言わなければならなかった。沈黙《ちんもく》はあまりにも恐ろしかった。

「たいそういい日ですね」とは言ったが、エミリーを少しも見ていなかった。チュウ・チュインがぬれた尻尾《しっぽ》でミセス・ロイアルの絹とレースのクッションをこね回しているのを、一生懸命《いっしょうけんめい》に見ているのだった。エミリーはチュウ・チュインを憎《にく》んだ。まだまだミス・ロイアルを憎む気にはなれなかったので、チュウ・チュインを憎むのはせめてもの心やりだった。ただ彼女は自分が千マイルもさきのほうにいたかった。ああ！　自分の膝《ひざ》の上にこの原稿の小さい包みさえ持っていなかったら！　それが原稿であることははっきりしているが、ミス・ロイアルにそれを見せる気にはなれなかった。この不機嫌《ふきげん》な女王が、あの親切な、友情あふれた手紙の主だろうか？　信じられない。これは悪夢《あくむ》にちがいない。夢は破れた、そして報復が待っていた。彼女は自分を不細工な、その日暮《ひぐ》らしの、愚《おろ》か者に感じた――そして実に若い――おそろしく若い！

数分間が過ぎた――そんなに長くはなかっただろう、けれどもエミリーには数時間に思えた。口はカラカラにかわいた。あたまは馬鹿になったように働かなかった。何を言ったらいいのか全く考えつかなかった。恐ろしい考えが心の中に浮《うか》んだ。あの手紙を書いてから後にミス・ロイアルは、あの嵐《あらし》の晩について言いふらされたゴシップを耳に入れたのだ、それでこのように態度が変わったのだ。

たまらない情けなさにエミリーは椅子の中で身もだえした、その拍子《ひょうし》に膝の上の原稿の包みが床《ゆか》に落ちた。エミリーはそれを拾おうとして身をかがめた。このとき早くチュウ・チュインが椅子から飛びおりてそれに向かって突進《とっしん》した。彼の泥だらけの足はエミリーの帽子についているスミレをつかみ取った。エミリーは包みを持っていた手をはなして帽子をおさえた。チュウ・チュインは花束をはなして包みに向かった。その包みを口にくわえてあいているガラス戸から次の間の食堂へ行った。

エミリーはくやしさに髪《かみ》をめちゃめちゃにむしりたかった。そうしたら気が晴れるだろうに！

あの悪魔《あくま》的なチャウチャウ犬はエミリーの一番新しい原稿とよりぬきのいくつかの詩を持って行ってしまった。それをどうしてしまうか、だれにもわからない。二度と手には返ってこないだろう。少なくとも、もうミス・ロイアルに見せることはできない。それはせめてもの慰《なぐさ》めだった。

エミリーはもはやミス・ロイアルの機嫌なんか問題にしなかった。もうこの人を喜ばせようなんていう気持はなかった――招いた客にこんな無礼をする愛犬を叱《しか》ろうともしない女性である！　叱らないどころかそのいたずらをおもしろそうにさえ眺めているではないか。床に散らされたスミレの花を眺めているミス・ロイアルの顔に薄笑《うすわら》いが浮んだのをエミリーは見のがさなかった。

突然、エミリーの記憶《きおく》にのっぽのジョンの父親の話がよみがえってきた。彼はいつもその妻にこう話した。

「うるさくおまえをいやがらせる人があったらな、ブリジェット、唇《くちびる》をあけなさい。ブリジェット、唇をあけるんだ」

エミリーは唇をひらいた。

「ずいぶんふざける犬ですわ」と皮肉に言った。

「ほんとうに」とミス・ロイアルは落着いて答えた。

「もう少ししつけをしたほうがよいとお思いになりません?」エミリーはたずねた。

「さあ、わたしはそう思いません」と、ミス・ロイアルは考え深そうに言った。

このとき、チュウ・チュインが戻《もど》ってきた。部屋の中を回りあるいて、台の上の小さいガラスの花瓶《かびん》をひっくりかえし、そのかけらの匂《にお》いを嗅《か》ぎ、それから椅子にあがって荒《あら》いいきづかいをしていた。「僕《ぼく》は素敵《すてき》な犬だろう?」と言っているようだった。

エミリーはノートと鉛筆《えんぴつ》をとり出した。

「タワーズさんがあなたとのインタビューにわたしをよこしました」とエミリーが言った。

「そういうことでしたね」愛犬から目をはなさずに答えた。

エミリー「二つ三つおたずねしたいことがありますのですが」

ミス・ロイアル(大げさな身ぶりで)「結構」

(チュウ・チュインはすっかり休息したのでまた飛び出した。半びらきの食堂のドアをくぐって食堂へ行った)

エミリー、ノートを調べながらざっと書きつけてある第一の質問を出す、「この秋の大統領選挙の予測はいかがですか？」

ミス・ロイアル「わたしはそんな問題を考えたことはありません」

（エミリーは唇をかみしめてノートに書きこむ「彼女はそんな問題を考えたことはない」。

チュウ・チュインあらわれる。客間を通り抜《ぬ》けて庭へ出る、口にロースト・チキンをくわえている）

ミス・ロイアル「あらあら、わたしの夕食よ」

エミリー、第一の質問にチェックをつけて、

「合衆国の国会が最近のカナダ政府からの互恵《ごけい》政策を喜んで見る傾向《けいこう》があるでしょうか？」

ミス・ロイアル「ヘーエ、カナダ政府はそんな提案をしているんですか？　わたしはそんなこと聞いたこと、ありませんわ」

エミリーは書く、「彼女はそれについて聞いたことがない」

ミス・ロイアルは、めがねをかけ直す。

エミリーは考える、（あなたのようなあごと鼻だと、年寄りになったら魔女みたいになる）、声を出して言う、「あなたのお考えでは、歴史小説の時代はもう終わったのでしょうか？」

ミス・ロイアル、ものうげに、「わたしは休暇《きゅうか》を取るときには、意見はいっさい留守宅へ置いてきます」

エミリーは書く、「彼女は休暇を取るときには、意見はいっさい家へ残してくる」。そして
エミリー自身は自分の日記にこの会見記を書きたくてうずうずした。けれど、タワーズ氏は

それでは承知しないだろう。それから思い出したのは、家にあるジミー・ブックはまだ何も書いてないことである。その中に今夜書くであろうこの会見記のことを思って、意地わるい喜びにふけった。

(チュウ・チュインがあらわれる。あの短い時間にチキンを食べてしまったのかと、エミリーはおどろく。チュウ・チュインは、食後《デザート》を必要としたらしく、ミセス・ロイアルのレース編みの飾《かざ》りを一枚とり、それをくわえてピアノの下へもぐりこみ、しきりにそれを噛《か》んでいる)

ミス・ロイアル、熱っぽく、「かわいい犬!」

エミリー、急に元気づいて、「チャウチャウ犬についてどうお考えになりますか?」

ミス・ロイアル「世界じゅうでいちばん偉い動物です」

エミリー、心の中で、(自分の意見も一つは持ってきてあるのね)、今度はミス・ロイアルに、「わたしはそんなに感心しません」

ミス・ロイアル、氷のような笑いで「あなたとわたしとは、犬についての趣味《しゅみ》は全然ちがいますのね」

エミリー、心の中で、(イルゼがいたらすばらしいのに、わたしの代りにこの人にいろんな名前をつけてくれるわ)

(大きな、母親のような、灰色の猫がしきいのところをとおりかかる。チュウ・チュインはピアノの下から出て道をふさぐ。脚《あし》の長い植木台のあいだから出て猫を追う。植木台は音を

立てて倒れ、ミセス・ロイアルの美しいべゴニアは、土と鉢《はち》のかけらにまみれて床に散らばる)

ミス・ロイアル「アンジェラ伯母さんに気の毒だわ！　がっかりなさるわよ」
エミリー「そんなことかまわないんじゃないですか？」
ミス・ロイアル、静かに、「そう、そう、そうですよ」
エミリー、手帳を見ながら、「シュルーズベリーは変わったでしょうか？」
ミス・ロイアル「わたしは人の中にはかなりの変化を見ます。若い時代の人たちにはあまり感心できません」
(エミリーはこれを書く。チュウ・チュインは新しい泥の中を猫を追ったらしく、再び帰ってきてピアノの下へもぐりこみ、レースの編物を嚙み始める)

エミリーは手帳を閉じて立ち上がった。

タワーズさんが何人来ても、このインタビューはこれ以上伸《の》ばす気はしなかった。かわいい天使のような顔をしていたが、恐《おそ》ろしいことを考えていた。そして、ミス・ロイアルを憎んだ——ほんとうに憎らしいと思った。

「どうもありがとうございました。これで十分です」と、ミス・ロイアルに負けない高慢《こうまん》さをもって言った。「お時間をとって申しわけありませんでした。さようなら」

軽くあたまを下げて廊下《ろうか》へ出た。ミス・ロイアルは客間の出口までついてきた。

「あなた、犬を連れてお帰りにならないの？」と、ミス・ロイアルはかわいらしく訊《き》いた。

ドアを閉めかけていたエミリーはそれをやめてミス・ロイアルを見た。

「何とおっしゃいましたか?」

「あなたの犬をお連れになりませんかと申しました」

「わたしの犬?」

「そうです。まだレースをすっかり食べ切ってはいませんが、それも持ってらしったらいいでしょう。アンジェラ伯母さんにはもう役に立たないでしょうから」

「あれは――あれは――わたしの犬ではありません」エミリーは呆《あき》れて答えた。

「あなたのじゃないんですって? それじゃあだれのですか?」ミス・ロイアルが言った。

「わたしは――わたしはあれは――あなたの犬――あなたのチャウチャウ犬だと――思いました」とエミリーは言った。

第二十三章　ひらいたドア

ミス・ロイアルはエミリーをちょっとの間、見ていた。

それから彼女の手首をつかまえて、ドアを閉め客間へ引きこんでモリス式の椅子《いす》にすわらせた。ミス・ロイアルは泥だらけの椅子に腰《こし》かけ、笑い出した――もう我慢ができないと言ったような、長い笑いだった。一、二度身をのり出してエミリーの膝をぐんぐん突《つ》いた、それからまたもとへ戻って笑いつづけた。エミリーはかすかな笑いを浮《うか》べてすわっていた。彼女の感情はあまりにゆすぶられて、ミス・ロイアルの発作《ほっさ》的な笑いにつりこまれることもなかった。けれどももうすでに心の中にはジミー・ブックの新しい材料としてミス・ロイアルのスケッチの骨組ができていた。そうこうしているあいだに、白い犬はレースをぼろぼろに嚙んでしまってから、また猫《ねこ》を見つけて追いかけはじめた。

とうとうミス・ロイアルも笑いを止《や》めて目をふいた。

「これは比べるもののないすばらしい経験よ。エミリー・バード・スター――すばらしいわ。八十になってもこれを思い出したら大笑いをするわ。どっちが書くの、あなた、それともわたし？　だけど、あの犬はだれのものなの？」

「わたしは知りません」エミリーはぼんやりして言った。「わたしは今までに一度も見たことがないんです」

「まあ、それはそれとして、あれがまたはいってこないうちにドアを閉めましょうよ。さあ、わたしのそばにおすわりなさい――このクッションの下は綺麗《きれい》よ。さあ、これからほんとうのお話をしましょう。あなたがわたしにいろいろと質問をしようとしたから、わたしは我慢ができなかったのよ。ひどくしましたわねえ。でも、ひどくしようと思ったのよ。どうして何でも手当り次第《しだい》に投げつけようとしなかったの、あんなに恥《はじ》をかかされてさ」

「投げつけたかったですわ。ですけど、わたしのものになってるあの犬があんなに乱暴したあとで、ずいぶん早くわたしを赦《ゆる》してくださいましたのね」

ミス・ロイアルはまた大笑いした。

「あの憎たらしい、毛むくじゃらの白い犬を、わたしのかわいい金いろのチャウチャウ犬とまちがうなんて、とても失礼よ。あなたが帰る前にわたしの部屋へ案内しますからね、わたしの犬にあやまりなさいよ。今、わたしのベッドの中で眠《ねむ》ってますよ。かわいいアンジェラ伯母さんが猫のことを心配するから安心させようと思って部屋へとじこめときました。チュウ・チュインは猫をどうもしないのよ——ただ遊びたいだけなのに、あの老いぼけ猫は逃げるのね。猫が逃げれば犬は追いかけずにはいません。

　キプリングが言ってたとおり、もし追いかけなければ、ほんとうの犬じゃないのよ。だからあの白いわるものも猫を追いかけるだけにしておけばいいのにね」

「ミセス・ロイアルのベゴニアをあんなにしてしまって……」エミリーはくやしそうに言った。

「あれはひどかったわね。伯母さんはずいぶん長いあいだあれを大事にしていたのよ。だけど、わたしがまた新しいのを買ってあげますよ。あなたがやって来て犬がまわりにじゃれついてるのを見たとき、わたしはあなたの犬だと思ったんですよ。わたしは大好きなドレスを着ていました、これを着ると、わたしでも美人に見えるからですよ——わたしはあなたに好きになってほしかったからよ。ところがそれを泥だらけにしたじゃありませんか、それでもあなたは叱りもしなければ、わたしに一言だってあやまらないじゃありませんか、わたしは例のくせが出て腹が立ってきました。わたしはときどきそうなるのよ、自分でどうにもならないの。わたしの小さな欠点の一つなのね。だけど、新しく怒《おこ》るたねさえなければすぐおさまるのよ。きょうは次から次と起こってきました。わたしはあなたが自分の犬を行儀《ぎょうぎ》よくさせようとしないのなら、わたしは何も言うまいと決心しました。あなたはあなたで、わたしが自分の犬があなたのスミレをめちゃめちゃにし、原稿《げんこう》を食べてしまうのを平気で見ているので怒っていらしったのね」

「そうなんです」

「原稿はお気の毒でした。たぶん、捜《さが》せるかもしれません――あれを呑《の》みこんではしまわないでしょうからね――もっとも、みんなこまかく嚙んでしまったかもしれないのね」

「かまいません。コピーがうちにありますから、大丈夫《だいじょうぶ》です」

「それから質問でしょう！　エミリー、あなたはあんまり甘《あま》すぎてよ。あなた、ほんとうにわたしの答えを書いたんですか？」

「ええ、一言、一言。わたしはあれをみんな印刷するつもりでした。タワーズさんが質問を一つ一つ書いてくださいました。もちろん、あれをあのまま、ぽつんと出す気はありませんでした。訪問の記事として話し合っているうちに何とか配列するつもりでした。あ、ミセス・ロイアルがいらっしゃいましたわ」

ロイアル夫人はにこにこしながらはいってきたが、ベゴニアを見ると顔色が変わった。けれどミス・ロイアルは素早く言った。

「かわいい伯母ちゃま、泣いたり気絶しちゃいやよ――この近辺で、白い、毛むくじゃらな、しつけの全然できてない、悪魔のような犬を飼《か》ってるのはだれだか言わないうちは、しっかりしていてちょうだい」

「リリー・べーツだわ」と絶望に似た声を出した。「またあの犬を放したのかしら？　あんたが来る前にわたしはあの犬でひどい目にあってるんですよ。あれはからだは大きくても子犬同然で、全く行儀なんかおぼえられないんですからね。わたしはリリーに、もし二度とあの犬をここで見つけたら毒を飲ませるかもしれないと言い渡《わた》したくらいですよ。それいらい、外へ出さなかったけれど、いったい、どうして——ああ、わたしの綺麗なベゴニアを……」

「この犬はね、エミリーといっしょに来たのよ。それでね、エミリーの犬だとばっかり思いこんでしまったの。客への礼儀はその人の犬にも同様でしょう——これをもっと簡潔に言ってる古いことわざがあったじゃない？　とにかくこの犬はここへ来るやいなや、わたしを抱《だ》いたのよ、わたしの大好きなこの服が証拠《しょうこ》よ。あなたのソファーもねらってしまったのよ——エミリーのスミレをめちゃめちゃにし——猫を追いかけ——ベゴニアをひっくり返し、花瓶《かびん》をこわし——わたしたちの食事のチキンをくわえて逃《に》げ出すという始末なの。アンジェラ伯母さん、犬はうなってたわ、チキン一羽でね。それでもわたしはじいっと落着いてたのよ、行儀正しく、一言の反対も言わずに。わたしの振舞《ふるま》いはニュー・ムーンのようにちゃんとしてたつもりよ、ねえ、エミリー？」

「あんたはあんまり怒ってしまって口がきけなかったのよ」ミセス・ロイアルはうらめしげにベゴニアを拾い集めながら言った。

ミス・ロイアルはちらりとエミリーを見た。

「ね、これなのよ、アンジェラ伯母さんの前じゃ何も言えないのよ。あんまりわたしをよく知り過ぎてるんですもの。たしかにわたしはいつものチャーミング・レディじゃなかったのよ。だけど、アンジェラ伯母さん、わたしが新しい花瓶と新しいベゴニアの鉢植を買ってきてあげるわ——ベゴニアをまた育てる楽しみを考えてごらんなさいよ。予期のほうがいつでも実現よりおもしろいにきまってますもの」

「リリー・ベーツとは、わたしがよく話さなけりゃ」と言いながら、ロイアル夫人はちりとりを取りに出て行った。

「さあ、わたしたちは話しましょう」言いながらミス・ロイアルはエミリーのわきへすわった。

これが手紙のミス・ロイアルだった。エミリーは何の心配もなく、彼女《かのじょ》に話をした。彼女らは愉快《ゆかい》な一時間を過ごし、その一時間の終わりにミス・ロイアルは、エミリーが息もつけないほどの、すばらしい提案をした。

「エミリー、七月にわたしがニューヨークへ帰るとき、あなたにいっしょに来てもらいたいのよ。『婦人の友』の編集部に空席《あき》が一つあるの——それ自身としてはたいした場所ではないの。あなたは庶務《しょむ》係みたいなもので、いろいろさまざまの仕事があなたのところへ回されるでしょうよ——けれどもあなたにはチャンスが与《あた》えられます、それをもとにして築いていくのよ。そしてあなたはすべてのことの中心にいられます。あなたは書ける人よ——それはあの『王様をおしおきした女』を読んだ瞬間《しゅんかん》にわたしが思ったことです。わたしは『ロックス』の編集長を知ってたから、すぐにあなたの住所姓名《せいめい》を聞きました。それがほんとうはこの春出かけてきたわけなのよ――わたしはあなたをつかまえたかったの。あなたはこんなところであなたの人生を空費してはいけません――それは罪悪です。もちろん、ニュー・ムーンは愛すべき、昔《むかし》ふうの、美しい場所です、綺麗で、ロマンスに満ちていてね。子ども時代を過ごすには理想的な場所です。けれどもあなたは成長し、進歩し、あなた自身になるチャンスを持たなければいけません。あなたは偉大《いだい》な心との交わりによって刺激《しげき》を受けなければ駄目《だめ》よ――大都会だけが与えうる教育が必要なのよ。わたしといっしょにいらっしゃい。もし来れば、わたしは約束《やくそく》します、十年のうちにエミリー・バード・スターはアメリカの雑誌が競争してとりたがる名前になることをね」

エミリーはあまりにまばゆい将来の絵に全く肝《きも》をつぶしてしまい、はっきり考えることもできず、混乱のうちにそこにすわっていた。彼女はこんな夢《ゆめ》をいまだかつて見たことがなかった。それはあたかも、ミス・ロイアルが突然《とつぜん》に彼女の手に鍵《かぎ》を渡して、それでドアをひらいて、夢と希望と想像の世界へ行けと言ったようなものだった。あのドアの向うには彼女が望んだあらゆる成功と名声があった。だけれど――だけれど――かすかではあるが奇妙な怒《いか》りのようなものが、うずまきのぼせている心のうしろに動いているのはなぜだろうか？　ミス・ロイアルの落着いた論法の中には、もしエミリーが彼女といっしょにニューヨークへ行かなかったら一生涯《しょうがい》、その名は世に知られずにすんでしまうという考えかたの針がひそんではいないだろうか？　死んで——去った——マレー家の先祖たちは、彼らの末の一人が、見知らぬ人の助けと引きがなければ世に出られないというささやきを聞いたなら、墓の中で起き上がりはしないだろうか？　それとも、ミス・ロイアルのようすは少しばかり出過ぎてはいないだろうか？　何が原因であったにもせよ、エミリーはミス・ロイアルの足元に、一身を投げ出すことだけはしなかった。

「ミス・ロイアル、ほんとにすばらしいお話ですけれど」と口ごもった。「けれど、エリザベス伯母はけっして承知しませんでしょう。わたしは若すぎると申します」

「あなたいくつ？」

「十七です」

「わたしは十八のとき行きました。ニューヨークには一人も知ってる人はなかったのよ——三カ月分の暮らしのお金しかなかったの。わたしは不細工な、やせっぽちの娘《むすめ》だったわ——けれど勝ちました。あなたはわたしといっしょに住むのよ。わたしはエリザベスおばさんがするとおりにあなたの世話をしてあげます。わたしはあなたを自分の目の瞳《ひとみ》のように守るとおばさんに言ってください。わたしは居心地《いごこち》のいい、綺麗なアパートを持ってます、そこでわたしたちはかわいいチュウ・チュインといっしょに女王さまのようにしあわせに暮らしましょう。あなた、チュウ・チュインを好きになるわ、エミリー」

「わたしは猫のほうが好きです」とエミリーはしっかりと言った。

「猫！　アパートでは猫は飼えないのよ。しつけがむずかしくてね。芸術の祭壇《さいだん》の前にはあなたの小猫は捨てなけりゃ駄目よ。あなたはきっとわたしと生活するのを好きになるわ。わたしは気が向きさえすれば、とても親切で人付き合いがいいのよ——たいてい気が向いてるわ——そしてね、けっして癇癪《かんしゃく》は起こさないのよ。ときどき冷たい気持になるだけよ、だけど、すぐなおるわ。ふしあわせな人をも広い心で辛抱《しんぼう》します。そしてね、他人にけっしてあなたは風邪《かぜ》を引いてますだの、疲《つか》れてるなどと言いません。実際、わたしはいい仲間なのよ」

「たしかにそうですわ」と、エミリーは笑いながら言った。

「わたしはいっしょに暮らしたいと思う若い娘に今まで逢《あ》ったことがありません。あなたは一種の輝《かがや》きを持ってるのよ、エミリー。あなたは暗いところに光を投げかけ、陰気《いんき》な場所を明るくするでしょうよ。さあ、わたしといっしょに来る決心をしてちょうだい」

「決心しなけりゃならないのは、エリザベス伯母さんの心なんです」とエミリーは困ったような調子だった。「もし伯母さんがいいと言えばわたしは——」エミリーは急に言葉をとめた。

「行きます」とミス・ロイアルがうれしそうに結んだ。「エリザベスおばさんは承知しますよ。わたしが行ってよく話しましょう。ニュー・ムーンへあなたといっしょに次の金曜日の晩行きましょう。あなたはチャンスを失ってはいけません」

「ミス・ロイアル、わたしにはとても十分にあなたにお礼は申上げられません。ですから何も申しません。もうおいとましなけりゃなりません。わたしはきょうのお話をよく考えます。

今はあんまりまばゆくて考えることもできないほどです。これがどれほどの意味をわたしに持っているか、あなたにはおわかりになりません」

「わたしにはわかると思いますよ」ミス・ロイアルは静かに言った。「わたしは昔シュルーズベリーの少女で、自分にチャンスのないのを悲しんで苦しんでいました」

「けれどあなたは自分でチャンスを作って――そしてお勝ちになりました」エミリーはうらやましげに言った。

「そう。けれど、そのためには出て行かなけりゃならなかったじゃありませんか。ここにいたんじゃどうにもならなかったのよ。最初はおそろしく苦しい登りの道でした。わたしの青春は失われてしまったのよ。わたしはあなたの困難と失望を少しでも減らしてあげたいの。あなたはわたしよりもずっとずっと遠くへ行けます――あなたは創作ができます――わたしはほかの人が作った材料で建築ができるだけです――けれどわたしたち建築家にも使命はあります――よしんばほかに何もできなくてもわたしたちは神々のため、女神《めがみ》たちのため宮を作ることはできるのです。わたしといっしょにいらっしゃい、かわいいエミリー、わたしはあなたにありったけの力を貸しますよ」

「ありがとうございます――ありがとうございます」これがエミリーの言えるすべてであった。この惜《お》しみない助力と同情に対する感謝の涙《なみだ》が彼女の目に宿っていた。彼女は今までの生活であまり同情やはげましを受けたことはなかっただけに、これは深く胸に触《ふ》れた。彼女は鍵をまわして魔術《まじゅつ》のドアをあけるべきだと感じて道を行った。ドアをあければそのむこうには人生のあらゆる美と魅力《みりょく》が待っているのだ——エリザベス伯母《おば》さんさえ許してくれれば。「もし伯母さんが賛成してくださらないのなら、わたしは行かれない」と彼女は決意した。

帰り道の半分のところで急に足をとめて笑い出した。

「ミス・ロイアルはかわいがってるチュウ・チュインをわたしに見せるのを忘れたわ」

「だけどかまわない」と彼女は思った。「なぜかって言えば、第一に、わたしはこれから後、チャウチャウ犬には興味は持たないから。第二には、もしミス・ロイアルといっしょにニューヨークへ行けば、いやになるほど見るにきまってるもの」

第二十四章　まぼろしの谷

エミリーはミス・ロイアルといっしょにニューヨークへ行くだろうか？　それがエミリーの今答えなければならない問題である。と言うよりもエリザベス伯母が答えなければならない問題である。エミリーが感じるとおり、エリザベスの答えにすべてがかかっていた。ほんとうに許してくれるかどうかについては、実のところあまり希望は持てなかった。エミリーはミス・ロイアルが描《えが》いたはるかかなたの緑の牧場をあこがれてながめるだろうけれど、ほんとうにそこに遊ぶことはけっしてできなかった。マレー家の誇《ほこ》り——そして同時に片意地——は越《こ》えられない妨《さまた》げであった。エミリーはルース伯母さんにはこれについて何も話さなかった。エリザベス伯母さんこそ最初に聞くべきことなのである。次の週末に、ミス・ロイアルが、大変しとやかに、気持よく、ただし、ほんのわずかばかり恩に着せたようすでニュー・ムーンへ頼《たの》みに来るまで、このすばらしい秘密をかたく守っていた。

エリザベス伯母さんは無言で聞いていた――不賛成の無言で、とエミリーは思った。

「マレー家の女たちはけっして生活を立てるためには働きませんでした」と、つめたく言った。

「これは、ミス・マレー、あなたのおっしゃる『生活をたてるために働く』のとはちがいます」とミス・ロイアルは時代おくれになった思想を持っている婦人にでも忘れてはならない礼儀《れいぎ》正しい忍耐《にんたい》をもって答えた。「何千人と数える婦人たちが、どこでも、事務や専門の技術の方面に進んでいます」

「結婚しなければそれもいいでしょう」とエリザベス伯母さんは言った。

ミス・ロイアルはちょっと顔を赤くした。彼女はブレア・ウォーターとシュルーズベリーでは自分がオールド・ミスとみなされ、それゆえに落伍者《らくごしゃ》とされていることを知っていた。それは彼女の収入がどうであろうと、ニューヨークでの地位がどんなに高かろうと関係なかった。けれども彼女は癇癪《かんしゃく》をおさえて、ほかの説得の道を使ってみた。

「エミリーは普通《ふつう》にない書く力を持っております。もしチャンスに恵《めぐ》まれれば、ほんとうにすばらしい仕事ができると、わたしは思います。ミス・マレー。ここではそういう仕事には何のチャンスもございませんものね」

「エミリーはこの一年間に、ペンでかなりのドルを作りました」とエリザベス伯母が言った。

「神様、わたしに忍耐心をお与えください」とミス・ロイアルは思った。ミス・ロイアルは声に出して言った。

「そのとおりです。これで十年も立てば、三、四百ドルは作れるでしょう。けれどもわたしといっしょにニューヨークへ来れば十年で数千ドルできますよ」

「よく考えてみなければなりません」とエリザベス伯母は言った。

エミリーは伯母が考えてみると言ったのでおどろいた。一も二もなくことわるものとばかり思っていた。

「大丈夫《だいじょうぶ》、承知するわ」とミス・ロイアルは帰りぎわにエミリーにささやいた。「かわいいエミリー、わたしはわるものになるのね。わたしは昔のマレー家を知ってます。あの人たちは機会をつかまえる人たちでしたよ。伯母さんはあなたを手放すでしょうよ」

「さあ、どうでしょうね」

ミス・ロイアルが帰ってからエリザベス伯母さんはエミリーをつくづく見た。

「あんた、行きたいかい？」

「はい――わたしはそう思います――伯母さんが承知してくだされば」と、エミリーは口ごもった。

彼女は大変青い顔をしていた――懇願《こんがん》もしなければねだりもしなかった。けれども彼女は少しも期待していなかった――何事も希望は持たなかった。

エリザベス伯母さんは熟考のため一週間をとった。ルースとウォレスとオリヴァーを相談のために招いた。ルースは半ば疑うように言った。

「たぶん、わたしたちはあの子をやるべきでしょうね。たったひとりで行くんじゃないんだから——ひとりだったらわたしは絶対に承知しません。ジャネットが世話をしてくれるなら」

「あの人じゃ若すぎる——若すぎるね」オリヴァー伯父《おじ》さんが言った。

「あの子のためにはいいチャンスだと思うね——ジャネット・ロイアルは立派に成功したそうじゃないか」ウォレス伯父さんが言った。

エリザベス伯母さんは大伯母のナンシーにまで手紙を書いて助言を求めた。ナンシー大伯母さんのふるえた手跡《しゅせき》ですぐ返事が来た。

「エミリーにきめさせたらどうです」ナンシーはこう言った。

エリザベス伯母さんはナンシー大伯母の手紙をたたんで、エミリーを客間へ呼んだ。

「あんたがミス・ロイアルといっしょに行きたければ行ってよろしい」と言った。「わたしがあんたの邪魔《じゃま》をするのはまちがってると思う。わたしらはあんたがいなけりゃ寂《さび》しいよ——まだまだ三、四年はここにいてもらいたいね。わたしはニューヨークのことはちっとも知らないけれど、わるいところだと聞かされている。けれどあんたは注意して育てられている。わたしはあんたの手に決断を任せることにするよ。ローラ、おまえさんは何を泣いてるの？」

エミリーは自分も泣きたかった。意外なことに彼女は喜びでも楽しみでもない何ものかを感じた。拒《こば》まれた牧場にはいりたいと切望するのと、そのかこいのドアがいきなりひらかれて、はいりたければはいれと言われるのとは、必ずしも同じことではないと、エミリーは知った。

エミリーは自分の部屋へ駆《か》けこんでミス・ロイアルに喜ばしい手紙を書かなかった――そのときミス・ロイアルはシャーロットタウンの友人たちを訪問していた。その代りエミリーは庭へ出た。そして熱心に考えた。その午後と日曜日じゅう。その一週間、シュルーズベリーで大変静かに考えた。ルース伯母さんは目をはなさずに彼女を見ていた。それを彼女は承知していた。何かの理由からルース伯母さんは彼女とそれについて話そうとしなかった。彼女はアンドルーのことを考えていたのかもしれない。あるいは、エミリーの決断は全く彼女自身のもので、絶対に他から影響されてはいけないと、マレー一族のあいだに了解《りょうかい》ができていたのかもしれない。

エミリーはなぜすぐにミス・ロイアルに手紙を書かなかったのか自分にもわからなかった。もちろん、彼女は行くのだ。行かないなんて馬鹿《ばか》の骨頂じゃないか。二度とこんな機会は与えられるものではない。それは実にすばらしいチャンスだ――何もかも用意ができていて――アルプスへの道がただの平らな道にも似たらくな坂だなんて――成功は確かであり、華《はな》やかで速《すみ》やかである。それならなぜ、彼女はこれを話さないのだろう？　なぜ次の週末にカーペンター先生の助言を求めに行ったのだろう？　そしてカーペンター先生はたいした力にはならなかった。リューマチが起こって気むずかしかった。

「猫《ねこ》がまたさわいでるなんて言わないでくれ」と彼《かれ》はうなった。

「そんなことじゃありません。きょうは原稿《げんこう》も持ってきていません。ほかのことで先生の助言がいただきたいんです」

彼女は途方《とほう》にくれていることについて話した。「それはすばらしいチャンスなんです」と言って話を結んだ。

「もちろん、すばらしいチャンスだ——行ってヤンキー化するにはね」とカーペンター先生はどなった。

「わたしはヤンキー化しはしません」とエミリーはくやしそうに言った。「ミス・ロイアルは二十年もニューヨークにいますけれど、ヤンキーにはなっていらっしゃいません」

「そうかね？　僕《ぼく》がヤンキー化すると言うのはね、君が僕の考えだと思っているような意味じゃないんだよ。僕はね、『合衆国《ステーツ》へ行く』と吹聴《ふいちょう》して六カ月ぐらいあっちへ仕事に行って帰ってくる馬鹿な娘《むすめ》たちのことを言ってるんじゃない、そして聞いてる人が寒気《さむけ》を感じるようなアクセントで英語を話すのさ。ああいうのを言ってるんじゃないんだよ。ジャネット・ロイアルはヤンキーだ——顔付きも雰囲気《ふんいき》もスタイルもすべてアメリカだよ。と言って、それを責めてもいない——それはそれでよろしい。けれど、あの人はもうカナダ人じゃないんだ——そして君はほんとうのカナダ人であってもらいたいんだ——生粋《きっすい》のカナダ人でね。あんたの力の及《およ》ぶ範囲《はんい》で自分の国の文学のために尽《つ》すんだ、カナダ人としての味も色あいも失わずにね。けれど、そういう仕事はまだまだたくさんのドルにはならないけれどね」

「ここじゃあ何かをするチャンスがありません」とエミリーは反対した。

「そう、ハーウォルス牧師館（訳注　ブロンテ姉妹の育ったところ。ここで『ジェーン・エア』や『嵐が丘』が書かれた）にあったぐらいのものより多くはね」とカーペンター先生は気むずかしそうに言った。

「わたしはシャーロット・ブロンテとはちがいます。ブロンテは天才でした――天才はひとりで立てます。わたしはただ才能を持っているだけです――それは助けが要《い》ります――助けと――そして――そして指導が要ります」

「つまり、『引き』だな」とカーペンター先生が言った。

「だから、行くべきではないとおっしゃるんでしょう」エミリーは心配そうに言った。

「行きたけりゃ行くさ。早く有名になるのには、我々はだれでも少しばかりはあたまを下げなければならない。行け――行け――行きなさいと言ってるんだ。僕はもう議論する気力はない――静かに行きなさい。行かないのは馬鹿だ――ただ、馬鹿でもときどきは目的に達するのだ。何か特別な神の摂理《せつり》があるんだろうな」

エミリーは窪地《くぼち》の家から、少し暗い目をして帰って行った。途中でケリーじいさんに逢《あ》った。彼は赤い馬車をとめて彼女を呼んだ。

「そら、ペパーミントを上げよう。もうあんたも――もうわかってるだろう――そろそろ――」と言って、ウインクして見せた。

「ああ、わたしはね、オールド・ミスになるのよ」とエミリーはにっこりした。

ケリーじいさんは手綱《たづな》をよせながら、くびをふった。

「そんな馬鹿げたことが、あんたにあってたまるもんか、あんたはほんとうに神様がかわいがっておいでの人だ――だけんど、プリーストの人だけはやめなさいよ――けっしてプリーストの家の人は考えなさるなよ、嬢《じょう》ちゃん」

「ケリーさん」エミリーは突然《とつぜん》に呼びかけた。「わたしはね、すばらしいチャンスにめぐりあったのよ――ニューヨークへ行って、ある雑誌社の編集部で働くの。だけど、どうしても自分だけでは決心ができないの。わたしはどうしたらいいと思う？」

こう言いながら、エミリーはマレー家の一員がケリーじいさんの助言を求めたなどとエリザベス伯母さんが聞いたら何と言うだろうと思った。エミリー自身もこんなことをしたのを恥《は》ずかしく思った。

ケリーじいさんはまたくびをふった。

「このへんの男の子たちはどう考えるだろう？　大奥《おおおく》さまは何と言いなさったかね？」

「エリザベス伯母さんはわたしの好きなようにしろとおっしゃるの」

「それじゃあわしらもそんなことにするかな」

こう言ったまま、ケリーじいさんは車を走らせて行ってしまった。確かにケリーじいさんからは何の助けも得られなかった。

「何で助けがいりようなんだろう？」とエミリーは絶望的になって考えた。「自分のことを自分できめられないなんて、いったいわたしはどうしたんだろう？　どういうわけで、わたしは行きますと言えないんだろう？　今はもう『行きたい』というんではなくて、わたしは行きたいと思うはずだと、いうところに来てしまったわ」

　彼女はディーンが帰っていればいいと願った。けれどもディーンはまだ冬のロスアンジェルスから帰っていなかった。どういうわけか、テディとはこのことについて話しあえなかった。ジョンの家でのあのすばらしい瞬間《しゅんかん》から何も出てこなかった――彼らの古い仲間意識をほとんどこわしてしまったかと思われる一種の遠慮《えんりょ》以外には何も出てこなかった。表面は昔どおりのよい友達であった。けれども何かが去ってしまった。そのあとに代るものは何もなかった。彼女はテディに相談することを恐《おそ》れていると、自分でみとめるのさえいやだった。もし、彼が行けと言ったら？　それは我慢《がまん》のできないほど彼女を傷《いた》めつけるだろう――なぜなら、彼女が行ってもとどまっても彼にはいっさい関係がないということを表わすのだ。けれどもエミリーはこのことに触れようとはしなかった。

「もちろん、わたしは行くわ」と大声で自分に言って聞かせた。たぶん、声に出して言えば万事《ばんじ》がきまるだろう。もし行かなかったら来年は何をしたらいいだろう？　エリザベス伯母さんはひとりではどこへもわたしを出してくださりゃしないわ。イルゼは行ってしまうし――ペリーも――テディだっていなくなるわ。テディはどこかへ行って美術研究のための費用をかせがなけりゃならないって言ってるもの。「わたしも行かなくちゃならない」

　彼女はまるで目に見えない反対者と議論しているような調子で言った。夕方家へ帰るとだれもいなかったので、彼女は落着かない気持で家じゅうを捜《さが》した。ローソクだの木の背もたれのついた椅子《いす》だの編んだしきもののある古い部屋部屋は何と魅力に富み、どっしりした重量感と美しさに満ちていただろう！　美しい壁紙《かべがみ》と守護の天使と、太い黒い花瓶《かびん》とおもしろい窓ガラスのついた自分の部屋は何とかわいらしく、なつかしい場所だろう！　ミス・ロイアルのアパートメントはこの半分もすばらしいだろうか？

「もちろん、わたしは行くわ」とまた言った――もしこの「もちろん」という言葉を抜《ぬ》かすことができれば、事はきまるのだと感じた。

彼女は早春の非情な月光の中に横たわる庭へ出て行って、道をいったりきたりした。遠くのほうからシュルーズベリーの汽車の笛《ふえ》がきこえた。まばゆいような遥《はる》かな世界――興味と魅力と劇でいっぱいな世界からの招きのようだった。彼女は古い日時計のわきで立ちどまってそのふちに書いてある標語を読んだ、「かくて時は過ぎゆく」。時は容赦《ようしゃ》なく過ぎて行く。忙《いそが》しさやあわただしさや近代化でよごされていないニュー・ムーンでさえも時はぐんぐん過ぎて行く。流れが向いてきたときにそれに乗るべきではないだろうか？　白い六月の百合《ゆり》はそよ風にゆらめいていた――彼女は古い友達の風のおばさんがその花々の上に身をかがめて白蠟《はくろう》のような頰《ほお》にふれているのを見るような気がした。風のおばさんは混雑した都会の町へ来るだろうか？　彼女はそこでキプリングの猫のようになれるだろうか？　「そしてわたしはニューヨークであのひらめきを感じることができるだろうか？」とエミリーはものほしそうに考えた。ジミーさんが愛したこの庭は何と美しいのだろう！　古いニュー・ムーンの農場は何と美しいのだろう！　その美しさは独自のロマンチックな性格を持っていた。むこうのほうの露《つゆ》にぬれた真紅《しんく》の道には魔力があった。はるかな精神的な幻惑《げんわく》が〈三人の王女〉にはあった――果樹園には魔術が――遠くの森には悪魔のたくらみを思わせるものがあった。彼女に宿を与《あた》え愛してくれたこの家をどうしてあとに残すことができよう――（家は愛することをしないなんて言わないでください！）ブレア・ウォーター池のそばの一族の墓、子ども時代の夢がはぐくまれた広い野原や気味のわるい森をどうして離《はな》れられようか？　とても残して行かれない――彼女はほんとうは一度でも去って行きたいなどと思わなかったと悟《さと》った。

「わたしはニュー・ムーンに属している。わたしは自分と同じ人びとのあいだにとどまろう」とエミリーは言った。

この決心には疑うところはなかった。彼女はだれの助けも頼まずに、この決心をした。道をあるいて古い家に向かって行くとき、彼女の心には深い満足感が湧《わ》いた。住み馴《な》れた家はもはや彼女を責めているようには見えなかった。エリザベスとローラといとこのジミーさんがローソクに照らされて台所にいた。

「エリザベス伯母さん、わたしはニューヨークへは行きません。わたしは伯母さんといっしょにここにいます」

ローラ伯母さんは低い喜びの声をあげた。ジミーさんは「ばんざい！」と言い、エリザベス伯母さんは靴下《くつした》をひとまわり編んでから口をひらいた。それから――

「わたしはマレー家の血を受けた者はそう言うと思った」と言った。

エミリーは月曜日の夕方、まっすぐにアッシバーンへ行った。ミス・ロイアルは帰っていて、あたたかく彼女を迎《むか》えた。

「ミス・マレーは理屈《りくつ》を考えて、あなたがわたしといっしょに来るのを許したでしょう、かわいいエミリー」

「伯母さんはわたしに自分できめろと言いました」と聞いて、ミス・ロイアルは手をたたいた。

「まあ、よかった、よかった。それじゃあもうすっかりきまったじゃないの」

エミリーは青ざめていた。けれども目は熱意と強い感情で黒く燃えていた。

「はい、きまりました――わたしは行きません」と言った。「わたしは心の底からあなたにお礼を申上げます。けれどもまいれません」

ミス・ロイアルは呆《あき》れて彼女をみつめた――瞬間、はっきり悟ったのは、何と頼《たの》んでも議論しても無益だということだった――けれどもやはり頼み、かつ議論した。

「エミリー、それ、本心じゃないでしょう――なぜ、来られないの?」

「わたしは行かれません――ニュー・ムーンをわたしはあまりに愛してます――ニュー・ムーンを出ることはできません――それはわたしの中にはいりすぎています」

「わたし、あなたがほんとうに来たかったんだと思ったのよ」ミス・ロイアルはとがめるように言った。

「そうなんです。わたしの中の一部分は今でも行きたがっています。けれどもそのずっと下にある部分は行きたくないと言うのです。ミス・ロイアル、どうぞわたしを馬鹿な恩知らずだとお思いにならないでください」

「もちろん、恩知らずだなんて思いません」とミス・ロイアルは頼《たよ》りなげに言った。「けれどあなたはおそろしく馬鹿だと思います。あなたは大きなキャリアのできるチャンスを捨てるのよ。いったい、ここで何ができるって言うの？　あなたは自分の道に横たわる困難について何も考えてないのよ。材料が得られないでしょう——雰囲気がないんですもの——ないわねえ」

「わたしは自分の雰囲気を創《つく》ります」とエミリーは少し意気ごんで言った。結局は、とエミリーは思った、ミス・ロイアルの見方は、アレック・ソーヤー夫人と同じであり、彼女は少し恩に着せすぎる。「材料と言いますけれど、人の生活はここもよそも同じで——みんな同じように苦しみ、楽しみ、罪を犯《おか》し、絶望する、それはニューヨークだってここだって同じだと思います」

「あなたは何も知らないのよ」ミス・ロイアルはややすね気味に言った。「ここではほんとうに値打ちのあることは書けないわ——何も大きなことはね。インスピレーションというものが湧かないのよ。あっちこっちで邪魔されるばかりよ。偉《えら》い編集者たちはあなたの原稿の状袋《じょうぶくろ》の上のプリンス・エドワード島だけしか読まないわ。エミリー、あなたは文学的自殺をしているのよ。あなたはそれをある真夜中の三時に気がつくでしょうよ。今から何年かたてばあなたは日曜学校の読みものか農業関係の新聞に書くようになるでしょう。だけど、それであなたは満足しますか？　満足できないことはわかってます。それからこういう狭い場所のケチ臭《くさ》い妬《ねた》み――いっしょに学校へかよった人たちのできないことをあなたがしたとなると絶対にあなたを赦《ゆる》さない人たちが出てくるのよ。そしてね、あなたが自分の小説の女主人公だとみんな思うのよ――ことに、そのヒロインを美人でチャーミングに描《えが》いたらね。もしあなたが恋愛《れんあい》小説を書けば、それはあなた自身の恋《こい》物語だと取るにきまってます。あなたはブレア・ウォーターに倦《あ》き倦きしてしまうわ――ここの人たちはみんな知ってるんですもの――どんな人間で何になれるかをね――同じ本を二十回も読むのと同じよ。わたしには全部わかってるわ。『わたしはあんたが生まれる前に生きてたわ』とわたしは八つのときに六つの遊び仲間に言いましたがね、あなたはがっかりするわ――真夜中の三時はたいていあなたを閉口させるわ――毎晩三時が来るのよ、おぼえてらっしゃい――とうとう我慢できなくなります――あなたはあの従兄《いとこ》と結婚《けっこん》してしまうでしょうよ――」

「そんなことけっしてありません」

「まあ、それなら、だれかあんなような人とね、そして落着くんでしょう――」

「いいえ、わたしはけっして『落着き』ません」とエミリーはきっぱり言い切った。「生きてる限りはけっして落着きません――大げさですけど」

「そしてアンジェラ伯母さんの客間のようなのを持ってさ」とミス・ロイアルは容赦《ようしゃ》なく言い立てる。「写真をゴタゴタ飾《かざ》り立てたマントルピース――八インチの幅《はば》に伸《の》ばした絵の枠《わく》――赤いビロードの表紙のアルバム――空いている寝室《しんしつ》のベッドの上にクレイジー・キルトをのせて——廊下《ろうか》には手染めの小旗を飾って——最後の仕上げにはアスパラガスの鉢《はち》が食堂のテーブルのまんなかにあるという具合でね」

「いいえ」エミリーはまじめだった。「そんなことがマレー一族の伝統ではありません」

「まあ、そんなら、精神的にそれに通じるような平凡《へいぼん》な、気楽な生活なのよ。ああ！　エミリー、わたしにはあなたがこの狭《せま》い場所で、人がみんな自分の鼻のさき一マイルしか見えないままで終わってしまう全生涯《しょうがい》が、見えるのよ」

　エミリーはあごをつんとあげた。

「わたしはもっとずっとずっと遠くまで見えます。わたしは星まで見上げられます」

「わたしは比喩《たとえ》で言ったのよ」

「わたしも同じです。ミス・ロイアル、たしかに生活はある意味ではつまらないものです。けれど空はだれとでも同じようにわたしのものでもあるんです。わたしはここでは成功しないかもしれません——けれどここで成功しなければ、ニューヨークでも成功しないでしょう。自分の愛する国を離れたら、わたしの魂《たましい》の中の活《い》ける泉の成分はかわいてしまうでしょう。困難や失望にここで逢うこともわかっています。けれども、もっともっとひどいことにでも勝ってきた人はたくさんあるんです。あなたが話してくだすったパークマンの話をわたしは忘れません。パークマンは何年かのあいだ、五分間以上はいちどに書けなくて、一冊の本を書くのに三年かかったということ、一日に六行ずつ三年と言うんですからね。わたしはがっかりしたときにはいつでもこの話を思い出しますわ。白い真夜中が幾晩《いくばん》あってもわたしはこれに力づけられて過ごします」

「まあ」とミス・ロイアルは手を伸ばした。「わたしはあきらめます。あなたはおそろしいまちがいをしていると思うわ、エミリー——けれどもこれからさき、わたしがまちがったとわかったら、手紙を書いてそれをみとめましょう——そしてわたしは今と変わらずあなたの力になりますよ。『そらごらんなさい』なんて絶対言わないから、わたしの雑誌に向くような原稿《げんこう》ができたらいつでもお送りなさい、そしてわたしの助言が必要ならいつでもそうお言いなさい。わたしはあしたまっすぐにニューヨークへ帰ります。あなたを連れて行こうと思ったので七月まで待っていようと思ったんです。あなたが来なけりゃ、わたしは行きます。わたしがゲームが下手で結婚のふだをひきそこなったとしか考えない人ばかり住んでいる土地にいるのは大きらいです。あなただけは別だけれど、ほかの若い娘たちがみんな腹が立つほど丁寧《ていねい》な、こんなところにはいたくないわ——年とった人たちはわたしの顔さえ見れば、お母さんにそっくりだと言うのよ、たまらないわ。母はみにくかったのよ。お愛想《あいそ》なしにさよならを言いましょうよ」

「ミス・ロイアル」とエミリーは心をこめて呼んだ。「あなたは信じてくださるでしょう——そうですね——わたしはご親切を心から感謝しているんです。あなたの同情とはげましはわたしにとって——わたしにとってあなたが考えてらっしゃるよりずっとずっと意味があるんです」

ミス・ロイアルは何気ないようすでハンカチを目に当てていたが、そのうちに、大げさな身ぶりでお辞儀《じぎ》をした。

「お嬢《じょう》さま、そのご親切なお言葉をかたじけなく存じます」

それからちょっと笑って、手をエミリーの肩《かた》においてその頰にキスした。

「かつて考えられ、言われ、書かれたすべてのよい祈《いの》りがあなたと共にありますように」と言った。「そしてわたしは――いい――と思うわ、もしどこの場所でも、わたしにとって、ニュー・ムーンがあなたに意味を持つように、持ったらね」

その真夜中の三時、眠《ねむ》れないが満足していたエミリーは、とうとうミス・ロイアルのチュウ・チュインを見なかったことを思い出した。

第二十五章　恋の季節

一九――年　六月十日
昨夕、アンドルー・オリヴァー・マレーはエミリー・バード・スターに結婚を申込《もうしこ》んだ。右のエミリー・バード・スターはそれをことわった。これがすんでホッとした。もうしばらくのあいだ、じわじわとそれが来つつあるのを感じていた。アンドルーがここへ来るたびに、彼《かれ》は話を何とかしてシリアスな話題に持って行こうとしていた。けれど、わたしはどうもこのインタビューが気にいらないで、いつでも冗談《じょうだん》にまぎらして彼の話をそらしていた。

きのうの夕方、わたしは〈まっすぐの国〉での最後の散歩にはいって行った。わたしは樅《もみ》の小山をのぼり、月光の中の霧《きり》と銀の野を眺《なが》めた。森のまわりに沿った羊歯《しだ》と柔《やわ》らかい草の影《かげ》は精霊《せいれい》の踊《おど》りのようだった。はるかかなたの港には、太陽の沈《しず》んだあとの月光に照らされた紫《むらさき》とこはく色の空があった。けれどもわたしのうしろには闇《やみ》があった――それはすがしい樅のかおりの満ちた、香気《こうき》のある部屋のようで、人はそこで夢《ゆめ》み、まぼろしを見ることのできるくらやみであった。いつでも〈まっすぐの国〉へはいるとき、わたしは日光の国と知識をうしろに残し、影と神秘と魔術《まじゅつ》の国へはいって行く――そこではどんなことでも起こり得《う》る――どんなことでも現実になれるのだ。そこではどんなことでも信じられる――古い神話――伝説――神々の使い――妖精《ようせい》――どんなものでも受入れられる。わたしの不思議な数分間がそこで来たことがあった――わたしは自分の肉体を出て自由になったようだった――わたしは確かに「神々の言葉」の反響《エコー》を聞いたような気がした――そしてわたしは自分の見たもの、感じたことを表わすのに何か今まで使われたことのない言葉を使いたかった。

アンドルー登場、小ざっぱりと、身ぎれいに、紳士《しんし》らしく。妖精も――小鬼《こおに》も――不思議な数分間も――神々のそぞろごとも――みんなめちゃめちゃ、逃《に》げてしまった。新しい言葉なんかもう不必要になった。

「口ひげが前世紀のものになってしまったのは惜《お》しいのね――よく似合うんだろうのに」とわたしは普通《ふつう》の英語で自分に言って聞かせた。

わたしはアンドルーが特別なことを言いに来たのを知っていた。そうでなかったらわたしのいる〈まっすぐの国〉までは来なかっただろう。行儀よくルース伯母さんの客間で待っていたことと思う。わたしはそれが必ず来なければならないことを知っていた。そこで早くそれとぶつかってすましてしまおうと決心した。ルース伯母さんとニュー・ムーンの人たちの期待は最近ひどくうっとうしくなってきた。ニュー・ムーンの人たちはわたしがニューヨークへ行かないほんとうの理由は、アンドルーと別れるのがつらいからだと思っているらしい！

けれどもわたしはアンドルーに〈まっすぐの国〉の月光の中でプロポーズはさせないつもりだ。わたしは混乱してしまって承知しないとも限らない。そこで、彼が「ここは実にいい、ここにしばらくいよう――結局、自然ほど美しいものはない」と言ったとき、わたしはここはあまりしめっぽすぎて、肺病になりやすい体質のものにはよくないから、中へはいらなければならないと言った。

わたしたちは家の中へはいった。わたしはアンドルーの前にすわって、ルース伯母さんが床《ゆか》の上に残した毛糸の編物をとりあげて編みはじめた。わたしは死ぬまであの毛糸の色を覚えているだろう。アンドルーは関係のない話から始めて、だんだん本題に近づいてきた。もう二年とちょっとすればマネージャーになるだろう――彼は若くて結婚するのはいいと思う――と言ったようなこと。彼は気の毒なようにつかえた。わたしはもう少し気楽に話せるようにしてあげられるとは知っていたのだが、あの恐《おそ》ろしい噂《うわさ》の立っていたあいだ、てんで寄りつかなかったことを思い出して心が固くなった。やっとのことで、どもりどもり言い出した。

「エミリー、僕《ぼく》らは結婚しよう——僕が——僕が——僕が生活の責任を果たせるようになったらすぐ」

彼はもっと何か言うべきだと思ったらしいがはっきり考えつかなかったので——「僕に生活の責任が持てるようになったらすぐ」と繰返《くりかえ》した。それでとまってしまった。

わたしは顔を赤くすることさえしなかった。

「なぜわたしたちは結婚しなけりゃいけないの？」と訊《き》いた。

アンドルーは青くなった。たぶん、これはマレー家の伝統では求婚を受ける態度ではなかったらしい。

「なぜ？　なぜって？　なぜかって言えば——僕は結婚したいからです」と、どもりながら答えた。

「わたしはしたくありません」と言った。

アンドルーはことわられたという驚《おどろ》くべき事実を呑《の》みこもうとして、数分間わたしを見つめていた。

「けれど、なぜなの？」とたずねた——それはルース伯母さんの調子と態度に生き写しだった。

「なぜなら、わたしはあなたを愛していないから」

アンドルーは赤くなった。わたしをずいぶんおてんばだと思ったのは確かだ。

「僕は――僕は思うんだ――みんなそれを喜ぶだろうとね」と言った。

「わたしは喜ばないわ」と再び言った。わたしはアンドルーでさえもまちがうことはできないような調子で言った。

彼は驚いた、驚きよりほかには何も感じなかったと思う。失望をさえも感じないほど驚いた。どうしていいか、何と言っていいかわからなかった――マレー一族の者はねだりごとはしない――だから彼は立ち上がって何も言わずに出て行ってしまった。わたしは彼がドアを荒《あら》く閉めたと思ったが、あとでそれは風のせいだったとわかった。わたしは彼がドアを荒く閉めたのならよかったと思う。それはわたしの自尊心を救っただろう。男性の求婚をことわって、その結果が彼にとってはただまごつき以外の何事でもないことを発見するのはあんまりいい気持ではない。

次の瞬間《しゅんかん》、ルース伯母さんが、アンドルーの訪問が短かかったのから何かうまくゆかないことがあったと察して、ぶっきらぼうに、どうかしたのかとたずねた。ルース伯母さんには遠慮《えんりょ》などというものはない。わたしも同じように〝ぶっきらぼうに〟答えた。

「アンドルーのどこがいけないと言うの？」と、伯母さんはつめたく質問してきた。

「いけないところはありません――けれど、実につまらないんです。ありったけの徳をそなえてますが、ひとつまみの塩が抜《ぬ》けてるんです」と、わたしは空うそぶいて言った。

「これから先、もっとわるくならないようにしておくれ」ルース伯母さんは不吉《ふきつ》を予想するように言った――これはわたしにはわかっていた、ストーブパイプ町のことを言っていたのだ。わたしはその点では伯母さんに請合《うけあ》うことはできた。先週ペリーが来て、シャーロットタウンのエーベル氏の事務所へ行って法律を勉強すると話した。これはすばらしいことだと思った。全国高校弁論大会でのペリーの演説をエーベル氏が聞いて、それいらい、エーベル氏はペリーに目をつけていたのだそうである。わたしは心から彼を祝った。ほんとうにうれしい。

「エーベルさんは僕の食費が払《はら》えるだけはくれるだろう」とペリーが言った。「着る物のほうは何とかほかから得られるだろう。僕は自活しなけりゃならないんだ。トム伯母《おば》さんは助けてはくれない。君はそのわけを知ってるだろう」

「お気の毒さま」わたしは少し笑いながら言った。

「駄目かい、エミリー？」と言った。「僕はこれをきめておきたいんだ」

「それはきまってるわ」とわたしは言った。

「僕は君のことじゃあ、すごく馬鹿者になってると思う」とペリーが言った。

「そのとおりよ」とわたしはなぐさめ顔に言った──けれどもなお笑っていた。

どういうわけか、わたしにはペリーをもアンドルーと同じく、まじめに受取ることができなかった。わたしにはペリーがわたしを愛していると想像しているだけのように、いつも思えてならなかった。

「君はね、むやみに急いで僕より利口な男を捜《さが》そうとしないほうがいいよ」とペリーが注意した。「僕は高く登るんだからね」

「それは確かよ」とわたしはあたたかく言った。「そしてあなたの友達のエミリーほどそれを喜ぶ人はほかにはないわ」

「友達だって」とペリーはにがにがしく言った。「僕はね、友達として君を求めてるんじゃないよ。けれど僕はいつでも聞かされてるんだ、マレー家の人にはせがんだって駄目《だめ》だってね。一つだけ僕に聞かせてくれないか？　僕の葬式《そうしき》じゃないが――君はアンドルー・マレーと結婚するのかい？」

「あなたのお葬式じゃないけれど――わたしはアンドルーとは結婚しないのよ」とわたしは言った。「よろしい」とペリーは出て行きながら言った。「もし君の気が変わったら知らせてくれたまえ。僕のほうは変わらないから大丈夫《だいじょうぶ》だ」

わたしはこの事件のてんまつをそのまま、ここに書いた。けれども――もうひとつのてんまつは、それが起こるように考えられている形で、ジミー・ブックに書いておいた。わたしの夢の人びととは恋を語るのに実にすらすらと美しく語っていたのだが、わたしはこの考えに打勝ってきつつあるのに気がつく。わたしの空想の報告書の中では、ペリーもわたしも非常にう-つ-く-し-く語り合っている。

わたしが思うのに、ペリーはアンドルーより、少し真剣《しんけん》にわたしについて感じている。そしてこれは気の毒なことである。わたしはペリーを仲間として友達として大好きだ。わたしは彼を失望させなければならないけれども、やがてそのきずはいえるだろう。

来年はブレア・ウォーターにはわたし一人になるだろう。どんな気持がするかしら？　ときどきはつまらなくなるにちがいない――たぶん夜なかの三時には、ミス・ロイアルといっしょに行けばよかったと思うかもしれない。けれどもわたしはむずかしい、重大な仕事にかかろうとしているのだ。アルプスの道は長い登りだ。
けれどわたしは自分を信じている。そしていつでもカーテンのむこうにはわが世界がある。

＊

一九――年　六月二十一日　　ニュー・ムーン

今夜、家へ着くやいなや、わたしは決定的な不賛成の気分を感じた。エリザベス伯母さんはアンドルーのことを全部知っていた。彼女は立腹しており、ローラ伯母さんは悲しがっていたが、だれも何も言わなかった。たそがれどきに庭でジミーさんとすっかりこれについて話した。

アンドルーは最初のおどろきが落着いてから、どうも、ひどく気分をわるくしているらしい。食欲がなくなった。アディー伯母さんはおこって、わたしがアンドルーをいやだと言うのなら、王子か億万長者とでも結婚《けっこん》するつもりなのだろうかとおこっていた。

ジミーさんはわたしのしたことは正しいと思ってくれた。ジミーさんだったら、わたしがアンドルーを殺して、〈まっすぐの国〉へ埋《う》めたとしても、それは正しいと言うだろう。こういう種類の友は一人ぐらいあってもいい、あまりたくさんでは困るが。

＊

一九――年　六月二十二日

自分の好きでない人から結婚を申込まれるのと、好きな人が申込んでくれないのと、どっちがいいだろう。どちらもあまり愉快《ゆかい》ではない。わたしはジョンの家でのことについて、自分があまりに想像をたくましくしたのだと決めた。ルース伯母さんは、わたしの想像力は少しおさえなければいけないと言ったことがあるが、なるほどそうだと思う。きょうの夕方、わたしは庭をぶらついた。六月だというのに寒くて不愉快だった、そしてわたしは何となく寂《さび》しく、がっかりして、おもしろくなかった――たぶん、わたしが望みをかけていた二編の作品がきょう返されてきたからだろう。突然《とつぜん》、テディの合図の口笛《くちぶえ》が果樹園のほうから聞こえてきた。もちろん、わたしは行った。「ああ、口笛だ。わたしはすぐ行きますよ」というのが、いつもの習慣なのだ、もっとも、これは自分の日記帳以外のだれにも公表はしないことではあるが。わたしは彼の顔を見るとすぐ大きなニュースがあると感じた。

そのとおりだった。彼は手紙を見せた。「フレデリック・ケント殿《どの》」わたしはテディの名がフレデリックだということがどうしても考えられない。彼はいつでもわたしには「テディ」である。彼はモントリオールのデザインの学校の奨学金《しょうがくきん》を得た――二年間五百ドルずつである。わたしは彼と同じぐらい興奮した――その興奮のうしろには恐《おそ》れと希望と予期の入りまじった、どれがいちばん強いかもわからない、奇妙《きみょう》な感じがあった。

「すばらしいことだわね、テディ」やや震《ふる》えを帯びた声で言った。「わたし、ほんとにうれしいわ――だけど、お母さんは、お母さんはどうお考えになるの？」

「やってはくれるだろうよ――だけど、寂しがるだろうね」と言って、急にむずかしい顔になった。「僕はねえ、母にいっしょに来てもらいたいんだ、けれど、絶対に家を出ないよ。あそこでたったひとりで暮《く》らしていると思うとたまらないんだ。母さんがね――君について感じてることが――ああでないといいんだが。そうでなかったら――君は実にいいなぐさめになるんだがなあ」

テディは、わたしだって少しはなぐさめてもらいたいことに気がつかないのかしら。わたしたち二人のあいだには奇妙な沈黙《ちんもく》がつづいた。

わたしたちは〈明日の道〉をあるいた。それは実に美しくて、どんなほかの明日が来てもこれより美しいのはないだろうと思った――わたしたちは池の牧場の垣根《かきね》まで行き、みどり色の樅の下に立った。わたしは急に大変幸福になった、そしてその数分間に、わたしの一部は庭の設計をし、美しい布を敷《し》き、銀製のスプーンセットを買い入れ、わたしの屋根裏の部屋をかざり、テーブルクロスの縁縫《ふちぬ》いをしていた――わたしの他の部分はただ待っていた。一度わたしはいい夕方だと言った――ところがそうではなかった――数分のちに、わたしは雨が降りそうだと言った――これもそうではなかった。

けれども何とか言わなければならなかった。

「僕はしっかり勉強するよ。二年間に得られるだけを全部取るんだ」とテディがブレア・ウォーターを見、空と砂山と、広々とひろがったみどりの牧場と、そしてわたしを除いたすべてのものを眺めてから、こう言った。

「それから二年がすんだら、僕はたぶんパリへ行こうと思う。外国へ行く――大芸術家の傑《けっ》作《さく》を見る――その雰囲気《ふんいき》の中に住む――天才の筆が不滅《ふめつ》のものにした風景を見る――これは僕が今まで求めに求めていたものなんだ。それから帰ってきたら――」

テディはぽっきりと言葉を切ってわたしのほうを向いた。その目からわたしは彼がわたしにキスをするのだと思った。ほんとうにそう思った。わたしはもし自分の目を閉じることができなかったら、自分がどうしたか、わからない。

「それから帰ってきたら」と繰返して、また言葉を切った。

「帰ってきたら？」とわたしは言った。わたしは自分の日記には、何かを期待してこれを言ったことを否定しない。

「僕はフレデリック・ケントという名がカナダで何かを意味するようにするんだ」とテディは結んだ。

わたしは目を開いた。

テディはブレア・ウォーターの薄《うす》い金いろを眺めてむずかしい顔をしていた。またわたしは夜の空気がよくないと思った。わたしは身ぶるいした、二言三言、礼儀《れいぎ》正しい、きまりきったことを言ってから帰ってきた。彼はむずかしい顔をしてそこに立ったままだった。わたしにキスするのはきまりがわるかったのかしら――それとも、それを望まなかったのかしら？

わたしはもし我慢《がまん》しなければ、テディ・ケントをいくらでも愛せたのだ――もし彼が望めば。明らかに、彼はそれを望まないらしい。成功と野心とキャリア以外には何も考えていない。ジョンの家で見交《みか》わした目のことは忘れてしまったのだ――彼は三年前にジョージ・ホートンの墓地で、わたしが世界じゅうで一番うつくしい人だと言ったことも忘れてしまった。彼は広い世の中で何百人という美しい娘たちに逢《あ》うだろう――二度とわたしのことは考えないにきまっている。

それでいい、かまやしない。

もしテディがわたしを欲《ほっ》しないなら、わたしもテディを欲しない。それがマレー家のやり方である。けれどわたしは半分だけマレーであとの半分はスターである。それも考えなければならない。しあわせなことに、わたしには仕事も野心もあり、それからカーペンター先生がおっしゃったように、妬《ねた》みぶかい文学の女神《めがみ》にも仕えなければならない。この女神は忠誠を二つに分ける人を好まないらしい。

わたしは三つの感覚を意識している。

いちばん上はひどく落着いて、行儀正しい。

その下は何かひどく痛いものがある。けれども、我慢すればできないこともない。

そしてその下には、まだわたしは自由だという奇妙な安心の感じ。

＊

一九──年　六月二十六日

全シュルーズベリーはイルゼの最近のいたずらで大笑いをし、半分のシュルーズベリーは眉《まゆ》をひそめている。ある大変気取り屋の上級生がいていつも尊大ぶっているのだが、この人は日曜日ごとに聖ヨハネ教会で案内をしていた。イルゼはこの男を大きらいだった。

先週の日曜日、イルゼはいっしょに下宿しているミセス・アダムソンの貧乏《びんぼう》な親類からおばあさんの衣裳《いしょう》を借りた──クレープでふちが取ってある長い、幅《はば》の広い、黒いスカート、クレープのふちどりのしてある黒いマント、未亡人の帽子《ぼうし》、それから厚いクレープの未亡人のヴェール、これだけをそろえた。このいでたちで、よぼよぼと町を歩いて教会堂の前まで行き、会堂の石段の前で困ったような顔をしてとまっていた。とても階段はあがれないのだ。若い「尊大氏」は彼女《かのじょ》を見た。気取り返っている裏には人並《ひとな》みの同情を持っていたとみえて急いで助けに飛んできた。手袋《てぶくろ》をはめた、震える手を取った──確かに震えていた──イルゼはヴェールの下で笑いの発作《ほっさ》を続けていた。彼女の弱々しい、震えた足を助けて石段をあがり、入口へ行き、列のあいだを通り、座席へ導いた。イルゼは、

「おなさけぶかいあなたを、どうか神様がおめぐみくださいますように」と、口をもごもごさせて祝福の言葉を言い、礼拝のあいだじゅうすわっていて、また家へよぼよぼと帰った。その翌日、もちろんこの話は全校にひろまり、若い気取り屋さんは全校の笑いものにされた。

いつもの尊大さは――たとえ一時的にもせよ――影をひそめた。この出来事はたぶん、彼《かれ》にとっては非常に役立ったであろう。

もちろん、わたしはイルゼを叱《しか》った。彼女は愉快な、大胆《だいたん》な子で、何をやりだすかわからない。自分がやろうと思うことは――教会堂でとんぼ返りをすることでも、やりかねない。わたしはイルゼを愛する――愛する――愛する。来年、彼女と別れ別れになったらどうするだろう、わたしにはわからない。これから後のわたしたちの明日はいつも別々だ――そして離《はな》れていく――そしてときどき逢うときには見知らぬ人同士のようになるだろう。ああ！わたしにはわかっている――わたしにはわかっている。

イルゼはペリーがわたしと結婚できるなどと思うことはうぬぼれも甚《はなは》だしいと言ってひどくおこった。

「それはうぬぼれじゃなくて――おなさけなのよ」とわたしは言って笑った。「ペリーは偉《えら》い貴族のカラバス家の人なのよ」

「もちろんあの人は出世するわ。でもね、ペリーにはいつもストーブパイプ町がまつわりついてるわ」とイルゼがいきまいた。

「あんたどうしてペリーにそんなふうにひどいの？」とわたしは反対した。

「だってうるさい猫《ねこ》みたいなんですもの」

「そうね。ちょうど今は何でも知ってると思う年ごろなのよ」とわたしはませた気持で言った。「もうしばらくすると、もっと謙遜《けんそん》になってつきあいよくなるわ」と、わたしは自分の気持を謎《なぞ》のように思いながらつづけた。「それにシュルーズベリーに来てからずいぶんよくなったわ」と結んで、わたしはいい子になったような気がした。

「あんた、まるでキャベツのことでも話してるようよ。後生だから、エミリー、そんなに偉そうに、お説教しないでよ」とイルゼが癇癪《かんしやく》を起こした。

イルゼがわたしのために実によいことを言うときがある。確かにわたしはイルゼが言うとおりだ。

＊

一九——年　六月二十七日
ゆうべわたしはニュー・ムーンの古い夏の家にいる夢《ゆめ》をみた、そして失《な》くなったダイヤモンドが足の下の床《ゆか》の上に光っていた。わたしは大喜びでそれを拾った。それは一分間わたしの手の中にあった——それからわたしの手から抜《ぬ》け出したようにみえた、そしてうしろに長い、ほそい光の筋をのこして空中を走り、ちょうど世界の端《はし》の上の西の空の星になった。「あれはわたしの星だ——沈《しず》まないうちにあそこまで行かなければ」と思って出かけた。突然、ディーンがうしろへ来た——そして彼もまた星を追っていた——わたしはディーンは足がわるくて早くあるけないから、ゆっくり行ってあげなければならないと思った——そしてそのあいだに星はだんだんに沈んでいった。けれども、わたしはディーンをおいては行かれないと思った。すると、これも突然——夢の中ではこんなふうにものごとが起こるのだ——

とてもいいことが――何一つめんどうがなくて――テディもわたしのわきにいた。わたしが今までに二度だけ彼の目の中に見たあの深い色をたたえて、わたしに向かって手を伸《の》ばしていた。わたしは彼の手の中に自分の手を入れた――彼はわたしを引き寄せた――わたしは彼に向かって顔をあげていた――このときディーンが苦しい叫《さけ》びをあげた、「僕《ぼく》の星は沈んでしまった」わたしはあたまを向けてチラリと見た――星は消えていた――そして星もなくテディもいない、キスもない、鈍《にぶ》い、みにくい雨のあかつきにめざめた。

＊

一九――年　六月二十八日

今夜はわたしのシュルーズベリーの最後の晩だ。さようなら、威張《いば》った世界よ、わたしは家へ帰るのだ――明日はジミーさんが迎《むか》えに来る。わたしのトランクは通運で、わたしは馬車で堂々とニュー・ムーンへ帰るのだ。

シュルーズベリーの三年は、最初それを考えたときは、実に長いものに思えた。過ぎてしまった今は、まるできのうのようである。わたしはこの三年間から得たものがあると思う。わたしは傍点《ぼうてん》をむやみにつけなくなった――安定感も自制心も少しはできた。にがい世間知もいくぶんついた――そして原稿《げんこう》を返送されるのにも馴《な》れてきた。これがいちばんむずかしい学課だったと思う、しかしそれにも熟練した――これは最も必要なことだったと思う。

この三年間をふりかえると、あることがらがほかのことよりずっとはっきりと、まるでそれらはそれ自身として特別の意味でも持っているかのように残っている。それも全然大きなこととは考えていなかった事件が、今になると、くっきりと記憶《きおく》に残っている。たとえばイブリンの悪意、それからあの憎《にく》らしい髭《ひげ》事件なんかかすかになってたいしたことでもなくなってしまった。けれどもわたしの最初の詩を『庭園と森林』の中で発見したあの瞬間《しゅんかん》――あれこそ大変な「時」だった――劇の晩のニュー・ムーンへの往復の道――カーペンター先生が破いてしまったあの短い、へんな詩を書いたこと――九月の月の下の乾草堆《ほしくさづか》の夜――王様をおしおきしたあのすばらしい老女――教室でわたしがキーツの「空中の声」の詩をさがした瞬間――それからジョンの家でテディがわたしの目に見入ったあの瞬間――ああ！　これらのことこそはわたしが永遠の宮で覚えていることであり、イブリン・ブレークの皮肉やジョンの家のスキャンダルやルース伯母《おば》さんの厭《いや》がらせや学課や試験の無味乾燥《かんそう》の連続なんか永久に忘れ去られてしまうだろう。カーペンター先生が予告したとおりエリザベス伯母さんへの約束《やくそく》はわたしの助けになった。ことによると、日記帳の中ではそうではないかもしれないが――わたしはここでは全く自分の行きたいままにする――人間はだれだってはけ口を必要とする――だからわたしは創作とジミー・ブックの中では自分を解放する。

きょうの午後、クラス総会があった。わたしは新しいクリーム色のオーガンディーを着て大きなピンクの牡丹《ぼたん》の花束《はなたば》を持った。モントリオールにいるディーンが家へ帰る途中《とちゅう》で、この花屋に電報でバラの花束をわたしのために注文してくれた――十七輪のバラ――わたしの生涯《しょうがい》の一年一年のために一輪ずつ――そして卒業証書を受取りに出たときその花束はわたしに贈《おく》られた。ディーンの心づくしをうれしく思った。

ペリーはクラスの代表であり、立派なスピーチをした。そして全学課優秀のメダルを獲得《かくとく》した。ウイル・モリスとのあいだに烈《はげ》しい競争があったが、ペリーが勝った。

クラスの総会でわたしは同級生の未来への想像を書いて朗読した。それは大変おもしろくて、みんな楽しんで聞いたらしかった。わたしはもう一つ別のを家にあるジミー・ブックに書いた。それはもっとずっとおもしろかったが、みんなの前で読むわけにはいかない。

今夜わたしはタワーズさんのために最後の通信を書いた。これはわたしの大きらいな仕事だったが、稿料がはいってくるのでやっていた。若い野心の階段をあがって行くのには、くだらない仕事でも馬鹿《ばか》にすべきではない。

わたしは荷造りもしていた。ルース伯母さんはときどきあがって来ては荷造りをしているわたしを眺《なが》めていたが、不思議に無言を守っていた。とうとう最後にためいきといっしょに言った。

「わたしはおそろしく寂しいだろうよ、エミリー」

わたしは伯母さんがこんなことを言い、こんなように感じているとは夢にも思わなかった。何だか不愉快になった。ジョンの家の事件のときに伯母さんが味方してくれたことから伯母さんを見直したが、それでもわたしには別れるのがつらいとは言えなかった。

けれど何とか言わなければならなかった。

「この三年間伯母さんがしてくださったことを考えてわたしはいつもありがたく思います」

「わたしはいつも自分の義務を尽《つ》くそうとしたんだよ」と、徳の深い人らしく言った。

＊

わたしは自分のきらいだった、そしてそっちでもわたしをきらいだったこの部屋と別れるのが妙《みょう》につらい。そして光に照らされたあの長い丘《おか》――つまるところ、わたしはここですばらしい時をも持ったのだ。かわいそうな、死にかかっているバイロンさえも！　どう考えてもアレクサンドラ女王の着色石版画や造花を挿《さ》した花瓶《かびん》などにみれんはない。もちろん、レディ・ジョヴァンナはいっしょに持って帰る。彼女はニュー・ムーンのわたしの部屋についているものだ。ここへ持ってきてから流《る》刑者《けいしゃ》のように見えた。〈まっすぐの国〉で夜風の音は二度と聞けないと思うと胸が痛くなる。けれども〈のっぽのジョン〉の茂《しげ》みでわたしの夜風の音を聞くだろう。たぶんエリザベス伯母さんはわたしが書くために石油ランプを下さるだろうと思う――ニュー・ムーンのわたしの部屋のドアは固くしまる。それからわたしはもう薬湯を飲まなくてもいいのだ。春の夕方の散歩には実に心を捉《とら》えられる場所のあの真珠《しんじゅ》のような池のまわりへ、きょうのたそがれどきに行ってみた。そのまわりをふちどっている木々のあいだから西のほうのバラとサフランの花の色がかすかに池の水にうつっていた。そよとの風も水を動かしていなかった。葉も梢《こずえ》も羊歯《しだ》も草の葉も水面に映っていた。私は水をのぞいた、そして自分の顔をそこに見た、垂れさがっている枝《えだ》の影が奇妙《きみょう》に曲って、わたしはちょうど木の葉の冠《かんむり》をあたまにつけているように見えた――月桂冠《げっけいかん》のように。

わたしはそれをいい兆《しるし》として受けとった。
そうだ、テディはただ恥《は》ずかしかったのだろうと。

解説

村岡花子

『エミリーはのぼる（Emily Climbs）』をここにお贈《おく》りする。随分《ずいぶん》長い間お待たせした。ほとんど二年かかった。その間に私はあちこちからどうしてもやめるにやめられない依頼《いらい》をうけてとうとうエミリーは中途《ちゅうと》で投げだした。読者の方々からは、実にたくさんのさいそくをうけたが、ある姉妹の読者から「ご病気ですか、こんなに長く時をとったことはないのに、きっとご病気だ」という手紙をいただき、また、ある僻村《へきそん》の読者からは「毎日のように町の本屋へいって捜《さが》しています」というお手紙をいただいた時、私はたまらなくなった。ちょうどその時は眼《め》を痛めて治療《ちりょう》のため入院する二カ月以前のことだった。

　その二カ月の間に私は毎日エミリーの残りを訳した。そして毎日できただけを新潮社の山高さんに届けた。そしてちょうど入院する二日くらい前に完成して入院した。

　九月二十八日に退院してそれから校正をした。この校正には秘書の八木金子さんにひとかたならぬお世話になった。八木さんがゲラを読んでくださると私が直してゆく、そんな風にして全く校正は共同作業であった。今やっとのことで待って待っててくださる読者の方にこれをお贈りすることのできる、私の喜びは言葉では尽《つ》せない。これはたぶん十二月には本になることと思う。私のクリスマスの愛情を皆《みな》さまにお贈りする。

『可愛《かわい》いエミリー』、『エミリーはのぼる』を読んで、つくづく思うことは、その中にモンゴメリの恐《おそ》ろしいまでの文学への敬愛とたゆみない勉強とが映しだされていることである。ことに彼女《かのじょ》の内的生活が実によく画《えが》かれている。自然への愛情もたくみに画かれており、またそれらの感情の動きもよくうつしだされている。色々の木に名前をつけること、あるいは星に名をつけること、そしてそれらを自分の肉親か友達のように愛すること、これはルーシイの性格である。またエミリーの性格でもある。

こういう意味でエミリーはルーシイ・モンゴメリの心臓の鼓動《こどう》を伝えているように感じられる。

一九一四年〜一九二九年の間に書いた七冊の本の中に「エミリー」の三部作が入っている。第三部は『エミリーの求めるもの』だが、今度は皆さんをお待たせしないで早くやりあげたいと思っている。「エミリー・ブックス」について思うことは、新しいものと古いものとの闘《たたか》い（？）というようなものである。エミリーは新しい時代の空気を吸っている。けれども彼女のまわりには長く続いた古い時代の人びとがいて、絶えずエミリーを彼《かれ》らの時代へひき戻《もど》そうとする。ひき戻されまいとしながらも全く古いものを嫌《きら》うのでないエミリー、そこに何ともいえない面白《おもしろ》さがある。むやみやたらに歴史を無視する若い人たちもあるが、エミリーはそうではない。

エミリーの文学の先生ミスター・カーペンターは実に面白《おもしろ》い性格である。十分な文学的才能と批評力をもっていながら世にでることなく一中学教師として生活しているのだが、彼の文学観はエミリーを強く感化している。エミリーがニューヨークへ連れていって一躍《いちやく》有名にしてやるといわれた時の迷いと煩悶《はんもん》……しかし彼女は、それに打ち克《か》って、自分の生まれた土地に残ってこつこつと勉強していくことに決心した。このあたりは実に面白い。

とにかくエミリーの第三部を皆さんは待っていただきたい。では愛読者の方々の真の幸福を祈《いの》りつつ。

一九六六年晩秋　東京大森にて

J・アーチャー
永井淳訳
ケインとアベル（上・下）
私生児のホテル王と名門出の大銀行家。典型的なふたりのアメリカ人の、皮肉な出会いと成功とを通して描く〈小説アメリカ現代史〉。

富士川英郎訳
リルケ詩集
現代抒情詩の金字塔といわれる「オルフォイスへのソネット」をはじめ、二十世紀ドイツ最大の詩人リルケの独自の詩境を示す作品集。

リルケ
大山定一訳
マルテの手記
青年作家マルテをパリの町の厳しい孤独と貧しさのどん底におき、生と死の不安に苦しむその精神体験を綴る詩人リルケの魂の告白。

リルケ
高安国世訳
若き詩人への手紙・若き女性への手紙
精神的苦悩に直面している青年に、苛酷な生活を強いられている若い女性に、孤独の詩人リルケが深い共感をこめながら送った書簡集。

A・M・リンドバーグ
吉田健一訳
海からの贈物
現代人の直面する重要な問題を平凡な日常生活の中から取出し、語りかけた対話。極度に合理化された文明社会への静かな批判の書。

J・ラヒリ
小川高義訳
停電の夜に
ピューリッツァー賞
O・ヘンリー賞受賞
ピューリッツァー賞など著名な文学賞を総なめにした、インド系作家の鮮烈なデビュー短編集。みずみずしい感性と端麗な文章が光る。

H・P・ラヴクラフト
南條竹則編訳

インスマスの影
―クトゥルー神話傑作選―

頽廃した港町インスマスを訪れた私は魚類を思わせる人々の容貌の秘密を知る――。暗黒神話の開祖ラヴクラフトの傑作が全一冊に！

H・P・ラヴクラフト
南條竹則編訳

狂気の山脈にて
―クトゥルー神話傑作選―

古き墓所で、凍てつく南極大陸で、時空の狭間で、彼らが遭遇した恐るべきものとは。闇の巨匠ラヴクラフトの遺した傑作暗黒神話。

H・P・ラヴクラフト
南條竹則編訳

アウトサイダー
―クトゥルー神話傑作選―

廃墟のような古城に、魔都アーカムに、この世ならざる者どもが蠢いていた――。作家ラヴクラフトの真髄、漆黒の十五編を収録。

C・ドイル
延原　謙訳

シャーロック・ホームズの冒険

ロンドンにまき起る奇怪な事件を追う名探偵シャーロック・ホームズの推理が冴える第一短編集。「赤髪組合」「唇の捩れた男」等、10編。

C・ドイル
延原　謙訳

シャーロック・ホームズの帰還

読者の強い要望に応えて、作者の巧妙なトリックにより死の淵から生還したホームズ。帰還後初の事件「空家の冒険」など、10編収録。

C・ドイル
延原　謙訳

シャーロック・ホームズの思い出

探偵を生涯の仕事と決める機縁となった「グロリア・スコット号」の事件。宿敵モリアティ教授との決死の対決「最後の事件」等、10短編。

J・アーチャー
永井 淳訳

百万ドルを
とり返せ！

株式詐欺にあって無一文になった四人の男たちが、オクスフォード大学の天才的数学教授を中心に、頭脳の限りを尽す絶妙の奪回作戦。

ウィーダ
村岡花子訳

フランダースの犬

ルーベンスに憧れるフランダースの貧しい少年ネロは、老犬パトラシエを友に一心に絵を描き続けた……。豊かな詩情をたたえた名作。

ガルシア＝マルケス
野谷文昭訳

予告された殺人の記録

閉鎖的な田舎町で三十年ほど前に起きた幻想とも見紛う事件。その凝縮された時空に共同体の崩壊過程を重層的に捉えた、熟成の中篇。

P・オースター
柴田元幸訳

リヴァイアサン

全米各地の自由の女神を爆破したテロリストは、何に絶望し何を破壊したかったのか。そして彼が追い続けた怪物リヴァイアサンとは。

P・オースター
柴田元幸訳

偶然の音楽

〈望みのないものにしか興味の持てない〉ナッシュと、博打の天才が辿る数奇な運命。現代米文学の旗手が送る理不尽な衝撃と虚脱感。

P・オースター
柴田元幸訳

ムーン・パレス

日本翻訳大賞受賞

世界との絆を失った僕は、人生から転落しはじめた……。奇想天外な物語が躍動し、月のイメージが深い余韻を残す絶品の青春小説。

フェルマーの最終定理
S・シン
青木薫訳
数学界最大の超難問はどうやって解かれたのか？　3世紀にわたって苦闘を続けた数学者たちの挫折と栄光、証明に至る感動のドラマ。

暗号解読（上・下）
S・シン
青木薫訳
歴史の背後に秘められた暗号作成者と解読者の攻防とは。『フェルマーの最終定理』の著者が描く暗号の進化史、天才たちのドラマ。

宇宙創成（上・下）
S・シン
青木薫訳
宇宙はどのように始まったのか？　古代から続く最大の謎への挑戦と世紀の発見までを生き生きと描き出す傑作科学ノンフィクション。

素数の音楽
M・デュ・ソートイ
冨永星訳
神秘的で謎めいた存在であり続ける素数。世紀を越えた難問「リーマン予想」に挑んだ天才数学者たちを描く傑作ノンフィクション。

ポアンカレ予想
D・オシア
糸川洋訳
「宇宙の形はほぼ球体」!?　百年の難問ポアンカレ予想を解いた天才の閃きを、数学の歴史ドラマで読み解ける入門書、待望の文庫化。

人類が知っていること すべての短い歴史（上・下）
B・ブライソン
楡井浩一訳
科学は退屈じゃない！　科学が大の苦手だったユーモア・コラムニストが徹底して調べて書いた極上サイエンス・エンターテイメント。

新潮文庫最新刊

綿矢りさ著
あのころなにしてた?
仕事の事、家族の事、世界の事。2020年めまぐるしい日々のなか綴られた著者初の日記エッセイ。直筆カラー挿絵など34点を収録。

B・ブライソン
桐谷知未訳
人体大全
―なぜ生まれ、死ぬその日まで無意識に動き続けられるのか―
医療の最前線を取材し、7000秄個の原子の塊が2キロの遺骨となって終わるまでのすべてを描き尽くした大ヒット医学エンタメ。

花房観音著
京《みやこ》に鬼の棲む里ありて
美しい男妾に心揺らぐ〝鬼の子孫〟の娘、女と花の香りに眩む修行僧、陰陽師に罪を隠す水守の当主……欲と生を描く京都時代短編集。

真梨幸子著
極限団地
―一九六一 東京ハウス―
築六十年の団地で昭和の生活を体験する二組の家族。痛快なリアリティショー収録のはずが、失踪者が出て……。震撼の長編ミステリ。

幸田文著
雀の手帖
多忙な執筆の日々を送っていた幸田文が、何気ない暮らしに丁寧に心を寄せて綴った名随筆。世代を超えて愛読されるロングセラー。

ガルシア=マルケス
鼓直訳
百年の孤独
蜃気楼の村マコンドを開墾して生きる孤独な一族、その百年の物語。四十六言語に翻訳され、二十世紀文学を塗り替えた著者の最高傑作。

Title : EMILY CLIMBS
Author : Lucy Maud Montgomery

エミリーはのぼる

新潮文庫　　モ－4－14

昭和四十二年一月二十日　発行
平成十二年五月十日　三十八刷改版
令和六年十月二十五日　四十一刷

訳者　村《むら》岡《おか》花《はな》子《こ》

発行者　佐藤隆信

発行所　株式会社 新潮社
郵便番号　一六二―八七一一
東京都新宿区矢来町七一
電話　編集部(〇三)三二六六―五四四〇
　　　読者係(〇三)三二六六―五一一一
https://www.shinchosha.co.jp

価格はカバーに表示してあります。

印刷・錦明印刷株式会社　製本・加藤製本株式会社

ISBN978-4-10-211314-1 C0197